KB076504

원스 어폰 어 타임
인 할리우드

일러두기

영화 제목은 〈 〉, 텔레비전 드라마 시리즈는 ' '으로 묶어 표기했습니다.
찰리^{Charlie}는 찰스^{Charles}의 애칭으로, 둘 다 '맨슨 패밀리'의 찰스 맨슨^{Charles Manson}을 지칭합니다. 인물 소개에는 공식적으로 더 많이 사용되는 찰스를, 본문에는 애칭인 찰리를 사용했습니다.

Once Upon a Time in Hollywood

원스 어폰 어 타임 인 할리우드

쿠엔틴 타란티노 소설
조동섭 옮김

세계사

릭 달튼: 한때는 잘나가는 텔레비전 시리즈의 주인공이었다. 그러나 이제 빛바랜 배우가 되어 다른 드라마에 단 회 출연하는 악역을 맡으며, 위스키사워에 슬픔을 적시고 있다. 로마에서 걸려온 전화가 릭의 운명을 구할 것인가, 아니면 막아 버릴 것인가?

클리프 부스: 릭의 스턴트 대역. 그리고 살인을 저지르고도 법의 망을 교묘히 피한 유일한 사람으로 영화계에서 악명 높은 남자.

샤론 테이트: 스타 배우가 되겠다는 꿈을 좇아 텍사스를 떠났고 그 꿈을 찾았다. 할리우드힐스 꼭대기에 있는 시엘로 드라이브에서 전성기를 보내고 있다.

찰스 맨슨: 자신을 영적 지도자로 여기는, 마약에 취한 히피 무리를 이끄는 전과자. 그러나 그보다는 로큰롤 스타가 되고 싶은 사람.

1969년 할리우드, 그곳으로 떠난다

* 차례

아내
다니엘라
아들
레오
두 사람에게 이 책을 바칩니다.

글을 쓸 수 있는 행복한 가정을 만들어 주어 고맙습니다.

그리고

그 시절 할리우드에 대해 어마어마한 이야기를 들려준
옛 배우들 모두에게도 이 책을 바칩니다.

브루스 던, 데이비드 캐러딘. 버트 레이놀즈
로버트 블레이크, 마이클 파크스, 로버트 포스터
그리고

특히
커트 러셀

이분들 덕분에 지금 독자 여러분의 손에
이 책이 들릴 수 있게 되었습니다.

제1장

마빈이라고 불러요

책상 위 인터컴의 버저가 요란하게 울렸다. 윌리엄 모리스의 에이전시인 마빈 슈워즈가 인터컴 레버를 누른다. "힘멀스틴, 벌써 10시 반인가요?"

"네. 밖에 달튼 씨가 기다리세요." 슈워즈의 비서 힘멀스틴의 목소리가 조그마한 스피커에서 흘러나온다.

다시 레버를 누르고 슈워즈가 말한다. "나는 다 준비됐으니까 힘멀스틴 양이 준비되면 말해요."

사무실 문이 열리고, 힘멀스틴이 들어온다. 스물한 살의 히피족인 힘멀스틴은 흰색 미니스커트 아래로 긴 갈색 다리를 드러내고, 포카혼타스 스타일로 땋은 긴 갈색 머리를 양쪽으로 늘어뜨렸다. 그 뒤로 마흔두 살의 잘생긴 배우 릭 달튼이 시그니처인 올백 스타일의 번들거리는 머리를 하고 걸어 들어온다.

책상 뒤에서 일어서며 크게 미소짓던 마빈이 손님을 소개하려는 비서의 말을 끊는다. "어제 집에서 나 혼자 '릭 달튼 영화제'를 열었으니까 소개는 필요 없어요." 마빈이 성큼 몸을 내밀고 카우보이 배우에게 악수를 청한다. "악수나 합시다, 릭."

릭이 미소를 짓고, 마빈의 손을 크게 흔들며 악수한다. "릭 달튼입니다. 이렇게 시간을 내 주셔서 대단히 감사합니다, 슈월츠 씨."

마빈이 정정한다. "슈월츠가 아니라 슈워즈입니다."

릭은 생각한다. '젠장, 벌써 일을 망치고 있네.'

"이런 제에에엔장. 죄송합니다, 슈, 워, 즈 씨."

슈워즈가 맞잡은 손을 마지막으로 흔든 뒤 말한다.

"편하게 마빈이라고 불러요."

"저도 편하게 릭이라고 부르세요."

"릭……."

두 사람은 맞잡았던 손을 뗀다.

"마실 걸 좀 가져오라고 할까요?"

릭이 손을 내젓는다. "아니, 괜찮아요."

마빈은 물러서지 않는다. "정말 안 마셔요? 커피, 코크, 펩시, 심바?"

"그럼, 커피로 하죠."

"좋아요." 마빈은 배우의 어깨를 툭 치고 비서에게 말한다. "여기, 내 친구 릭한테 커피 한 잔 드리겠어요? 그리고 나도 한 잔 부탁해요."

고개를 끄덕인 힘멀스틴이 사무실을 가로질러 문으로 간다. 문이 닫히려는 찰나, 마빈이 소리쳤다. "아, 휴게실에 있는 그 구정물 같은 맥스웰하우스는 안 돼요. 렉스 사무실로 가요. 거기 최고급 커피가 꼭 있으니까. 터키 커피는 빼고."

"네, 알았습니다." 비서가 이번에는 릭에게 묻는다. "달튼 씨, 커피는 어떻게 드세요?"

릭이 힘멀스틴을 보며 말한다. "이런 말 아세요? 블랙이 아름답다."

마빈이 클랙슨 소리 같은 웃음을 터트리고, 힘멀스틴은 손으로 입을 가리고 킥킥거린다. 힘멀스틴이 문을 닫기 직전에 마빈이 다시 소리친다. "아, 하나 더, 집사람이랑 애들이 고속도로에서 죽었다는 소식 빼곤 전화 연결하지 말아요. 아니, 집사람이랑 애들이 죽었으면 어차피 어쩔 수 없는 일이니까, 아예 일절 연결하지 말아요."

마빈은 마주 놓인 가죽 소파 중 하나를 가리키며 릭에게 앉으라고 권한다. 소파 사이에는 유리로 위를 덮은 탁자가 있다. 릭은 소파에 편하게 앉는다.

마빈이 말한다. "일단, 메리 앨리스 슈워즈, 우리 집사람이 꼭 인사를 전하랬어요! 어젯밤에 우리 집 영사실에서 릭 달튼 영화 두 편을 같이 봤거든요."

"와. 뿌듯하면서도 부끄럽네요. 뭘 봤어요?"

"〈태너〉랑 〈맥클러스키의 열네 주먹〉을 필름본으로 봤습니다."

"둘 다 좋은 영화죠. 〈맥클러스키〉는 폴 웬드코스 감독이 만들었어요. 제가 좋아하는 분이에요. 〈기젯〉도 만들었어요. 그 영화에 출연할 뻔했는데, 제가 맡기로 한 역을 토미 래플린이 했죠." 릭이 이해한다는 손짓을 곁들이며 말을 잇는다. "괜찮아요, 저는 토미를 좋아해요. 토미 덕에 연극 무대에서 난생처음으로 큰 역을 맡았어요."

"정말? 연극을 많이 했어요?"

"많이는 안 했어요. 공연 때마다 똑같은 걸 또 하고 또 하면 질려서."

"어쨌든 폴 웬드코스를 제일 좋아한다, 그거죠?"

"맞아요, 초기에 웬드코스 감독하고 많이 했죠. 클리프 로버트슨 주연의 영화 〈산호해 전투〉에도 출연했어요. 그 영화 내내 잠수함 뒤쪽에서 토미 래플린하고 내가 노닥거리는 게 나와요."

"폴 웬드코스. '저평가된 액션영화 대가'." 마빈은 정의 내리기를 좋아한다.

"진짜로요." 릭이 맞장구친다. "그리고 제가 '바운티 로'를 할 때 웬드코스 감독이 일곱 편인가 여덟 편을 연출했어요."

"그건 그렇고, 릭 달튼 영화 두 편 연속 감상이 두 분한테 너무 괴롭지는 않았나요?"

칭찬을 기대하고 던진, 질문 아닌 질문에 마빈이 웃는다. "괴롭다고요? 무슨 소리. 멋지고 멋지고 멋졌어요. 〈태너〉는 우리 부부가 같이 봤고, 〈맥클러스키〉는 아내가 자러 간 뒤에 혼자 봤어요. 아내가 현대 영화 속 폭력을 싫어해서요.”

그때 사무실 문을 톡톡 치는 소리가 작게 들린다. 곧이어 미니스커트를 입은 힘멀스틴이 김 나는 커피 두 잔을 들고 와 두 남자 앞에 조심스레 내려놓는다.

“렉스 사무실에서 가져온 거 맞죠?”

“시가 하나로 갚으라고 전하래요.”

마빈이 코웃음친다. “수전노 유대인 놈. 괴롭히는 걸로 갚아주지.”

모두가 웃음을 터트린다.

“힘멀스틴 양, 고마워요. 이제 나가봐요.”

비서는 두 남자가 엔터테인먼트 산업을, 릭 달튼의 배우 경력을, 더 중요하게는 릭 달튼의 미래를 이야기하게 두고 나간다.

마빈이 말한다. “어디까지 했더라. 아, 그래, 현대 영화 속 폭력. 아내는 그걸 싫어해요. 그래도 서부극은 좋아하지. 늘 좋아했어. 결혼 생활 내내 서부극을 봤어요. 둘이 같이 서부극 보는 게 우리 부부가 좋아하는 일이죠. 그리고 〈태너〉는 아주 재밌었어요.”

“아아, 다행이네요.”

“보통 두 편을 연속으로 보면, 첫 영화가 세 릴reel(영화용 필름의 길이를 나타내는 단위. 1릴은 약 305미터이다-편집자) 남았을 때 아내가 먼저 잠들거든, 내 무릎을 베고. 그런데 〈태너〉는 아내가 마지막 한 릴이 남았을 때에야 잠들더라고. 9시 반이었어. 아내도 그 영화를 되게 재밌게 본 거야.”

마빈이 행복한 부부의 영화 감상 습관을 릭에게 설명하는 동안, 릭은 뜨거운 커피를 홀짝이며 생각했다.

'와, 맛있네. 렉스라는 사람 커피 맛을 아네.'

마빈이 말을 잇는다. "영화가 끝나고, 아내는 자러 갔어요. 나는 하바나 상자를 열어 코냑을 한 잔 따르고, 두 번째 영화를 혼자 봤죠."

릭은 렉스의 맛있는 커피를 또 한 모금 마신다.

마빈이 커피 잔을 가리킨다. "맛있죠?"

릭이 묻는다. "뭐가요? 커피?"

"아뇨, 파스트라미가 맛있냐고요. 아니 당연히 커피를 물어본 거죠." 마빈이 교묘하게 타이밍을 맞춰서 농담한다.

"엄청 맛있어요. 어디서 산대요?"

"베벌리힐스에 있는 식료품점이긴 한데, 정확히 어딘지는 렉스가 안 가르쳐줘요." 마빈은 아내의 영화 감상 습관 이야기로 돌아간다. "오늘 아침, 아침 먹고 내가 출근한 뒤에, 영사 기사인 그렉이 다시 와 마지막 릴을 틀어서 아내가 영화를 끝까지 봤겠죠. 우리 부부는 그렇게 영화를 봐요. 아주 만족스럽죠. 아내도 〈태너〉의 결말이 엄청 궁금했을 겁니다."

마빈이 덧붙인다. "어쨌든 마지막에 아버지를 죽이겠구나 하는 건 아내도 이미 짐작하고 있었어요."

"맞아요, 그 영화는 그게 문제예요. 가부장적인 아버지를 장남이 죽일 게 뻔히 보여요. 예민한 동생이 장남인 형을 죽일 것도 뻔히 보이죠."

마빈이 맞장구친다. "맞아요. 어쨌든 집사람도 나도, 릭이 랠프 미커랑 호흡이 아주 잘 맞는다고 생각했어요."

"아, 저도 그렇게 생각해요. 부자 사이로 팀워크가 아주 좋았어요. 마이클 캘런은 주워 온 자식 같았어요. 그래도 저는 진짜 랠프 아들처럼 보였죠."

"두 사람이 잘 맞은 건 사투리가 비슷했기 때문이죠."

릭이 웃었다. "마이클 캘런이랑 비교하면 더 그렇죠. 그놈 말투는 말리부에서 서핑하는 애새끼 같았어요."

마빈은 생각한다. '릭이 〈태너〉에 함께 출연한 마이클 캘런을 나쁘게 말한 게 이제 두 번이야. 좋지 않은 신호야. 심성이 뒤틀렸는지도 몰라. 남을 탓하는 사람일 수도 있어.' 그러나 마빈은 그 생각을 드러내지는 않는다.

릭이 말한다. "랠프 미커가 대단하다고 생각했어요. 같이 연기한 배우들 중에서 최고죠. 아, 에드워드 로빈슨하고 같이 연기한 적도 있어요! '바운티 로' 최고의 배우죠."

마빈은 지난밤에 본 두 편의 릭 달튼 영화 이야기를 계속한다. "〈맥클러스키의 열네 주먹〉도 봤어요! 대단했어요! 아주 재밌었어요." 마빈이 기관총 쏘는 시늉을 한다. "쏘고! 죽이고! 그 영화에서 나치 놈을 몇 명이나 죽였어요? 1백 명? 1백50명?"

릭이 웃는다. "세어 본 적은 없지만, 1백50명쯤 되겠죠."

마빈이 혼잣말로 욕하고 묻는다. "좆같은 나치 놈들……. 화염 방사기도 쐈죠?"

"아주 잘 보셨네요. 잘못 쓰면 큰일 날 무기예요. 진짜 미친 무기죠. 2주 동안 하루 세 시간씩 그 불 뿜는 용을 다루는 법을 연습했어요. 영화에서 멋지게 보이려고 그런 것만은 아니에요. 솔직히 말씀드리는데, 그거 쓰기 정말 무서워서 연습했어요."

감명을 받은 마빈이 말한다. "대단해요."

"있죠, 그 역을 맡은 건 순전히 운이었어요. 원래는 파비언이 제 역할을 하기로 돼 있었어요. 그런데 촬영 8일 전에 파비안이 〈버지니아 사람〉을 찍다가 어깨를 다쳤어요. 웬드코스 감독이 나를 떠올리고 컬럼비아 영화사를 움직였죠. 컬럼비아는 유니버설 영화사에 저를 잠깐 빌려달라고 했어요. 그래서 〈맥클러스키〉를 찍게 됐죠." 릭은 항상 늘어놓는 레퍼토리 같은 이 이야기의 마지막을 말한다. "계약 기간 동안 유니버설 영화사랑 영화 다섯 편을 찍었는데, 제일 성공한 영화는 컬럼비아에 잠깐 팔려가서 찍은 영화예요."

마빈이 재킷 안주머니에서 금장 담배 케이스를 꺼내 '핑' 소리와 함께 뚜껑을 연다. "켄트 괜찮아요?" 릭에게 한 개비를 권하자 릭이 담배를 받는다.

"이 담배 케이스, 괜찮아 보여요?"

"아주 좋네요."

"선물 받았어요. 조셉 코튼한테서. 제 소중한 고객이죠."

릭은 마빈이 바라던 대로 감명받은 표정을 짓는다.

"최근에 조셉 코튼을 세르지오 코르부치 영화와 혼다 이시로 영화에 출연시켰어요. 그랬더니 감사의 표시로 이 선물을 주더군요."

릭에게는 그 이름들이 아무 의미도 없다.

마빈 슈워즈가 금장 담배 케이스를 다시 재킷 안주머니에 넣는 사이, 릭은 바지 주머니에서 재빨리 라이터를 꺼내고, 특유의 멋진 척하는 모습으로 은색 지포 뚜껑을 딸깍 열어 두 사람의 담배에 불을 붙인다. 그리고 아주 멋지게 지포 뚜껑을 닫았다. 마빈은 릭의 허세에 낄낄거리고 니코틴을 빨아들인다.

마빈이 묻는다. "무슨 담배 피워요?"

"캐피털 W 라이트요. 체스터필드, 레드 애플도 피워요. 아, 웃지 마세요, 버지니아슬림도 피워요."(캐피털 W 라이트와 레드 애플은 타란티노 영화에 등장하는 허구의 담배 브랜드로, 전자는 〈데스 프루프〉에, 후자는 〈펄프 픽션〉과 〈킬빌〉, 〈헤이트풀 8〉 등에 나온다. - 옮긴이)

그래도 마빈은 웃는다.

릭이 변명한다. "아니, 그게 맛이 좋아요."

마빈이 해명한다. "레드 애플을 피운다고 해서 웃었어요. 그 담배는 니코틴에 대한 죄예요."

"레드 애플이 '바운티 로' 스폰서라서 피워야 했어요. 대중 앞에서 스폰서 담배를 피우는 게 좋다고 생각했고요."

"아주 현명하네요. 자, 릭, 원래는 시드가 에이전시를 맡고 있죠? 시드가 나한테 릭을 만나 보라더군요."

릭이 고개를 끄덕인다.

"시드가 왜 나한테 릭을 만나보라고 했는지 알아요?"

"저랑 일할 만한지 보려고요?"

마빈이 웃는다. "뭐, 궁극적으로는 그렇죠. 그런데 지금 물어보려고 한 건, 여기 윌리엄 모리스에서 내가 무슨 일을 하는지 아느냐, 그거예요."

"그럼요, 알죠. 에이전시잖아요."

"그럼요. 그렇지만 릭한테는 시드라는 에이전시가 이미 있잖아요. 내가 그냥 단순한 에이전시라면 릭이 여기 와 있을 이유가 없죠."

"그럼요, 마빈은 특별한 에이전시죠."

"맞아요, 나는 정말 특별한 에이전시죠." 마빈은 피우던 담배로 릭을 가리킨다. "릭은 내가 뭘 하는 사람이라고 생각하나요? 그걸 듣고 싶어요."

릭이 말한다. "글쎄요, 제가 설명 듣기로는 유명한 미국 배우들을 외국 영화에 넣으신다고."

"크게 틀린 말은 아니네요."

이제 말이 통하기 시작한 두 남자가 켄트를 깊게 한 모금 빤다. 마빈은 담배 연기를 길게 내뿜고, 일장 연설을 시작한다.

"자, 릭, 우리가 서로 알게 되면, 릭이 처음 알게 될 건 내가 아무것도 아니라는 사실입니다. 정말로 '아무것도' 아니에요. 그 사실이 나한테는 내 고객 명단만큼 중요해요. 이탈리아 영화 산업, 독일 영화 산업, 일본 영화 산업, 필리핀 영화 산업에 연줄이 있는 이유는 내가 대표하는 고객들 때문이기도 하고 내 고객 명단이 대표하는 것 때문이기도 해요. 다른 사람들이랑 다르게 나는 '기존 사업'에 있지 않아요. '할리우드 로열티 사업'에 있어요. 밴 존슨, 조셉 코튼, 팔리 그레인저, 러스 탬블린, 멜 페러."

마빈은 그 이름들을 할리우드 러시모어산에 새겨진 얼굴들의 이름인 듯 열거했다.

"시대를 초월한 고전들로 풍미를 더한 할리우드 로열티!"

마빈은 전설적인 예를 든다. "〈석양의 무법자For a Few Dollars More〉에서 모르티머 역은 처음에 리 마빈이 하기로 돼 있었는데 술에 절여진 리 마빈이 촬영 시작 3주 전에 밀려났죠. 그때 세르지오 레오네 감독을 스포츠멘스롯지 호텔(로스앤젤레스 벤추라 대로에 위치한 호텔로, 할리우드 인물들이 모이는 장소로 유명함-옮긴이)로 데려와서 멀쩡하고 깨끗한 새 얼굴, 리 반 클리프와 커피를 마시게 한 사람이 바로 나예요."

마빈은 방금 한 말이 사무실 안에 묵직하게 떠돌게 잠시 시간을 둔다. 그런 다음, 켄트를 무심한 척 길게 빨아들이고 연기를 내뿜은 뒤 특유의 선언하는 투로 덧붙인다. "그리고 그다음은, 사람들이 흔히 말하듯, '신세계 서부극 신화'죠."

마빈은 유리판이 깔린 탁자 맞은편에 앉은 카우보이 배우에게 얼굴을 바싹 댄다. "자, 릭, '바운티 로'는 좋은 드라마죠. 릭도 잘했어요. 할리우드에 와서 쓰레기 같은 걸로 유명해진 놈들도 많아요. 가드너 맥케이를 봐요."

릭은 가드너 맥케이를 비꼬는 말에 웃는다. 마빈은 계속 말한다. "'바운티 로'는 완전히 괜찮은 카우보이 드라마죠. 릭이 그걸 했고,

자랑으로 여겨도 돼요. 그렇지만 이제, 미래를 생각하면……. 아니, 미래 전에, 릭의 역사를 좀 정리해봅시다."

두 사람이 담배를 피우는 동안, 마빈은 릭이 퀴즈쇼 참가자라도 된 양, 혹은 자신이 FBI 심문관이라도 된 양 양 릭에게 질문을 던지기 시작한다.

"자, '바운티 로', NBC 작품이죠?"

"네, NBC."

"길이는 어느 정도?"

"길이라니, 무슨 길이요?"

"그 드라마 길이가 얼마?"

"음, 반 시간짜리죠. 그러니까 광고까지 합쳐서 23분."

"얼마나 오래 방영됐죠?"

"1959/60 추동 시즌에 시작했어요."

"언제 투입됐나요?"

"1963/64 시즌 중간요."

"컬러로 나갔나요?"

"컬러는 아니었어요."

"어떻게 출연하게 됐죠? 그냥 어쩌다가 우연히? 아니면 방송사에서 키워 줘서?"

"'웰즈 파고 이야기'에 출연했어요. 제시 제임스를 연기했죠."

"그 역으로 방송사의 주목을 끌었나요?"

"네. 그래도 스크린 테스트를 받아야 했어요. 더 잘했으면 좋았을 텐데……. 어쨌든 그 역이 발판이었죠."

"그사이에 했던 영화들을 자세히 이야기하자면?"

릭이 말한다. "음, 첫 번째 영화는 〈코만치 업라이징〉이었어요. 아주 늙고 아주 못생긴 로버트 타일러가 주인공이었죠. 그런데 그게 제 영화들 거의 전부의 공통점이 됐어요. 늙은 놈과 짝이 된 젊은 놈. 저랑 로버트 타일러. 저랑 스튜어트 그레인저. 저랑 글렌 포드. 딱 저만 나온 영화는 하나도 없었어요." 릭은 짜증난 목소리로 덧붙인다. "항상 늙은이랑 같이 나왔어요."

마빈이 묻는다. "〈코만치 업라이징〉 감독은 누구였죠?"

"버드 스프링스틴요."

마빈은 이력서를 살펴본다. "이력서를 보니 스프링스틴, 윌리엄 휘트니, 하먼 존스, 존 잉글리시 같은 옛날 리퍼블릭 영화사 서부극 감독들이랑 많이 일했네요."

릭이 웃는다. "영화를 어떻게든 완성시키는 감독들이죠." 이어서 더 자세히 설명한다. "그래도 버드 스프링스틴은 완성에만 연연하는 감독이 아니었어요. '완성만 하면 끝이다' 하지 않았죠. 다른 감독들하고 달랐어요."

그 말에 마빈이 흥미를 보인다. "어떤 게 달랐죠?"

"네?"

"어떻게든 영화를 완성하는 감독들하고 버드가 어떤 점이 달랐나요?"

릭은 뭐라고 대답할지 생각할 필요가 없다. 몇 년 전 크레이그 힐이 진행하는 '휠리버즈'(1957년부터 1960년까지 미국에서 방송된 텔레비전 쇼-옮긴이)에 버드와 함께 출연했을 때 그 대답을 했기 때문이다.

릭이 위풍당당하게 말한다. "버드도 다른 감독들이랑 마찬가지로 촬영 시간이 한정됐어요. 하루도, 한 시간도, 해가 지는 순간 하나도 더 주어진 건 없었어요. 그런데 버드는 그 주어진 시간 안에서 훌륭하게 일을 해냈죠." 릭이 진지하게 말한다. "버드와 작업한 건 자랑할 만한 일입니다."

마빈은 그 모습이 마음에 든다.

릭이 말한다. "그리고 출발점을 만들어 준 감독은 와일드 빌 휘트니였어요. 덕분에 처음으로 진짜 배역, 그러니까 이름이 있는 인물을 맡았어요. 그다음에는 처음으로 주인공을 맡았죠."

"어떤 영화?"

"리퍼블릭 영화사에서 나오는 그, 젊은 무법자들 서부 영화죠."

"제목은 뭐죠?"

"〈그랙 레이스, 노 스톱〉. 그리고 바로 작년에 휘트니 감독이 불러서 론 엘라이가 주인공인 '타잔'에 출연했어요."

마빈이 웃는다. "그럼 두 사람은 역사가 오래됐네요."

"저랑 휘트니 감독요? 두말하면 잔소리죠."

추억에 잠긴 릭은 지금 이야기가 잘 먹히는 것을 눈치채고 더 이야기한다. "빌 휘트니 얘기를 조금 더 할게요. 이 동네에서 제일 과소평가된 액션 감독이죠. 빌 휘트니는 액션을 그저 연출한 게 아니라 액션 연출을 창안했어요. 서부극 좋아한다고 했죠? 존 포드 감독이 만든 〈역마차〉에서 야키마 캐너트가 이 말에서 저 말로 점프하다가 말발굽 아래로 떨어지는 액션 장면 알죠?"

마빈이 고개를 끄덕인다.

"빌 휘트니가 그걸 제일 먼저 했어요. 존 포드보다 1년이나 먼저 했어요. 그것도 야키마 캐너트랑!"

마빈이 말한다. "몰랐어요. 무슨 영화에서?"

"심지어 영화도 아니었어요. 텔레비전 시리즈에서 했어요. 휘트니 감독한테서 연출을 받는 게 어떤지 더 들어 볼래요? 빌 휘트니는 '주먹싸움을 더해서 좋아지지 않을 신은 없다'는 전제 아래에서 작업해요."

마빈이 웃는다.

릭이 계속 말한다. "빌이 감독한 '리버보트Riverboat'를 찍을 때였는데, 버트 레이놀즈랑 제가 같이 나왔거든요. 대사를 하면서 신을 찍고 있었어요, 버트랑. 그러다가 빌이 이러는 거예요. '컷, 컷, 컷! 두 사람 때문에 졸려서 잠들겠어. 버트, 릭이 그 대사를 할 때 릭을 한 대 쳐. 그리고 릭은 버트한테 한 대 맞으면 열 받아서 맞받아쳐. 알았지? 오케이, 액션!' 그래서 그렇게 했어요. 다 마치니까 빌이 소리쳤어요. '컷! 바로 그거야. 이제 제대로 건졌어!'"

두 사람은 구름처럼 자욱한 담배 연기 속에서 웃는다. 마빈은 릭이 할리우드에서 힘들여 얻은 경험담을 좋아하기 시작한다. 마빈이 묻는다. "아까 말한 그 스튜어트 그레인저 영화 얘기 좀 더 해 봐요."

"〈빅 게임〉. 아프리카의 백인 사냥꾼. 뭐, 그런 쓰레기죠. 비행기에서 뛰어내려요."

마빈이 크게 웃는다.

릭이 말한다. "스튜어트 그레인저는 내가 작업해 본 사람들 중에서 제일 잘난 체가 심해요. 잭 로드하고도 작업해 봤는데 말이죠!"

잭 로드 험담에 두 사람은 낄낄거린다. 그런 뒤에 마빈이 묻는다. "조지 큐커 감독하고도 영화를 찍었죠?"

"네, 〈채프먼 리포트〉라는 진짜 개판 영화예요. 거장의 졸작."

"큐커 감독하고 잘 맞았어요?"

"장난해요? 조지는 나를 사랑했어요!" 그리고 탁자로 몸을 약간 숙이고 나직한 목소리로 넌지시 말한다. "그러니까 정말로 나를 사랑했다고요."

마빈이 빙긋 웃는다. 무슨 뜻인지 알아들었다는 표시다.

릭이 추측한다. "그 사람 습관인 거 같아요. 영화마다 좋아할 남자를 골라요. 그 영화에는 저랑 에프림 짐발리스트 주니어, 둘이 있었는데, 제가 이겼나 봐요. 그 영화에 글리니스 존스랑 계속 같이 나오거든요. 글리니스랑 제가 수영장에 가요. 글리니스는 원피스 수영복을 입어서 다리랑 팔만 내놓고 다른 데는 다 가려요. 그런데 저는 검열을 딱 통과할 정도로 아주 작은 수영복만 입어요. 베이지색 수영복. 흑백영화에서는 제가 완전히 벗고 있는 것처럼 보인다니까요! 수영장 물에 뛰어드는 장면에서만 그렇게 입고 있는 게 아니에요. 긴 대화 장면도 그 작은 수영복을 입고 엉덩이를 내민 채로 찍었어요. 영화에서 10분 동안 그러고 나왔어요. 이런 생각이 들더라고요. 세상에, 내가 이 영화의 베티 그레이블(핀업걸로 유명한 할리우드 배우로, 마릴린 먼로와 함께 〈백만장자와 결혼하는 법〉에도 출연함-옮긴이)인가?"

두 사람은 또 웃는다. 마빈은 조셉 코튼한테서 받은 금장 담배 케이스가 들어 있는 재킷 포켓의 반대편 포켓에서 작은 가죽 수첩을 꺼낸다.

"사람들을 시켜서 릭의 유럽 흥행 성적을 좀 찾아보게 했어요. 보다시피 아주 좋아요." 작은 수첩을 뒤적이면서 소리를 내서 말한다. "'바운티 로'가 유럽에서 방영됐던가?" 마빈은 찾던 페이지를 발견하고 수첩에서 고개를 들어 릭을 본다. "그러네, 방영됐네. 좋아요."

릭이 씩 웃는다.

마빈은 다시 수첩을 보며 말한다. "어디 어디였더라?" 다시 수첩 페이지를 뒤적이다가 찾던 것을 발견한다. "이탈리아, 좋고. 영국, 좋고. 독일, 좋고. 프랑스는 없네요." 그리고 릭을 보면서 위로를 건넨다. "그래도 벨기에에서 방영됐어요. 자, 이탈리아, 영국, 독일, 벨기에에서는 릭이 알려졌어요. 자, 이건 텔레비전 시리즈고, 영화도 출연했는데, 영화들은 어떤가……."

마빈은 다시 손에 든 작은 수첩을 본다. 작은 페이지를 뒤적이며 적힌 것들을 살핀다. 찾던 것을 발견한다. "서부극 〈코만치 업라이징〉, 〈텍사스 헬파이어〉, 〈태너〉, 세 편 다 이탈리아, 프랑스, 독일에서 꽤 흥행했어요." 다시 릭을 보며 말한다. "〈태너〉는 프랑스에서 아주 잘된 편이네요. 프랑스어 읽을 줄 알아요?"

릭이 대답한다. "아뇨."

"아쉽네." 마빈은 작은 수첩에 끼워진 종이를 꺼내서 릭에게 건넨다. 복사한 것을 접어 놓은 종이다. "'까이에 뒤 시네마'(프랑스에서 발간되는 유명한 영화 전문지로, 프랑수아 트뤼포, 장 뤽 고다르 등 누벨바그 작가들이 까이에 뒤 시네마에서 평론가로 출발했다—옮긴이)에 실린 〈태너〉 평인데, 아주 잘 쓴, 좋은 평이에요. 꼭 번역해서 읽어 봐요."

릭이 종이를 받는다. 속으로는 자신이 그 복사된 글을 번역할 일은 없으리라는 것을 잘 알고 있지만, 그래도 고개를 끄덕인다.

그러다가 마빈이 고개를 들어서 릭의 눈을 똑바로 보며, 갑자기 열정적으로 말한다. "그렇지만 제일 좋은 건 〈맥클러스키의 열네 주먹〉이군요!"

마빈이 말을 이어가는 동안 릭의 표정이 밝아진다. "자, 미국 개봉 성적은 컬럼비아로서는 그럭저럭 괜찮았어요. 그런데 유럽에서는, 세상에!" 마빈은 수첩에 적힌 정보를 읽으려고 다시 고개를 숙인다. "여기 적힌 걸 보면, 〈맥클러스키의 열네 주먹〉이 유럽 전역에서 대히트를 했어요. 상영 안 된 나라가 없고, 아주 오래 상영됐어!"

마빈이 수첩을 덮고 릭을 보며 결론짓는다. "그러니까 유럽에서는 릭을 다 알아요. 텔레비전 시리즈도 알려졌지만, 유럽에서는 '바운티 로'에 나온 사람보다 〈맥클러스키의 열네 주먹〉에서 한쪽 눈을 안대로 가리고 화염 방사기로 나치 1백50명을 죽인 멋쟁이로 유명해요."

마빈은 엄청난 발표를 한 뒤 켄트를 재떨이에 비벼 끈다. "마지막 영화가 뭐죠?"

이번에는 릭이 재떨이에 담배를 비벼 끄고 툴툴거린다. "일요일날 극장 가는 어린애들 보라고 만드는, 끔찍한 애들 영화예요. 〈말하는 해달 솔티〉."

마빈이 씩 웃는다. "설마 해달 역을 한 건 아니죠?"

릭은 그 농담에 어둡게 웃는다. 그렇지만 그 영화에 대해서는 어떤 이야기도 달갑지 않다.

"유니버설 영화사가 나랑 영화 네 편을 찍기로 한 계약을 그냥마무리하려고 나를 그 영화에 처박았어요. 그 영화를 보면 유니버설이 나한테 얼마나 큰 엿을 먹였는지 잘 알 수 있죠. 그 재수 없는제닝스 랭이 나를 도매금으로 팔아넘겼어요. 감언이설에 넘어가서유니버설이랑 네 편을 계약하고 말았죠. 애브코 앰버시에서도 계약하자고 했어요. 내셔널 제너럴 픽처스에서도 계약하자고 했고어빙 앨런 프로덕션에서도 계약하자고 했어요. 그걸 다 거절하고유니버설로 갔죠. 이유는? 거기가 메이저 영화사라서. 또, 제닝스랭이 했던 말 때문이죠. '유니버설이 릭 달튼을 사업적으로 크게키우고 싶대요'라나. 내가 계약서에 사인한 뒤로 그 재수 없는 놈은 얼굴 한 번 안 비쳤어요." 릭은 〈신체 강탈자의 침입〉의 제작자월터 윙거가 자기 아내 조안 베넷과 바람피웠다는 이유로 제닝스 랭의 사타구니를 총으로 쏜 사건을 생각하며 말한다. (이 사건은

1951년에 일어난 실화며, 당시 제닝스 랭은 할리우드 에이전시로 조안 베넷의 에이전시도 맡고 있었다. 이후 제닝스 랭은 유니버설 영화사의 제작자가 된다―옮긴이) "불알에 총 맞아도 싼 놈이 있다면, 그건 그 재수 없는 제닝스 랭이에요." 그리고 쓸쓸하게 덧붙인다. "유니버설이 릭 달튼을 키워요? 손톱만큼도 안 키웠어요."

릭은 잔을 들어서 한 모금 마신다. 커피는 차갑게 식었다. 릭은 한숨을 쉬며 잔을 탁자에 내려놓는다.

마빈이 계속 묻는다. "지난 2년 동안은 텔레비전 시리즈에만 간간히 출연했죠?"

릭이 고개를 끄덕인다. "그래요. 지금은 CBS에서 '랜스'라는 시리즈 파일럿(미국 방송사에서 드라마를 시리즈로 제작하기 전에 평을 보기 위해 시험 삼아 만드는 첫 편을 말한다. 파일럿이 성공적이면 시리즈로 제작된다―옮긴이)을 찍고 있어요. 악역이에요. '그린 호넷', '거인들의 땅'에 출연했고요. 아까 말한, 윌리엄 휘트니 감독이랑 찍은 '타잔'도 있고, 스콧 브라운이랑 '빙고 마틴'도 찍었어요."

릭은 스콧 브라운을 좋아하지 않는다. 그래서 그 이름을 언급할 때 무의식적으로 불쾌한 표정이 나온다. "최근에는 퀸 마틴이 제작하는 'FBI'를 찍었어요."

마빈은 조금 식은 커피를 한 모금 마신다. "그러니까 꽤 잘 살아가고 있다는 말이죠?"

릭은 말뜻을 분명하게 하려는 듯이 말한다. "일을 계속 해 오고 있다는 말이죠."

마빈이 묻는다. "텔레비전 시리즈에서는 악역만 했나요?"

"'거인들의 땅'만 빼면, 네, 그래요."

"다 싸우는 장면으로 끝나고?"

"또 '거인들의 땅'하고 'FBI'만 빼면, 네, 그렇죠."

"6만4천 달러짜리 질문. 싸움에서 졌어요?"

"그렇죠. 제가 악당 역이니까."

마빈은 크게 "아아아" 하고 탄식한다. 자신의 뜻을 명확하게 전달하려는 것이다. "그게 방송국들이 늘 써먹는 수법이죠. '빙고 마틴'을 예로 들어 보죠. 스콧 브라운 같은 신인 배우가 나타나고 그 신인 배우의 이름을 높이려고 한다고 쳐요. 그럼, 인기를 끌다가 끝난 드라마의 주인공을 악역으로 캐스팅해요. 그러다가 마지막에 둘이 싸우면, 주인공이 악역을 이기죠."

그리고 마빈은 계속 설명한다. "그런데 시청자는 빙고 마틴이 '바운티 로' 주인공을 이기는 걸로 봐요."

릭은 생각한다. '이런, 아주 똑똑한 생각이네.'

마빈의 말은 아직 남아 있다. "그다음에는 사타구니만 가린 론 엘리가 이기죠. 그리고 또 일주일 뒤에는 꽉 끼는 바지를 입은 밥 콘래드가 엉덩이를 걷어차요." 마빈은 주먹 쥔 오른손을 왼손 손바닥에 탁 쳐서 자기 말을 강조한다. "그렇게 또 2년 동안 방송사에 등장하는 신인들한테 샌드백이 되면, 그걸 보고 심리적으로 영향을 받은 대중이 릭을 어떻게 보게 될지 감이 오죠?"

마빈은 역할에 대한 이야기를 했지만 그 말에 어찌나 큰 수치심을 느꼈는지 릭의 눈썹이 절로 찌푸려진다. 내가 샌드백이라고? 이제 그게 내 배우 생활이야? 시즌마다 새로 등장하는 신인하고 싸워서 지는 거? '스물여섯 명의 남자들26 Men'(1957년부터 1959년까지 방영된 미국 텔레비전 서부극-옮긴이)의 스타 트리스 코핀이 '바운티 로'에 나와서 나랑 싸울 때 그런 느낌이었을까? 켄트 테일러도?

릭이 그 생각에 계속 잠겨 있는 사이, 마빈은 다른 주제로 넘어 간다.

"자, 네 명 이상한테서 릭 이야기를 들었어요. 그런데 전부 다 알고 있는 사람은 없더군요. 그래서 직접 물어보고 싶어요. 〈대탈 주〉에서 맥퀸 역을 할 뻔했다는 얘기는 어떻게 된 거죠?"

릭이 생각한다. '젠장, 또 그 빌어먹을 이야기야.' 전혀 달갑잖지 만, 그래도 릭은 마빈을 생각해서 웃는다. "스포츠멘스롯지 호텔 손님들이나 좋아할 얘기예요." 릭은 킥킥댄다. "왜 있잖아요, 거의 캐스팅될 뻔했는데 안 된 작품. 낚았다가 놓친 물고기."

마빈이 말한다. "그런 얘기 좋아해요. 말해 봐요."

릭은 이 지루한 이야기를 너무 많이 억지로 해 왔다. 그래서 이 야기를 뼈대만 남기고 간략하게 줄여 놓았다. 릭은 싫은 마음을 꾹 누르고, 자신의 연기 범주를 조금 벗어난 역할, 즉 겸손한 배우 역 할의 연기를 시작한다.

"음, 존 스터지스 감독이 〈대탈주〉의 힐츠 역을 맥퀸에게 제안했 을 때 칼 포먼(〈나바론 요새〉와 〈콰이강의 다리〉의 시나리오 작가이자 제작자 인 거물)이 〈승리자들The Victors〉이라는 영화로 감독 데뷔를 앞두고 있었고, 맥퀸한테 출연 제안을 했어요. 맥퀸의 마음이 크게 흔들려서 스터지스 감독은 어쩔 수 없이 힐츠 역을 맡길 배우 목록을 만들었어요. 그 목록에 저도 들어 있었나 봐요."

"또 누가 있었어요?"

"네 명이 있었어요. 저와 조지 세 명. 조지 페퍼드, 조지 마하리스, 조지 차키리스."

마빈이 열띠게 말한다. "그 목록으로 보면, 릭이 확실히 그 역을 맡았겠네요. 폴 뉴먼도 목록 중에 있었으면 어떨지 모르지만, 그 '조지'들이라니."

릭이 어깨를 으쓱한다. "어쨌든 맥퀸이 그 역을 했죠. 그러니까 아무 일도 아니에요."

"아니죠. 좋은 사연이에요. 릭이 그 역을 하는 모습이 눈에 선해요. 이탈리아에서 아주 좋아했을 겁니다!" 이제 마빈 슈워즈는 이탈리아에서 장르 영화 산업이 어떻게 돌아가는지 설명한다.

"맥퀸은 무슨 일이 있어도 이탈리아에서 일하지 않겠죠. '빌어먹을 이탈리아놈들.' 맥퀸은 이러죠. '바비 다린이나 데려가서 쓰라고 해.' 빌어먹을 맥퀸은 이래요. 로버트 와이즈랑 인도차이나반도에서 아홉 달을 촬영해도 귀도 데파초 감독이랑 시네치타에서 두 달 촬영하는 건 억만금을 줘도 안 한대요."

릭은 혼자 생각한다. '내가 스티브 맥퀸이라도 그놈의 이탈리아 서부극에 시간을 낭비하지 않아.'

마빈은 계속한다. "디노 디 로렌티스가 맥퀸한테 피렌체에 있는 빌라를 주겠다고 했어요. 이탈리아 제작자들은 맥퀸한테 지나 롤로브리지다랑 열흘 촬영으로 50만 달러에 페라리를 주겠다고 했죠." 그리고 나직이 덧붙인다. "롤로브리지다와 섹스할 거의 확실한 기회는 말할 것도 없고요."

릭과 마빈은 웃는다. 릭은 생각한다. '음, 그러면 이야기가 달라지지. 아니타 에크버그와 섹스할 수 있으면 나는 어떤 영화라도 할거야.'

마빈이 말한다. "그럴수록 이탈리아에서는 맥퀸한테 더 목을 매요. 맥퀸은 늘 거절하고, 말론 브란도도 늘 거절하고, 워렌 비티도 늘 거절하고, 그래도 이탈리아에서는 계속 시도하죠. 그 배우들을 데려올 수 없으면, 타협하죠."

릭이 되묻는다. "타협해요?"

마빈이 더 설명한다. "말론 브란도를 원할 때, 버트 레이놀즈를 써요. 워렌 비티를 원하면 조지 해밀턴을 쓰고."

마빈이 자신의 배우 경력에 사망 선고를 내리는 동안 릭의 눈 안쪽에서 눈물이 차오른다. 그 욱신거리고 따가운 자극이 느껴진다.

마빈은 릭의 괴로움을 모르는 채 말을 끝맺는다. "이탈리아에서 릭을 원하지 않는다는 말을 하는 게 아니에요. 이탈리아에서 릭을 원할 거라고 말하는 겁니다. 그렇지만 릭을 원하는 이유는, 스티브 맥퀸을 원하지만 맥퀸을 데려올 수 없기 때문이에요. 맥퀸을 데려올 수 없다고 깨달으면 자기들이 데려올 수 있는 맥퀸을 원하게 되겠죠. 그게 바로 릭이에요."

마빈 슈워즈의 잔인하도록 솔직한 말에 릭 달튼은 뺨을 맞은 듯한 충격을 받는다. 그것도 흠뻑 젖은 손으로 있는 힘껏 갈긴 손바닥에 맞은 것 같다.

어쨌든 마빈의 입장에서는 지금 상황이 좋기만 하다. 릭 달튼이 장편 극영화 주인공으로 인기를 누리고 있는 배우였다면 마빈 슈워즈를 아예 만나지도 않았을 것이다.

게다가 만나자고 먼저 청한 사람은 릭이었다. 텔레비전 드라마에서 악역을 연기하기보다 장편 극영화의 주인공으로 배우 경력을 더 쌓고 싶은 사람은 릭이다. 그리고 릭에게 현실을 알리고, 릭은 전혀 모르지만 마빈은 전문적으로 잘 알고 있는 영화계에서 기회를 찾을 수 있다고 설명하는 것이 마빈의 역할이다. 이탈리아 영화에 미국 유명 배우를 캐스팅하게 하는 에이전시로서, 릭 달튼을 전 세계에서 인기 있는 무비 스타로 만드는 것은 마빈에게 아주 좋은 커리어가 될 수 있다. 그러니 마빈이 릭 달튼의 뺨에 흐르는 눈물을 보고 당황한 것도 이상한 일은 아니다.

놀란 마빈이 묻는다. "왜 그래요? 울어요?"

부끄럽고 당황한 릭 달튼은 손등으로 눈을 훔치고 말한다. "미안합니다. 사과드립니다."

마빈은 책상에서 티슈 상자를 집어서 릭에게 건네며, 울보 배우를 달랜다. "미안할 거 없어요. 가끔씩 기분 안 상하는 사람이 어디 있어요. 사는 게 힘들죠."

릭은 상자에서 크리넥스 두 장을 소리도 요란하게 뽑는다. 이 상황에서도 최대한 남자다운 척하면서, 티슈로 눈을 닦는다. "이제 괜찮습니다. 그저 부끄러울 뿐입니다. 이렇게 창피한 모습을 보여서 죄송해요."

"창피한 모습?" 마빈이 코웃음친다. "무슨 소리. 우리는 인간이고, 인간은 울어요. 그건 좋은 일이에요."

릭은 눈물을 다 닦고 얼굴에 가짜 미소를 짓는다. "보세요. 이제 괜찮아요. 죄송합니다."

"죄송할 거 전혀 없어요. 릭은 배우예요. 배우는 자기 감정에 솔직할 수 있어야 돼요. 배우는 울 줄 알아야 돼. 그런 재능이 대가를 치를 때도 있지만. 자, 말해 봐요. 왜 그랬어요?"

릭은 자세를 바로잡고 숨을 크게 들이쉰 뒤에 말한다. "슈워즈 씨, 저는 배우 일을 10년 넘게 해 왔어요. 그렇게 일했는데, 여기 이렇게 앉아서 현실을 직면하는 게 좀 힘드네요. 나는 정말 낙오자구나. 내가 내 경력을 이렇게 망쳤구나."

마빈은 납득하지 않는다. "낙오자? 왜 그렇게 말하죠?"

릭은 탁자를 사이에 두고 앉은 마빈을 보며 진심으로 말한다.

"있죠, 예전에는 저도 잠재력이 있었어요. 정말이에요. 제 작품들을 보세요. 잠재력이 보일 겁니다. '바운티 로'에서도 보여요. 연기력이 탄탄한 배우가 출연한 회에는 특히 더 그럴 거예요. 저랑 찰스 브론슨, 저랑 제임스 코번, 저랑 랠프 미커, 저랑 빅 모로. 저한테도 반짝이는 게 있었어요! 그런데 영화사는 저한테 계속 맛이 간 늙은 배우를 붙여서 영화에 밀어 넣었어요. 그래도 저랑 찰튼 헤스턴? 그건 달랐죠. 저랑 리처드 위드마크, 저랑 로버트 미첨, 저랑 헨리 폰다, 그건 달랐어요! 그리고 딱 드러나는 영화들도 있어요. 저랑 랠프 미커가 나온 〈태너〉. 저랑 로드 테일러가 나온 〈맥클러스키〉. 젠장, 저랑 글렌 포드가 나온 〈헬파이어, 텍사스〉까지도 괜찮아요. 당시에 글렌 포드가 완전히 죽여주는 전성기는 아니었지만, 그래도 아직 완전 세 보였어요. 저랑 잘 어울려 보였고요. 네, 그래요, 저도 잠재력이 있었어요. 그런데 저한테 있던 잠재력은 그 유니버설 영화사의 빌어먹을 제닝스 랭이 망쳐 놨어요."

그런 다음, 릭은 낙담한 듯한 숨을 과장되게 내쉬고 바닥에 대고 말한다. "젠장, 제 잠재력을 망친 건 제 탓도 크죠."

릭은 고개를 들고 마빈의 눈을 똑바로 본다. "제가 '바운티 로' 네 번째 시즌을 완전히 망쳤어요. 텔레비전 시리즈에 질렸거든요. 영화 스타가 되고 싶었어요. 스티브 맥퀸을 따라잡고 싶었어요. 맥퀸이 할 수 있으면, 나도 할 수 있다! 그래서 나는 세 번째 시즌 내내 비협조적으로 구는 골칫덩어리가 됐어요. 그러지만 않았어도 순항해서 네 번째 시즌으로 이어졌겠고, 그럼 다 잘 마무리되고 좋게 끝났겠죠. 그런데 이제 스크린 젬스 영화사가 나를 미워해요. 빌어먹을 '바운티 로' 제작자들은 앞으로 평생 나한테 원한을 품겠죠. 다 내가 자초한 일이에요! 마지막 시즌 때 내가 잘난 체했어요. '나는 이 빌어먹을 쓰레기 같은 텔레비전 시리즈에서 썩기에는 아까운 사람이다' 이런 생각을 사람들한테 팍팍 티 내면서 다녔어요." 릭의 눈에 또 눈물이 그렁그렁 맺히기 시작한다. "그러던 내가 '빙고 마틴'에 출연할 때에는 스콧 브라운이 잘난 체하는 꼴을 못 보겠더군요. 그래도 나는 스콧 브라운처럼 형편없었던 적은 없어요. 나랑 같이 작업한 배우들한테 물어보세요. 나랑 같이 작업한 감독들한테 물어보세요. 나는 스콧 브라운처럼 형편없었던 적은 없어요. 같이 작업한 배우들 중에서 잘난 체하는 사람은 많았죠. 그런데 왜 스콧 브라운에 집착하는가 하면, 스콧 브라운이 감사할 줄 모르는 사람인 걸 내 눈으로 봤기 때문입니다. 그리고 그걸 봤을 때, 제 자신의 모습이 보이더군요."

릭은 다시 바닥을 내려다보며 자기 연민을 가득 담아서 말한다. "이번 시즌의 신인 배우한테 내가 발리는 건 내가 자초한 일인지도 몰라요."

릭 달튼이 감정을 터뜨리는 동안 마빈은 입을 다물고 귀를 기울인다. 잠시 침묵을 지킨 뒤 마빈이 말한다. "텔레비전 시리즈로 와서 자존심에 상처를 입은 젊은 배우는 릭이 처음도 아니에요. 사실, 이 동네에 흔한 문제점이죠. 자, 나를 봐요."

릭은 눈을 들어서 마빈의 눈을 본다.

마빈이 말을 맺는다. "그런 건 용서될 수 있어요."

그리고 마빈은 릭에게 미소를 보낸다. 릭도 마빈에게 미소를 보낸다.

마빈이 덧붙인다. "그렇지만 조금 변해야 하긴 해요."

릭이 묻는다. "어떻게 변해야 할까요?"

마빈이 대답한다. "겸손하게."

제2장

아이 앰 큐리어스 클리프
I Am Curious (Cliff)

릭 달튼의 스턴트 대역인 마흔여섯 살 클리프 부스는 윌리엄 모리스 에이전시 건물 3층에 있는 마빈 슈워츠 사무실 옆 대기실에 앉아서, 에이전시에서 대기 손님을 위해 비치한 커다란 판형의 잡지, '라이프'를 뒤적이고 있다.

클리프는 딱 붙는 리바이스 청바지 위에 같은 리바이스 청 재킷을 걸치고, 재킷 안에는 검정색 티셔츠를 입었다. 이 복장은 3년 전 클리프가 작업한 저예산 모터사이클 영화 의상이었다. 릭의 오랜 친구이자 클리프와도 친한 배우(모두 〈맥클러스키의 열네 주먹〉에서 함께 일했다) 겸 감독 톰 래플린이 클리프를 고용했었다. 래플린은 자신이 주연과 감독을 맡은 모터사이클 영화 〈본 루저〉에서 모터사이클을 타는 두 캐릭터의 스턴트맨을 클리프에게 맡겼다. 아메리칸인터내셔널픽처스에서 제작한 그 영화는 그해 그 영화사의 가장 큰 히트작이 됐다. 거기서 래플린은 1970년대 대표적인 영화 속 캐릭터인 빌리 잭을 처음으로 연기했다. 미국 원주민 혼혈인 빌리 잭은 베트남 참전용사이자 합기도 유단자로, 영화에서 '본 루저'(모델인 실제 갱단의 이름은 '헬스 엔젤스'였음)라는 이름을 쓰는 모터사이클 갱단을 상대로 합기도 실력을 주저없이 발휘한다.

클리프의 역할은 갱단 멤버 중 하나인 갱그린의 대역이었다. 갱그린 역은 데이비드 캐러딘의 오랜 친구 제프 쿠퍼가 맡았다. 클리프와 생김새가 비슷하다고 할 만했다. 촬영 마지막 주, 톰의 스턴트 배우는 팔꿈치가 탈골됐고(촬영 중에 입은 부상이 아니라 쉬는 날에 스케이트보드를 타다가 다쳤다) 클리프는 촬영 마지막 주 내내 톰의 대역도 맡았다.

빠듯한 예산의 영화 촬영이 끝나고 75달러를 받을지, 아니면 빌리 잭 의상(가죽 부츠도 포함하여)을 가질지 고르라고 했을 때 클리프는 의상을 택했다.

4년 뒤, 톰 래플린은 워너브라더스에서 영화 〈빌리 잭〉의 주연과 감독을 맡기로 한다. 영화사의 마케팅에 실망한 래플린은 영화 판권을 다시 사들이고, 옛날 곡마단 프로모터처럼 직접 주마다, 시장마다 영화를 판다. 영화관들을 빌려 직접 상영하고, 방과 후 오후에 텔레비전을 보는 아이들의 입맛에 맞게 편집한 광고를 지역 텔레비전 방송국에 쏟아냈다. 영화도 꽤 잘 만들어진 데다 래플린이 혁신적으로 잘 배급한 덕분에 〈빌리 잭〉은 할리우드 역사상 가장 큰 '뜻밖의 성공'을 거둔 영화가 됐다. 그렇게 되자 클리프는 너무 유명해진 발차기 영웅과 똑같은 청바지 의상을 입지 않게 되었다.

힘멀스틴이 바깥쪽 사무실의 책상에 앉아서 전화를 받는 동안 ("네, 슈워즈 씨 사무실입니다…. 죄송하지만 지금 고객 상담 중입니다. 어디라고 전할까요?") 클리프는 힘멀스틴의 책상 옆쪽에 놓인 원색의 불편한 소파에 앉아 커다란 '라이프'를 무릎에 올려놓고 뒤적이고 있다. 클리프는 리처드 쉬켈이 쓴 새 스웨덴 영화에 대한 영화평을 막 다 읽은 참이다. 청교도적 미국인들과 언론인 중심의 오피니언 리더 대다수는 그 영화에 몹시 당황했고, 자니 카슨과 조이 비숍을 비롯해서 제리 루이스부터 맘스 매블리까지 모든 코미디언들은 입에 착 감기는 그 영화 제목으로 말장난을 했다.

클리프는 소파에 앉아 힘멀스틴에게 말한다. "스웨덴에서 나온 〈아이 앰 큐리어스 옐로〉라는 영화 들어 봤어요?"

"네, 들어 본 거 같아요. 야한 영화 아니에요?"

"연방 고등 법원에서는 아니라고 했대요." 클리프가 알려 준다.

클리프는 잡지에 실린 글을 그대로 읽는다. "포르노그래피는 사회 가치에 대한 존중이 없다. 폴 헤이스 판사에 따르면 '아주 흥미로운 영화나 예술적으로 성공한 작품의 개념들을 숙고하건 아니하건, 〈아이 앰 큐리어스 옐로〉에는 개념이 있고, 이 개념을 예술적으로 재현하려 애쓴 것은 아주 확실하다."

클리프는 커다란 잡지를 내려놓고, 책상 뒤에 앉아 있는 갈래머리 젊은 여자와 시선을 맞춘다.

힘멀스틴이 말한다. "그게 무슨 말이에요, 정확히?"

클리프가 되풀이한다. "정확히, 이 영화를 만든 스웨덴 사람은 그저 섹스 영화를 만든 게 아니라는 말이죠. 예술을 하려고 애썼어요. 그 노력이 완전히 실패했다고 해도 상관없어요. 살면서 그렇게 큰 똥덩어리는 본 적이 없다고 생각해도 상관없어요. 중요한 건, 예술을 하려고 애쓴 거죠. 외설을 만들려고 애쓴 게 아니라." 그런 다음, 씩 웃으며 어깨를 으쓱한다. "이 평론에는 그렇게 적혀 있어요."

갈래머리 젊은 여자가 말한다. "궁금하네요."

클리프가 말한다. "저도 그래요. 같이 보러 갈래요?"

힘멀스틴의 얼굴에 빈정거리는 웃음이 퍼지고, 유대인답게 농담 타이밍을 딱 맞춰 묻는다. "저를 야한 영화에 데려가고 싶으시다?"

"아뇨, 폴 머시기 판사 말대로면, 그냥 스웨덴 영화를 같이 보고 싶은 거죠. 어디 살아요?"

힘멀스틴은 머뭇거릴 틈도 없이 본능적으로 대답한다. "브렌트 우드요."

"음, 로스앤젤레스 영화관들은 제가 다 잘 알아요. 영화관을 제가 골라도 될까요?"

재닛 힘멀스틴은 자신이 아직 데이트를 승낙하지 않았음을 잘 알고 있다. 그러나 힘멀스틴 자신도 클리프도, 힘멀스틴이 승낙할 것을 알고 있다. 윌리엄 모리스의 사규에 따르면, 미니스커트를 입은 비서들은 고객들과 데이트하면 안 된다. 그러나 클리프는 고객이 아니다. 고객은 릭 달튼이다. 클리프는 릭의 친구일 뿐.

젊은 여자가 말한다. "고르세요."

한참 나이가 많은 남자가 말한다. "현명한 선택."

두 사람이 함께 웃고 있을 때, 마빈의 사무실 문이 열리고, 갈색 가죽 재킷을 입은 릭 달튼이 나온다.

클리프는 불편한 소파에서 얼른 일어서서 릭을 보며 방금 마친 면담이 어땠을지 릭의 표정을 살핀다. 릭이 조금 땀을 흘리고 조금 은 당황하는 것을 보고, 면담이 아주 좋지는 않았겠다고 생각한다.

클리프가 부드럽게 묻는다. "괜찮아?"

릭이 기운차게 말한다. "그럼, 나야 좋지. 나가자."

"그래." 그리고 스턴트맨 클리프는 몸을 꽥 돌려 재닛 힘멀스틴 을 마주 본다. 클리프의 동작이 아주 빨라 깜짝 놀란 힘멀스틴은, 소리를 내지는 않지만 본능적으로 움찔한다. 이제 클리프는 힘멀 스틴 바로 앞에 서서(더 정확히는 굽어보며) 리바이스를 입은 금발의 허클베리 핀처럼 미소를 짓고 있다. 힘멀스틴은 클리프가 진짜, 정 말로 잘생겼다고 생각한다. 클리프가 힘멀스틴에게 말한다. "이번 수요일에 개봉해요. 언제 갈까요?"

클리프와 완전히 마주하자, 힘멀스틴의 팔에 소름이 쫙 돈다. 책상 아래에서 샌들을 신은 오른발을 바닥에서 떠워 왼쪽 종아리 뒤쪽 맨살을 훑는다.

힘멀스틴이 말한다. "토요일 밤 어때요?"

"일요일 오후는 어때요? 영화 끝난 다음에 배스킨라빈스로 모실 게요."

그 말에 힘멀스틴은 킥킥거리는 웃음을 넘어서 진짜 웃음소리를 낸다. 이 여자의 진짜 웃음소리는 사랑스럽다. 클리프가 그렇게 말하자 힘멀스틴이 진짜로 얼굴을 붉힌다. 진짜로 붉어진 얼굴도 클리프의 눈에는 사랑스럽다.

힘멀스틴의 책상 위로 손을 뻗은 클리프가 투명 플라스틱 버스 정류장 같은 것에 들어 있는 명함 한 장을 꺼낸다. 그리고 눈앞으로 가져와 소리 내서 읽는다. "재닛 힘멀스틴."

"네, 제 이름이에요." 힘멀스틴이 수줍게 웃는다.

클리프는 청바지 뒷주머니에서 갈색 가죽 지갑을 꺼내 윌리엄 모리스의 흰색 명함을 지갑 안에 여봐란듯이 넣는다. 그런 뒤 금발 스턴트맨은 릭 쪽으로 걸어가면서 젊은 비서와 농담을 계속한다. "어머니께서 물어보시면, 야한 영화를 보러 가는 게 아니에요. 외국 영화를 보러 가는 겁니다. 자막이 있는 영화. 명심해요."

클리프는 모퉁이를 돌아서 사라지기 전에 손을 흔들며 말한다. "다음 금요일에 전화할게요."

★★★

그 일요일 오후 웨스트 로스앤젤레스에 있는 로열 시네마에서 〈아이 앰 큐리어스 옐로〉를 봤을 때, 클리프와 힘멀스틴 두 사람 모두 그 영화를 좋아했다. 영화에 있어서 클리프는 릭보다 훨씬 더 모험을 즐겼다. 릭에게 영화란 할리우드가 만드는 것이고,

영국을 제외한 여타 나라들의 영화 산업은 그저 자기들끼리 최선을 다하는 것일 뿐이었다. 할리우드가 아니니까. 그러나 클리프는 제2차세계대전에서 피와 폭력을 경험하고 고향으로 돌아온 뒤, 할리우드 영화들의 유치함에 놀랐다. 〈옥스보우 인서던트 The Ox-Bow Incident〉, 〈육체와 영혼 Body and Soul〉, 〈화이트 히트 White Heat〉, 〈제3의 사나이 The Third Man〉, 〈리코 형제 The Brothers Rico〉, 〈11블록의 폭동 Riot in Cell Block 11〉 등 예외가 조금 있기는 했지만, 그러나 그것들은 가짜 정상성 속에 있는 특이한 케이스였다.

제2차세계대전 동안 참상을 겪은 유럽과 아시아 나라들이 서서히 영화를 다시 만들기 시작했다. 전쟁의 폭격으로 잔해만 남은 폐허 속에서 만들어진 경우도 많고(〈무방비 도시 Roma Città Aperta〉, 〈빅 딜 온 마돈나 스트리트 I Soliti Ignoti〉), 훨씬 더 성숙한 관객을 상대로 영화가 만들어졌다.

자국 본토에 있는 민간인들이 전쟁의 끔찍한 실상을 겪지 않은 미국에서는(여기서 '미국'이라는 말은 '할리우드'를 뜻한다) 영화가 전혀 변함없이 미성숙한 상태로 남아 있었으며, 답답하게도 온 가족을 위한 오락이라는 개념에만 충실했다.

인간성의 냉혹한 극단(가령, 일본 점령군이 필리핀 게릴라 형제의 머리들을 죽창으로 꿰뚫어 둔 것)을 목격한 클리프에게는 동시대의 가장 인기 있는 배우들, 말론 브란도, 폴 뉴먼, 랠프 미커, 존 가필드, 로버트 미첨, 조지 C. 스콧 등은 그저 배우가 하는 대사로만 들리게 말하고 영화 속에서나 보일 방식으로 반응했다. 등장인물을 설득력 없게 만드는 인위적인 면이 사라지지 않았다. 미국으로 돌아온 뒤 클리프가 가장 좋아하는 할리우드 배우는 앨런 래드였다. 왜소한 앨런 래드가 1940년대와 1950년대 패션을 입고 수영하는 듯이 움직이는 것이 좋았다. 앨런 래드가 나와도 서부극이나 전쟁영화에는 관심을 두지 않았다. 카우보이 복장이나 군복에서는 앨런 래드가 사라져 버렸다. 래드는 슈트와 넥타이 차림이어야 하며, 챙을 굽힐 수 있는 중절모를 쓰면 더 좋았다. 클리프는 래드의 외모가 좋았다. 스타 배우들의 잘생긴 얼굴과 다른 느낌으로 잘생겼다. 클리프는 자신이 아주 잘생겼기 때문에, 잘생기지 않았지만 굳이 잘생기지 않아도 되는 남자들의 진가를 알아보았다. 앨런 래드는 클리프와 함께 복무한 전우 몇 명과 닮았다. 래드가 미국인처럼 생긴 것도 마음에 들었다. 그러나 가장 좋아한 것은, 이 작은 남자가 영화에서 주먹싸움을 하는 모습이었다. 클리프는 앨런 래드가 갱 역할 전문인 성격 배우들을 갈기는 모습이 좋았다. 싸우는 동안 얼굴에 흘러내린 머리카락이 좋았다. 덩치들과 바닥에서 뒹구는 모습도 아주 좋았다. 무엇보다 좋아한 것? 목소리다. 대사를 할 때 비현실적인 면이 없었다. 윌리엄 벤딕스, 로버트 프레스턴, 브라이언 돈레비, 어네스트 보그나인이 래드와 연기할 때, 이 사람들은 모두 래드에 비하면 겉치레 배우로 보인다. 래드는 영화에서 화가 나면, 미친 듯이 화내는 연기를 하지 않았다. 현실에서처럼 그냥 찡그렸다. 클리프가 보기에 영화에서 머리를 빗고 모자를 쓰고 담배를 피울 줄 아는 배우는 앨런 래드뿐이었다(로버트 미첨도 담배를 피울 줄 안다는 건 인정한다).

어쨌든 이런 점들은 클리프에게는 할리우드 영화가 얼마나 비현실적인가를 보여주는 증거였다. 클리프는 오토 프레민저 감독의 〈살인의 해부〉를 보고 신문 기사에서 '충격적인 성인 용어'라고 언급한 부분을 보고 웃었다. 클리프는 릭에게 말했다. "살정제가 충격적인 성인 용어 취급을 받는 건 할리우드 영화뿐일걸."

외국 영화를 볼 때면, 배우들에게서 할리우드 영화에 없는 리얼리티가 보였다. 정말로 확실히 클리프가 좋아하는 배우는 미후네 토시로였다. 미후네의 얼굴에 집중하느라 자막을 놓치곤 했다. 클리프가 파고든 또 다른 외국 배우로는 장 폴 벨몽도가 있다. 〈네 멋대로 해라〉에서 벨몽도를 봤을 때 생각했다. '원숭이처럼 생겼네. 내 마음에 드는 원숭이.'

클리프가 좋아한 폴 뉴먼처럼 벨몽도에게도 스타 배우의 매력이 있었다.

하지만 폴 뉴먼은 〈허드〉 같은 영화에서 나쁜 놈을 연기할 때에도 여전히 보기 좋은 나쁜 놈이었다. 그러나 〈네 멋대로 해라〉의 벨 몽도는 단순히 섹시한 멍청이가 아니었다. 소인배, 좀도둑, 쓰레기였다. 그리고 할리우드 영화와 달리, 이 인물은 감상적으로 그려지지 않았다. 할리우드 영화에서는 이런 쓰레기들을 늘 감상적으로 그린다. 할리우드의 거짓 중에 이게 제일 심하다. 현실에서는 이렇게 탐욕스러운 잡놈들 핏속에는 감정 같은 게 아예 없다.

클리프는 〈네 멋대로 해라〉에서 벨몽도가 쓰레기 인물을 연기하며 감성적인 면을 드러내지 않아서 좋았다. 클리프가 생각하기에 외국 영화는 소설과 더 비슷했다. 보는 이가 주인공을 좋아하건 싫어하건 상관하지 않았다. 클리프는 그 점에 끌렸다.

그래서 1950년대가 시작되면서, 클리프는 베벌리힐스, 산타모니카, 웨스트로스앤젤레스, 리틀도쿄를 돌아다니며 영어 자막이 있는 외국 흑백영화를 보기 시작했다.

〈길〉, 〈요짐보〉, 〈이키루〉, 〈다리 Die Brücke〉(베른하르트 비키 감독이 1959년에 내놓은 독일 영화—옮긴이), 〈리피피 Du rififi chez les hommes〉, 〈자전거 도둑〉, 〈로코와 형제들〉, 〈무방비 도시〉, 〈7인의 사무라이〉, 〈밀고자 Le Doulos〉, 〈쓰디쓴 쌀 Riso Amaro〉(클리프는 아주 섹시한 영화라고 생각했다).

릭은 클리프의 영화 사랑을 놀리곤 했다. "나라면 읽으려고 영화관에 안 간다." 클리프는 그 놀림에 그저 빙긋 웃기만 했지만, 자막을 읽는 데에 늘 자부심을 느꼈다. 더 똑똑해진 기분이었다. 클리프는 생각을 넓히는 게 좋았다. 처음부터 곧장 드러나지는 않는 난해한 개념과 씨름하는 게 좋았다. 록 허드슨이나 커크 더글러스의 새 영화는 20분만 보면 더 알아야 할 게 하나도 없었다. 그러나 이 외국 영화들은, 지금 도대체 뭘 보고 있는지 알아내기 위해서라도 영화 전체를 봐야 한다. 그렇다고 클리프가 외국 영화들에 완전히 넘어간 것도 아니었다. 영화는 어디까지나 영화여야 했다. 아니면 무슨 소용인가? 클리프는 '필름스 인 리뷰'(1950년부터 발행된 미국의 영화 평론지-옮긴이)에 평을 쓸 만큼은 아니었지만, 〈내 사랑 히로시마〉가 개수작이라는 것을 알아볼 만큼은 영화를 알았다. 또 미켈란젤로 안토니오니가 사기꾼이라는 것을 알아볼 만큼은 알았다.

클리프는 다른 관점으로 보는 것도 좋아했다. 〈병사의 발라드〉로 클리프는 소련 병사들을 존중하게 됐다. 전에는 전혀 없던 존중심이었다. 〈카날〉(안제이 바이다 감독의 1957년작인 폴란드 영화로, 제2차세계대전 중 독일 공격을 피해 지하로 숨은 폴란드 레지스탕스의 이야기-옮긴이)을 통해 클리프는 자신의 전쟁 경험이 다른 이들에 비하면 덜 끔찍할 수도 있다는 걸 깨달았다. 베른하르트 비키 감독의 〈다리〉 때문에 클리프는 자신이 할 리 없다고 생각한 일을 했다. 바로 독일인을 위해 눈물을 흘린 것이다. 클리프는 일요일 오후를 대개 혼자서 즐겼다(일요일 오후가 클리프에게는 외국 영화의 날이었다). 클리프 주위에는 외국 영화에 관심이 있는 사람이 아무도 없었다.(스턴트맨 업계가 영화 자체에 얼마나 관심이 없는지를 생각하면 거의 코미디 수준이었다.) 그러나 클리프는 혼자 영화 보는 것도 좋아했다. 미후네, 벨몽도, 〈도박사 봅 Bob le Flambeur〉, 장 가뱅(잘생긴 장 가뱅과 백발의 장 가뱅 모두)과 함께하는 은밀한 시간이었다. 구로사와 아키라와 함께하는 시간이었다.

★★★

〈요짐보〉가 클리프의 첫 번째 미후네나 구로사와 영화는 아니었다. 그보다 몇 년 앞서 〈7인의 사무라이〉를 보았다. 클리프는 〈7인의 사무라이〉가 굉장하다고 생각하면서도, 어쩌다가 나온 걸작이 아닐까 생각했다. 그러나 신문 영화 평을 읽고 미후네와 구로사와의 근작을 알아보고 싶었다. 로스앤젤레스 시내 리틀도쿄의 실내 쇼핑센터에 있는 아주 조그만 영화관에서 〈요짐보〉를 다 보고 나오며 클리프는 미후네에 완전히 빠졌지만, 구로사와 감독에게는 아직 그 정도로 빠지지 않았다. 한 감독의 작품을 쭉 따라가는 것은 클리프의 성격에 맞지 않았다. 클리프는 영화에 그런 식으로 큰 의미를 두지는 않았다. 영화감독은 스케줄에 맞춰서 촬영하는 사람이다. 클리프는 그걸 당연히 알 수밖에 없다. 감독들과 작업할 만큼 했으니까. 영화감독을 캔버스에 어떤 톤의 파랑을 칠할지 번민하는 화가 같은, 고뇌하는 예술가로 보는 것은 실제 영화 제작과 거리가 아주 먼 환상이었다. 윌리엄 휘트니는 하루치 촬영분을 제대로 마치려고 발에 불이 나게 뛰어다녔고, 하루가 끝날 때면 충분한 결과물을 얻었다. 그렇지만 윌리엄 휘트니를 두고, 돌을 깎아 만지고 싶은 충동이 일 만한 여성의 엉덩이로 만드는 조각가와 같다고 말할 수는 없다.

그러나 〈요짐보〉에는 클리프에게 말을 거는 무엇이 있었다. 미후네도 아니고 스토리도 아니었다. 클리프는 그 다른 무엇이 어쩌면 구로사와 감독일지 모른다고 생각했다. 세 번째로 본 구로사와 영화는, 앞의 두 편이 어쩌다 나온 걸작이 아니라는 증명이었다. 〈거미집의 성〉에 클리프는 완전히 나자빠졌다. 원작이 셰익스피어 〈맥베스〉라는 말을 들었을 때에는 조금 걱정했다. 클리프는 셰익스피어 작품들에 감동받는 사람이고 싶었지만, 아무것도 느끼지 못했다. 그때쯤 클리프는 영화를 보면 대개 조금 심드렁했다. 흥분을 원하면 자동차로 트랙을 돌거나 지저분한 모터사이클을 타고 모터크로스 코스를 달렸다. 그러나 〈거미집의 성〉에는 완전히 빠져들었다. 무수한 화살로 뒤덮인 갑옷을 입고 거친 흑백 영상에 담긴 미후네의 모습을 보았을 때, '클리프 부스는 구로사와 아키라의 팬이다'라고 확고히 정해졌다.

  폭력이 세상을 지배했던 1940년대가 지나고, 1950년대는 감상적인 멜로드라마 천지였다. 테네시 윌리엄스, 말론 브란도, 엘리아 카잔, 액터스 스튜디오, '플레이하우스 90'(1956년부터 1960년까지 방영된 미국 텔레비전 드라마 시리즈로, 90분 길이의 단편들로 이루어짐 – 옮긴이). 과장된 1950년대에 구로사와 아키라는 모든 면에서 완벽한 감독이었다. 그 시기에 구로사와 감독의 가장 유명한 일련의 영화들이 나왔다. 미국 영화 평론가들은 구로사와의 멜로드라마들을 예술로 추어올리며 일찌감치 구로사와를 칭찬에 취하게 만들었다. 평론가들이 그 영화들을 이해하지 못했기 때문이기도 했다. 클리프는 자신이 일본에서 오래 싸웠고 전시에 일본군 포로로 잡혀 있기도 했으므로 어떤 평론가보다 구로사와 영화를 잘 이해한다고 느꼈다. 구로사와는 드라마와 멜로드라마, 통속적인 이야기를 영상화하는 재능을 타고났고, 만화가 같은 화면 구성 재능도 갖췄다.(클리프는 마블 만화책의 열성 팬이었다.) 클리프가 아는 한, '노인네'(클리프는 구로

사와를 그렇게 불렀다)만큼 역동적이고 기발하게 화면을 구성한 감독
은 없었다. 그러나 클리프가 생각하기에 미국 평론가들의 잘못은
구로사와 감독을 '순수 예술가'로 일컬은 것이다. 구로사와 감독은
순수 예술가로 시작하지 않았다. 애초부터 먹고살기 위해 일했다.
노동자를 위한 영화를 만드는 노동자였다. 순수 예술가가 아니라,
드라마와 통속적인 이야기를 예술적으로 영상화하는 재주가 뛰어
난 사람이었다.

그러나 '노인네'는 자신의 평에 민감했다. 1960년대 중반에 와
서 〈붉은 수염〉으로 '노인네'는 영화감독 구로사와에서 러시아 소
설가 구로사와로 변했다.

클리프는 〈붉은 수염〉을 보다가 중간에 포기하지는 않았다. 좋
아하는 영화감독에 대한 존경심도 포기하지 않았다. 그러나 나중
에, '노인네'가 〈붉은 수염〉에서 빌어먹게도 엄숙했기 때문에 미후
네 도시로가 앞으로 구로사와 감독과 일하지 않겠다고 선언했다
는 사실을 알게 됐을 때 클리프는 미후네 편을 들었다.

클리프가 꼽은 최고의 구로사와 영화

1. 〈7인의 사무라이〉, 〈이키루〉 (동률)

2. 〈요짐보〉

3. 〈거미집의 성〉

4. 〈들개〉

5. 〈나쁜 놈일수록 잘 잔다〉 (오프닝 신만)

클리프의 일본 영화를 향한 헌신(클리프 자신은 '헌신'이라 여기지 않겠지만)과 유대감은 구로사와와 미후네에 그치지 않았다.

다른 감독들의 이름은 몰랐지만 〈3인의 사무라이〉(고샤 히데오 감독의 1964년작-옮긴이), 〈대보살고개〉(오카모토 기하치 감독의 1966년작-옮긴이), 〈할복〉(고바야시 마사코 감독의 1962년작-옮긴이), 〈고요킨〉(고샤 히데오 감독의 1969년작-옮긴이)을 정말 좋아했다. 그보다 뒤인 1970년대에는 가츠 신타로가 연기하는 맹인 검객 자토이치를 아주 좋아했다. 어찌나 좋아했는지, 클리프가 가장 좋아하는 배우가 미후네에서 잠시 가츠 신타로로 바뀌기도 했다. 클리프는 미스미 겐지의 〈아들을 동반한 검객〉 시리즈, 특히 속편인 〈아들을 동반한 검객 2〉에도 반했다. 1970년대에 클리프는 여자가 남자의 성기를 자르는 대담하고 섹시한 일본 영화 〈감각의 제국〉도 봤다.(각기 다른 여자와 두 번을 봤다.) 치바 신이치(소니 치바)의 〈스트리트 파이터(격돌 살인권)〉(오자와 시게히로 감독의 1974년작-옮긴이) 시리즈 중 첫 번째 영화(치바 신이치가 흑인의 거시기를 자르는 장면이 나오는 것)도 좋아했다. 그러나 비스타 극장(이스트할리우드에 위치한 비스타 극장은 1923년에 문을 연 유서 깊은 곳으로, 쿠엔틴 타란티노가 2021년에 매입해서 현재 재오픈을 준비 중임-옮긴이)에 미후네의 사무라이 삼부작(이나가키 히로시 감독이 각기 1954년, 1955년, 1956년에 만든 영화로, 미야모토 무사시 1, 2, 3-옮긴이)을 보러 갔을 때, 너무 지루해서 그 뒤로 2년 동안 일본 영화를 보지 않았다.

1950년대와 60년대 외국 영화계의 유명인들 중 클리프가 빠지지 않은 사람도 많았다. 잉마르 베리만 영화를 시도했지만, 재미없었다(너무 지루했다). 펠리니 영화에 처음에는 정말로 매료되었다. 펠리니는 자기 아내의 채플린 같은 이상한 연기 없이 해냈어야 했다. 아니, 아예 아내 없이 혼자 해냈어야 했다. 그래도 초기의 흑백 영화들은 아주 좋아했다. 그러나 펠리니가 인생을 서커스로 규정한 뒤로, 클리프는 '아리베데르치'('안녕'이라는 뜻의 이탈리아어-옮긴이)를 고했다.

트뤼포의 영화도 두 편 보았지만, 반응할 수 없었다. 영화들이 지루했기 때문은 아니었다. 아니, 지루한 것만이 이유는 아니었다. 트뤼포 동시 상영에서 본 두 편의 영화는 클리프를 전혀 사로잡지 못했다. 처음 본 〈400번의 구타〉에는 차게 식었다. 어린애가 왜 저러는지 도대체 이해할 수 없었다. 클리프는 그 영화 얘기를 아무에게도 하지 않았지만, 영화 얘기를 꺼냈다면 우선 아이가 발자크에게 기도하는 장면을 말했을 것이다. 프랑스 애들은 그러나? 그게 일반적이라는 뜻이야, 아니면 걔가 좀 이상한 애라는 뜻이야? 미국 어린애가 벽에 윌리 메이스(미국 프로 야구 선수-옮긴이) 사진을 붙이는 거랑 같은 의미일 수도 있겠지. 그렇지만 그렇게 단순한 얘기는 아닌 거 같아. 아니, 이상하잖아. 열 살짜리 애가 발자크를 그렇게 좋아한다고? 그럴 리가. 그 어린애가 트뤼포 감독 자신의 모습이라고 하면, 트뤼포는 자기가 얼마나 잘났는지 관객한테 자랑하는 거지. 그런데 솔직히, 화면에 나오는 그 아이는 전혀 잘나 보이지 않아. 이런 애를 주인공으로 무슨 영화를 만들어?

〈쥴과 짐〉의 매가리 없는 멍청이들도 짜증스러웠다. 클리프는 〈쥴과 짐〉에 빠져들 수 없었는데, 그 영화의 여자 주인공에 빠져들지 못했기 때문이다. 그 여자를 좋아하지 않으면 영화를 좋아할 수 없는, 그런 영화였다. 클리프는 그 여자를 그냥 물에 빠져 죽게 두었으면 영화가 훨씬 낫지 않았을까 생각했다.

★★★

클리프는 도발적인 것을 아주 좋아했으므로, 〈아이 앰 큐리어스 옐로〉도 좋아했다. 섹스 장면 때문만은 아니었다. 정치 논쟁도 일단 익숙해지자 좋았다. 흑백 화면도 아주 좋았다. 〈네 멋대로 해라〉는 전투 영화 같은 예술적인 맛이 있는데 반해, 〈아이 앰 큐리어스 옐로〉는 단색으로 화려해서 여주인공 레나가 나올 때마다 화면을 핥고 싶었다. 〈아이 앰 큐리어스 옐로〉의 줄거리(라 할 수 있을지 모르지만)는 스물두 살의 배우 레나 니만이 연기하는 스물두 살의 대학생 레나가 이 영화를 만든 마흔네 살의 감독 빌고트 스호만이 연기하는 마흔네 살의 영화감독 빌고트와 데이트하는 이야기다.

두 레나(현실의 배우 레나와 영화 속 레나)는 모두 빌고트의 새 영화에 주인공을 맡는다. 처음에 영화는 레나와 빌고트, 그리고 그 둘이 함께 만드는 정치 선동적인 다큐멘터리의 부분들을 오간다. 힘멀스틴은 처음에는 약간 어리둥절해 했다. 클리프도 그랬다. 그러나 클리프는 이내 이해했고, 그 영화의 파장을 이해한 자신이 영리한 사람이 된 기분을 느꼈다. 영화감독은 자유분방한 대학생 애인을 자기 영화 속에서 얼굴 예쁜 꼭두각시로 쓰려 한다. 또 곧장 애인을 아주 열띤 정치 공방 한가운데에 던져 놓는다. 빌고트 영화의 초기 촬영분은 마이크와 핸드헬드 카메라로 무장한 레나가 거리에서 힐난조의 질문으로 스웨덴 부르주아 시민들을, 말 그대로 습격하는("스웨덴에서 계급 구조를 끝내기 위해 개인적으로 무슨 일을 하고 있나요?") 장면들로 이루어져 있다. 클리프에게 어떤 부분은 지루하고 어떤 부분은 너무 난해했지만, 전반적으로 마음에 들었다.

오늘날 사회에서 스웨덴군의 필요성과 역할에 대한 토론이 특히 와닿았다. 그 논쟁은 길거리에서 이루어졌는데, 스웨덴 국민은 모두 병역을 거부해야 한다는 젊은이들과 평화를 위해 모든 국민이 4년을 의무 복무해야 한다는 젊은 장교 후보생들의 논쟁이었다. 클리프는 양쪽 다 일리가 있다고 생각했다. 그리고 어느 한 쪽도 상대편에 화를 내지 않는 모습이 반가웠다.

논쟁은 발전돼서 더 구체적이고 실제적인 질문들로 이어졌다. 예를 들어, '스웨덴이 적국에 점령되면 스웨덴군은 뭘 할까? 뭘 해야 할까?' 같은 질문이었다.

클리프는 러시아나 나치나 일본이나 멕시코나 바이킹이나 알렉산더 대왕이 미국을 무력으로 점령하면 미국인들이 어떻게 할지 생각해 본 적은 없지만, 이미 어떻게 할지 알고 있었다. 속옷에 오줌을 지리며 경찰을 부르겠지. 경찰도 점령군의 지휘 아래에 있어 아무 도움도 안 된다는 사실을 깨달으면, 잠시 절망한 뒤에 점령군에 협조하겠지.

영화는 진행될수록 더 혼란스럽다. 일부러 혼란스럽게 만든 부분도 많고, 감독 스스로가 '이건 이상한 영화다'라고 선언하는 것을 클리프는 알 수 있었다.

영화를 계속 볼수록 그 영화의 흡입력에 점점 더 빠져들었다. 뭐가 진짜 레나의 이야기고, 뭐가 빌고트가 만드는 다큐멘터리 영화지?

현실과 영화의 함축적 의미가 호기심을 자극했다. 나중에 그 영화를 다시 생각하며, 영화에서 레나의 아버지가 등장한 것의 함의를 깨달았을 때 특히 더 흥미로웠다.

아니, 그럼, 레나 아버지 이야기는 전부 현실이 아닌가? 진짜 레나 아버지야, 아니면 아버지 역을 연기하는 배우야? 현실에서는 그 남자가 레나 아버지를 연기하는 배우인 건 사실이야. 그런데 영화 속 레나의 아버지야, 아니면 빌고트가 만드는 영화에서 레나의 아버지 역을 연기하는 배우야?

클리프에게는 이런 영화적 의문점들이 아주 큰 흥밋거리였지만, 힘멀스틴에게는 아니었다. 클리프는 힘멀스틴이 등을 스크린에서 멀리 뒤로 젖히는 것을 느꼈고, 힘멀스틴은 클리프가 앞으로 숙이는 것을 느꼈다. 힘멀스틴이 '나는 지루한 노랑이야' 하고 나직이 말하는 소리도 클리프의 귀에 들렸다.

클리프는 생각했다. '잘됐네. 이건 이상한 영화니까.'

그래, 이 시네마베리테cinema verite 기법의 내용들은 다 좋다 이 거야. 그런데 이 영화가 유명해진 이유, 그러니까 '섹스 신'은 어디 갔어? 클리프가 이 영화를 보러 온 이유는 (전적으로는 아니어도) 그 것이었다. 궁금했다. 그리고 힘멀스틴을 데려온 것도 분명히 그것 때문이었다. 이 영화 필름이 처음 스톡홀름에서 날아왔을 때 미국 세관에 붙잡혀 있게 된 원인인 섹스 신에서 레나와 관계를 맺는 남자는 빌고트가 아니다.(클리프는 그 비계덩어리를 보지 않아도 돼서 다행 이라고 생각했다.) 그 남자는 레나가 아버지를 통해서 만난 수상쩍은 유부남(배우는 뵈르예 알스테츠)이다.

미국 극장에서 최초로 상영되는, 레나와 뵈르예가 레나의 아파 트에서 벌이는, 진짜 섹스 장면을 보는 동안 클리프는 새로운 것을 보고 있다는 기분을 느꼈다. 최근에 다른 주류 영화들은 이런 신 으로 유치한 짓을 해 왔다. 〈조지 수녀의 살해〉(로버트 앨드리치 감독 이의 1968년작인 블랙 코미디-옮긴이)에서 수재너 요크와 코럴 브라운 이 젖꼭지를 빠는 레즈비언 애무 장면. 〈더 폭스〉(마크 라이델 감독 의 1967년작-옮긴이)에서 앤 헤이우드의 자위 장면. 〈사랑하는 여인 들〉(켄 러셀 감독의 1969년작-옮긴이)에서 올리버 리드와 앨런 베이츠 가 벽난로 옆에서 누드로 벌이는 레슬링.(클리프는 그 영화를 보지 않았 지만, 예고편을 보고 입이 떡 벌어졌다.) 그러나 스요만의 누드 섹스 신은 주류 배급 영화에 새 지평을 열었다. 애초에 이 영화 필름은 외설 을 이유로 미국 세관에 압류되어 있었다. 영화의 미국 배급처 그로브 프레스는 법정으로 이 문제를 끌어갔고, 연방 지방 법원에서 열린 첫 재판에서는 패소했지만, 그것이 그로브 프레스의 전략이었다. 그로브 프레스는 항소했고, 판결은 뒤집혔다. 어떤 판결이 나오건, 그 결과는 이 영화뿐 아니라 이렇게 성적으로 자극적인 내용을 담은 영화 전체에 적용된다. 연방 고등 법원에서 지방 법원의 판결을 뒤집었을 때, 빌고트 스요만의 영화 〈아이 앰 큐리어스 옐로〉는 엄청난 화제가 됐다. 그리고 주류 영화의 성 표현에 새 물결을 일으켰다. 〈아이 앰 큐리어스 옐로〉는 이후 몇 년 동안 예술성을 띤 야한 영화들이 넘쳐나게 만든 시초가 되었고, 그 영화들 중에 가장 큰 수익을 거두었다. 한편, 영화계와 관중은 이 길을 따라 어디까지 내려갈 수 있을지 기꺼이 시험하고 있었다. 포르노그래피 산업은 잠시 비켜서고, 주류 영화가 얼마나 많은 영역을 확보할지 탐구하는 기간이었다.

클리프와 힘멀스틴은 레나의 아파트에서 펼쳐지는 섹스 신을 지켜보며 새로운 것을 처음 보는 흥분에 사로잡혀 있었다. 섹스 신이 시작되자 두 사람 다 양손을 깍지 꼈다.

클리프는 마빈 슈워즈 사무실 앞에서 읽은 '라이프'에 리처드 쉬클이 쓴 영화평을 떠올렸다.

10년, 아니 5년 전만 해도 윤리적인 면은 말할 것도 없이, 미학적으로나 문화적으로 끔찍한 쇼크였으리라. 그러나 이제 사상과 예술의 모든 영역에서 우리는 이렇듯 노골적인 수준까지 감질나게 가까이 온 터,

마침내 그 수준에 도달해서 실제로 마주하게 된 것에 오히려 안도감을 느낀다.

〈아이 앰 큐리어스 옐로〉의 첫 번째 섹스 신, 아니, 사실상 현대 영화의 첫 번째 섹스 신은 에로틱하다고 말할 수는 없었다.(클리프는 발기하지 않았다.) 그래도 노골적인 누드는 확실히 자극적이었다. 그러나 그 신이 기억에 남는 진짜 이유는 재치에 있었다. 빌고트 스요만 감독은 최초의 진짜 섹스 신을 실수의 연속으로 보이게 찍었다. 급한 밀회가 대부분 그렇다. 스요만은 남녀의 리얼한 어색함을 강조하려 애썼다. 이 남녀는 섹스를 원한다. 영화 내내 이 장면을 기다린 관객도 이 남녀의 섹스를 원한다. 그러나 감독은 한낮의 짧은 섹스에 현실적인 장애물을 연달아 던진다. 뵈르예가 레나의 바지 단추를 끄르려고 여러 번 애쓰지만 실패하자, 레나는 서툰 뵈르예를 살짝 비꼬고('그것도 못해요?') 결국 키스를 못하게 막고 직접 바지를 벗는다. 뵈르예는 일어서 있는 자세로 하려 하지만, 레나가 막는다('그건 못해요'). 분명히 과거의 경험에서 나온 말이다. 다른 방으로 가서 매트리스를 가져와야 할 때, 발목이 바지로 묶인 채 장난감 병정처럼 어기적어기적 걷는다. 매트리스를 꺼내면서 실제로 방을 엉망으로 만든다. 매트리스를 거실로 잡아당기지만, 레나의 녹음 장비(릴 테이프리코더, 녹음 테이프, 마이크 등)가 사방에 널려 있고, 매트리스를 바닥에 깔고 섹스하려면 먼저 그 녹음 장비들부터 치워야 했다.

클리프는 그 신이 그때껏 자신이 본 중 최고의 장면이라고 생각했다. 정말이지 더없이 리얼했다. 클리프 자신도 그런 아파트에 가봤다. 그렇게 바닥에 매트리스를 깔고 그렇게 섹스했다. 그때 클리프도 바닥에서, 소파에서, 침대에서, 자동차 뒷좌석에서 여자와 섹스하려고 잡지와 만화책과 페이퍼백 책과 음반을 재빨리 한 곳에 쌓았다. 또 클리프는 바지를 발목까지 내리고 완전히 발기한 성기를 앞장세워 아주 멀리까지 걸어간 것으로 유명하기도 했다.

클리프는 다리 위 섹스 신도 섹시하다고 생각했다. 클리프도 공공장소에서 섹스하기 좋아한다. 사람들 앞에서 좆을 빨리고, 사람들 앞에서 사정하기를 좋아한다. 그 두 신을 본 뒤, 클리프는 영화의 장대한 두 순간을 보았다고 느낀다. 그러나 클리프도 힘멀스틴도 음모가 나오는 장면에는 마음의 준비가 되어 있지 않았다. 레나와 뵈르예가 알몸으로 누워서 대화하는 장면이다. 레나는 뵈르예의 축 처진 성기 옆에 얼굴을 두고, 손가락으로 뵈르예의 풍성한 음모 사이를 어루만지며, 그 성기에 가볍게 입을 맞춘다. 웨스트우드에 있는 극장에 앉아서 힘멜스틴의 손을 잡은 채, 진짜 여배우가 나오는 진짜 영화에서 그런 장면을 보고 있으니, 클리프는 영화의 새 여명을 지켜보는 기분이었다.

★★★

나중에 릭이 클리프에게 힘멀스틴과 했는지 물었다.

클리프가 대답했다. "아니."

클리프는 브렌트우드에 있는 힘멀스틴의 집까지 데려가는 중에 힘멀스틴이 자동차 뒷좌석에서 입으로 빨아주었다고 릭에게 말했다. 그렇지만 클리프와 힘멀스틴의 데이트는 그것으로 끝났다.

1972년, 재닛 힘멀스틴은 윌리엄 모리스의 정식 에이전시로 진급하고, 1975년에는 그곳에서 최고로 뛰어난 에이전시가 된다.

클리프와 영화를 본 그날부터 재닛은 오럴섹스를 승부수로 삼았다.

제3장

ξ

시엘로 드라이브

클리프 부스가 운전하는 릭 달튼의 1964년형 캐딜락 쿠페 드
빌이 윌리엄 모리스 빌딩 지하 주차장에서 빠져나와 찰스빌로 들
어서고 한 블록 내려가서 월셔 대로로 간다.

빈티지 캐딜락과 두 빈티지 남자가 번화가를 지나갈 때 로스앤
젤레스를 메뚜기떼처럼 점령한 반문화 히피들이 담요와 원피스와
더러운 맨발 차림으로 보도를 걸어간다. 화난 이유를 아직 친구 클
리프에게 말하지 않은 릭 달튼은 심기가 불편한 채 차창 밖을 내
다보며 경멸조로 지나가는 히피를 언급한다. "저 빌어먹을 것들 좀
봐. 젠장, 전에는 여기가 살기 좋았어. 그런데 지금 좀 봐." 그리고
파시스트처럼 말한다. "벽에 나란히 세워 놓고 다 총으로 쏴 버려
야 돼."

붐비는 월셔를 지나 릭의 집이 있는 더 조용한 주택가 시엘

로 드라이브로 향한다. 릭은 캐피털W 담뱃갑에서 담배 한 개비를 꺼내 입에 물고 지포 라이터로 불을 붙인다. 그리고 늘 하듯 터프가이 스타일로 은색 뚜껑을 탁 닫는다. 담배를 4분의 1쯤 피운 뒤 릭이 운전하는 클리프에게 말한다. "친구, 나는 이제 공식적으로……." 릭은 코를 크게 훌쩍인 뒤 말을 맺는다. "퇴물이야."

클리프가 자기 고용주를 위로하려 한다. "왜 이래, 파트너. 무슨 말이야? 에이전시가 뭐라고 했길래?"

릭이 내뱉는다. "빌어먹을 진실을 들려주더라. 에이전시가 한 건 진실을 말한 거뿐이야!"

"왜 그렇게 화가 났어?"

릭은 고개를 돌려 클리프를 본다. "내가 내 배우 경력을 변기에 처박았다는 사실을 똑바로 보게 됐어. 좆같이 화가 난 이유는 그거야!"

"무슨 일이 있었는데? 에이전시가 거절했어?"

릭이 담배를 또 깊게 빤다. "아니, 이탈리아 영화를 찍게 도와주고 싶대."

"그런데 뭐가 문제야?"

클리프가 곧장 대꾸하자 릭이 소리친다. "빌어먹을 이탈리아 영화를 찍어야 돼. 그게 좆같이 문제야!"

클리프는 릭이 화내게 두고 계속 운전하기로 마음먹는다. 릭은 자기 연민을 느끼며 담배를 또 한 모금 깊이 빤다. 릭이 담배 연기를 내뿜으며 자기 과거를 요약한다. "유명해지기까지 5년. 제자리

걸음 10년. 이제 급속도로 곤두박질치기."

로스앤젤레스의 많은 차들 사이로 빠져나가며 클리프는 다른 관점을 제안했다. "이봐, 나는 경력이라고 할 게 없으니 지금 네 기분이 어떨지 잘 안다는 말은 못 하지만……."

릭이 말을 가로챈다. "경력이 없다니 무슨 말이야? 너는 내 스턴트 대역이야."

클리프는 사실을 말한다. "릭, 나는 이제 네 운전수야. '그린 호넷' 이후로, 그리고 네 운전면허가 취소된 이후로, 나는 그냥 네 운전수야. 그걸 불평하는 건 아니야. 나는 운전하는 게 좋아. 촬영장에 가고. 오디션에 가고. 회의에 가고. 네가 일하는 동안 할리우드 힐스 집에 있는 것도 좋아. 근데 스턴트맨으로 일하지 않은 건 벌써 한참 됐어. 그래서 말인데, 지금 내 입장에서는 로마에 가서 영화 주인공을 맡는 게 지금 네가 생각하는 것만큼 죽을 맛은 아닐 거 같아."

릭이 재빨리 되받아친다. "이탈리아 서부극 본 적 있어?" 그리고 자기 질문에 자기가 대답한다. "끔찍해! 그냥 코미디야."

클리프가 되받아친다. "아, 그래? 몇 편이나 봤어? 한 편? 두 편?"

릭이 근엄하게 말한다. "볼 만큼 봤어! 마카로니웨스턴을 좋아하는 사람은 아무도 없어."

클리프가 웅얼거린다. "이탈리아에는 분명히 좋아하는 사람이 있을 텐데."

릭이 말한다. "이봐, 나도 어릴 때 호팔롱 캐시디랑 후트 깁슨을 보면서 자랐어. 하지만 마리오 바나나노가 주인공이고 귀도 데파 초 감독이 만든 서부극은 보면서 신났던 적은 없어." 릭은 차창 밖으로 담배를 던지며 이탈리아 영화 비난을 마무리한다. "〈리오 브라보〉에서 딘 마틴이 연기한 이탈리아 놈을 생각하면 지금도 화가나. 빌어먹을 〈알라모〉에서 죽어가는 프랭키 아발론은 말도 꺼내지 마."

클리프가 조심스레 말한다. "다시 말하지만, 나는 네가 아니니까. 그래도 살면서 꽤 해 볼 만한 경험 같아."

릭이 정말로 궁금해서 물었다. "무슨 뜻이야?"

"파파라치들이 밤낮없이 너를 찍을 테고. 콜로세움이 내다보이는 작은 테이블에서 칵테일을 마시고. 세상에서 제일 맛있는 파스타와 피자를 먹고. 이탈리아 여자들이랑 섹스하고. 내 생각에는 그게 버뱅크에서 노는 거나 빙고 마틴이랑 싸워서 지는 거보다 훨씬나아."

릭이 크게 웃는다. "그건 딱 맞는 얘기네."

그리고 두 남자는 낄낄거린다. 릭의 얼굴에 미소가 번진다. 두 사람이 팀이 된 뒤로 클리프가 릭을 위해 불을 끄는 일은 둘의 관계에서 중요한 부분이 되었다. 지금처럼 은유로 '불'이라 말할 상황도 있었지만, 두 사람이 처음 팀을 이루게 된 계기는 진짜 말 그대로 불이었다.

'바운티 로' 세 번째 시즌(1961~1962년 시즌)을 제작할 때였다. 릭의 대역으로 클리프 부스가 왔다. 처음에 릭은 클리프가 마땅찮았는데, 정말 중요한 이유 때문이었다. 클리프가 스턴트맨으로는 너무 잘생긴 것이다. '바운티 로'는 릭의 잔치였다. 릭의 의상을 입었을 때 릭보다 잘생긴 스턴트맨이 뻐기며 돌아다닌다? 릭이 바라는 일은 아니었다. 그러다가 릭의 귀에 클리프가 제2차세계대전에서 세운 공적이 들려왔다. 클리프는 그저 단순한 전쟁 영웅이 아니었다. 제2차세계대전 최고의 전쟁 영웅이었다. 무공 훈장을 받았다. 그것도 두 번이나. 첫 훈장은 시칠리아에서 이탈리아군을 무찌른 공로로 받았다. 보기 드문 영광인 두 번째 훈장은 여러 이유로 수여됐는데, 가장 큰 이유는 히로시마에 폭탄을 떨어뜨린 미군들을 빼고, 적인 일본군을 클리프 부스 병장만큼 많이 죽인 미군은 없기 때문이다.

한편 릭은 발을 평평하게 만들면 군에 징집되지 않을 거라는 생각으로 몇 달 동안 식탁 의자에서 바닥으로 뛰어내리기를 반복했다. 전쟁 시기에 군에 가기는 더더욱 싫었다. 그래도 릭은 참전한 사람들, 참전해서 탁월한 공을 세운 사람들을 존경했다.

두 사람 사이가 공고해진 '불' 사건은 클리프가 '바운티 로'에 참여한 지 두 달쯤 됐을 때 벌어졌다. 텔레비전 드라마는 회마다 감독이 다르다. 어느 회에서 감독을 맡은 버질 보겔이 주인공 제이크 카힐에게 커다란 겨울 코트를 에나멜가죽 구두처럼 반짝이는 흰색으로 염색해서 입히는 아이디어를 냈다. 실제로 보면 어이없겠지만, 흑백 영상에서는 깔끔해 보일 수 있었다. 그런데 의상팀에서 이 코트를 준비하기까지 오래 걸려서 보겔이 연출하는 회에는 준비가 되지 않았다. 그래서 제작자들은 그다음 회에 그 의상을 쓰기로 했고 마침 그다음 회에서는 끝부분에 제이크 카힐이 불길에 휩싸인다. 준비하느라 시간을 많이 쏟은 커다란 겨울 코트를 제대로 써먹기에 아주 좋은 기회라고 모두가 생각했다.

클리프는 몸에 불이 붙는 스턴트를 할 준비가 돼 있었고, 잘할 수 있었다. 그러나 릭은 이 촬영에 대한 설명을 들은 뒤 직접 시도하기로 마음먹었다. 그래서 제이크의 커다란 코트 등판에, 릭의 얼굴과 머리카락과 가능한 멀리, 연소 촉진제를 발랐다. 그러나 스태프 중 누구도, 심지어 의상팀 사람들조차 모르는 것이 있었다. 코트를 염색한 흰 염료에 알코올이 65퍼센트나 들어 있다는 사실이었다. 정말 아무도 몰랐고 알려준 사람도 없었다. 처음 코트 제작을 계획했을 때 코트가 쓰일 회차에는 불이 붙는 장면이 없었기 때문이다. 그래서 릭이 입은 코트 등에 불을 붙이자, 코트는 불꽃처럼 확 타올랐다.

코트에서 쉭 소리가 나며 불길이 솟구치자 릭은 공황 상태에 빠졌다. 순식간에 불길은 어깨를 넘어 머리까지 날름거렸다. 순간 겁에 질린 릭은 정신없이 옷을 벗어 던지려고 날뛸 뻔했다. 그 상황에서 할 수 있는 최악의 행동을 할 뻔한 것이다. 그러나 미처 날뛰기 직전, 릭은 클리프 부스의 침착한 목소리를 들었다. "릭, 지금서 있는 데는 물웅덩이야. 그냥 바닥에 쓰러지면 돼."

릭은 그 말대로 했고, 불길은 정말 아무런 피해를 입히지 못하고 곧장 꺼졌다. 그리고 그때 릭과 클리프는 '릭과 클리프 팀'이 됐다.

클리프 부스의 진짜 멋진 면은 그것뿐이 아니었다. 좋은 친구, 좋은 스턴트맨, 전쟁 영웅에 더해, 이 허구의 세계에서 클리프는 진짜로 사람을 죽인 경험이 있었다. 릭은 텔레비전 드라마에서만 2백42명을 죽였다. 거기에 서부 영화에서 죽인 인디언과 도적 수도 넣어야 하고 〈맥클러스키의 열네 주먹〉에서 죽인 나치 1백50명도 더해야 한다. 그리고 〈직소 제인〉에서 검정 가죽 장갑을 낀 사이코 살인마를 연기하면서 반짝이는 은빛 하이힐 굽으로도 사람들을 죽였다.

리버사이드 드라이브 옆 스모크 하우스에 있는 술집에서 릭은 클리프와 함께 술을 마시며 〈직소 제인〉 캐릭터를 의논하고 있었다. 릭이 클리프에게 적군을 칼로 죽인 적 있는지 물었다.

클리프가 대답했다. "많지."

릭이 놀라며 말했다. "많아? 많다면, 몇 명이야?"

"뭐? 여기서 지금 세 보라는 말이야?"

"어, 그래."

"음, 어디 보자……." 클리프는 손가락을 꼽으며 혼자 말없이 세기 시작했다. 손가락을 다 쓰자, 다시 하나씩 펴며 셌다. 그리고 말했다. "16명."

그 순간 릭의 입에 위스키사워가 들어 있었으면, 코미디 영화에서 하듯 팍 내뿜을 뻔했다. 릭은 눈이 휘둥그레져서 말했다. "칼로 16명이나 죽였어?"

"전쟁 때 일본군."

릭은 클리프에게 몸을 바싹 기울이고 물었다. "어떻게 했어?"

"정신적으로 감정적으로 어떻게 칼로 죽일 수 있었느냐는 질문이야, 아니면 죽이는 방법을 묻는 질문이야?"

릭은 생각했다. '와, 좋은 질문이네.'

"음, 전자 같아. 어떻게 했어?"

"음, 다 그런 건 아니지만 대부분은, 좀 덜떨어진 놈 뒤로 다가가서 갑자기 확 죽이는 거야. 어떤 놈은 군화에 자갈이 들어가서 대열에서 뒤처져 자갈을 빼려고 군화를 벗고 있어. 그러면 내가 그 뒤로 다가가서 옆구리에 칼을 꽂고 손으로 놈의 입을 막고 칼을 비틀어. 놈이 완전히 죽었다는 느낌이 올 때까지 칼을 비틀지."

릭은 생각했다. '세상에!'

클리프가 검지를 들며 철학적으로 말했다. "자, 이제 놈은 확실히 죽었어. 그렇지만 놈은 나 때문에 죽었을까, 아니면 군화에 들어간 자갈 때문에 죽었을까?"

릭이 말했다. "자, 정확하게 정리해 보자. 일본군 옆구리에 칼을 꽂고, 비명이 새어 나가지 않게 입을 손으로 막고, 놈이 몸부림치면서 죽어가는 내내 놈을 그렇게 꽉 안고 있었다는 거지?"

클리프는 하이볼 잔에 얼음 없이 가득 채운 와일드터키를 크게 한 모금 마시고 말했다. "그래."

릭은 차가운 위스키사워를 조금 마시며 소리쳤다. "와!"

클리프는 자기 얘기를 생각하는 릭을 보며 싱긋 웃다가 도발하듯 물었다. "어떤 느낌인지 궁금해?"

릭의 시선이 클리프의 얼굴로 향했다. "뭐라고?"

클리프가 나직한 목소리로 천천히, 신중하게 말했다. "어떤 느낌인지 궁금하지 않냐고." 그리고 어깨를 으쓱하며 덧붙였다. "〈직소 제인〉인물 연구에 도움이 되게."

릭은 잠시 아무 말도 하지 않았다. 술집이 아주 고요해진 것 같았다. 이윽고 릭 달튼은 아주 나직이 "궁금해" 하고 슬며시 말했다. 클리프는 친구이자 고용주를 보며 미소를 짓고 술을 크게 한 모금 마시고 묵직한 유리잔을 바에 세차게 내려놓은 뒤 또 어깨를 으쓱하며 말했다. "돼지를 죽여."

릭이 생각했다. '뭐?'

릭이 말했다. "뭐?"

클리프가 사악하게 말했다. "돼. 지. 를. 죽. 여." 잠깐의 침묵 뒤, '돼지를 죽여'라는 말이 허공에 맴돌 때 클리프가 설명했다.

"크고 살찐 돼지를 사. 집 뒷마당에 돼지를 데려가. 그다음에 돼지 옆에 꿇어앉아. 돼지를 끌어안고 돼지를 느껴 봐. 돼지의 생명을 느끼고, 냄새를 느끼고, 꿀꿀거리는 소리를 들어. 그다음, 다른 팔로, 돼지 옆구리에 식칼을 꽂고, 계속 안고 있어."

릭은 바 스툴에 앉은 채 넋을 잃고 클리프의 말에 귀를 기울였다.

"이제 돼지는 미친 듯이 비명을 지르고 피를 쏟아내. 그리고 너한테 덤벼들어. 그래도 너는 한 손으로는 돼지를 꽉 껴안고, 한 손으로는 계속 칼을 꽂고 있어야 해. 그 상태가 영원히 계속될 거 같아도 어느 순간 네 품에서 돼지가 죽은 게 느껴져. 바로 그 순간이야. 죽음을 진짜로 느끼는 순간. 네 품에서 피 흘리고 비명을 지르고 격하게 몸부림치는 돼지가 삶이야. 그리고 네가 안고 있는, 움직이지 않는 무거운 고깃덩어리가 죽음이야."

클리프가 상상의 돼지를 죽이는 과정을 하나하나 설명하는 동안 릭은 자기 뒷마당에서 그대로 실현하는 자신을 상상하며 점점 더 창백해졌다.

클리프는 자신이 릭의 머릿속을 장악했음을 깨닫고 확실히 녹다운시킬 한 방을 먹였다. "그러니까 사람을 죽이는 게 어떤 느낌인지 경험하고 싶다? 법에 걸리지 않고 가장 가깝게 경험할 방법은 돼지를 죽이는 거야."

릭은 자기가 할 수 있을지 골똘히 생각하며 침을 꿀꺽 삼켰다.

클리프가 덧붙였다. "그다음에는 돼지를 푸줏간에 가져가서 썰어 달라고 해. 베이컨, 폭찹, 소시지, 등심, 족발. 한 마리를 남김없이 다 먹어. 그게 그 죽음에 경의를 표하는 길이야."

릭이 위스키사워를 목으로 넘겼다. "할 수 있을지 모르겠어."

클리프가 장담했다. "아, 할 수 있어. 하기 싫을지는 모르지만, 할 수 없지는 않아. 사실, 이렇게 말할 수도 있어. 그것도 못 하면, 돼지고기를 먹을 자격이 없다고."

잠시 후 릭이 손으로 바를 내리치며 말했다. "그래, 젠장, 하겠어. 돼지를 구하자."

물론 릭은 하지 않았다. 릭이 추진력을 잃을 만한 변수는 많았다. '돼지를 어디서 사지? 뒷마당 풀장 주위에 튄 피는 어떻게 닦지? 돼지 무게가 1톤은 나갈 텐데 죽은 돼지를 뒷마당에서 어떻게 끌어내지? 그 빌어먹을 놈한테 물리면 어쩌지?' 비록 릭이 그 일을 실행에 옮기지는 않았지만, 아주 깊게 생각하기는 했다. 〈직소 제인〉의 검정 장갑 살인마와 비슷한, 치밀한 냉혈 살인자의 생각이었다.

★★★

클리프는 시엘로 드라이브에 있는 릭의 집 진입로까지 캐딜락을 몰고 간다. 캐딜락을 늘 주차하는 진입로 자리에서는 기병대 군복을 입은 릭이 얼굴을 발에 밟힌 채 찡그리고 있는 모습을 그린 거대한 유화가 보인다. 릭이 '바운티 로'로 텔레비전 스타가 된 뒤처음 주연을 맡은 영화 〈코만치 업라이징〉의 옥외 광고의 일부다. 전체 광고는 릭 달튼이 연기한 미국 기병대 중위 테일러 설리번이 바닥에 성난 얼굴로 꼼짝없이 깔려 있고, 모카신 부츠를 신은 발이 설리번의 얼굴을 당당하게 밟고 있으며, 그 주위를 코만치 사람들이 둘러싼 모습이다.

릭의 옛 친구가 텍사스주 댈러스에 있는 골동품상에서 광고판의 일부를 발견하고 구입해서 릭에게 보냈다. 릭은 그 포스터에 관심이 전혀 없었지만, 거기에 공동 주연인 로버트 테일러가 아니라 자기 모습이 나왔다는 사실은 좋아했다. 〈코만치 업라이징〉은 1950년대에 흔하게 만들어진 '기병대와 인디언의 대결'을 다룬 돈벌이에 급급한 영화였고, 릭은 그 영화에 그 이상의 기대는 하지 않았다. 괴팍한 서부극 감독 R.G. 스프링스틴과 작업한 것, 청색 기병대 군복을 입었을 때 릭이 멋져 보인 것은 그 영화의 장점이었다. 그러나 그 밖에는 기억에 남지 않는 영화였다.

그래서 릭이 광고판에서 자신의 얼굴이 나온 부분을 받았을 때 처음 든 생각은 '젠장, 이걸 어디다 써?'였다. 답은, 바깥 진입로에 그냥 두는 것이었다.

5년 전 일이다.

클리프가 시동을 끄는 사이, 릭은 특유의 수동공격적 짜증을 내기 시작한다. 릭은 무슨 일에 화가 나면 다른 것에 화풀이한다. 이번에는 진입로에 있는 광고판이 그 대상이다.

릭은 손을 좍 펼쳐서 유화를 가리키며 말한다. "이제 진짜 저 빌어먹을 걸 진입로에서 치워야 하지 않을까?"

"어디로 치워?"

"그냥 버려!"

클리프는 실망한 어린아이 표정을 짓는다. "에이, 펠릭스가 기껏 생각해서 보낸 건데, 심술 부리지 마. 좋은 선물이야."

"벌써 5년 동안 아침저녁으로 내 입술을 그린 유화랑 마주쳐야 했어. 이제 더는 보기 싫다는 데 그게 심술 부리는 거야? 그냥 저거 보기가 이제 지겨워. 알았어? 그냥 차고에 넣어."

클리프가 킥킥거린다. "차고? 지금도 잡동사니로 꽉 찼어."

릭이 지시한다. "그럼, 차고 좀 정리해서 광고판을 넣을 자리를 만들면 되겠네."

클리프가 선글라스를 벗으며 말한다. "그래, 그러지." 그리고 확실히 말한다. "그런데 오후 나절에 할 수 있는 일은 아니야. 주말에 시간을 많이 써야 해."

화가 난 릭이 짜증을 낸다. "집 앞에 나를 그린 그림이 크게 세워져 있는 게 싫어. 릭 달튼 박물관을 내가 광고하는 거 같다고."

그러다가 갑자기 자동차 소리와 비틀즈의 화음이 왼쪽 귀에 들린다. 릭과 클리프는 왼쪽으로 고개를 돌린다. 릭의 옆집에 새로 이사한 이웃, 로만 폴란스키와 샤론 테이트 부부의 모습이 처음으로 두 사람의 눈에 보인다. 폴란스키 부부가 타고 있는 1920년대 잉글리시 로드스터 빈티지 자동차에서는 93 KHJ 라디오에서 튼 비틀즈의 '어 데이 인 더 라이프A Day in the Life'가 흐른다. 멋진 할리우드 커플이 탄 자동차는 언덕 아래의 진입로에 서서 전자식 대문이 열리기를 기다리고 있다. 로만 폴란스키가 운전석에, 그 아내인 샤론이 조수석에 앉아 손에 커다란 플라스틱 리모컨을 들고 있다. 잉꼬부부는 즐겁게 대화하고 있지만, 로드스터의 엔진 소리와 비틀즈의 허세에 찬 사운드 디자인에 가려 릭의 귀에도 클리프의 귀에도 대화 내용은 들리지 않는다. 클리프는 운전석에 앉은 눈부신 금발 미녀만 보고, 릭은 여자 너머 운전석에 앉아 있는 몸집 작은 폴란드 영화감독을 본다.

★★★

당시 마이크 니콜스를 제외하고, 로만 폴란스키보다 유명하고 성공한 젊은 감독은 없었다. 연극 무대와 영화 스크린의 동료인 마이크 니콜스와 비교해도, 폴란드 출신의 이 감독은 월등히 인기가 있었다. 1969년에 로만 폴란스키는 록 스타나 다름없었다!

로만 폴란스키는 폴란드에서 만든 첫 장편영화 〈물속의 칼〉로 널리 이름을 알렸다. 이 영화는 국제 영화제들에서 히트작이 되었고, 아카데미 외국어 영화상 후보에도 올랐다. 첫 영화가 성공한 뒤 폴란스키는 런던으로 이주해서 영어로 된 영화를 만들기 시작했다.

〈막다른 골목Cul-de-sac〉과 〈박쥐성의 무도회The Fearless Vampire Killers〉(이 영화로 아내 샤론을 만났다), 이 두 편은 추앙받았지만 두드러진 흥행 성과를 거두지는 못했다. 그런데 심리 스릴러 〈혐오Repulsion〉가 예술영화 전용관을 벗어나 주류 영화관에서도 흥행하는 대성공을 거뒀다. 생동감이 전혀 없는 클로드 샤브롤의 '로망 드 가르'(기차역에서 파는 소설을 뜻하는 말로, 여행 중에 빨리 읽을 수 있을 만큼 쉽고 가벼운 작품을 뜻함-옮긴이)나 이른바 '트뤼포-히치콕 영화'로 불리는, 파리의 밤을 배경으로 아마추어가 만든 듯 스릴 없는 프랑스 스릴러들이나 〈사이코〉를 모방하여 해머 스튜디오에서 만든 형편없는 아류작들이 쏟아져 나온 뒤, 폴란스키가 런던을 배경으로 만든 〈사이코〉 같은 스릴러 〈혐오〉가 등장했다. 활기찬 런던 리듬에 공명하는 세련된 관객을 위한, 현대적인 히치콕 스타일 스릴러가 갖춰야 할 코드를 로만 폴란스키가 〈혐오〉로 풀어냈다.

아름다운 카트린 드뇌브가 저주받은 인물을 연기했고, 그 뒤틀린 편집증에 사로잡힌 인물에 대한 폴란스키의 연구는 세간에 잘 먹혔다. 히치콕 스릴러가 오락거리로 먹혔다면, 폴란스키의 영화는 역겨움을 주는 지점에서 먹혔다. 히치콕도 역겨움을 줬고, 줄 수 있었다. 〈서스피션 Suspicion〉, 〈열차 안의 낯선 자들 Strangers on a Train〉, 〈의혹의 그림자 Shadow of a Doubt〉, 그리고 빼놓을 수 없는 〈사이코〉! 그러나 폴란스키의 영화는 관객에게 역겨움을 주는 것이 핵심이었다.

루이 브뉘엘을 거쳐 히치콕 스타일로 완성된 폴란스키의 스릴러는 관객의 마음을 건드렸다.

관객에게 불쾌감을 주는 재능을 〈혐오〉로 입증한 폴란스키는 파라마운트 영화사의 대장 로버트 에반스의 초청을 받았다. 로버트 에반스는 스키를 좋아하는 폴란스키에게 제작 예정인 스키 영화 〈다운힐 레이서〉의 시나리오를 보내 폴란스키를 할리우드까지 꾀어냈다.

그런 뒤에, 〈다운힐 레이서〉가 파라마운트의 주가를 세 자리 수까지 올릴 거라는 예상 아래, 에반스는 폴란스키에게 아이라 레빈의 소설 "로즈메리의 아기"를 건네며 "읽어 봐" 하고 말했다. 그 나머지 이야기는, 마빈 슈워즈의 말투를 빌리면 '공포 영화의 역사'다.

레빈의 짧은 소설은 야심찬 배우 가이 우드하우스(존 카사베츠)와 막 결혼한 새 신부 로즈메리 우드하우스(미아 패로)의 이야기다. 오래된 뉴욕 아파트로 이사한 이 신혼 부부는, 그 건물에 살고 있는 이상한 노부부, 캐스터베트 부부(루스 고든과 시드니 블랙머)와 가까이 지내기 시작한다. 캐스터베트 부부는 악마 숭배자로 예언 속 적그리스도를 태어나게 할 여자를 찾고 있었는데, 가엾은 로즈메리는 그 사실을 알 길이 없다. 에반스는 선견지명을 발휘해 폴란스키야말로 이 영화에 딱 맞는 감독이라고 판단했고, 이것은 영화계 역사를 통틀어 영화사 대표가 내린 가장 탁월한 결정으로 회자된다.

원작 소설을 읽은 뒤 폴란스키는 딱 한 가지가 꺼림칙했다. 단 하나지만 큰 문제였다. 폴란스키는 무신론자였다. 그리스도를 믿지 않으면 악마의 개념도 마찬가지로 인정하지 않아야 한다. '그래서 뭐? 이건 그냥 영화야. 거대한 원숭이의 존재를 믿어야 킹콩 감독을 할 수 있는 건 아니잖아?' 이렇게 말할 감독이 많을 것이다. 틀린 말도 아니다.

그러나 로만 폴란스키는 기껍지 않았다. 종교를 철저히 거부하는데 신앙심을 강화하는 영화를 만들어도 될까. 그렇지만 좋은 영화가 나오겠다는 예감은 들었다. 자, 그렇다면 폴란스키는 개인적 신념과 영화 원작 사이의 충돌을 어떻게 해결했을까? 원작에 충실하게 영화를 만들면서 관점을 거의 알아챌 수 없을 정도도 바꿨다.

로즈메리는 계속 이어지는 불길한 징조에 의심을 품지만, 영화는 마지막 순간까지 로즈메리의 의심에 확답을 주지 않는다. 감독은 '초자연적'이라고 보일 만한 것은 관객에게 조금도 내비치지 않는다. 로즈메리는 자신에게 해를 끼치는 사악한 음모가 펼쳐지고 있다고 느끼지만, 그 '증거'는 모두 정황 증거에 불과하고 입증되지도 못한다. 관객은 로즈메리의 편에 서게 되므로, 이 영화는 공포영화가 된다. 대부분의 관객은 음모를 파헤치려는 로즈메리의 시선을 액면 그대로 받아들인다.

하지만 이 모든 것은 로즈메리가 임신으로 인한 우울증 때문에 겪는 극심한 편집증 때문인지 모른다. 아니, 솔직히 그럴 가능성이 더 크다. 옆집 노부부가 사악한 악마 숭배자 집단의 리더가 아닐 수도, 남편이 자신과 아직 태어나지 않은 아이의 영혼을 악마에게 판 게 아닐 수도 있다.

영화의 클라이맥스에 오면, 캐스터베트 부부와 친구들이 음모를 꾸민 게 정말로 맞다고 밝혀진다. 그러나 악마가 실제로 존재하는지는 여전히 모호하다. 캐스터베트 부부 일당이 그저 미치광이들일 수도 있다. 마지막에 이 일당이 '악마에게 경배를!' 대신 '목신에게 경배를!' 하고 외친다면, 그 신앙의 타당성에 의문을 제기할 수 있을까?

로버트 에반스가 다른 감독에게 레빈의 원작을 영화화하도록 맡겼다면, 괴물이 등장하는 영화밖에 상상할 수 없다. 폴란스키는 괴물이 등장하지 않으면서도 오줌 지리게 무서운 영화를 만드는 엄청난 일을 해냈다.

그다음 에반스의 팀은 당시로는 아주 뛰어난 광고 전략을 짰다. 어떤 면에서는 영화 본편보다 무섭게 편집한 예고편을 만든 것이다. 그 결과, 엄청난 히트를 쳤고 로만 폴란스키는 영화계에서 제일 잘나가는 감독뿐 아니라 대중문화의 아이콘(록 뮤지컬 '헤어'의 가사에도 로만 폴란스키의 이름이 언급된다)이자 최초의 진짜 스타 영화감독이 됐다.

★★★

그런 로만 폴란스키가 섹시한 아내와 함께 릭의 옆집에 사는 이웃으로 진짜 나타난 것이다. 릭은 생각한다. '세상을 진짜 맘대로 주무르는 사람이잖아.'

로만 폴란스키와 샤론 테이트 앞의 전자문이 열리고 로드스터가 시야에 들어왔다가 그만큼 빨리 휙 사라졌다.

릭은 혼잣말한다. "세상에, 폴란스키야." 그리고 클리프에게 말한다. "로만 폴란스키였어! 한 달 전부터 여기 사는데 본 건 지금이 처음이야."

릭은 차문을 열고 나와서 빙긋 웃는다. 클리프도 웃으며 생각한다. '릭 기분이 또 막 널뛰고 있네.'

집 앞 잔디밭을 지나서 현관까지 가는 동안 릭의 태도는 완전히 달라졌다. 폴란스키를 보았기 때문이다. 뒤따르는 클리프를 돌아보며 들떠서 말한다. "내가 뭐랬어. 돈을 벌면 이 동네에 집을 사서 살아야 돼. 이게 다 에디 오브라이언한테서 배운 거야." 에디 오브라이언은 '바운티 로' 첫 시즌의 한 회에 출연한 에드먼드 오브라이언이라는 연기파 배우다. 릭은 말을 이어가며 점점 더 뽐내듯 건는다. "할리우드에 집을 갖고 있다는 건 여기 산다는 뜻이야. 잠깐 머무는 게 아니야. 지나가는 게 아니야. 여기 산다는 거야!" 현관으로 이어지는 첫 세 계단을 올라가며 말한다. "그러니까 이 몸은 바로 여기 살고 있다는 말이지. 거기다가 옆집에 누가 사는지 알아?"

릭은 현관문에 열쇠를 꽂아 돌린 뒤 고개를 돌려 친구를 보며 말하고자 하는 요점을 자기 질문에 대한 대답으로 내놓는다. "〈로즈메리의 아기〉(한국에는 〈악마의 씨〉라는 제목으로 소개됐다. 하지만 너무 직접적인 제목이라 소설 본문에서 영화를 설명하는 부분과 충돌이 생겨 원제를 그대로 살려 번역했다-옮긴이), 바로 그 감독이야. 지금 할리우드에서 제일 잘나가는, 아니 전 세계에서 제일 잘 나가는 폴란스키가 내 옆집에 살아." 릭은 집 안으로 완전히 들어서면서 말을 마친다. "풀 파티 한 번이면 폴란스키 신작에 출연할 수도 있어!"

클리프는 얼른 떠나고 싶다. 그래서 집 안으로 발을 내딛지 않고 문가에 서 있다. 클리프가 비꼬듯 묻는다. "그래서 기분이 좀 좋아졌어?"

"어, 그래, 친구. 아까는 미안했어. 그 빌어먹을 〈코만치 업라이징〉 건은 시간 날 때 신경 좀 써 줘."

클리프가 알았다는 표정을 지은 뒤 묻는다. "또 필요한 거 있어?"

릭이 손을 젓는다. "없어, 없어, 없어. 내일 찍을 거 대사 외워야 돼."

"내가 같이 대사 맞출까?"

"아냐, 신경 쓰지 마. 녹음기로 하면 돼."

"알았어. 필요한 거 없으면 나는 집에 갈게."

"응, 없어."

클리프는 릭이 변덕을 부리기 전에 얼른 빠져나가려고 뒷걸음치기 시작한다. "자, 내일 아침 7시 15분에 출발."

"알았어. 7시 15분."

클리프가 다시 확실히 못 박는다. "집 밖에서, 차에서 만나는 게 7시 15분이어야 돼."

릭이 되풀이한다. "알았어. 집 밖에서, 차에서, 7시 15분. 내일 봐."

릭이 현관문을 닫고 클리프는 릭의 캐딜락 옆에 세워져 있는 차로 간다. 세차가 필요한 하늘색 폭스바겐 컨버터블 카르만 기아다. 클리프가 차에 올라타 키를 꽂고 돌리자 폭스바겐 엔진이 부릉거린다. 엔진이 켜지자 로스앤젤레스 라디오 94 KHJ의 소리도 켜진다. 빌리 스튜어트가 부르는 '서머타임Summertime'의 끝부분, 스캣 보컬이 흐르고, 클리프는 핸들을 홱 꺾으며 진입로에서 유턴한다. 카르만 기아는 릭의 집 앞까지 갔다가 홱 돌아서 언덕을 내려가 시엘로 드라이브에 올라선다. 클리프는 빌리 잭의 부츠로 페달을 세 번 밟고, 빌리 스튜어트의 춤추는 노랫소리에 맞춰 기어를 바꾸고 액셀러레이터를 밟으며 할리우드힐 주택가를 홱 달려간다. 급커브들을 목이 부러질 속도로 돌며 밴나이즈에 있는 집으로 향한다.

제4장

브랜디, 잘했어

클리프는 아내가 죽은 뒤로 어떤 여자와도 진지한 관계를 맺지 않았다. 섹스는 했다. 1960년대 후반의 프리 섹스 유행은 클리프에게 도움이 됐다. 그러나 진지하게 사귀는 애인은 없었고, 결혼은 더더욱 하지 않았다. 그래도 클리프의 삶에서 사랑하고 사랑받은 존재는 있었다. 얼굴이 납작하고 귀가 접힌 적갈색 핏불, 브랜디다.

★★★

브랜디는 주인의 카르만 기아가 멈춰서는 소리를 듣고 클리프의 트레일러하우스 문 앞에서 초조하게 기다린다. 차 소리를 듣자마자 작은 꼬리가 좌우로 마구 흔들리고 본능적으로 낑낑 소리를 내며 앞발로 문을 긁는다. 클리프는 종일 외출하는 날이면 브랜디가 적적하지 않도록 작은 흑백 텔레비전을 켜 놓고 나간다. 1969년 2월 7일인 그때, 텔레비전에서는 금요일 밤 ABC에서 방송하는 '할리우드 팰리스'가 흐르고 있다. 이 버라이어티 쇼에서는 매주 다른 특별 MC가 초대 손님들을 소개한다.

지난주 MC는 코믹 피아니스트 빅터 보그였다. 이번 주는 브로드웨이 뮤지컬 '카멜롯'으로 유명해진 뮤지컬 배우이자 가수 로버트 굴레이였다. 굴레이는 지미 웹의 형이상학적 노래 '맥아더 파크 MacArthur Park'를 과장되게 해석해서 부르고 있다.

맥아더 파크가 어둠 속에
녹고 있어
예쁜 녹색 아이싱이 사방에
흘러내려

앞문이 열리고 빌리 잭의 청바지 의상을 갖춰 입은 클리프 부스가 나타난다. 브랜디는 클리프가 집에 오면 언제나 정신을 못 차린다. 브랜디를 엄하게 대하는 클리프도 (릭에게 '브랜디는 엄하게 대하는 걸 좋아해'라고 말한 적도 있다) 이때만은 브랜디가 정신없이 뛰어오르게 둔다. 오늘, 클리프는 브랜디에게 깜짝 선물을 준비했다. 릭과 함께 '무소 앤드 프랭크'에서 점심을 먹을 때 클리프는 스테이크를 먹었고, 스테이크에 붙어 있던 뼈를 식당의 흰 천 냅킨에 싸서 청 재킷 주머니에 종일 넣어 다녔다. 브랜디는 클리프를 맞이하며 신나서 정신없이 뛰고, 클리프는 그런 브랜디를 잠시 그냥 두었다가 말한다. "알았어, 앉아, 앉아, 앉아." 브랜디가 뒷다리를 접고 앉아서 클리프를 올려다본다. 클리프는 브랜디가 집중하자, 고기가 붙은 뼈를 감싼 냅킨을 청 재킷 주머니에서 꺼낸다.

프랭크가 감질나게 말한다. "자, 내가 너 주려고 뭘 가져왔게?"

'나 줄 거?' 브랜디가 생각한다.

프랭크는 냅킨을 펼치며 말한다. "혼이 쏙 빠질걸." 냅킨 안에서 스테이크 뼈가 나타나자 브랜디는 신나서 뛰어올라 앞발로 클리프의 가슴을 누른다. 클리프는 브랜디의 감사 인사에 웃는다. 여자를 무소 앤드 프랭크에 데려가서 똑같은 스테이크를 주문하고 레드 와인 한 병을 더하고 거기에 치즈케이크 한 조각까지 더해도, 그 여자에게 들을 수 있는 감사 인사는 브랜디의 인사 근처에도 못 간다. 클리프의 머릿속에는 '여자들이란 돈만 밝히는 족속'이라는 생각이 박혀 있다. 사람들이 '연애'라고 부르는 것은 그저 빌어먹을 '거래'일 뿐이라고 클리프는 생각한다. 여자들은, 돈을 열심히 모아 마지막 한 푼까지 여자한테 쓰는 사랑에 굶주린 멍청이보다 계산서에 연연하지 않는 부자와 만난다.

그러나 이 숙녀는 그러지 않는다. 클리프가 선물을 집어서 내밀자, 개는 풀쩍 뛰어서 힘센 턱으로 뼈를 문다. 클리프가 손을 떼고, 브랜디는 조그만 베개가 있는 자기 자리로 가서 뼈를 물어뜯는다.

★★★

클리프와 브랜디가 만난 사연도 재밌다고 할 수 있다. 2년 조금 지난 일이다. 클리프가 밴나이즈 자동차 극장 뒤에 자리한 트레일러하우스 안에 앉아 있을 때 전화벨이 울렸다. 전화선 너머의 사람은 클리프의 스턴트맨 친구 버스터 쿨리였다. 아무짝에도 쓸모없는 버스터 쿨리는 클리프에게 3천2백 달러를 빚졌다. 오륙 년 사이에 그만큼이나 쌓였다. 여기에 3백, 저기에 5백50. 버스터 쿨리가 처음으로 클리프에게 돈을 빌렸을 때는 클리프가 버스터보다 훨씬 잘나갔다. 릭이 액션 영화들에서 쭉 주연을 맡고 클리프가 릭의 스턴트 대역을 맡던 때다. 릭은 이 시절을 욕하지만, 클리프에게는 그때가 전성기였다. 하루살이 클리프 부스가 난생처음 돈을 손에 쥔 때였다. 마치 섹스 같았다. 클리프는 큰돈을 써서 좋은 소형 요트를 사서 마리나델레이에 정박하고, 그곳에서 생활했다. 클리프가 버스터에게 큰돈을 빌려준 건 바로 이 풍족한 시기였다.

다시 전화 통화로 돌아와서, 버스터가 클리프를 이용한다고 볼 수도 있지만 클리프는 바보가 아니고, 버스터가 사기를 치는 것도 아니었다. 버스터 쿨리는 정말로 절실할 때만 클리프에게 돈을 빌렸다. 자동차가 압류돼서, 텔레비전이 압류돼서, 아파트에서 쫓겨나게 돼서, 또 자동차를 뺏기게 돼서, 유니온76 주유 카드값을 갚아야 해서, 새 아파트를 구하려면 두 달치 임대료가 있어야 해서⋯⋯. 버스터가 빈대이기는 해도 사기꾼은 아니었다. 돈이 있으면 클리프에게 갚았을 테고, 클리프도 그걸 알고 있다. 클리프가 수화기에 대고 버스터에게 욕하고 무안을 주는 것은 아무 이득도 없는 일이었다. 첫째, 그래 봐야 돈을 더 빨리 받을 수 있는 것도 아니다. 둘째, 그러면 버스터는 클리프를 피하기만 할 것이다. 셋째, 언젠가 둘이 만날 날이 온다(로스앤젤레스는 좁은 곳이다). 버스터를 압박해서 버스터가 클리프를 피하면, 서로 우연히 마주쳤을 때 클리프는 자기 언행에 책임을 져야 한다. 그러면 이런 성격의 두 남자 사이에서는 정말 순식간에 못 볼 꼴이 벌어진다. 클리프는 버스터가 어떻게든 돈을 벌면 조금이라도 갚을 사람임을 알고 있었다. 한편, 버스터가 돈을 벌 일은 절대 없을 것도 알고 있었다. 그래서 머릿속으로는, 이미 2년 전에, 빌려준 돈을 잊어버리기로 했다. 그리고 지금 그런 돈이 있다면 오랜 친구를 돕는 데에 기꺼이 썼을 것이다. 3천 달러라는 거금은 못 쓰겠지만, 어쨌든 그때도 그럴 형편이 아니었으면 빌려주지도 않았을 것이다.

그래서 클리프는 수화기 너머의 버스터 목소리가 반가우면서도 놀라웠다. 버스터가 오늘 밴나이즈로 찾아가면 만날 수 있냐고 물었을 때에는 더 놀랐다. 한 시간이 조금 넘은 뒤, 버스터의 1961년형 빨간색 닷선 픽업트럭이 클리프의 트레일러하우스 앞에 도착했다. 클리프는 맥주를 내놓았고, 각자 올드차타누가(올드차타누가는 쿠엔틴 타란티노의 〈데스 프루프〉에도 등장한 바 있는 가상의 맥주 브랜드로, 테네시주에서 나오며 도수가 7.9퍼센트인 것으로 설정됨-옮긴이)를 두 캔씩 딴 뒤에 버스터가 빚 얘기를 꺼냈다. "있지, 내가 빚진 3천 달러

말인데…….”

클리프가 바로잡았다. “3천하고 2백 달러야.”

“3천2백? 확실해?”

“맞아.”

“뭐, 네가 더 잘 알겠지. 3천2백. 그거 말인데, 내가 돈이 없어.”

클리프는 말없이 맥주만 홀짝였다.

버스터가 말을 이었다. “그래도 실망하지 마. 더 좋은 게 있어.”

클리프는 심드렁하게 물었다. “3천2백 달러 녹색 지폐 뭉치보다 더 좋은 게 있어?”

버스터가 당당하게 말했다. “아, 진짜로 있어.”

돈보다 좋은 거? 클리프가 아는 한 진통제뿐이었다. 버스터가 이부프로펜이 가득 담긴 가방을 가져온 게 아니라면, 아무 흥미도 없었다.

“버스터, 얼른 말해 봐. 돈보다 나은 게 뭔대?”

버스터는 엄지손가락으로 문을 가리키며 말했다. “나와서 직접 봐.”

두 남자는 올드차타누가를 쥔 채 트레일러하우스 밖으로 나가 픽업트럭 뒤쪽으로 갔다. 버스터의 닷선 바닥에 놓인 철장 안에는 브랜디가 네 발로 서 있었다.

클리프는 개, 특히 암컷을 아주 좋아했고 브랜디는 예쁜 암캐였지만, 브랜디를 처음 보았을 때 클리프는 아무 감흥도 못 느꼈다.

클리프가 툴툴대듯 물었다. “이 암캐가 3천2백 달러짜리라고?”

버스터는 빙긋 웃으며 말했다. “아니, 3천2백 달러가 아니지.” 그리고 더 크게 웃으며 덧붙였다. "2만 달러, 못해도 1만7천 달러는 되지."

클리프가 못 믿겠다는 듯 물었다. "정말? 무슨 근거로?"

버스터가 확신에 차서 대답했다. "이 개는 서반구 최고의 투견이니까."

그 말에 클리프는 눈썹을 치켜올렸다.

버스터가 말을 이었다. "어떤 개라도 이겨. 핏불, 도베르만, 셰퍼드, 두 마리가 한꺼번에 덤벼도, 문제없어. 아주 작살을 내."

클리프가 철장에 있는 개를 말없이 살펴보는 사이에 버스터는 계속 말했다. "그냥 개가 아니야. 돈줄이야. 돈이 필요할 때 딱딱 만들어 줄걸. 쓰러지는 말 다섯 마리랑 맞먹어."

'쓰러지는 말'이란, 다치거나 상처 입지 않고 땅에 쓰러지도록 조련한 말을 뜻한다. 서부극 영화나 텔레비전 시리즈를 수백 편씩 만드는 할리우드에서 땅에 쓰러졌다가 다시 일어설 줄 아는 말을 가지고 있으면 돈 찍는 작은 기계가 있는 셈이다. 그보다 쉽게 돈 버는 길은 자식이 운 좋게 아역 스타가 되는 것뿐이다.

버스터가 말했다. "네드 글라스 생각나? 왜, 그, 블루벨이라는 쓰러지는 말 갖고 있던."

"응. 그런데?"

"그 말로 돈을 얼마나 벌었는지 생각나?"

클리프도 기억했다. "그래, 좀 벌었지."

버스터가 철장 안의 개를 가리키며 말했다. "이 개가 블루벨 네

마리야."

"알았어. 관심이 생기네. 그래서 어떻게 하고 싶은데?"

버스터가 솔직하게 말했다. "있지, 내가 3천 달러는 갚을 형편이 안 돼. 그래도 투견으로 돈을 벌어서, 벌 때마다 순이익의 반을 줄게."

버스터는 계획을 설명했다. "나한테 1천2백 달러가 있어. 이 개를 로미타에서 열리는 투견장에 집어넣고, 우리는 1천2백 달러를 걸고 느긋하게 앉아서 이 개가 싸우는 걸 보면 돼. 일단 시합장에 올려놓으면 너도 이 개를 믿게 될걸. 그다음에는 너랑 나랑 같이 투견장을 돌면서 우리 개한테 베팅하는 거지. 여섯 번쯤 하면 둘이서 각자 1만5천 달러는 손에 쥘걸."

클리프도 알고 있었다. 버스터가 속이는 건 아니다. 클리프는 버스터의 말을 다 믿었다. 다만 버스터는 확실한 일이라고 어필했지만, 클리프는 확실한 일이라는 것을 절대 믿지 않았다. 게다가 투견은 보기 좋지 않을뿐더러 불법이었다. 잘못될 수 있는 경우의 수가 너무 많았다.

클리프가 불평했다. "버스터, 제발. 빌어먹을 투견은 싫어. 그냥 돈만 받으면 돼. 판돈에 쓸 1천2백 달러가 있으면 그 돈을 그냥 나줘." 클리프는 흥정을 붙였다.

버스터가 솔직히 대답했다. "내가 지금 1천2백 달러를 갚으면, 앞으로는 더 돈을 갚을 길이 없어. 너도 그건 알지? 나도 네 돈 떼어먹기 싫어. 내가 힘들 때 발벗고 도와준 사람이 너니까. 나도 너한테 돈을 벌게 해 주고 싶어. 일단 로미타에 같이 가서 한 판만 해 보자. 저 녀석이 싸우는 걸 일단 봐. 정말로 그렇게 신나는 구경은 처음일걸. 저 녀석이 이기면, 2천4백 달러야. 그거 하고 앞으로는 하기 싫다? 그러면 2천4백 달러 다 너 가져."

클리프는 맥주를 한 모금 길게 마시며 철장 안에 있는 조그맣고 야무진 개를 보았다.

버스터가 긴 이야기를 마무리했다. "나 알잖아. 너한테 사기 칠 사람 아닌 거. 내가 없는 말은 안 해. 그러니까 믿어 봐. 적어도 이번 경기에서는 저 개가 이겨."

클리프는 철창에 있는 개를 본 뒤 시선을 돌려, 맥주 캔을 들고 서 있는 개자식도 보았다. 그런 다음 허리를 굽혀서 철망 너머에 있는 개와 눈높이를 맞췄다. 클리프와 개는 눈싸움을 했다. 개는 남자의 강렬한 시선을 더 이상 참지 못하고 이를 드러내며 으르렁 거렸다. 철망이 없었다면 클리프의 잘생긴 얼굴에 이빨 구멍이 날 뻔했다. 클리프 부스는 고개를 돌려 버스터 쿨리를 쳐다보며 물었다. "이 녀석 이름이 뭐야?"

클리프, 버스터, 브랜디는 로미타에서 처음 투견에 참가했다. 그리고 버스터의 말은 다 실제로 이루어졌다. 브랜디는 정말 물건이었다. 상대 개를 1분도 안 걸려서 죽여 놓았다. 그날 클리프 일행은 2천4백 달러를 땄다. 클리프에게는 믿기지 않을 만큼 스릴 넘치는 경험이었다. 클리프는 생각했다. '켄터키 더비? 웃기고 있네.

제일 화끈한 45초짜리 스포츠는 이거야.'

클리프는 낚였다.

이후 반년 동안, 로스앤젤레스 카운티, 컨 카운티, 인랜드엠파이어를 다 돌면서 투견 대회에 참가했다. 브랜디는 컴튼, 알람브라, 태프트, 치노에서 싸웠다. 다 이겼고, 대부분 쉽게 이겼다. 브랜디가 다친 적은 몇 번 없었고, 심하게 다치지도 않았다. 브랜디가 다치면 회복할 때까지 기다렸다. 다섯 번을 출전하며 브랜디가 무적이라 알려지자 판돈이 올라가고 경쟁은 심해졌다. 몬테벨로, 잉글우드, 로스가토스, 벨플라워로 가서 싸웠다. 브랜디는 계속 이겼지만 몹시 오래 싸워야 했고, 더 유혈이 낭자해졌고, 더 심하게 다쳤고, 회복하는 데에도 더 오래 걸렸다.

그게 단점이었다. 장점은, 더 센 개들과 붙었을 때 브랜디가 이기면 돈이 훨씬 더 많이 들어오는 것이었다.

시합을 아홉 번 치른 뒤, 클리프와 버스터는 각자 1만4천 달러씩 벌었다. 마침내 돈맛을 알게 된 버스터의 머릿속에는 숫자가 박혀 있었다. 자신과 클리프, 각각 2만 달러. 그다음에는 브랜디도 은퇴하면 돼. 그러나 샌디에이고에서 치른 열 번째 시합에서 브랜디는 시저라는 이름의 핏불과 맞붙었고, 다쳤다. 심하게 다쳤다. 승패는 판가름나지 않은 채 시합이 중단됐지만 브랜디에게는 시합이 중단된 게 다행이었고, 클리프는 그 사실을 간파했다. 20분 더 싸웠다면, 브랜디는 시저에게 죽임을 당했을 것이다. 클리프는 전쟁 때에도 아닌 때에도 사랑하는 사람이 죽는 모습을 보았다. 그러나 브랜디가 사악한 시저에게 당하는 모습을 지켜볼 때 클리프는 도저히 견딜 수 없는 고통을 느꼈다.

그래서 클리프는 버스터가 브랜디의 다음 시합을 잡아 놓은 것을 알았을 때 크게 놀랐다. 브랜디는 아직 완전히 회복하지도 못한 상태였고, 미리 잡은 그 시합은 와트에서 열리는 투견 대회로, 상대는 오기도기라는 괴물 같은 수캐였다.

버스터는 자신만만했다. "에이, 내가 2만 달러를 벌게 해 준다고 약속했잖아. 나도 2만 달러를 벌기로 마음먹었고. 이제 2만 달러가 코앞이야! 이번 한 번만 싸우면 돼!"

클리프가 소리쳤다. "무슨 개소리야! 지금 브랜디 상태로는 그 오기도기라는 괴물을 절대로 못 이겨."

버스터가 밝게 말했다. "그게 묘미지. 브랜디는 이번에 분명히 질 거야. 그런데 사람들은 브랜디가 무적으로 알려져 있으니까 브랜디한테 돈을 걸겠지. 우리는 상대편에 돈을 걸면 돼."

바로 그때 클리프가 버스터를 공격했다. 두 사람은 클리프의 트레일러하우스 안에서 맹렬하게 싸웠다. 4분 뒤, 클리프는 버스터의 목을 부러뜨렸다.

버스터 쿨리가 죽었다.

오후 5시쯤에 벌어진 일이었다. 클리프는 버스터의 시체 옆에서 새벽 두 시까지 텔레비전을 보았다. 드라이브인 극장이 끝난 뒤, 클리프는 버스터의 자동차 트렁크에 시체를 쑤셔 넣었다. 버스터가 브랜디를 이용해서 딴 돈으로 구입한 흰색 1965년형 임팔라

스포츠 쿠페 중고차였다. 클리프는 브랜디를 조수석에 앉히고 컴튼으로 차를 몰고 가서, 선바이저 안에 키를 넣고 자동차를 거기 버렸다. 클리프와 브랜디는 밤새 걸었다. 해가 뜨자, 버스를 타고 밴나이즈로 돌아갔다.

클리프가 사람을 죽이고 숨긴 것은 그때가 처음이 아니었다. 1950년대에 클리블랜드에서 처음, 두 번째는 2년 전 아내를 죽였을 때다. 이번이 세 번째고, 이번에도 무사히 빠져나갔다. 이후로 버스터 쿨리나 버스터 쿨리의 자동차에 대해서 어떤 이야기도 들리지 않았다. 클리프가 아는 사람들 중에 버스터 이야기를 꺼내는 사람은 아무도 없었다. 그리고 1년이 지났다.

이후로 클리프가 브랜디를 투견 시합에 내보낸 건 딱 두 번뿐이었다. 정말로 돈이 궁할 때였다. 마지막으로 시합을 시킨 뒤, 클리프는 브랜디가 알아듣지 못해도 브랜디에게 약속했다. 다시는 투견을 시키지 않겠다고. 반드시 지키기로 마음먹은 약속이었다.

★★★

1969년 2월 7일 금요일 밤, 클리프는 트레일러하우스에서 손가락을 튕겨 소리를 내고 의자를 가리킨다. 클리프의 안락의자 옆에는 나무 의자가 놓여 있고, 그 위에 작은 개 방석이 있다. 브랜디는 그 나무 의자 위에 뛰어올라 클리프가 자기 저녁을 준비하는 동안 앉아서 기다린다. 클리프는 시간을 들여서 천천히 브랜디의 저녁을 준비한다. 가만히 앉아서 밥을 기다리는 게 개에게는 고문이라는 것을 클리프도 잘 알지만, 클리프는 그게 더 좋은 일이라고 생각한다. 고문은 참을성을 기른다. 브랜디의 밥을 준비하기 전에 먼저 냉장고를 연 클리프는 올드차타누가 캔맥주 여섯 개가 묶여 있는 플라스틱 고리에서 캔 하나를 뺀다.

작은 흑백텔레비전의 채널은 ABC 방송 제휴 방송국인 KABC에 맞춰져 있다. 클리프가 피우는 담배 레드 애플의 광고가 작은 흑백 화면에 흐른다. 머리에 포마드를 바르고 검정 슈트를 입고 넥타이를 맨, 1960년대에 흔한 모습의 남자가 버스트 숏으로 잡힌 화면에서 카메라를 빤히 보고 있다.

화면 밖에서 아나운서가 묻는다. "레드 애플 한입 하시겠어요?"

흔한 스타일의 남자는 신나서 대답한다. "당연하죠!"

그리고 아래쪽 화면 너머 보이지 않는 곳에서 커다란 빨간 사과를 집어 입으로 가져온 뒤 와작 깨문다.

클리프는 올드차타누가를 한 모금 마시고 주방 조리대에 놓는다. 선반에서 '활동적인 개에게 좋아요'라고 적힌 '울프 투스' 통조림 두 개를 꺼내고, 손을 까딱거리며 쓰는 깡통 따개로 뚜껑을 따서 내용물을 브랜디의 그릇에 쏟는다. 물컹물컹한 사료는 아직 통조림 형태를 유지하고 있다. 이제 밥을 먹을 시간이라는 사실을 알고, 사료가 깡통에서 그릇으로 철퍽 떨어지는 것을 지켜보는 브랜디에게 의자에 가만히 앉아서 아무 소리도 내지 않기란 죽을

만큼 괴로운 일이다. 그러나 클리프는 브랜디를 훈련시켰다. 그것
도 잘 훈련시켰다. 브랜디가 아는 것은 많지 않지만, 밥 먹을 시간
에 어떻게 행동해야 하는지는 아주 잘 알고 있다. 주인이 먹어도
된다는 신호를 보내기 전까지는 낑낑대지 않고 의자에 앉아 있어
야 한다.

　작은 흑백텔레비전 화면에는, 마를로 토마스(1966년부터 1971년까
지 방영된 시트콤 '댓 걸'로 유명해진 미국 배우–옮긴이)처럼 생긴 1960년
대 여자가 살짝 위로 부풀린 머리를 하고 버스트 숏으로 등장해서
카메라를 빤히 보고 있다. 화면 밖에서 아나운서의 목소리가 들린
다. "레드 애플 한입 드시겠어요?"

　여자가 대답한다. "당연하죠!" 그리고 커다란 빨간 사과를 입으
로 가져와서 크게 와작 깨문다.

　브랜디는 의자에서 꼬리를 좌우로 마구 흔든다. 근육질 몸이 흥
분과 기대와 짐승의 본능으로 부르르 떨린다. 클리프가 통조림 두
개를 다 브랜디 그릇에 담고, 스토브를 본다. 냄비에 물이 끓고 있
다. 클리프는 냄비에 든 것을 채망에 쏟는다. 김이 나는 뜨거운 파
스타가 담긴 채망을 두 번 흔들어서 물기를 빼고, 파스타를 다시
냄비에 넣는다.

★★★

텔레비전 화면에서 어깨를 드러낸 옷차림에 크고 둥글게 부풀

린 헤어스타일을 한 예쁜 흑인 여자가 카메라를 보고, 화면 밖에서 아나운서의 목소리가 들린다. "레드 애플을 한입 하시겠어요?" 여자는 화면 밖 아나운서를 보며 말한다. "당연하죠." 흑인 여자는 화면 아래에서 불붙은 담배를 집어 와 크게 한 모금 빨고 만족하는 소리와 함께 담배 연기를 길게 내뿜은 뒤 말한다. "한입 하면 기분 좋아요. 레드 애플 한입."

★★★

클리프는 아무렇게나 뜯어 놓은 종이상자에서 '크래프트 마카로니 앤드 치즈' 한 봉지를 꺼낸다. 봉지를 찢고, 안에 든 치즈 가루를 파스타가 담긴 냄비에 붓는다. 커다란 나무 스푼으로 힘껏 오렌지색 가루를 젓는다. 조리법에는 우유와 버터를 더하라고 적혀 있지만, 클리프는 우유와 버터를 넣을 돈이 있으면 다른 걸 사 먹겠다고 생각한다. 저녁을 준비하는 클리프의 귀에는 브랜디가 바들대고 움찔거리며 낑낑대는 소리가 들린다. 클리프가 브랜디를 본다. 마카로니 앤드 치즈가 담긴 냄비를 조리대에 올려놓고, 브랜디에게 전적으로 집중한다.

클리프가 개에게 묻는다. "방금 어디서 낑낑대는 소리가 났나?" 브랜디는 낑낑 소리를 내면 안 된다고 알고 있지만, 어쩔 수 없다. 브랜디는 개다. 클리프는 흥분한 개에게 계속 딱딱거린다. "낑낑대면 어떻게 된다고 했지? 낑낑 소리를 내면 밥은 없다." 클리프는 브랜디 그릇에 담긴 통조림 두 개분의 사료를 가리킨다. "이거 다 쓰레기통에 버려. 나도 그러기 싫지만 꼭 버릴 거야. 알아들었어?"

브랜디가 확실하게 '멍' 하고 대답한다.

클리프가 말한다. "그래야지."

클리프는 커다란 사료 봉지를 집는다. 아주 인기 높은 사료 '그레이비 트레인'을 브랜디 그릇에 담긴 습식 사료 위에 붓는다. 개사료 산봉우리가 완성된다. 건식 사료 알갱이들이 그릇에서 빠져나가 주방 바닥에 사방으로 흩어져도 클리프는 크게 신경 쓰지 않는다. 알갱이가 어디에 있건 브랜디가 찾아 먹을 테니까.

★★★

텔레비전에서는 화면에 보이지 않는 아나운서가 레드 애플에서 나오는 다양한 담배들을 모두 설명하고, 화면은 유명 배우 버트 레이놀즈의 버스트 숏으로 바뀐다. 버트 레이놀즈는 레드 애플 플라스틱 팁 시가(입에 무는 부분에 플라스틱을 씌운 시가-옮긴이)를 피우고 있다.

화면 밖의 아나운서가 버트 레이놀즈에게 말한다. "레드 애플 한입 하시겠어요?"

버트 레이놀즈가 카메라를 보며 말한다. "아, 물론이죠." 버트 레이놀즈는 시가를 한 모금 빨고 연기를 내뿜은 뒤 레드 애플 슬로건을 말한다. "한입 하면 기분 좋아요. 레드 애플 한입."

★★★

클리프는 냄비 손잡이를 쥐고 냄비를 들어 거실로 간다. 텔레비전 앞 안락의자에 앉는다. 브랜디의 눈과 귀는 온통 클리프에게 쏠려 있다. 클리프가 의자에 앉아 크래프트 마카로니 앤드 치즈 첫 한입을 먹으며, 혀로 딱 소리를 작게 낸다.

그것이 브랜디에게 보내는 신호다. 브랜디는 의자에서 뛰어내려 주방 쪽으로 내달려 그릇에 담긴 음식을 늑대처럼 아귀아귀 먹는다.

클리프는 작은 텔레비전의 채널을 7번 KABC에서 2번 KCBS로 바꾼다. 금요일 밤 탐정극 '매닉스Mannix'(1967년부터 1975년까지 방영된 미국 텔레비전 탐정극 시리즈-옮긴이)가 나온다. 마이크 코너스가 탐정 조 매닉스로, 가일 피셔가 흑인 조수 페기로 출연한다. 화면에서 매닉스는 책상 뒤에 앉아 있고, 페기가 걱정스러운 얼굴로 지난밤의 사건들을 매닉스에게 말한다.

매닉스가 묻는다. "그래, 페기, 무슨 일이야?" 페기가 말한다. "간밤에 클럽에서 신나게 놀고 있었는데, 사람이 갑자기 확 변했어요." 매닉스는 설명하려 애쓴다. "음악하는 사람들이 어떤지 알잖아. 기분이 막 오르락내리락해. 왜 그러는지는 아무도 모르지."

클리프는 매닉스를 좋아한다. 드라마 '매닉스'도, 주인공 매닉스도 좋아한다. 조 매닉스가 자신과 비슷한 부류라고 느낀다. 아니, 매닉스의 어떤 면은 닮고 싶다. 클리프는 자신이 매닉스라면 무엇보다 우선 페기와 섹스하겠다고 생각한다. 클리프는 비밀 첩보원 매트 헴 Matt Helm도 아주 좋아한다. 멋대가리 없는 딘 마틴이 주인공이고 터무니없다는 말로도 부족한 영화 속 매트 헴이 아니라 도널드 해밀턴 Donald Hamilton이 쓴 책들에 나오는 매트 헴의 팬이다. 매트 헴이라는 인물은 무의식적으로 인종차별주의자며, 의식적으로 여성혐오자다. 그리고 클리프는 매트 헴을 아주 좋아한다. 클리프는 매트 헴이나 셸 스코트, 닉 카터 같은 통속소설 주인공들의 말을 인용한다. 영국인들이 키츠를 인용하고 프랑스인들이 카뮈를 인용하듯.

첫 번째 매트 헴 영화 〈사일런서 The Silencers〉(1966년작-옮긴이)를 보러 갔을 때, 처음 15분만 보고 매표소 직원에게 입장료를 돌려달라고 화를 냈다. 클리프는 자기도 이 영화를 보고 이렇게 역겨운데 원작 작가인 도널드 해밀턴은 어땠을까 하는 생각만 들었다. 딘 마틴이라니, 매트 헴으로는 좆같았어! 그 영화들이 원작과 비슷하려면, 매트 헴 역으로는 마이크 코너스가 딱 맞지. 소설책 표지에 있는 매트 헴 그림도 코너스랑 닮았다.

매닉스와 페기 장면이 이어지는 동안 클리프는 파스타가 잔뜩 들어 있는 냄비를 내려놓고 'TV가이드'를 집는다. 브랜디가 산더미 음식을 게걸스레 먹는 동안 클리프는 이번주 '매닉스' 줄거리를 소리 내서 읽는다.

"단조 살인 사건: 페기가 갱단에서 빠져나온 흑인 뮤지션과 데이트하던 중 그 남자가 실종된다. 매닉스는 남자의 행방을 찾아 남쪽으로 향하고, 의문의 경찰서장, 편협한 목격자, 비일비재한 난입과 마주친다."

클리프는 'TV가이드'를 옆으로 던지고, 냄비를 다시 집어서 오렌지색과 노란색 음식을 한입 입에 넣고 씹으며 자신과 브랜디에게 묻는다. "비일비재한 난입이 뭐야?"

★★★

바로 그 시각 30킬로미터쯤 떨어진 곳, 캘리포니아주 채츠워스에서도 똑같은 '매닉스' 장면을 보고 있는 사람이 있다. 목욕 가운과 파자마 차림으로 자기 집 소파에 앉아서 텔레비전을 보는 80세의 조지 스판이다. 그 집은 '스판 무비 랜치'로 알려진, 다 허물어져 가는 서부극 세트장에 남은 건물이다. 조지 스판은 스물한 살짜리 간병인과 함께 텔레비전을 보고 있다. 별명이 '짹짹이'인 이 아가씨는 빨간 머리에 주근깨투성이다. 조지 스판과 짹짹이는 밤마다 이렇게 텔레비전을 본다. 조지 스판은 목욕 가운과 파자마를 입은 채 소파에 앉아 있고, 짹짹이는 조지 스판의 무릎에 머리를 베고 소파에 길게 누워 있다. 조지는 앞이 안 보이기 때문에 짹짹이가 텔레비전 화면에서 벌어지는 일들을 들려준다. '그래서 매닉스 밑에서 일하는 깜둥이가 매닉스한테 부탁해요. 자기 애인을 찾아달라고. 처음에 나온 트럼펫 연주하는 깜둥이 애인요.'

조지가 놀라며 짹짹이에게 묻는다. "페기가 깜둥이야?"

짹짹이는 눈을 굴리며 말한다. "어쩜 볼 때마다 물어보세요?"

제5장

푸시캣의 '기이하게 기어가기'

1969년 2월 7일

오전 2:30

캘리포니아주 패서디너

캘리포니아주 패서디너 부촌에 있는 그린브리어 레인. 새벽 두 시. 도로의 막다른 곳까지, 양쪽으로 주택 단지가 자리하고 있다. 앞 마당 잔디밭은 잘 다듬어져 있고, 안에는 중상류층 백인이 살고 있는 곳. 이 시각 이 동네에는 가끔 나타나는 고양이나 언덕에서 먹 이를 찾아 내려와 쓰레기통을 뒤지는 대담한 코요테를 빼고 아무 움직임도 없다. 이 거리에 사는 사람들은 하나같이 안전하게 문단 속을 하고 나직이 윙윙대는 에어컨 소리 속에서 아늑한 침대에 누 워 일찍 잠드는 것 같다.

문 앞 우편함에 '허시버그'라고 적힌 어두운 집 앞 보도에 찰리 맨슨 '패밀리' 다섯 명이 서 있다. 앞니가 깨진 클렘, 세이디, 프로기, 제일 어린 데브라 조 힐하우스(별명 '푸시캣'), 찰리 맨슨이다.

찰리는 데브라 조 뒤에 서서, 두 손을 데브라 조의 어깨에 얹은 채 나직이 귓속말 한다.

"자, 푸시캣, 이제 때가 됐어. 선을 넘을 때. 두려움과 맞설 때. 두려움과 정면으로 맞설 때. 우리 아가, 이제…… 혼자서 해내야 할 때가 왔어."

데브라 조는 자신이 '기이하게 기어가기'를 처음 하는 것도 아니라고 말한다. 영혼의 지도자는 자신도 이미 알고 있다고, 그렇지만 혼자 한 적은 없다고 말하며 사람이 많으면 힘이 생긴다는 '패밀리', 즉 가족의 원칙을 다시 일깨운다.

찰리가 설명한다. "가족이 중요하니까 이렇게 행동하고 이런 방식으로 살아가는 거야. 이런 방식으로 살아가는 게 왜 중요한가, 그 궁극적인 이유도 가족이야." 찰리는 데브라 조의 지저분한 검정색 티셔츠 아래 어깨뼈를 부드럽게 어루만지며 또 다른 이야기를 분명하게 던진다. "그래도 중요한 게 또 있어. 개인의 성취야. 자기 자신을 시험하기. 자신의 두려움에 맞서기. 두려움은 각자의 몫이야. 그래서 이걸 하라고 하는 거야, 데브라 조."

푸시캣이라는 별명 대신 본명인 데브라 조라 부르는 사람은 이 녹색 지구 위에 아버지를 빼면 찰리뿐이다.

데브라 조는 조금 우물쭈물 말한다. "하고 싶어요."

찰리가 묻는다. "왜 하고 싶지?"

"제가 하길 바라시니까요."

찰리가 말한다. "그래, 하길 바라. 그렇지만 나를 위해서 하기를 바라는 건 아냐." 찰리는 일행을 턱으로 가리킨다. "저 사람들을 위해서 하기를 바라는 것도 아니야. 네 자신을 위해서 하기를 바라."

찰리는 데브라 조의 어깨뼈에 댄 손가락으로 데브라 조의 몸이 살짝 떨리는 것을 느낀다.

"떨고 있네."

데브라 조가 부인한다. "무섭지 않아요."

찰리가 달랜다. "쉬. 괜찮아. 거짓말 안 해도 돼."

찰리는 검은 머리의 소녀에게 설명한다. "네가 여태 만난 사람들, 앞으로 만날 사람들의 97퍼센트는 자기들 인생의 97퍼센트를 두려움에서 도망치며 낭비하지. 그렇지만 너는 아니야." 찰리가 속삭인다. "너는 두려움을 향해 걸어가고 있어. 중요한 건 두려움이야. 두려움이 없으면 아무 의미도 없어."

데브라 조는 계속 떨고 있지만, 찰리의 손길 아래에 있는 몸은 편안해지는 것 같다. 찰리는 데브라 조 뒤에서 몸을 앞으로 기울이며 데브라 조의 오른쪽 귀에 나직이 속삭인다. "나를 믿어?"

데브라 조가 말한다. "믿는 거 아시잖아요. 사랑해요."

찰리가 말한다. "나도 사랑해, 데브라 조. 위대함에 조금이라도 가까이 가는 열쇠는 바로 이 사랑이야. 나는 자기 마음속에 있어, 푸시캣. 자기 꼬리 속에 있어. 자기 코 속에 있어. 자기 머리뼈 속에 있어."

찰리가 데브라 조의 어깨에서 손가락을 떼고, 뒤에서 양팔로 소녀를 껴안는다. 데브라 조는 뒤로 몸을 기댄다. 찰리는 팔에 아기를 안고 흔들듯 체중을 왼발 오른발에 번갈아 싣는다. 그렇게 두 사람은 천천히 좌우로 몸을 흔든다.

"자기 길잡이가 되는 영광을 나한테 줘. 이 일을 해내고 저 집에서 나오면 들어갈 때보다 엄청나게 강한 사람이 돼 있을 거야."

그리고 찰리는 데브라 조의 허리를 감고 있던 팔을 풀고 뒤로 살짝 물러서서, 다리 부분을 잘라서 짧은 반바지로 만든 청바지를 입은 데브라 조의 엉덩이를 찰싹 치며 허시버그 집으로 떠민다.

★★★

1968년, 그룹 버즈의 첫 두 음반의 프로듀서였고, 폴 리비어 앤드 더 레이더스 Paul Revere and the Raiders 음악의 숨은 공신이며, 컬럼비아 레코드의 신동인 테리 멜처는 찰리 맨슨 패밀리와 꽤 자주 어울렸다. 당시 찰리 맨슨 패밀리는 비치보이스 멤버 데니스 윌슨의 할리우드 집에 진을 치고 기생하고 있었다. 데니스 윌슨은 찰리 맨슨의 음악적 재능을 높이 샀지만, 테리 멜처는 그러지 않았다. 맨슨의 음악적 열망을 말하자면, 테리는 찰리 맨슨에게 재능이 없다고 생각하지는 않았지만, 더 솔직히 '아주 아주 아주 나쁘지는 않다'고 여겼다.

찰리 맨슨이 뭘 내놓는다면 싱어송라이터 포크송 타입의 노래일 테고, 그 범주에는 이미 인물이 많아 찰리 맨슨은 닐 영 Neil Young, 필 오크스 Phil Ochs, 베이브 반 론크 Dave Van Ronk, 램블링 잭 엘리엇 Ramblin' Jack Elliott, 미키 뉴베리 Mickey Newbury, 리 드레서 Lee Dresser, 새미 워커 Sammy Walker, 아니, 솔직히 당대에 이름이 알려진 어떤 포크송 가수의 옆에서도 빛날 수 없었다. 게다가 포크 뮤직은 몇 년 짧게 반짝하고 유행이 지났다. 포크 뮤직으로 유명해진 사람들 모두가 앰프에 플러그를 꽂고 록 스타가 되려 했다.

테리 멜처는 컬럼비아 레코드 소속이고, 컬럼비아에는 이미 밥 딜런이 있으니 찰리 맨슨은 필요 없었다. 게다가 멜처는 어쿠스틱 싱어송라이터 쪽에서는 진작 발을 뺐다(아니, 발을 담근 적도 없다고 해야 할까). '폴 리비어 앤드 더 레이더스'가 테리 멜처를 라디오 인기 팝 40차트의 제왕으로 만들었다. 뱅가드 레코드에서 인재를 빼오지도 않았다.

그는 귀에 쏙쏙 들어오는 참신한 음반을 만들고, 아메리칸 밴드스탠드를 비롯한 지역 텔레비전 방송 록뮤직 쇼(그루비 Groovy, 보스 시티 Boss City, 리얼 돈 스틸 쇼 The Real Don Steele Show, 웨어 더 액션 이즈 Where the Action Is, 잇츠 해프닝 It's Happening)에 출연하고, '식스틴'과 '타이거 비트' 같은 잡지 지면을 차지할 수 있는, 샤기 헤어의 귀여운 차세대 청년 밴드를 찾고 있었다. 그게 바비 보솔레일 Bobby Beausoleil(바비 보솔레일은 맨슨 패밀리의 일원으로, 1968년 찰리 맨슨을 만나기 전 밴드 활동을 했었다. 1969년에 맨슨 패밀리와 저지른 살인으로 체포되어

무기징역을 선고받았다-옮긴이)일 수는 있어도, 찰리 맨슨은 전혀 아니
었다.

★★★

찰리에게 재능이 없는 것은 아니었다. 약간은 있었다. 그러나 그
재능을 키울 노력이 없었다. 찰리가 조금 더 좋은 곡을 썼다 해도
테리 멜처가 컬럼비아에서 그의 앨범을 만들지는 않았을 것이다.
그래도 곧장 린다 론스태드에게 찰리의 곡을 넘겨 녹음했을 수는
있다.

테리 멜처가 찰리 맨슨을 특히 흥미로운 사람으로 여겼던 건 맞
지만, 테리의 친구들(데니스 윌슨과 그렉 재콥슨)처럼 찰리에게 매료되
지는 않았다. 찰리 맨슨 패밀리가 데니스 윌슨의 집에 진을 치고
있을 때 자주 어울리긴 했지만, 그게 이 음반 프로듀서가 비즈니스
면에서 찰리 맨슨의 가능성을 보았기 때문은 전혀 아니었다. 단지
패밀리 일원인 열다섯 살의 검은 머리 소녀 데브라 조 힐하우스와
섹스하는 게 좋았기 때문이다. 두 사람이 처음 만났을 때 이 소녀
는 아직 본명으로 불리고 있었다. 그러나 얼마 지나지 않아 소녀는
패밀리 안에서 부르는 별명 '푸시캣'에만 대답했다.

데브라 조는 열다섯 살 때 맨슨 패밀리에 들어갔고 당시 맨슨
패밀리에서 제일 어렸다. 그리고 누가 봐도 그 무리 중에 제일 예
뻤다. 조각상처럼 생긴 슬리 반 후튼이 유일한 라이벌이었다. 테리

멜처뿐 아니라 데니스 윌슨도 데브라 조와 섹스를 즐겼다. 사실 찰리 맨슨이 로스앤젤레스 음악계와 연결될 수 있었던 건 찰리의 음악 때문이 아니라 미성년자인 데브라 조 힐하우스와 나누는 섹스 때문이었다. 데브라 조는 테리 멜처의 마음속에 특별한 자리를 차지했다.(데브라 조가 노래를 할 줄 알았다면 음반 계약을 따냈을 것이다.)

아름다운 금발의 캔디스 버겐이 집에 있어도 테리 멜처는 푸시캣을 포기할 수 없었다. 테리가 데브라 조에 심하게 미쳐 있었을 때는 캔디스 버겐과 살고 있는 시엘로 드라이브 집에 가정부로 들이려 하기도 했다.(캔디스 버겐은 모르는 게 많았지만, 테리의 그 제안을 묵살할 만큼은 알고 있었다.)

데브라 조 힐하우스는 천성적으로 새끼 고양이 같은 면이 있었다(그래서 찰리가 푸시캣이라는 별명을 붙였다). 나이 많은 남자들은 그런 면에 홀딱 반했다. 맨슨 패밀리가 스판 목장에 살 때 같이 어울리던 오토바이 갱단 '스트레이트 사탄' 멤버 몇 명도 그랬다.

데브라 조는 찰리가 모은 다른 여자들과 다른 독특한 면이 있었다. 아버지와 계속 연락하고 지냈고, 찰리도 데브라 조의 아버지와 연락했다는 점이다. 다른 여자들은 모두 어느 정도 가족 관계 때문에 맨슨 패밀리에 들어왔고, 그래서 부모와 의절하고 진짜 가족을 떠나 찰리를 아버지로 여기며 새 가족의 품에 안겼다. 이게 찰리 맨슨이 항상 주장하는 바였다. 그러나 데브라 조는 1년 전, 자기 아버지를 통해 처음 찰리를 만났다.

어느 오후, 테리 멜처는 데니스 윌슨의 집 당구실에서 데브라 조와 섹스한 뒤, 대마초를 함께 피우고 아주 차가운 멕시코 맥주를 마셨다. 테리가 데브라 조에게 어떻게 처음 찰리 맨슨을 알게 됐는지 물었다.

데브라 조가 말했다. "아빠가 히치하이크하는 찰리를 차에 태웠어요."

테리가 놀라서 말했다. "잠깐, 찰리를 소개한 사람이 아버지라고?"

데브라 조는 그렇다고 부스스한 갈색 머리를 끄덕였다. "찰리가 히치하이크하고, 아빠가 차에 태웠어요. 얘기하다가 죽이 잘 맞았대요. 그래서 집에 데려와서 같이 저녁을 먹었고, 그때 처음 만났어요."

테리가 대마초를 길게 한 모금 빨고 데브라 조에게 건넸다. 테리는 연기를 아직 내뿜지 않은 채로 물었다. "그 뒤로 얼마 있다가 찰리랑 도망쳤어?"

데브라 조가 말했다. "그날 밤에 집에서 빠져나와서 아빠 차에서 섹스했어요. 차 키가 나한테 있어서 차를 몰고 같이 날랐죠."

테리는 생각했다. '젠장, 찰리 같은 쪼다한테 어떻게 그런 능력이 있지? 매리 브루너나 패티 크렌윙클 같이 못생긴 히피 걸레들은 그렇다 쳐도, 데브라 조 같이 섹시한 어린애를 어떻게 꼬드겼지?'

데브라 조는 맨슨과 힐하우스 가족 사이의 놀라운 일들을 들려주었다. 그 이야기는 데브라 조의 아버지가 찰리에게 자기도 맨슨 패밀리에 들어가고 싶다고 말했다는 것으로 끝났다.

그 말에 테리가 소리쳤다. "설마, 농담이지?"

데브라 조가 씩 웃으며 고개를 가로저었다. 그리고 덧붙였다. "찰리도 그건 너무 이상하다고 생각했어요."

테리는 생각했다. '이런 젠장, 나는 히피 가정부를 두는 것도 캔디스 버겐을 설득 못 했는데, 찰리는 누구를 만나도 자기한테 필요한 걸 다 하게 만드네.' 찰리의 매력이 뭐든 테리에게는 없었다. 그러나 테리가 보기에도 찰리에게 어떤 매력이 있는 게 분명했다. 테리는 록 스타들이 히피 여자들을 조종해 이상한 짓을 하게 만드는 걸 봐 왔다. 그렇지만 그 히피 여자들의 아버지를 조종한다? 그런 영향력은 차원이 완전히 다르다. 믹 재거라도 그런 일은 못하지 않을까.

★★★

데브라 조가 허시버그 집으로 천천히 다가간다. 무릎이 눈에 띄게 떨린다. 이슬로 덮인 앞마당을 지나간다. 커다란 맨발 발바닥에 잔디의 물기가 느껴지고, 살짝 오싹해진다. 잔디밭을 지나 뒷문으로 이어지는 콘크리트 통로를 젖은 발자국을 남기며 걸어간다.

나무 문으로 손을 뻗어 녹슨 금속 경첩에서 소리가 나지 않게 최대한 조심하며 문을 밀어 연다. 뒷마당에 들어선다. 보도에서 지켜보는 일행이 천천히 시야에서 사라진다.

이제 푸시캣은 혼자 허시버그 사유지에 있다. 주위를 둘러본다. 강낭콩 모양의 수영장. 녹색 잔디. 커다란 나무 한 그루. 간이 탁자 두 개. 장난감 자전거 두 대. 아주 많이 타서 낡은 장난감 자전거들을 제외하면, 뒷마당은 깔끔하고 좋다. 집 앞쪽만큼 잘 가꿔져 있다.

찰리의 속삭임이 머릿속에 울린다. '심장은 어때?'

머릿속 목소리에 나직이 소리 내서 대답한다. "바위 뚫는 기계처럼 쿵쿵거려요."

'진정해. 심장 소리에 동네 사람들 다 깨겠다. 심장을 잘 단속해. 자신을 딱 단속해. 주위를 잘 둘러봐.'

데브라 조는 조금 더 주의 깊게 뒷마당을 관찰한다. 빨리 뛰던 심장도 아주 약간 가라앉는다.

찰리의 목소리가 울린다. '거기 누가 살지?'

"몰라요. 허시버그 가족이겠죠."

찰리의 목소리가 날카로워진다. '성을 말하는 게 아니야. 어떤 사람들이야? 아이는 있나? 장난감이 보여?'

데브라 조는 장난감 자동차를 보며 고개를 끄덕인다.

'장난감이 많아? 그네도 있어?'

"아뇨, 장난감 자동차 두 대뿐이에요."

찰리가 묻는다. '그걸로 알 수 있는 건?'

"몰라요, 뭘 알아야 하죠?"

찰리가 부드럽게 꾸짖는다. '아가야, 질문은 내가 해. 넌 대답만 하고. 알았지?'

데브라 조가 고개를 끄덕인다.

찰리가 추측한다. '그럼, 그 집에는 자식이 있거나 손주가 있겠네. 답은 나중에 알게 되겠지. 부자야?'

데브라 조가 고개를 끄덕인다.

찰리가 반문한다. '어떻게 알아?'

데브라 조는 약간 비꼬듯 말한다. "이 동네에 살잖아요?"

찰리가 경고한다. '푸시캣, 성급하면 안 돼. 겉만 보고 판단하지 마. 세들어 살 수도 있어. 스튜어디스나 웨이트리스 4명이 모여서 살면서 집세를 같이 낼 수도 있어.' 그리고 찰리가 갑자기 묻는다. '수영장 있어?'

데브라 조가 말한다. "네."

찰리가 명령한다. '물에 손대 봐.'

데브라 조는 뒷마당을 거의 다 덮고 있는 잔디를 살금살금 지나서 수영장으로 간다. 그리고 물에 손가락을 넣는다.

물이 느껴지자 머릿속 목소리가 묻는다. '따뜻해?'

데브라 조는 고개를 끄덕인다.

'그럼 부자네. 수영장 물을 항상 따뜻하게 데우는 건 부자나 할 수 있어.'

데브라 조가 생각한다. '그럴듯하네.'

찰리가 속삭인다. '이제 안에 들어야지. 준비됐어?'

데브라 조가 고개를 끄덕인다.

찰리의 목소리가 날카로워진다. '어디서 고개만 까딱해? 제대로 대답해야지! 들어갈 준비됐나?'

"응."

찰리가 묻는다. "'응'이라고? 그게 제대로 된 대답이야?'

데브라 조가 말한다. "'네'라고 해야 하나요?"

찰리의 목소리가 높아지고 성마르게 변한다. '이런 젠장, '네'라고 대답하라는 게 아냐. 시팔, 내가 질문하면 어떻게 하라고 했어?'

그러자 데브라 조는 상황에 어울리지 않게 큰 목소리로 말한다. "네, 준비됐어요!"

데브라 조의 머릿속에서 찰리가 의기양양하게 말한다. '그렇지! 그래야 내 예쁜 아이지! 뒷마당으로 통하는 문은 어떻게 생겼어?'

데브라 조가 집을 자세히 보고 대답한다. "유리 미닫이문."

'운이 좋네. 그런 문은 사람들이 까먹고 안 잠글 때가 많아. 이제 살살 가서 정말 운이 좋은지 알아봐.'

데브라 조는 젖은 잔디에서 뒷마당 테라스의 콘크리트 바닥으로 맨발을 옮기며 생각한다. '내가 정말 운이 좋다면, 문이 잠겨 있어서 집에 갈 수 있겠지.' 유리문 앞에서 허리를 굽힌다. 안을 들여다본다. 온통 깜깜하다. 움직임은 전혀 없다. 귀를 기울인다. 다시 리듬을 타고 요란하게 쿵쿵 뛰는 자기 심장 소리를 빼면 아무 소리도 안 들린다. 한쪽 팔을 들어서 두꺼운 유리문을 민다. 안 열린다.

데브라 조의 머릿속에 찰리가 다시 튀어나온다. '좀 무거울 수

있어. 다시, 양손으로 더 힘껏 해 봐.'

이번에는 양손으로 손잡이를 잡고 더 힘을 줘서 문을 민다. 약간 열린다. 문이 움직이는 것이 확인되자, 데브라 조는 더 긴장한다. '젠장, 안에 들어가야 하네.'

머릿속에서 찰리의 낄낄대는 웃음소리가 들린다. 그리고 찰리는 데브라 조의 생각으로 들어와서 잠입의 다음 순서로 이끈다. '이제 집에 들어가기 전에, 자신을 버려. 이 세상에 없는 사람이 돼야 해. 고양이처럼 네 발로 기어. 뒷문이 열린 집에 들어가는 고양이처럼 힘을 다 빼. 알아들었어?'

데브라 조는 고개를 끄덕인다.

찰리가 말한다. '문은 열어 놔. 얼른 도망쳐야 할 수도 있으니까.'

데브라 조는 바닥에 엎드려서 집 안으로 기어 들어간다. 딱딱하고 차가운 리놀륨이 깔린 주방을 지나자 북실북실한 카펫이 깔린 거실이 나온다.

거실 한가운데까지 온 뒤에 바닥에 앉는다. 어둠에 눈이 익자 주위를 살핀다.

찰리가 계속 질문한다.

'이 사람들은 어떤 사람일까? 노인일까? 중년일까? 아이들은 자식일까 손주일까?'

데브라 조가 대답한다. "몰라."

찰리가 말한다. '가구를 봐. 장식품들을 봐.'

데브라 조는 방을 훑어본다. 벽에 걸린 사진들, 텔레비전, 벽난로 위 선반에 놓인 장식들. 오디오와 벽에 기대 세워 놓은 음반들이 보인다.

그쪽으로 기어가서 음반들을 하나씩 넘긴다.

루디 발레 Rudy Vallée.

케이트 스미스 Kate Smith.

재키 글리슨 Jackie Gleason.

프랭키 레인 Frankie Laine.

잭 존스 Jack Jones.

존 개리 John Gary.

'남태평양', '지붕 위의 바이올린', '노, 노 나네트 No, No, Nanette' 등 브로드웨이 뮤지컬 앨범들.

영화 〈영광의 탈출〉 사운드트랙.

데브라 조가 찰리에게 말한다. "노인이야. 애들은 손주일 거 같아."

'그럴 거 같다는 건 안 돼. 논리적으로 추정해야지. 애들은 여기 살아?'

데브라 조가 말한다. "몰라."

찰리가 말한다. '그럼, 둘러봐.'

데브라 조는 둘러본다. 여기는 더없이 깔끔하다.

"뒷마당에 장난감 자동차가 있어도 애들이 여기 살진 않나 봐."

찰리가 묻는다. '왜?'

데브라 조가 단언한다. "여기 사는 사람은 노인들이야. 노인들은 깔끔해. 단정해. 정리가 잘돼 있어. 부자라도 애들을 키우면 못 그래."

'잘했어.' 데브라 조는 찰리의 미소를 느끼며 온몸이 짜릿해진다. '심장은 어때?'

"진정됐어."

'믿을게. 계단 보여?'

고개를 끄덕인다.

'너 자신은 버렸어?'

"완전히."

'그럼 바닥에서 일어날 준비가 됐겠네.'

데브라 조가 바닥에서 일어선다. 일어선 눈높이에서 보니, 거실이 아주 다르게 보인다. 검정 티셔츠를 위로 당겨 벗는다. 티셔츠가 부스스한 머리카락과 머리를 빠져나와 카펫 바닥에 떨어진다. 청바지를 잘라 만든 반바지의 단추를 끄르고 지퍼를 내린다. 반바지는 긴 다리를 따라 조용히 미끄러진다. 마지막으로 지저분한 팬티를 벗는다. 팬티는 이미 벗어 놓은 옷가지 위에 얹힌다. 옷을 다 벗고 알몸이 된 데브라 조는 허리를 굽혀 반바지를 집어서 주머니에 손을 넣어 빨간 전구 하나를 꺼낸다. 그리고 금속으로 된 끝부분을 입술로 감싸 입에 문다.

알몸으로 다시 기어서 위층으로 이어지는 계단을 올라간다. 침실들이 있는 곳으로 고양이 같은 알몸이 살며시 슬금슬금 위로 향한다.

계단 끝까지 오른 뒤, 고개를 천천히 오른쪽으로 돌렸다가 왼쪽으로 돌린다. 왼쪽에 있는 문이 안방 문인 것 같다. 이제 머릿속에 찰리는 없다. 완전히 데브라 조 혼자다.

푸시캣이라는 별명에 걸맞게 바닥에 엎드린 자세로 반쯤 열린 침실 문으로 기어간다.

자기 자신을 버리고 존재하지 않는 듯 조용히, 문틈으로 얼굴을 내밀고 어두운 침실을 들여다본다. 추측이 맞았다. 진짜로 안방이고, 부부가 쓰는 킹사이즈 침대에 누워 있는 두 사람은 노인이다.

푸시캣은 열린 문틈에 맞게 알몸을 비틀며 안으로 들어간다. 경첩에서 끼익 소리가 날지 모르니 방문에 몸이 닿지 않게 조심한다. 손과 무릎으로 잘 기어서 발까지 방 안으로 들어오자, 침대 윗면과 눈높이가 맞는다. 방문과 푸시캣이 있는 쪽에 가까이 누워서 자고 있는 사람은 늙은 남자다. 흰 줄무늬가 세로로 난 파란색 잠옷 차림이다.

벤게이 Ben-Gay(근육통이나 관절통에 바르는 연고 상표명-옮긴이)의 파스 냄새, 파인솔 Pine-Sol(세정제 상표명-옮긴이) 냄새, 올드스파이스(남성 화장품 상표명-옮긴이) 냄새, 발냄새가 난다. 침실 오른쪽 끝 창문에 붙은 에어컨에서 계속 울리는 윙 소리 덕분에 푸시캣이 움직일 때 나는 작은 소리는 가려진다. 그 점은 좋다. 나쁜 점은 거실이나 계단보다 침실이 훨씬 추운 것이다. 드러난 맨살에 두드러기처럼 소름이 돋는다. 벌거벗은 볼기짝에 소름이 돋자, 찰리로부터 푸시캣이라는 이름을 받은 소녀는 꼬리가 있으면 느낄 법한 기분을 느끼며 고양이 시늉에 빠져 앙상한 엉덩이를 살짝 흔든다. 한기는 장애물도 아니다. 따뜻한 살이 차가운 공기를 처음 만나 놀란 뒤에는,

산에서 차가우면서 상쾌한 계곡물을 만난 듯, 몸을 타고 흐르는 전율이 오히려 기운을 북돋는다.

침대 옆에 조금 더 다가간다. 고양이처럼 엎드린 자세에서 아랫다리만 바닥에 댄 채 윗몸을 서서히 일으킨다. 침대에서 모로 누워자는 노인의 얼굴에 얼굴을 바싹 댄다. 입에 빨간 전구를 물고 있어서 데브라 조의 얼굴에는 표정이 드러나지 않는다. 입이 삽입구인 '섹스 돌'과 로봇을 합친 듯한 모습이다. 그나마 나타나는 표정이 있다면, 거의 일자눈썹에 가까운 짙은 눈썹에서 보일 뿐이다.

데브라 조는 잠자는 노인의 얼굴을 살핀다. 힘겹게 들이쉬고 내쉬는 숨소리는 코를 고는 소리에 아주 가깝다. 둥글납작한 머리에 몇 가닥 솟아 있는 흰 머리카락은 모두 제각각 뻗쳐 있다. 이가 없어서 움푹 들어간 입술. 데브라 조는 침대 옆 탁자를 본다. 아니나 다를까 안경과 스탠드, 작은 탁상시계 옆에 놓인 물잔의 뿌연 물속에 틀니가 들어 있다.

데브라 조는 호기심 어린 시선을 의치에서 돌려, 잠자는 멍청이를, 그리고 그 옆에 자고 있는 노파를 본다. 노파는 구울(본래는 아랍 지역의 전설에서 묘를 파서 시체를 먹는 악귀를 뜻하며, 요즘은 주로 죽지 않는 괴물을 이르는 말로 쓰임-옮긴이)같이 깡마른 남편과 비교하면 살찐 편이다. 남자는 머리카락이 없어서 모공이 다 드러나 있지만, 여자의 머리는 밝은 오렌지색으로 염색하고 뽀글뽀글하게 파마한, 공들인 스타일이다. 분명 매주 미용실에 가고 디피티두Dippity-do(1960년대 미국에서 널리 팔린 헤어젤 상표명-옮긴이)를 몇 통이나 썼겠지.

데브라 조는 잠자는 남자 얼굴 위에 손을 들어서 손가락을 꼼지락거린다. 남자는 전혀 알아채지 못하고, 계속 요란하게 숨을 내쉰다. 이제 데브라 조는 자신감을 얻는다. 바닥에 대고 있던 무릎을 천천히 일으켜서 두 발로 선다. 그때까지 계속 고양이처럼 바닥에서 기어 다니다가 똑바로 일어서니 걸리버가 된 기분이 든다.

까치발로 조용히 침대를 지나서 집 정면으로 나 있는 창으로 간다. 창문 커튼은 젖혀져 있다. 창밖을 보니 집 앞 보도에 모여 서 있는 찰리와 친구들이 보인다. 프로기가 제일 먼저 데브라 조를 발견하고 폴짝 뛰면서 반갑게 손을 흔든다. '베벌리힐 빌리즈'(미국에서 1962년부터 1971년까지 만들어진 시트콤-옮긴이)의 엔딩 장면을 재현하듯 모두가 손을 흔든다.

입에 빨간 전구를 문 데브라 조는 허시버그 집 창문 너머로 그 사람들을 내려다보며 손을 흔들어 답한다. 그리고 조용히 안주인의 화장대로 가서 거기 놓인 나무 의자를 들어 창가에 놓는다. 창 옆에는 침실 스탠드도 있다. 데브라 조는 자고 있는 노부부를 힐끔 보며 혹시 깨지 않았는지 확인한다. 그리고 스탠드에서 갓을 고정하는 나사를 천천히 풀기 시작한다. 다 푼 나사를 탁자 위에 올려놓고, 스탠드 갓을 살며시 들어서 바닥에 내려놓는다. 그러는 내내 침대 위에 있는 노부부가 혹시 잠에서 깨지 않는지 살핀다. 아직까지는 괜찮아. 늙다리들이 움직이는지 계속 주시하면서 전구를 돌려서 뺀다.

지금까지 났던 소리 중에 제일 큰 소리가 나지만, 노부부의 규칙적인 숨소리와 에어컨, 데브라 조의 자기 자신을 버린 태도 덕분에 방 안의 상태는 크게 달라지지 않는다. 전구가 다 돌아가자 데브라 조는 스탠드에서 전구를 빼 카펫이 깔린 바닥에 소리 없이 내려놓는다. 갈색 머리의 침입자는 입에 문 빨간 전구를 빼서 스탠드 소켓에 돌려 끼운다. 드디어 전구가 끝까지 다 들어가 더 이상 돌아가지 않자 데브라 조는 이제 임무를 완수했다고 생각한다.

데브라 조가 스탠드 스위치를 돌린다. 조그마한 스위치가 찰칵 소리를 내고, 방은 붉은 불빛에 잠긴다. 침대에 있는 노부부가 반응을 보이는지 지켜본다. 노부부의 렘수면이 붉은 불빛에 흐트러지면 곧장 도망쳐야 한다. 와트가 낮은 빨간 전구의 밝기는 수면을 방해하지 않을 정도다.

데브라 조는 창 옆에 놓인 의자에 올라간다. 붉은 조명을 배경으로 액자 같은 창틀에 알몸이 들어 있으니, 패서디나 한가운데에서 암스테르담을 재현하는 것 같다. 데브라 조는 보도에 있는 친구들을 내려다본다. 친구들은 데브라 조의 성공에 들떠서 깡총깡총 뛰고 있다. 갈색 머리 열여섯 살 소녀는 밖에 있는 친구들을 즐겁게 하려고 창문에서 야하게 춤추기 시작한다. 친구들은 손뼉을 치고 환호한다. 몸을 파도처럼 흔들며 아래위로 앉았다가 일어나기를 반복하는 춤은 점점 더 격렬해지고, 친구들은 휘파람과 함성을 보낸다. 그러다가 데브라 조는 의자에서 뛰어내려, 노부부가 자고 있는 침대로 달려가서 침대 위에 뛰어올라 키득거리며 소리친다.
"성공!"

잠에서 깬 노부부는 벌거벗은 갈색 머리 소녀가 침대 위에서 뒹굴며 미친 듯이 웃는 모습을 본다. 늙은 여자가 소름 끼치는 비명을 지르고, 늙은 남자는 더듬더듬 말한다. "이게 무슨……."

데브라 조는 늙은 남자의 목에 팔을 감고 이 없는 입에 입을 꼭 맞춘다. 남자가 소리를 지르려 하자, 데브라 조는 혀를 남자의 입 안으로 쑥 밀어 넣는다. 이어서 데브라 조는 입을 떼고 침대에서 뛰어내려 튀어나간다. 방을 나가, 계단을 내려가, 거실을 지나(옷가지도 낚아채며), 열린 유리문, 뒷마당과 뒷마당 문을 지나고, 앞마당을 가로지른다. 그리고 '패밀리'와 함께 그린드리어 레인을 웃으며 달려간다.

제6장

할리우드 또는 만신장이

4년 전
텍사스주 댈러스 외곽

댈러스에서 빠져나가는 고속도로 위, 먼지투성이 갈색 말을 실은 먼지투성이 흰색 가축 트레일러가 먼지투성이 흰색 1959년형 캐딜락 쿠페 드빌에 끌려가고 있었다. 캐딜락을 몰고 있는 로데오 카우보이는 400미터 앞에서 엄지손가락을 내민 젊은 여자를 보았다.

몸에 딱 붙는 분홍 티셔츠, 바나나색 미니스커트, 맨살을 드러낸 긴 다리와 맨발, 커다란 흰색 챙모자, 더플백 차림이었다. 여자와 더 가까워지자 카우보이의 눈에 딱 붙는 분홍색 티셔츠 아래에서 출렁대는 커다란 가슴과 유난히 하얀 다리가 보였다.

카우보이가 도로 옆에 차를 세우자 여자는 허리를 굽히고 조수석 쪽 차창으로 카우보이를 들여다보았다. 여자의 흰 챙모자 아래로 흘러내린 긴 금발이 보였다. 여자는 스물두 살쯤으로 보였다. 그리고 엄청나게 예뻤다.

카우보이가 하나 마나 한 질문을 던졌다. "태워 줄 차 찾아요?"

"맞아요." 금발이 말했다. 텍사스 억양은 없었다.

카우보이는 멀 해가드가 '툴레리 더스트 Tulare Dust'를 흥얼거리는 라디오 볼륨을 낮추고 말했다. "어디로 가요?"

금발 글래머가 대답했다. "캘리포니아."

카우보이는 씹는담배를 빈 종이컵에 뱉었다. 텍사코 주유소 커피 종이컵 10분의 1은 이미 갈색 침으로 차 있었다. 카우보이가 낄낄거리며 말한다. "캘리포니아? 엄청 멀리 가네요."

금발이 고개를 끄덕이며 말했다. "맞아요. 태워 줄래요?"

카우보이가 말했다. "캘리포니아는 모르겠고, 오늘 저녁 7시까지는 텍사스주에서 벗어날 계획인데, 뉴멕시코에 내려 줄 수 있어요."

금발이 미소를 지었다. "그렇게 시작하는 거죠, 카우보이."

카우보이도 미소를 지었다. "그럼, 타요, 카우걸."

금발은 캐딜락에 올라타기 전에 카우보이를 좀더 자세히 살펴보았다. 나이는 마흔일곱쯤 돼 보이고, 잘생겼지만 풍파에 시달린 (몰고 있는 캐딜락과 비슷했다) 얼굴이며, 흰색 카우보이모자를 썼다. 똑딱단추가 달린 크림색 웨스턴 셔츠 겨드랑이 부분은 땀으로 얼룩져 있고, 입술 아래에는 씹는담배 가루가 묻어 있었다. 뒷자리를 보니 자기 것과 크게 다르지 않은 더플백이 있었다. 다른 점이라면 여자의 더플백은 검은색이고 세븐업 로고가 있는 반면, 남자의 것은 올리브색의 군용 스타일이었다. 여자는 캐딜락 테일핀 너머 뒤에 매달린 가축 트레일러를 보고 물었다. "트레일러에 말이 있어요?"

"보시다시피."

"말 이름이 뭐예요?"

남자가 느릿느릿 말했다. "허니차일드."

여자가 씩 웃으며 말했다. "자기 말한테 허니차일드라는 이름을 붙이는 남자라면 강간 같은 짓은 안 하겠네요."

남자도 씩 웃었다. "아, 그거 큰 실수예요. 커다란 검은색 종마에 '보스턴 살인마' 같은 이름을 붙이는 남자가 진짜 믿을 만한 사람이죠." 남자가 윙크했다.

금발이 말했다. "뭐, 밑져야 본전이죠." 금발은 남자의 더플백 옆에 자기 더플백을 던지고, 캐딜락에 올라탔다.

카우보이가 말했다. "문이 말을 안 들어요. 진짜 세게 쾅 닫아야 해요."

금발은 문을 다시 열었다가 카우보이의 말대로 진짜 세게 쾅 닫았다. 카우보이는 고속도로에 다시 들어서며 말했다.

"기백 있네."

★★★

"그래서 캘리포니아 어디로 가요?" 대화를 시도한 카우보이가 라디오의 멀 해거드 노래를 적절한 볼륨으로 높이며 질문을 보충했다. "로스앤젤레스? 샌프란시스코? 포모나?"

금발이 물었다. "텍사스에서 포모나로 히치하이크하는 사람도 있어요?"

"뭐, 나라면 그럴지도 모르죠. 문제는, 나는 금발 미녀가 아니라서."

"로스앤젤레스요."

"서핑해요? 아네트 푸니첼로 Annette Funicello처럼?"

"그 여자가 진짜 서핑을 하기나 해요? 햇빛에 그을지도 않았어요. 그 여자나 프랭키나 다. 진짜 서핑을 하면 훨씬 더 타요." (아네트 푸니첼로와 프랭키 아발론은 〈비치 파티〉 영화 시리즈에 출연해서 인기를 끌었다.-옮긴이)

"나도 그 사람들보다 이마에 주름이 다섯 개는 많죠." 카우보이는 금발을 보며 말을 이었다. "햇빛에 엉망이 된 내 피부도 태닝된 거라고 말해 줘요."

금발은 카우보이에게 이름을 말하고 인사했다. 그렇게 두 사람은 서로 이름을 밝히고 악수했다.

카우보이가 다시 물었다. "그래서, 어디 간다고요?"

"로스앤젤레스요. 애인이 기다려요."

로스앤젤레스에서 기다리는 애인은 없었다. 남자 혼자 모는 차를 히치하이크하게 되면 그렇게 말하기로 계획해 두었을 뿐이다. 금발은 이후 45분 동안 가짜 애인 이야기를 했다. 전부 히치하이크 계획에 들어 있던 것이다. 그 가상의 애인 이름은 토니였다.

가짜 애인 토니 이야기를 장황하게 늘어놓는 사이에, 금발은 이 흰 모자를 쓴 카우보이를 어느 정도 신뢰하기 시작했다. 토니와 로스앤젤레스에서 새 인생을 살 거라는 이야기에 카우보이가 실망하지도 무관심하지도 않았기 때문이다.

카우보이가 느릿느릿 말했다. "아, 글쎄요, 토니라는 그 남자, 아주 운이 좋네요!"

금발이 물었다. "아저씨는 허니차일드랑 어디로 가세요?"

이제 카우보이가 적당히 감추며 이야기할 차례였다. 로데오 선수인 카우보이는 애리조나주 프레스콧으로 가는 길이다. 주말에 댈러스에서 열린 와일드 웨스트 위크엔드라는 로데오 경기에 참가해 우승했고, 원래도 만신창이이던 몸이 더더욱 만신창이가 됐다. 이제 다다음 주에 열릴 로데오 경기에 참가하려고 고향인 프레스콧으로 가고 있다. '프레스콧 프론티어 데이즈'는 1888년에 역사상 최초로 열린 로데오 경기로, 고향 사람들 앞에서 지면 망신살이 뻗친다. 그러나 이런 이야기를 카우보이는 말하지 않았다. 카우보이는 조수석에서 긴 다리로 책상다리를 하고 앉아 있는 금발 여자와 그렇게 오래 동행하고 싶은지, 솔직히, 확신이 안 섰다. 그래서 댈러스에서 마친 로데오는 자세히 이야기하고, 목적지에 대한 이야기는 대충 얼버무렸다. 그래도 이야기하는 사이에 서로를 더 알게 되고 벽이 조금씩 허물어졌다.

금발은 텍사스 출신에다 아버지가 군인이어서, 이 착하고 재미있는 카우보이 아저씨가 마음에 들었다. 카우보이도 금발이 마음에 들었다. 외모 때문만은 아니었다. 처음 나는 가벼운 대화에서도 확실히 알 수 있듯, 금발은 성격이 아주 밝았다. 군인인 아버지를 따라 이탈리아에서 산 적이 있었고, 그래서 이탈리아어에 능숙하다는 말도 했다. 그 말에 카우보이는 금발이 천재라고 생각했다. 여태 만난 여자들은 영어도 제대로 못할 때가 많았으니까.(카우보이는 멕시코 여자들을 좋아했다.)

맨발의 금발은 눈이 나쁘지 않은 한 자신이 얼마나 예쁜지 스스로도 잘 알고 있었을 것이다. 그러나 외모에 성격을 가두지는 않았다. 사근사근한 품성, 사람들에 대한 호기심, 모험을 즐기는 태도가 금발의 성격이었다. 그리고 길에서 젊은 여자에게 닥칠지도 모르는 위험을 어느 정도 조심하면서도 스릴을 느꼈다.

카우보이는 금발이 매력적이라 생각했다. 아니, 반했다고 말하는 게 더 정확하겠다. 그러나 이 아가씨는 스물두 살도 채 안 돼 보이니, 카우보이의 도덕 기준에서 벗어나 있었다. 카우보이에게는 스물다섯 살인 딸이 있었고, 딸보다 어린 여자와는 절대 엮이지 않는다는 규칙을 정해 놓았다. 지금 옆에 탄 이 동승자가 굳이 원한다면 기준이 조금 내려갈지도 모른다. 그러나 그런 일은 일어나지 않을 것을 카우보이도 잘 알고 있었다. 노출이 많은 옷을 입은 예쁜 동승자와 친절한 차 주인. 카우보이에게는 이 관계도 충분히 괜찮았다.

텍사스주 경계를 지나 뉴멕시코로 들어서서 형편없는 식당에서 밥을 먹었다. 금발에게 돈이 없었다면 카우보이가 금발의 칠리 값도 기꺼이 냈겠지만, 금발은 돈이 있었고 카우보이는 금발의 밥값까지 내지는 않았다. 두 시간 더 차를 몰고 동행하다 밤 9시쯤 카우보이가 모텔 앞에 차를 세웠다.

금발은 생각했다. '그래, 지금이 딱 카우보이가 수작을 걸 타이밍이네.'

금발은 카우보이에게 기회도 주지 않았다. 카우보이가 자동차 뒷좌석에서 자도 괜찮다는 말을 꺼낼 새도 없이 금발은 더플백을 집고 카우보이와 작별 포옹을 했다. 카우보이는 금발의 맨발이 멀리 어둠속으로 사라질 때까지 지켜보았다.

★★★

함께 있는 동안(여섯 시간쯤) 카우보이를 편하게 생각하게 된 금발은 로스앤젤레스로 가는 진짜 이유를 밝혔다. 배우가 되는 게 목적이었다. 영화에서, 적어도 텔레비전에서 연기하고 싶었다. 너무 뻔한 이야기라서 밝히기 싫었다고 금발이 말했다. 또 텍사스주 미인대회 우승자가 꾸는 허무맹랑한 백일몽으로 들릴 테고, 자기가 더 멍청해 보일 것 같아서 밝히기 싫었다. 누구나 다 그렇게 생각할 것 같았다. 자기 아버지도 딱 그렇게 생각했으니까.

그러나 카우보이는 종이컵에 침을 뱉고 자기는 생각이 다르다고 말했다. 이렇게 아름다운 아가씨가 영화배우가 안 되면 그게 멍청한 일이라고. 그뿐 아니라 금발이 갖춘 가능성도 높이 샀다. "내

사촌 셰리가 할리우드로 가서 제2의 소피아 로렌이 되겠다고 하면, 그건 허무맹랑한 꿈이죠. 그렇지만 아가씨 같이 예쁜 사람은 조만간 토니 커티스 상대역으로 나와도 놀라지 않을 거요."

★★★

　모텔에 체크인하러 가던 카우보이는, 어둠 속으로 사라지는 금발에게 아직 목소리가 닿을 때 마지막으로 소리쳐서 격려했다. "내 말 명심해요. 토니 커티스랑 같이 영화에 나가면, 사람들한테 내 인사도 꼭 전해요."

　금발이 고개를 돌려 카우보이에게 소리쳤다. "꼭 그럴게요, 에이스. 영화에서 만나요." 금발은 마지막으로 손을 흔들고 걸어갔다.

　샤론 테이트가 마침내 〈돈 메이크 웨이브스 Don't Make Waves〉라는 코미디 영화로 데뷔하게 됐을 때, 상대역인 토니 커티스에게 말했다. "에이스 우디가 안부 전하래요."

제7장

※

굿 모르간, 보스앤젤레스!

1969년 2월 8일, 토요일

오전 6:30

클리프의 카르만 기아가 인적 없는 길을 내려간다. '선셋 스트립'이라는 이름으로 세상에 알려진 길이다. 클리프에게는 이것이 하루의 시작이다. 차를 몰고 릭의 집까지 가는 것, 릭을 태우고 집합 시간인 8시에 맞춰서 20세기폭스 스튜디오까지 가는 것. 클리프는 작은 폭스바겐 자동차로 아침 6시 반에 선셋 대로를 지나가며 생각한다. '뉴욕이 잠들지 않는 도시라면 로스앤젤레스는 한밤중에 있는 도시고, 꼭두새벽이면 이 도시는 콘크리트 포장으로 덮이기 전 사막으로 돌아간다.' 그 생각을 증명하듯 코요테 한 마리가 쓰레기통을 뒤지고 있다.

카스테레오에서는 AM 라디오 93 KHJ 아침 디제이 '보스 트리퍼' 로버트 W. 모건이 일찍 일어난 청취자들에게 소리친다. "굿 모르간, 보스앤젤레스!"

1960년대와 1970년대초에는 로스앤젤레스 사람 모두가 93 KHJ에 주파수를 맞췄다. '보스 라디오'로도 통했고, '보스앤젤레스'에서 '보스 잭'이 트는 '보스 사운드'로 유명했다. 물론 와츠나 컴튼, 잉글우드에 사는 사람들은 예외였다. 이 사람들은 KJLH의 소울 뮤직에 주파수를 맞췄다.

KHJ는 비틀즈, 롤링스톤스, 몽키스, 폴 리비어 앤드 더 레이더스, 마마스 앤드 더 파파스 Mamas and the Papas, 박스탑스 Box Tops, 러빙 스푼풀 Lovin' Spoonful 같은 1960년대 음악을 틀었다. 후에 대중에게 잊힌 그룹들도 있다. 로열 가즈멘 Royal Guardsmen, 뷰캐넌 브라더스 Buchanan Brothers, 톰 폴 앤드 더 글레이저 브라더스 Tompall and the Glaser Brothers, 1910 프루트검 컴퍼니 the 1910 Fruitgum Company, 오하이오 익스프레스 Ohio Express, 모조 멘 Mojo Men, 러브 제너레이션 Love Generation 등등.

스타 디제이들도 포진해 있었다. 모건을 비롯해 샘 리들, 바비 트립, 험블 하브(클리프처럼 나중에 자기 아내를 죽였는데, 하브는 클리프와 달리 붙잡힌다), 자니 윌리엄스, 찰리 튜나 등이 있었다. 그리고 미국 최고의 디제이 '리얼' 돈 스틸도 있었다. 로버트 W. 모건과 샘 리들, 돈 스틸은 채널 9 KHJ-TV에서 로스앤젤레스 지역 음악 쇼도 진행했다. 모건이 진행하는 텔레비전 쇼의 이름은 '그루비 Groovy',

리들리의 쇼는 '보스 시티 Boss City', 스틸이 진행하는 프로그램은 당연히, '리얼 돈 스틸 쇼 Real Don Steele Show'였다.

KHJ 라디오와 텔레비전은 시대의 흐름을 잘 탄 음악, 홍보를 위해서 개최하는 화려한 경연들, 방송국에서 후원하는 대규모 콘서트들, 시간대별로 포진한 전속 디제이들의 진짜배기 유머 등으로 시장을 지배했다.

오전 아홉 시부터 정오까지 방송을 진행하는 샘 리들은 '안녕하세요, 음악 애호가들!'이라는 캐치프레이즈로 청취자들에게 인사했다. 리얼 돈 스틸은 뜻을 알 수 없지만 가장 널리 알려진 '티나 델가도는 살아 있습니다!'라는 농담을 계속 끝없이 되풀이했다.

라디오에서 로버트 W. 모건이 직접 생방송으로 들려주는 타냐 태닝 버터 광고 멘트에 이어 사이먼 앤 가펑클의 톱 40 히트곡 '미세스 로빈슨'의 전주가 '두 두 두' 하고 흐를 때, 할리우드의 한 언덕 주택가를 지나다 신호에 멈춘 클리프의 자동차 앞으로 히피 여자 네 명이 길을 건넜다. 열여섯 살부터 20대 초반까지 제각각인 나이에, 넷 다 지저분해 보였다. 히피들은 대개 잘 씻지 않아서 지저분하지만 이 여자들은 그런 정도를 넘어 쓰레기장에서 집단 섹스를 하고 나온 것처럼 지저분했다.

네 명 다 음식을 운반하고 있는 것 같다. 한 명은 양배추 한 상자를, 한 명은 핫도그 빵 세 봉지를, 한 명은 당근 한 다발을 들고 있다. 히피 열차의 제일 꽁무니에서 뒤뚱뒤뚱 걷는 네 번째 여자는 피클이 담긴 커다란 유리병을 아기처럼 안고 있다. 부스스한 갈색 머리에 손뜨개 홀터탑(등과 어깨가 드러난 상의-옮긴이)과 아주 짧게 잘라 반바지로 만든 청바지 차림으로, 몸이 호리호리하고 섹시하다. 반바지 아래로는 하얗지만 지저분한 긴 맨다리가 드러나 있고, 그 아래에 커다란 발은 더러운 맨발이다.

갈색 머리의 지저분한 미녀가 클리프 쪽을 흘깃 본다. 부르릉거리는 카르만 기아 앞 유리창 너머로 금발 남자가 보이자, 예쁜 얼굴에 미소가 퍼진다. 클리프도 미소로 답한다. 갈색 머리는 피클 유리병을 오른쪽 겨드랑이에 끼고, 자유로운 왼손 두 손가락으로 카르만 기아 운전자에게 피스 사인을 보낸다.

클리프도 두 손가락을 들어서 피스 사인으로 답한다.

두 사람은 순간을 함께한다. 그러나 그 순간은 이내 사라지고, 여자는 건널목을 다 지나갔다. 지저분한 네 여자는 도로 건너편에서 아기 코끼리 같은 걸음으로 주택가 보도를 걸어간다. 클리프는 멀어져 가는 히피 피클 여자의 뒷모습을 지켜보며, 여자가 돌아보기를 바란다.

하나, 둘, 셋, 클리프가 머릿속으로 세고 있을 때, 여자가 고개를 돌려서 클리프를 본다. 성공. 클리프는 여자와 자신을 위해 미소 짓고, 모카신을 신은 발로 페달을 누르며 언덕 위로 휙 달려간다.

오전 6:45

시계 라디오에서 93 KHJ 아침 디제이 로버트 W. 모건의 목소리가 울리고, 릭이 잠에서 깬다. 깨자마자 베개가 차갑다고 느낀다. 숙취로 흘린 땀 때문이다. 오늘은 CBS에서 제작하는 서부극 '랜서'의 파일럿 작업 첫날이다. 릭은 악역이다. 납치와 살인을 서슴지 않는 냉혈한으로, 대본에는 '육지의 해적'이라고 적힌 강도단의 우두머리다.

대본은 아주 좋고, 역할도 꽤 좋다. 물론 릭은 시리즈의 주인공자니 랜서 역을 맡고 싶었다. 주인공은 누가 맡았는지 물어봤는데 제임스 스테이시라는 배우였다. 서부극 시리즈 '건스모크'에 한번 출연한 걸 계기로 CBS에서는 제임스 스테이시를 주인공으로 시리즈를 만들기로 결정했다. 강인하게 생긴 앤드류 더건 ^{Andrew Duggan}이 아버지 머독 랜서로, ABC에서 커스터 장군(미국 인디언 전쟁사에서 대표적인 인물이며, 남북 전쟁 당시 북군으로 활약함-옮긴이)을 다루려고 기획했다가 취소한 시리즈에 주인공으로 정해졌었던 웨인 먼더 ^{Wayne Maunder}가 형 스콧 랜서로 나온다.

대본이 좋을뿐더러 릭이 맡은 역의 대사가 좋다. 첫날 찍을 대사가 많은데, 이 대사들도 좋다. 그래서 지난밤에 늦게까지 테이프리코더와 대사를 맞춰 보았다.

릭은 대개 수영장에 띄운 튜브 의자 위에서 위스키사워를 마시고 담배를 피우며 테이프리코더로 대사를 맞춘다. 위스키사워는 커다란 독일 맥주잔에 따르는데, 독일 맥주잔을 수집하는 것이 릭의 취미다. 이제 릭은 침대에 누워서 숙취를 달래며 생각한다. '얼마나 마셨지?' 숙취로 다리가 말을 안 듣는 것 같고, 배 속에는 간밤에 마신 술이 가득 찬 것 같다.

맥주잔 하나에는 위스키사워 칵테일 두 잔이 들어간다.

맥주잔으로 몇 잔이나 마셨지?

네 잔.

네 잔?

네 잔!

바로 그때, 침대에 온통 토했다.

1960년대 배우들은 대부분 집에 오면 칵테일이나 와인 한두 잔으로 피로를 달랬다. 그러나 전날 릭의 경우에는, 위스키사워 두 잔이 결국 여덟 잔이 됐다. 필름이 끊길 때까지 마신 것이다. 수영장에서 나온 기억도, 옷을 벗은 기억도, 침대에 누운 기억도 없었다. 어떻게 침대에 누웠는지 전혀 기억나지 않는 채 침대에서 깨어났다. 릭은 토사물로 엉망인 침대를 보다가, 침대 옆에 놓인 시계 라디오를 본다. 6:52. 20분 뒤면 클리프가 온다. 일어나야 한다. 아침에 일어나서 자기 몸에 토하면 역겨운 돼지, 한심한 낙오자가 된 기분이 든다. 그게 나쁜 점이라면 좋은 점도 있다. 배 속에서 출렁거리는 독물을 다 게워 몸이 한결 나아지는 것이다.

릭이 몰랐던 것, 또 앞으로 몇 년 동안 모를 것은, 자신이 당시에는 널리 알려지지 않은 질병을 앓고 있다는 사실이다. 고등학생 때부터 릭은 감정 기복이 아주 심했다. 우울한 상태일 때에는 우울이 대부분의 사람들보다 훨씬 깊었다. 들떠 있을 때에는 광적인 상태에 가까웠다. 그러나 유니버설 영화사와 맺은 계약 때문에 영화 네 편을(특히 〈말하는 해달 솔티〉를) 찍은 뒤로, 기분이 가라앉을 때면 전보다 더 깊은 땅밑으로 내려가는 것 같았다. 특히 밤에 혼자 집에 있으면 고독과 권태와 자기 연민이 한데 뭉쳐 해로운 자기혐오 파티가 열렸다. 완화제는 오직 위스키사워뿐이었다.

그로부터 7개월 뒤, 릭은 마빈 슈워즈가 주선한 이탈리아 여행에서 아주 멋진 이탈리아 여자와 결혼하고, 아내와 함께 집으로 돌아왔다. 그리고 옛 스승인 폴 웬드코스 감독의 전화를 받았다. 3년 만에 온 반가운 연락이었다.

릭이 수화기에 말했다. "여보세요."

"이 친구야, 나야. 웬드코스."

"아, 안녕하세요. 잘 지내세요?"

"잘 지내냐고? 자네는 잘 지내? 소식 들었어. 히피놈들이 자네 집에 쳐들어와서 자네가 완전 마이크 루이스가 돼서 무찔렀다며?"

릭은 별일 아니라는 듯 겸손하게 웃으며 말했다. "아니에요, 제가 마이크 루이스하고 얼마나 다른지 깨달았을 뿐이에요. 마이크 루이스는 나치군 1백50명을 죽이고도 표정 하나 안 바뀌잖아요. 저는 히피 여자 한 명한테 불을 쏘고 진짜로 바지에 오줌을 쌌어요."

웬드코스가 말했다. "이봐, 솔직히, 루이스가 나치놈들을 죽이면서도 표정이 안 바뀐 건, 루이스가 용감했기 때문이 아니야. 자네가 연기를 못해서 그런 거지."

두 사람 다 전화선을 사이에 두고 웃었다.

웬드코스가 말한 사건은 이렇다. 릭이 새신부와 함께 로마에서 베네딕트 캐니언에 있는 집으로 돌아오자마자 히피 세 명(여자 두 명과 남자 한 명)이 집에 침입해 식칼과 권총을 휘두르며 위협했다. 릭과 클리프는 침입자들을 재빨리 해치웠다. 인정사정없이 싸워서 세 명 모두 죽였다. 클리프는 거실에서 릭의 새신부 프란체스카를 보호하며 남자와 여자 한 명의 얼굴을 짓뭉갰다. 습격 당시 수영장 튜브 의자에 있던 릭은 히피 여자가 쏜 총에 맞을 뻔했다. 릭은 나중에 경찰에 말했다. "그 빌어먹을 히피가 내 머리를 완전히 박살 낼 뻔했어요!"

그리고 웬드코스가 감독한 영화 〈맥클러스키의 열네 주먹〉의 장면 그대로, 릭은 맥클러스키 촬영이 끝나고 창고에 보관하고 있던 화염 방사기로 침입자를 불살랐다.(릭이 나중에 이웃에게 말했다. "그 빌어먹을 히피를 내가 통구이로 만들었죠.")

총칼로 무장한 히피들이 어떤 목적으로 릭의 집에 침입했는지는 끝내 알아내지 못했다. 어쨌든 위험하고 사악한 목적이었을 것이다. 클리프가 침입한 남자에게 원하는 게 뭐냐고 묻자, 남자는 악마를 들먹이며 말했다. "나는 악마다. 악마가 해야 할 일을 하러 왔다."

로스앤젤레스 경찰국은 히피 침입자들이 약에 취해 악마 의식을 치르러 온 것으로 추리했다. 확실한 것은 그 히피들이 분명 집을 잘못 골랐다는 점이다.

이튿날 릭의 무용담이 뉴스를 타고 로스앤젤레스에서 화제가 됐다. 지방 뉴스에서 시작해 미국 전역에 방송되는 저녁 뉴스로,

마침내 세계로 퍼졌다. 제이크 카힐이 〈맥클러스키의 열네 주먹〉에 나온 화염 방사기로 세 명의 긴 머리 히피 악당을 죽인 것은 사람들의 상상력을 자극했다. 이내 그 무시무시한 폭력의 밤은 묵직한 상징적 의미를 띠게 됐다. 텔레비전 드라마의 카우보이였던 릭 달튼은 닉슨 시대 '침묵하는 다수'의 전설적인 영웅이 됐다.

이 새로운 화제를 쇼비즈니스에서 놓칠 리 없었다. 당시 텔레비전 최고 히트 시리즈인 '미션 임파서블'에서 곧장 릭에게 출연을 의뢰했다. 화염 방사기 사건 이후 'TV 가이드'에서는 릭 달튼을 자세히 다룬 기사를 실었다.(릭이 그 잡지에 기사로 나간 것은 그때가 세 번째였다.) 자니 카슨의 투나잇 쇼에서도 처음으로 출연 제의를 받았고 릭이 초대 손님으로 출연한 투나잇 쇼는 높은 시청률을 기록했다. 이후 1970년대 내내, 자니 카슨은 릭이 영화나 텔레비전 드라마 등을 홍보해야 할 때마다 릭을 투나잇 쇼에 출연시켰다. 릭은 나중에 클리프에게 말했다. "결국 그 빌어먹을 히피들이 나한테는 도움이 됐어."

폴 웬드코스가 농담이나 하려고 전화한 것은 아니었다. 배우라면 누구나 기다리는, 릭의 스케줄이 되는지 확인하는 전화였다. 웬드코스 감독은 제2차세계대전 이야기를 찍으려 준비 중이었고, 촬영지는 몰타로 예정됐다. 히피 화염 방사기 사건으로 릭 달튼의 이름도 알려졌지만, 웬드코스 감독이 만든 영화 〈맥클러스키의 열네 주먹〉도 덩달아 유명세를 탔다.

웬드코스의 영화 제작을 맡은 곳은 영국 소규모 영화사 오크몬트 프로덕션이고, 국제 배급은 MGM에서 맡았다. 오크몬트 프로덕션은 중간급 예산으로 만드는 제2차세계대전 액션물이 전문이었다. 대부분의 배역은 영국 배우들이 맡지만, 주인공은 대개 텔레비전 드라마로 알려진 미국 배우가 연기했다. 예를 들면, 보리스 사갈 Boris Sagal 감독이 만든 〈무수한 공습 The Thousand Plane Raid〉과 〈모스키토 중대 Mosquito Squadron〉는 각각 '랫 패트롤 Rat Patrol'(1966년부터 1968년까지 미국에서 방영된 드라마로, 북아프리카에서 나치와 싸우는 네 명의 병사가 주인공임-옮긴이)의 크리스토퍼 조지 Christopher George, '맨 프롬 엉클 Man from U.N.C.L.E.'(데이비드 맥컬럼과 로버트 본 주연의 첩보 드라마로, 1964년부터 1968년까지 제작됨-옮긴이)의 데이비드 맥컬럼 David McCallum이 주인공을 맡았다. 빌리 그래엄 감독의 〈잠수함 X-1 Submarine X-1〉은 〈엘도라도〉 이후, 〈대부〉 이전의 제임스 칸이 주인공이다. '시머론강 유역 Cimarron Strip'(1968년부터 1969년까지 미국에서 만들어진 서부극 텔레비전 시리즈-옮긴이)의 스튜어트 위트먼 Stuart Whitman이 주인공인 월터 그로만 감독의 〈마지막 탈출 The Last Escape〉, '시 헌트 Sea Hunt'(1958년부터 1961년까지 미국에서 방송된 텔레비전 시리즈로, 스쿠버 다이버가 주인공인 해양 모험물-옮긴이)의 로이드 브리지스 Lloyd Bridges가 주인공을 맡은 웬드코스 감독의 〈어택 온 디 아이언 코스트 Attack on the Iron Coast〉도 있다. 웬드코스 감독은 그 영화에 이어 〈헬 보트 Hell Boats〉라는 대중적인 제목으로 해군 모험물을 만들 계획이었다.

원래는 '미스터 노박 Mr. Novak'(1963년부터 1965년까지 방영된 미국 텔레비전 드라마로, 고등학교 교사 존 노박의 이야기를 다룸-옮긴이)의 금발 텔레비전 배우인 제임스 프랜시스커스James Franciscus가 주인공으로 내정돼 있었다. 그러나 프랜시스커스가 주연을 맡은 20세기폭스의 〈혹성탈출 2: 지하도시의 음모〉 촬영이 지체되자, 웬드코스는 하는 수 없이 다른 배우를 찾아봐야 했다. 맥클러스키 역으로 캐스팅된 파비안이 어깨 부상으로 출연하지 못하게 됐을 때 그랬던 것처럼 웬드코스는 릭 달튼을 떠올렸다. 그래서 릭과 클리프는 비행기를 타고 런던을 거쳐 몰타로, 5주 동안 〈헬 보트〉를 찍으러 갔다.

오크몬트 프로덕션 영화는 모두 비슷비슷했고, 〈모스키토 함대〉와 〈어택 온 디 아이언 코스트〉가 가장 돋보였다. 그래도 그 영화들의 목적을 생각하면 형편없는 작품들은 아니었다. 기억에 남지 않는 상업 영화지만, 꽤 재미있었다. 미국에서는 〈헬 보트〉가 1970년에 개봉됐는데, 필 칼슨이 연출을 맡고 록 허드슨과 실바 코스치나를 주인공으로 이탈리아에서 제작한 제2차세계대전 액션 영화 〈17인의 사자들Hornets' Nest〉과 동시 상영됐다. 이 영화는 〈맥클러스키의 열네 주먹〉과 똑같은 부분이 많았다. 〈맥클러스키〉에서는 로드 테일러가 사람들을 이끌어서 댐을 폭파하고 나치 요새를 물바다로 만들지만, 〈17인의 사자들〉에서는 록 허드슨이 전쟁 고아들을 이끌고 댐을 폭파해 나치 요새를 물바다로 만들었다. (〈맥클러스키의 열네 주먹〉이 가상의 영화이니 그 영화에 로드 테일러가 출연한 것도 가상의 이야기임-옮긴이) 어쨌든 1970년에 영화관에서 보기에는 꽤 재밌는 영화들이었다.

릭은 〈헬 보트〉로 영화 주연작을 하나 더 만들었을뿐더러 감독이자 스승인 폴 웬드코스와 관계를 다시 다질 기회를 얻었다. 웬드코스는 다음 영화에 주저없이 릭을 넣었다. 몇 년 전 웬드코스가 미리시 컴퍼니 영화사에서 〈황야의 7인 The Magnificent Seven〉 시리즈의 세 번째 영화를 만들 때, 1편에서 스티브 맥퀸이 맡았던 역을 릭에게 맡기려 했었다. 그러나 릭은 유니버설 영화사의 계약에 묶여 해달 영화를 찍고 있었고, 웬드코스 감독은 릭을 포기해야 했다. 웬드코스가 만든 〈황야의 7인 3〉은 성공을 거뒀고, 미리시 컴퍼니에서는 그 속편도 웬드코스에게 의뢰했다. 가제는 '황야의 7인을 위한 대포'로 스티븐 캔들이 시나리오를 썼다. 스티븐 캔들과 웬드코스는 영화 〈산호해 전투〉로 이미 시나리오 작가와 감독으로 만난 적 있었다. 〈산호해 전투〉는 릭이 처음으로 웬드코스 감독과 작업한 영화이기도 하다. '황야의 7인을 위한 대포'는 크리스(1,2편은 율 브린너가, 웬드코스가 만든 3편에서는 조지 케네디가 연기한 인물)와 여섯 동료가 코르도바라는 멕시코 악당과 싸우는 내용이었다. 코르도바 일당은 1백 명이나 되고, 미군에서 훔친 대포 여섯 대도 있었다.

크리스를 비롯한 황야의 7인은 이번에도 존 퍼싱 장군의 명령을 받고 멕시코로 가서 난공불락인 코르도바 요새에 침투해 대포를 파괴하고 코르도바를 생포해서 미국으로 데려가 재판정에 세운다. '미션 임파서블'에서 저절로 터지는 테이프로 전해지는 지령처럼,

퍼싱 장군은 크리스에게 말한다. "계급도 없고, 지위도 없고, 군복도 없이 가야 해. 붙잡히면 죽음이야." 전체 스토리도 '미션 임파서블'의 서부극 버전 같다. 그리 놀랄 일도 아니다. 당시 '미션 임파서블'의 스토리 기획을 총괄하는 작가가 스티븐 캔들이었다. 캔들은 시나리오를 쓸 때 크리스 역을 몸집 큰 조지 케네디가 맡는다고 가정했다. 시나리오 전반에서 크리스가 거구라는 점을 계속 언급했다. 캔들이 시나리오를 미리시 형제(미리시 프로덕션 영화사는 미리시 형제가 운영했음-옮긴이)에게 넘기자 미리시 형제는 아주 좋아했지만, 조지 케네디보다 나은 배우가 있을 거라고 생각했다. 미리시 형제는 조지 페퍼드에게 크리스 역을 제안했다. 조지 페퍼드는 시나리오가 좋다고 생각했지만, 〈황야의 7인〉 영화 시리즈의 네 번째 작품에서 크리스 역을 연기하는 세 번째 배우가 되는 것은 못마땅했다. 그래서 미리시 영화사에 〈황야의 7인〉의 연결 고리를 버리고 등장인물의 이름도 크리스에서 다른 이름으로 바꾸자고 제안했다. 캔들은 시나리오를 수정했다. 페퍼드가 맡은 인물의 이름은 크리스에서 로드로 바뀌었고 7인은 5인으로 줄었다. 제목도 달라져서 〈코르도바의 대포〉가 됐다.

웬드코스는 릭에게 팀에서 두 번째로 중요한 인물인 잭슨 하크니스 역을 제안했다. 이 영화에서 이인자는 〈황야의 7인〉에서 스티브 맥퀸이 연기한 인물을 답습하지는 않았다. 로드와 잭슨은 〈나바론 요새〉에서 그레고리 펙과 앤서니 퀸의 관계와 비슷했다. 릭이 연기한 잭슨은 조지 페퍼드가 연기한 로드를 원망한다. 자기 형이 로드 때문에 죽었다고 생각하며, 멕시코로 넘어가 코르도바와 대포를 없애는 임무를 맡으면서 그 일을 무사히 마치면 로드를 죽이기로 결심한다.

1960년대 내내 스티브 맥퀸의 그림자에 가려 괴로웠던 릭에게 조지 페퍼드의 그림자에 가리는 것은 정말 마음 쓰라린 일이었지만, 이제 기고만장하던 시절이 지나 릭 달튼이나 조지 페퍼드나 모두 겸손해졌다. 멕시코에서 두 사람은 촬영할 때나 쉴 때나 잘 어울려 지냈다. 연기도 잘 맞았고, 서로 싸울 때도 현실감 넘쳤다. (〈코르도바의 대포〉는 실제로 폴 웬드코스가 연출하고 스티븐 캔들이 시나리오를 쓴 1970년 영화로, 조지 페퍼드가 로드 더글러스로 출연한 것은 사실이지만, 잭슨 하크니스 역에는 릭 달튼이 아니라 돈 고든이 출연했다-옮긴이) 페퍼드는 나중에 자신이 주인공인 텔레비전 시리즈 '바나첵 Banacek'(1972년부터 1974년까지 미국에서 방영된 시리즈로, 보스턴에 사는 보험 조사원 토마스 바나첵이 사건을 해결하는 이야기. 조지 페퍼드가 주인공 바나첵 역을 맡음-옮긴이)에 릭 달튼을 출연시키기도 했다.

그렇지만 〈코르도바의 대포〉 출연진 중 릭 달튼이 정말 좋아한 배우는 따로 있었다. 서른한 살인 피트 듀얼은 이미 두 편의 텔레비전 시리즈에서 주연을 맡은 잘생긴 배우였다. '기젯 Gidget'에서 샐리 필드가 연기한 주인공 기젯의 형부 역할을 맡았고, '러브 온 어 루프탑 Love on a Rooftop' 이라는 시트콤에서는 버트 레이놀즈의 아내였던 주디 칸과 함께 주연을 맡았다. 피트 듀얼은 〈코르도바의 대포〉에서 5인의 특공대 중 한 명이었다. 2년 뒤 피트 듀얼은

ABC 텔레비전의 서부극 히트작 '앨리어스 스미스 앤드 존스Alias Smith and Jones'로 스타의 반열에 올랐다. 이 시리즈는 영화 〈내일을 향해 쏴라 Butch Cassidy and the Sundance Kid〉를 모방했지만, 정말 아주 잘 만든 모방작이다. 릭 달튼과 피트 듀얼은 멕시코 촬영 때 같이 데킬라를 마시고, 멕시코 여자 꽁무니를 쫓아다니고, 할리우드를 욕하며 즐거운 시간을 보냈다. 그러나 두 사람에게 공통점이 또 있었다. 두 사람 다 머리로는 몰라도 심적으로 느끼는 것, 양극성 기분 장애였다. 두 사람은 제대로 진단받지 못했고, 술을 유일한 약으로 여겼다. 두 사람은 몰랐지만, 음주는 내면의 병이 보내는 신호였다.

피트 듀얼은 릭보다 훨씬 심했다. 결국 피트 듀얼은 '앨리어스 스미드 앤드 존스'로 최고의 인기를 누리던 때, 한밤중에 권총으로 자살했다. 사람들은 고개를 갸우뚱거렸다. 왜 자살했을까? 그러나 릭은 내면 깊은 곳에서 이유를 알았다. 1971년 피트 듀얼이 죽은 뒤, 릭은 술에 너무 의지하지 않으려고 안간힘을 썼다. 1973년, 릭은 멕시코 두랑고에서 리처드 해리스와 복수 서부극 〈죽음의 추적자 The Deadly Trackers〉를 찍었는데, 릭과 리처드 해리스 모두 술고래였지만 촬영장에서는 술을 입에 대지 않았다. 월요일부터 목요일까지는 술을 멀리했다. 그래도 금요일 밤부터 일요일 오후까지는 배도 떠올 만큼 많은 양의 데킬라, 상그리아, 마가리타, 블러드메리 등을 마셨다.

릭이 욕실 거울을 보며 올백 머리를 마지막으로 다듬고 있을 때, 클리프의 카르만 기아가 진입로로 들어오는 소리가 들린다. 릭은 손목시계를 본다. 7시 15분. 잠이 깼을 때 토해서 몸이 좀 나아졌지만, 그래도 속이 완전히 비워지지는 않았다. 간밤에 마신 술이 아직 위장에 남아 있고, 속이 좋지 않다. 식은땀이 나고 낯빛은 푸르죽죽하다. 오후 한 시나 두 시까지는 커피를 마시고 담배를 피우며 쉬어야 할 상태다. 릭은 생각한다. '젠장, 일곱 시간 뒤? 제임스 스테이시라면 새 텔레비전 드라마를 숙취로 엉망인 채 시작할 리 없어.'

릭은 욕실 거울 속 자기 모습을 향해 소리 내서 말한다. "CBS에서 왜 네가 아니라 제임스 스테이시를 주인공 자리에 앉혔는지 알아? 걔는 가능성이 있으니까. 너? 너한테 보이는 가능성이라고는 네 인생을 말아먹을 가능성뿐이야!"

클리프가 현관문을 노크한다. 릭은 욕실에서 소리친다. "알았어, 나갈게." 거울 속 망가진 얼굴을 한 번 더 본다. 거울에 비친 자신에게 다정히 말한다. "걱정하지 마, 릭, 오늘은 첫날이야. 제대로 세팅이 끝나려면 한참 걸릴걸. 하나씩 천천히 하면 돼." 그리고 특유의 '쇼는 계속돼야 한다' 표정을 짓고, 당시 재키 글리슨이 밀던 캐치프레이즈 "자, 떠나자!"를 외치며 힘을 북돋는다. 욕실을 나가기 전 세면대에 침을 뱉고 내려다보자 침에 붉은 피가 섞여 있다. 더 자세히 살펴보며 말한다. "뭐야?"

짹짹이는 지저분하고 작은 맨발로 살금살금 걸어서 조지 집 주방의 금 간, 더러운 리놀륨 바닥을 가로지르고, 거실의 먼지 쌓인 마룻바닥 위를 지나고, 납작하게 눌린 카펫이 깔린 복도로, 그 끝에 자리한 조지의 침실로 간다. 짹짹이가 문을 노크하고 밝게 말한다. "안녕히 주무셨어요?"

노인이 부스럭거리며 잠에서 깨자 침대 스프링에서 끽끽대는 소리가 난다. 잠시 후, 문 너머에서 노인의 심술궂은 목소리가 들린다.

"왜?"

짹짹이가 말한다. "들어가도 돼요?"

조지 스판은 아침에 필수인 기침을 뱉고 가래 끓는 목소리로 말한다. "들어와."

짹짹이가 문손잡이를 돌리고 안으로 들어간다. 80세 노인의 방은 환기를 안 해서 답답하다. 침대에서 이불을 덮고 있는 조지가 소녀 쪽으로 고개를 돌린다. 짹짹이는 오른발을 왼쪽 무릎에 올리고 문틀에 기대어 노인에게 말한다. "잘 잤어요? 달걀은 익혀 놨어요. 지미 딘 소시지(소시지 상표명인 지미 딘은 원통형 가공육으로 썰어서 굽기만 하면 된다는 편리함과 창업주인 지미 딘이 직접 출연한 텔레비전 광고로 유명했음-옮긴이)랑 파머 존 베이컨, 둘 중에 뭐 드실래요?"

노인이 말한다. "지미 딘."

쩍쩍이는 계속 질문한다. "아침은 편하게 먹을래요? 아니, 옷 입고 단장하는 거 제가 도와드려요?"

조지는 잠깐 생각한 뒤 말한다. "옷 입고 싶어."

쩍쩍이의 장난꾸러기 같은 얼굴에 미소가 번진다. "아, 멋지게 차려입고 내 마음을 훔치려고."

조지가 툴툴거린다. "그만해."

쩍쩍이가 말한다. "잠깐 누워 있어요. 달걀 올려 둔 불 끄고 다시 와서 멋쟁이로 만들어 줄게요. 여자들이 다 반할 거야, 이 미남 악마!"

조지가 징징거린다. "그만 놀려."

쩍쩍이가 다시 복도로 나가며 능글맞게 말한다. "에이, 좋아하시면서." 거실을 지나 주방으로 간다. 달걀이 보글거리는 프라이팬을 레인지에서 내리고 제너럴일렉트릭 라디오로 가서 주방 조리대 벽에 있는 콘센트에 라디오 플러그를 꽂고 라디오를 튼다. 바바라 페어차일드의 가슴 아픈 컨트리 음악 히트송 '더 테디 베어 송 The Teddy Bear Song'이 주방을 채운다.

단추로 된 눈, 펠트로 된 빨간 코
덥수룩한 실로 덮인 몸, 단벌 옷
꿀 꿈도 없이 미안할 일도 없이
백화점 선반에 놓여 있고 싶어

조지가 잠에서 깰 때면 라디오에서는 로스앤젤레스 컨트리 음악 방송국 KZLA가 흐른다.

나는 곰 인형이면 좋겠어
숨 쉬기도 사랑도 움직임도 필요 없을 텐데
나는 곰 인형이면 좋겠어
그러면 당신을 사랑할 일도 없었을 텐데

쩩쩩이는 몇 달 전에 이 눈먼 노인을 돌보는 임무를 맡았다. 쩩쩩이가 몸담은 집단의 우두머리인 찰리는 쩩쩩이에게 이 일이 아주 중요하다고 강조했다.

맨슨 패밀리는 로스앤젤레스 곳곳을 유목민처럼 몇 달을 돌아다니다가 마침내 머물 집을 찾았다. 조지 스판의 오래된 서부영화 세트장 겸 목장이었다. 뿌리를 내리고, 찰리의 사회 이론을 시험하고, 수를 늘이고, 또, 혹시, 새로운 세계 질서를 만들어 낼지도 모를 집.

쩩쩩이는 눈먼 노인에게 요리사 겸 간호사 겸 말벗이 되어야 했다. 그리고 찰리는 쩩쩩이가 괜찮다면, 가끔 노인을 손으로 사정시키라고 말했다. 그러면 패밀리가 목장에서 확실히 오래 지낼 수 있을 거라고. 찰리는 스물한 살인 쩩쩩이에게 말했다. "팀을 위해서 희생해야 할 때도 있어."

쩩쩩이가 찰리로부터 노인에게 가끔, 아니 어쩌면 그보다 자주, 성적 만족을 제공해야 한다는 말을 들은 날, 쩩쩩이는 자기 진짜 가족이 있는 샌프란시스코로 돌아가서 부모와 잘 지내볼 수도 있지 않을까 생각했다. 쩩쩩이가 찰리 맨슨과 함께 지내는 동안 고향으로 돌아갈까 생각한 적은 그때뿐이었다. 그러나 쩩쩩이가 전혀 예상하지 못한 재미있는 일이 일어났다. 이 눈먼 늙은이를 사랑하게 된 것이다. 로미오와 줄리엣 같은 사랑은 아니지만, 그래도 깊은 사랑이었다. 이 불만투성이 늙은 개자식은 사실 전혀 개자식이 아니었다. 그저 외롭고 타인의 관심이 그리운 사람일 뿐이었다.

조지 스판은 그의 세트장에서 40년 동안 B급 서부극 영화와 텔레비전 드라마를 만들어 온 업계로부터 버림받았다. 가족에게서도 버림받았다. 조지의 가족은 조지를 말똥과 건초 속 허물어져 가는 지저분한 건물에 죽게 내버려두었다. 조지가 감춰 둔 돈으로 살 수 없었던 것을 제공한 건 쩩쩩이였다. 사랑이 담긴 손길, 다정한 목소리, 잘 들어주는 귀. 쩩쩩이가 조지나 다른 누구에게 '조지를 사랑한다'고 말할 때, 그 말은 그저 히피의 뻔한 말이 아니었다. 이 노인을 돌보면서 진심으로 기쁨을 느끼는, 진짜 감정을 표현한 말이었다.

쩩쩩이는 다시 침실로 와서 눈먼 노인에게 잘 다린 흰색 카우보이 셔츠를 입히고 작은 단추를 채운다. 쩩쩩이가 베이지색 바지를 들고 있자, 노인은 다리를 하나씩 차례로 바짓가랑이에 넣는다. 쩩쩩이는 빳빳한 셔츠 칼라에 볼로타이(가는 끈을 펜던트로 고정하는 넥타이의 일종으로, 카우보이들이 많이 맴음-옮긴이)를 매고, 듬성듬성 나 있는 백발을 브러시로 빗는다.

그다음, 조지의 손목과 팔꿈치를 잡고 부축해서 주방 식탁으로 간다. 조지의 느린 걸음에 맞춰서 가다가 쩍쩍이가 말한다. "보세요, 멋쟁이잖아요. 이렇게 멋진 모습을 저한테 보이려고 애쓰는 분이랑 있으니까 저는 정말 행운아예요."

조지가 짐짓 불평하는 척한다. "그만 놀려."

"놀리다뇨. 조금 애써서 잘 꾸미고 아침 먹으면 밥맛도 더 좋죠."

쩍쩍이가 식탁 의자에 노인을 앉힌다. 구부정한 어깨에 손을 얹고 귀에 속삭인다. "상카? 포스텀?"(상카는 카페인을 제거한 인스턴트커피 상표명이고 포스텀은 커피가 아닌 곡물을 볶아서 커피 맛을 내는 대용 커피 분말 상표명-옮긴이)

조지가 말한다. "포스텀."

쩍쩍이가 농담을 건넨다. "그러다가 포스텀으로 변하시겠어요." 그리고 또 말을 잇는다. "자, 오늘도 스크램블드에그를 만들고 있는데, 요즘 계속 스크램블드에그만 만들어서 혹시 질리셨나요? 다르게 할까요?"

조지가 말한다. "다르게? 스크램블드에그에 돼지고기를 더하게?"

쩍쩍이가 웃는다. "아뇨. 스크램블드에그가 싫으시면 그냥 노른자를 안 익힌 달걀 프라이를 만들려고요."

노인은 잠깐 생각한 뒤 말한다. "프라이."

쩍쩍이는 노인의 이마에 입을 맞춘 뒤 아침을 준비한다.

라디오 KZLA에서는 세이브온 드럭스토어 광고가 흘러나온다.

'온갖 제품을 할인 가격으로 만나러 가는 세이브온 행렬에 동참하세요. 세이브온 드럭스토어, 세이브온 드럭스토어, 팡 팡! 세이브온!'

빨강 머리 쩍쩍이는 노인들이 좋아하는 싸구려 커피 대용품 포스텀 병을 찬장에서 꺼낸다. 병 속에서 가루가 돌덩이처럼 굳어 있다. 어쩔 수 없이, 스푼 손잡이 쪽으로 쿡쿡 찔러서 조각낸다.

쩍쩍이는 포스텀 한 덩어리를 조지의 커피 잔에 넣고 뜨거운 물을 붓는다. 조지 앞에 컵을 놓고, 조지의 손을 잡아서 컵 손잡이에 대며 주의를 준다. "뜨거우니까 조심해요."

조지가 말한다. "아침마다 그 소리야."

쩍쩍이가 말한다. "아침마다 뜨거우니까요."

쩍쩍이는 녹아서 부글거리는 버터로 코팅한 뜨거운 프라이팬에 달걀 두 개를 까서 올리고, 비닐에 포장된 쿠키 반죽 같은 지미 딘 소시지를 썰어서 세 조각을 다른 프라이팬에 올린다. 소시지가 지글거린다. 뒤집개로 달걀을 접시에 담는다. 소시지도 담은 뒤 조지 앞에 접시를 내려놓는다.

"소시지 자르고 달걀노른자 터뜨릴까요?"

조지는 그러라는 뜻으로 끙 소리를 낸다. 쩍쩍이는 무릎을 굽혀 앉아서 나이프와 포크로 둥근 소시지를 한입 크기로 자르고 조지의 포크로 달걀노른자를 하나씩 터뜨린다.

쩍쩍이가 조지에게 말한다. "자, 이제 드세요." 그리고 뒤에서 조지의 목을 양팔로 감고 귀에 속삭인다. "맛있게 먹어, 자기. 사랑으로 만들었어." 쩍쩍이는 조지의 이마 옆에 키스하고 조지가 조용히 아침을 먹도록 주방에서 나간다.

KZLA에서 소니 제임스가 달리는 곰의 사랑 이야기를 노래한다.

달리는 곰은 하늘처럼 넓은 사랑으로 작은 흰 비둘기를 사랑했네

달리는 곰은 영원히 식지 않는 사랑으로 작은 흰 비둘기를 사랑했네

오전 7:30

남성 헤어스타일에 혁명을 만든 남자, 할리우드 영화 헤어 스타일리스트로 최고의 실력을 갖췄다고 모두가 인정하는 남자, 제이 세브링은 검은색 실크 파자마를 입고 침대에 누워서 한나 바바라에서 제작한 모험 만화영화 '자니 퀘스트 Jonny Quest'를 보고 있다. 텔레비전 화면에서는 자니의 조수인 핫지가 마법 주문을 외우고 있다. "심 심 살라빔!"

닫힌 침실 문을 살그머니 톡 노크하는 소리가 들린다.

제이가 문 너머에 있는 사람에게 답한다. "네."

안방 문 뒤에서 완벽한 영국 억양의 목소리가 말한다. "모닝커피 드실 준비는 되셨나요?"

제이는 몸을 조금 움직여서 상체만 일으켜 앉으며 대답한다. "준비됐어요. 들어와요."

침실 문이 열리고 정통 집사 복장을 갖춘 집사 레이몬드가 들어온다. 레이몬드는 침대에서 아침을 먹을 수 있게 만들어진 쟁반을 양손으로 들고 들어오며 밝게 말한다. "안녕히 주무셨습니까?"

제이가 대꾸한다. "네. 잘 잤어요?"

레이몬드가 방을 가로질러 침대로 가며 묻는다. "간밤에 편안하셨습니까?"

"네."

집사가 앞에 쟁반을 놓자 제이는 앞에 놓인 식기 세트를 살펴본다. 우아한 은제 커피포트, 도자기 찻잔과 받침 세트, 각설탕 볼, 생크림이 담긴 작은 은제 크림 용기, 접시에 올려진 따뜻한 크루아상, 버터 한 조각, 아주 조그만 유리병에 담긴 각기 다른 맛의 잼들, 긴 줄기 그대로 가느다란 은제 화병에 꽂힌 빨간 장미 한 송이.

제이가 말한다. "전부 맛있어 보이네. 오늘 아침 메뉴는 뭐죠?"

레이몬드는 커다란 유리창으로 가서 커튼을 연다. 어두운 방에 갑자기 햇빛이 쏟아진다. 레이몬드가 말한다. "짭짤하게 맛있는 연어 스크램블에 코티지치즈, 그레이프프루트 반 개를 생각했습니다."

제이가 얼굴을 찌푸리며 말한다. "오늘 아침은 좀 가볍게 먹고 싶어. 어제 밤늦게 토미스에서 칠리 버거를 먹었거든."

이제 레이몬드가 얼굴을 찌푸린다. 집사 레이몬드는 자신이 모시는 제이가 칠리 버거로 하루를 마무리한 것이나 하루를 시작하며 큰 그릇 하나 가득 든 캡틴 크런치를 먹는 것이나 마찬가지라고 생각하며 비꼰다. "네, 칠리 버거도 아직 소화가 덜 됐을 테니 짭짤한 음식이 당길 리 없겠군요."

레이몬드는 유리창 앞에서 다시 제이의 침대 옆으로 가며 묻는다. "커피 따를까요?"

제이가 고개를 끄덕이며 말한다. "그거 좋네."

레이몬드가 은제 커피포트를 들고 도자기 잔에 커피를 따르며 말한다. "좋습니다. 그레이프프루트 반쪽을 주스로 만들까요?" 집사는 우유와 크림을 반씩 섞어서 담은 조그만 병을 집어서 잔에 따르고 묻는다. "커피로 계속 드시겠어요? 아니면 코코아를 준비할까요?"

제이가 곰곰이 생각하는 동안, 레이몬드는 작은 스푼을 집어서 크림 넣은 커피를 제이가 좋아하는 커피 색으로 변할 때까지 젓는다.

제이가 태연하게 말한다. "코코아."

그러자 레이몬드는 여전히 과장된 말투로 말한다. "그럼 코코아로 하겠습니다. 계속 침대에서 만화영화를 보시겠습니까, 아니면 코코아를 기회로 장소를 옮기시겠습니까?"

제이는 특유의 생각하는 표정을 짓는다. "음, '자니 퀘스트'를 보고 있었어. 계속 보면 안 될까?" 제이가 집사를 올려보며 묻는다. "어떻게 생각해요?"

레이몬드가 창밖으로 보이는 밝은 아침 햇빛을 가리키며 말한다. "보시다시피 아주 맑고 상쾌한 캘리포니아 아침입니다. 런던에 살고 있고 운이 좋아서 이런 아침을 맞는다면, 침대에 누워서 만화 영화를 보고 있지 않을 겁니다. 이렇게 날씨가 좋은 날에는 일도 안 할 겁니다. 그러니 코코아를 정원에서 완벽하게 즐기실 수 있게 정원으로 가져가고 싶은데, 어떻게 생각하십니까?" 그리고 덧붙여 말한다. "아침에 정원에서 진 할로 유령과 함께 코코아를 마시면 얼마나 좋을지 아시죠?"

제이가 3년 전에 구입한 집은 1930년대에 진 할로와 영화감독 폴 베른 부부의 소유였고, 그 부부는 이 집에서 죽었다. 제이는 이 집에 진 할로와 폴 베른의 유령이 살고 있다고 주장한다. 제이와 약혼했다가 파혼한 샤론 테이트도 밤에 무섭고 이상한 것을 목격했다고 확신하고 있다.

제이가 거창하게 선포하듯 말한다. "레이몬드, 자네가 결국 나를 설득했구료. 코코아를, 정원에서, 햇빛 아래, 마시겠소."

그 말에 레이몬드가 답한다. "아주 훌륭하십니다."

오전 7:45

로만 폴란스키는 할리우드힐스에 있는 자기 집 뒷마당으로 나간다. 할리우드힐스에 사는 성공한 사람들의 특권인, 선명한 로스앤젤레스 시내 전망이 기다리고 있다. 체구가 왜소한 폴란스키는 자다가 일어나서 머리에 까치집을 짓고, 실크 가운을 걸친 채 한 손에 빈 커피 컵을, 다른 한 손에 프렌치프레스 커피포트를 들고 있다. 축축한 잔디 위를 걷자 딱딱한 플라스틱 슬리퍼와 맨발바닥이 부딪치며 탁탁 소리가 난다.

아내의 작은 요크셔테리어가 폴란스키의 뒤를 열심히 쫓는다. 개 이름은 사퍼스타인 박사다. 폴란스키의 영화 〈로즈메리의 아기〉에서 랠프 벨라미가 연기한 사악한 산부인과 의사의 이름을 땄다.

그해 나중에, 샤론이 영화 촬영 때문에 몬트리올에 있을 때, 집에 묵고 있던 폴란스키의 친구 보이테크 프리코브스키는 자동차를 타고 진입로에서 후진하다가 실수로 사퍼스타인 박사를 치어 죽였다. 보이테크가 실내로 들어왔을 때 폴란스키는 작업실에서 차기작 〈돌고래 알파 The Day of the Dolphin〉 시나리오를 쓰고 있었다.

보이테크가 우물쭈물 폴란스키를 불렀다. "로만." 폴란스키는 의자에 앉은 채 고개를 돌려서 친구를 보았다. 보이테크가 말했다. "내가 샤론의 개를 실수로 죽인 거 같아." 폴란스키의 표정이 무성영화 속 형편없는 배우처럼 폭발했다. "사퍼스타인 박사를 죽였다고?!" 폴란스키가 일어나서 죄책감에 어쩔 줄 모르고 있는 친구에게 달려갔다. "세상에, 무슨 짓을 한 거야?" 폴란스키는 열려 있는 현관문 앞으로 갔다. 집 앞 주차 공간에 작은 털북숭이가 죽은 채로 놓여 있었다. 폴란스키는 양손으로 머리를 감싸고 빙빙 원을 그리듯 걸으며 폴란드어로 보이테크에게 말했다. "세상에, 무슨 짓을 한 거야, 무슨 짓을 한 거야."

보이테크는 폴란스키가 이런 반응을 보일 줄은 몰랐기에 조금 기분 상했다. 보이테크가 폴란드어로 말했다. "미안해, 사고였어."

폴란스키가 몸을 돌려 친구를 마주 보고 폴란드어로 소리쳤다. "무슨 짓을 했는지 알기나 해? 너 때문에 망했어! 샤론이 이 개를 얼마나 좋아하는데!"

보이테크가 폴란스키를 달랬다. "걱정하지 마. 샤론한테는 내가 그랬다고 말할게."

폴란스키는 소리쳐서 대답했다. "안 돼! 말하지 마! 샤론이 절대로 용서 안 할 거야!" 폴란스키는 폴란드인 친구에게 미국인들이 어떤지 설명하려 했다. "모르겠어? 샤론은 미국인이야! 미국인들 개 사랑은 자식 사랑보다 더 심해! 지금 네가 한 짓은 샤론 아기를 계단 위에서 떨어뜨린 거라고!"

샤론은 사퍼스타인 박사에게 무슨 일이 일어났는지 결코 알지 못했다. 폴란스키는 텍사스 출신 군인의 딸인 샤론의 분노와 질타에서 친구를 구하기 위해 샤론에게는 사퍼스타인 박사가 집에서 그냥 달아났다고, 아마 길을 잃었거나 코요테한테 당했을 거라고 말했다. 몬트리올에 있는 호텔 방에서 샤론은 밤새 울었다.

그러나 지금은 사퍼스타인 박사가 아직 살아 있고, 빨간색 작은 공을 물고 놀아 달라고 쫓아오는 작은 개를 폴란스키는 프렌치프레스의 막대를 누르며 무시한다.

폴란스키는 오늘 아침 조금 심술궂다. 옆집에 사는 릭 달튼(아직 한 번도 만난 적 없다)처럼, 폴란스키도 숙취에 조금 시달리고 있다. 그러나 릭과 달리 간밤에 혼자 과음하지는 않았다.

지난밤 로만 폴란스키와 샤론 테이트는 친구 제이 세블링과 미셸 필립스, 카스 엘리엇과 함께 휴 헤프너의 플레이보이 맨션에서 열린 파티에 갔다. 파티가 끝난 뒤에는 새벽 세 시쯤 다른 곳에서, 로스앤젤레스에서 볼 수 있는 수상쩍은 무리들(특유의 스트리트 패션으로 옷을 입고 별난 그림을 그려 놓은 차를 탄 멕시코 사람들과 시끄러운 오토바이를 탄 백인 오토바이 족들) 사이에서 맛이 역겨운 칠리 햄버거를 먹었다. 유럽에서는 고급 코냑과 쿠바산 시가로 밤을 마무리하거나 혹은 늦은 밤에 와인 셀러에서 20년 묵은 보르도 와인을 꺼내서 저녁시간을 끝냈다. 그러나 유치한 미국인들은 기름진 칠리 햄버거와 코카콜라로 밤을 마무리하는 게 멋지다고 생각한다. 폴란스키는 그런 기름지고 열량 높은 햄버거를 아무도 좋아하지 않는다고 확신하기까지 했다. 샤론도 그런 햄버거를 좋아하지 않을 것이라고 생각하지만, 샤론 자신은 절대 인정하지 않았다. 어쨌든 당연히 모두가 자기가 세상에서 제일 행복한 척 행동했다. 샤론은 칠리 뺀 햄버거를 주문하려 했는데 제이가 용납하지 않았다. 샤론은 친구의 압력에 굴복하고 "알았어, 알았어, 알았어." 하며 카운터 뒤에서 종이 모자를 쓰고 있는 남자에게 말했다. "칠리 버거 주세요." 칠리 햄버거는 대포알처럼 샤론의 배에 얹혀서 시엘로 드라이브를 타고 돌아오는 내내 앓아야 했다. 폴란스키는 미국인 친구들을 좋아했지만 그 친구들이 유치한 것을 좋아하는, 아니, 이 경우에는 유치한 것을 좋아하는 척하는 데에는 늘 조금 놀랐다.

또한 폴란스키는 스티브 맥퀸과 잘 어울리는 척해야 했다. 폴란스키와 맥퀸은 서로 싫어했지만 맥퀸은 샤론이 로스앤젤레스에서 만난 가장 오랜 친구였고, 그래서 폴란스키와 맥퀸도 서로를 참고 지냈다.

샤론과 맥퀸이 전에 섹스했던 사이인 것은 분명하다. 샤론의 입으로 확인하지는 않았지만, 폴란스키는 알고 있었다. 맥퀸은 과거에 몇 번 섹스한 여자가 아니라면 여태 친구로 옆에 두고 있지 않을 사람이다. 폴란스키는 그 일에 연연하지 않았다. 제이는 샤론과 약혼했었고, 두 사람은 아주 많이 섹스했다. 그리고 폴란스키도 자기 주위에 있는 여자들의 절반 이상과 관계를 가졌다. 그러나 맥퀸은 폴란스키를 놀리며 과거를 상기시킨다. 그 작은 입술로 씩 웃고 파란 눈으로 흘깃거릴 때마다 '나는 네 여자랑 잤어'라고 말하는 것 같다.

폴란스키는 맥퀸이 샤론을 함부로 다루는 것도 싫다. 맥퀸은 가령, 샤론의 부풀린 금발을 잡고 위로 들어올려서 샤론이 어린아이처럼 '와!' 하고 말할 때까지 샤론을 허공에 빙빙 돌린다. 폴란스키의 작은 체구로는 엄두도 못 낼 일이다. 맥퀸은 그걸 간파하고 일부러 그런 행동을 한다.

폴란스키는 생각한다. 그놈은 그냥 개자식이야.

작은 개는 20초 동안 무시당한 뒤 작은 남자의 관심을 끌려고 짖는다. 폴란스키는 생각한다. '빌어먹을 개. 이 쪼그만 폭군 때문에 커피 한 잔도 평화롭게 못 즐기네.' 폴란스키가 공을 던진다. 개가 공을 쫓아 달려간다. 폴란스키는 스티브 맥퀸을 싫어하는 것처럼 사퍼스타인 박사를 싫어하지는 않는다. 그저 오늘 아침에 짜증이 났을 뿐이다. 첫째, 숙취에 괴롭다. 둘째, 샤론 때문에 잠에서 깼다.

그렇다. 샤론은 코를 곤다.

제8장

⋮

랜서

　말 여섯 필이 끄는 버터필드 웰스 파고 역마차가 토담벽 교회를 끼고 모퉁이를 돌아, 캘리포니아주와 멕시코가 맞닿은 국경에서 북쪽으로 1백 킬로미터쯤 떨어진 스페인 양식의 도시 로요델오로의 먼지 날리는 흙길을 쏜살같이 달려갔다. 땀에 젖은 짐승들의 단단한 발굽이 흙길을 두드리며 갈색 흙구름을 일으켰다.

　버터필드 오버랜드 메일 노선의 고참 마부 몬티 암브러스터는 장갑 낀 손으로 가죽 고삐를 당겼다. 고삐에 연결된 재갈이 당겨지자, 힘센 말 여섯 마리는 랭커스터 호텔 바로 앞에 살며시 멈춰 섰다. 백발의 마흔 살 몬티 암브러스터는 텍사스 억양이 약하게 남아 있는 말투로 노래하듯 말했다. "로요델오로! 종점입니다!" 뉘엿뉘엿한 햇빛이 갈색 흙먼지를 성긴 천처럼 통과해 비쳤다. 백 년 뒤의 서부영화 촬영감독이면 누구라도 그대로 복제하고 싶어할 햇빛이었다.

이 구역에서 가장 큰 목장을 소유하고 운영하는 머독 랜서의 여덟 살짜리 딸, 몸집은 작지만 나이에 비해 현명한 미라벨라 랜서는 앉아 있던 나무통에서 뛰어내렸다. 미라벨라는 기대에 부푼 채, 자기보다 겨우 몇 센티미터 더 클 뿐이고 머리 위에 우스꽝스럽게 큰 솜브레로를 쓴 멕시코인 카우보이에게 재잘댔다. "가자, 에르네스토!"

카우보이 에르네스토는 아이의 손을 잡고 번화가를 따라서 버터필드 역마차로 갔다. 미라벨라의 아버지가 로요델오로에서 가장 부유한 사람이니, 미라벨라가 옹알이를 넘어 뜻이 있는 말을 할 때부터 이곳 사장들은 모두가 미라벨라를 알고 있었다. 그래서 미라벨라가 로요델오로의 상가를 걸어가면, 웃으며 손 흔드는 사람들이 줄줄이 이어졌다. 맥주가 든 나무통들을 높이 쌓은 마차가 미라벨라와 카우보이 앞을 지나갔다. 키 작은 카우보이와 미라벨라는 맥주 마차가 완전히 지나갈 때까지 보도에 서서 기다렸다. 뒤에서 역마차가 다가오고 있는 흙길을 건너며, 미라벨라는 지금껏 모르고 살았던 오빠를 처음 만날 마음의 준비를 다졌다. 머독 랜서는 오랫동안 연락이 끊겼던 두 아들로부터 조만간 랜서 목장에 들르겠다는 전갈을 받았다. 지금 두 아들 중 누가 버터필드 역마차에서 내릴지는 미라벨라도, 머독 랜서의 목장에서 일하는 에르네스토도 모르고 있었다. 목장으로 온 전보에는 머독 랜서의 아들이 이틀 전 애리조나주 투산을 출발했으며 이변이 없는 한 오늘 정오쯤 로요

160

델오로에 도착한다고 적혀 있었다. 두 아들 중 누구인지는 전보에 적혀 있지 않았다.

기차와 달리 역마차는 예정보다 세 시간 늦게 도착하는 것이 제 시간으로 여겨졌다. 버터필드 역마차가 랭커스터 호텔 앞에 도착한 시각은 오후 3시였다. 미라벨라와 에르네스토는 길에 서서 역마차 문이 열리고 둘 중 어느 오빠가 나타날지를 기다렸다.

★★★

형제는 둘 다 랜서 목장에서 태어났지만 서로 만난 적은 없었다. 그리고 둘 다 아주 어릴 때 이후로는 아버지를 본 적이 없었다. 두 아들의 어머니는 각기 달랐고, 둘 다 세상을 떠났다. 미라벨라의 어머니도 달랐다.

스콧 포스터 랜서는 보스턴의 부유한 외가에서 자랐다. 하버드 대학교를 졸업하고 인도에서 영국 기병대로 복무한 전직 군인이었다.

또 다른 아들 자니 랜서는 멕시코에서 어머니 마르타 콘치타 루이자 갈바돈 랜서 밑에서 자랐다. 마르타는 부유하건 아니건 가족이 아예 없었다. 마르타가 돈을 버는 길은 이 술집에서 저 술집으로 국경 남쪽 살벌한 마을들의 절반은 돌아다니며 춤추고 몸 팔고 캐스터네츠를 짝짝거리는 것뿐이었다. 자니는 어린 시절 내내 섹스란 가무, 요리, 세탁처럼 남자가 여자한테 돈을 내고 하는 것이라고 생각했다.

스콧의 어머니 다이앤 포스터 랜서 액설로드는 말똥과 소똥, 카우보이, 멕시코인에 온통 둘러싸인 목장 생활이 자기와 아기에게는 맞지 않다는 확신이 들자, 비컨힐에 있는 친정으로 돌아갔다. 스콧이 로요델오로를 떠나는 역마차에 오른 건 세 살 때였다.

자니는 스콧보다 어리지만 랜서 목장을 떠날 때 나이는 스콧보다 많았다. 자니는 열 살까지 목장에서 아버지와 어머니와 살았다. 그러다가 어느 비 내리고 어두운 밤, 마르타는 남편에게서 생일 선물로 받은 화려한 마차에 열 살 된 아들을 데리고 올라타 국경을 넘어 멕시코로 1백 킬로미터를 달렸다. 자니가 머독 랜서와 드넓은 랜서 목장, 화려한 랜서 목장 저택, 로요델오로를 본 것은 그때가 마지막이었다.

자니는 그 지역에서 가장 돈 많은 남자의 아들, 가정교사에게 개인 수업을 받고, 프랑스 요리사가 준비한 최고급 블랙 앵거스 스테이크를 도자기 접시에 담아 먹고, 깃털 침구에서 잠자던 아이에서 멕시코 창녀의 아들, 토기에 담긴 콩과 비스킷으로 연명하고, 우유 대신 선인장 주스를 마시고, 육포 대신 박하 막대를 씹고, 무뢰한들한테서 야한 농담을 배우고, 술집 뒤쪽에 쌓인 커피 원두 자루 더미에서 잠자고, 한밤에 쥐의 공격이나 추행하려 덤비는 놈들에 맞서 자신을 지키는 법을 터득하는 아이가 됐다.

그러다가 그 살벌한 마을들 중 한 곳에서, 멕시코시티에서 온 부자 손님이 마르타에게 불만을 품고 마르타의 목을 칼로 벴다. 딱딱

한 흙바닥을 파서 어머니를 묻을 때 자니는 열두 살이었다. 불공정한 배심원들은 마르타 살해 혐의로 재판정에 선 부자 남자에게 무죄를 선고했다. 2년 뒤, 자니는 그 남자를 죽였고 10년이나 걸려서 마침내 부정한 배심원들도 다 죽였다.

★★★

자니는 어머니가 비 오는 한밤중에 자기를 데리고 목장에서 달아난 이유를 들은 적은 없었다. 그렇지만 추측할 수는 있었다. 머독 랜서가 멕시코 여자와 튀기 아들과 하는 소꿉장난에 싫증이 나서 어느 날 떠나라고 말했겠지!

자니는 자신이 랜서 목장으로 돌아가면 어떤 일이 벌어질지 잘 알고 있었다. 어머니와 자신을 빗속에 내쫓은 아비의 대가리를 총으로 날려버릴 테고, 그러면 머독 랜서는 힘있는 미국 백인이니 결국 자니는 교수대에 끌려갈 것이다. 다행히 머독이 다른 곳으로 갈 염려는 없었다. 땅을 많이 가진 부자의 단점은 그곳에 매여 있어야 하는 것이다. 누구라도 찾아갈 수 있다. 어머니의 복수의 대가로 목숨을 내놓아야 한다면, 그러지 뭐. 그래도 자니가 서둘러 목숨을 내놓을 이유는 없었다. 그 부자 새끼가 어디로 사라지지도 않을 테니까. 당분간은 여자를 따먹고 데킬라를 마시고 돈을 훔치며 살면 된다. 그래서 자니는 일 의뢰(대개는 범죄에 연관된)를 받을 때 접선 장소로 이용하는 호텔 펠릭스로 전보가 왔을 때 놀라지 않을 수 없었다.

존 랜서 앞. 의뢰. 캘리포니아 로요델오로 외곽 랜서 목장으로 올 것. 도착 시 1천 달러. 지급금은 일 의뢰를 들으러 오는 비용. 의무 사항 아님. 머독 랜서.

전보와 함께 로요델오로까지 가는 비용 50달러도 전신환으로 왔다. 1천 달러보다 더 끌리는 게 있었다. 어머니를 내쫓아 창녀로 만든 남자의 얼굴을 보고 뒤통수에 구멍을 내고 뇌를 터뜨릴 기회를 얻는 것이었다.

★★★

버터필드 역마차 문이 마침내 열리고, 검정색과 흰색으로 된 화려한 신발이 나타나자 미라벨라 랜서는 숨을 크게 들이쉬었다. 미라벨라가 지금까지 본 남자 옷 중에서 가장 화려한 파란색 옷을 입은 아주 잘생긴 금발 남자가 객차에서 나오자, 미라벨라의 눈이 휘둥그레졌다. 목장에서 자란 미라벨라는 일하기 좋은 남자옷만 봐 왔다. 시내의 사업가들이 교회에 가려고 차려입었을 때나 목장 인부들이 시내 댄스 파티에 가려고 머리를 뒤로 넘기고 멋부릴 때 입는 옷도 짙은 회색이나 흐릿한 회색, 혹은 먹먹한 갈색이었다. 이 동부에서 온 금발 신사의 스리피스 정장은 밝은 파랑이고, 조끼에는 금빛 스티치 장식도 있었다.

남자는 마차에서 내리며 역시 파란색에 밑에는 크림색 실크가 둘러진 커다란 모자도 썼다. 눈에 확 띄는 이 이방인은 왼쪽 다리를 절었고 은빛 개 머리 모양으로 장식된 지팡이를 짚었다. 그 결함에도 불구하고, 아니, 어쩌면 그 결함 덕분에, 남자는 흠잡을 데 없는 태도로 우아하게 움직였다. 파란 보스턴 남자는 재킷 안주머니에서 솔을 꺼내어 연한 푸른색 라펠과 소맷단과 어깨의 먼지를 천천히, 세심하게 떨기 시작했다.

미라벨라는 그 색에 감동했다. 에르네스토를 흘깃 보는 미라벨라의 기쁜 표정은 말하고 있었다. '저 사람이 내 오빠 스콧이야.'

미라벨라가 침을 삼키고 오랫동안 못 만난 혈육에게 인사하려고 입을 벌리는 바로 그 순간, 역마차에서 다른 승객이 나타났다. 이 사람도 눈길을 확 끌었지만, 완전히 다른 식이었다. 금발 남자가 그림책에서 튀어나온 듯 멋지고 비현실적으로 우아하다면, 이 남자는 악마처럼 잘생기고 장난꾸러기 같은 국경 남쪽 스타일 카우보이로, 굵은 갈색 머리가 덮인 얼굴을 본 미라벨라의 머릿속에는 '꿈같다'는 표현밖에 떠오르지 않았다.

이 갈색 머리 카우보이의 옷은 금발 승객의 옷만큼 화려하지는 않지만, 색이 선명하고 나름대로 멋졌다. 갈색 머리 승객은 상그리아(레드 와인에 과즙 등을 섞은 음료-옮긴이) 색 중남미 스타일 러플 셔츠와 짧은 갈색 가죽 코트, 커다란 은색 스터드가 박힌 검은색 진을 입었다. 마차에서 나오며 챙이 좁은 갈색 카우보이모자를 썼다.

모자는 햇빛을 막지는 못하고, 킬러 같은 인상을 더할 뿐이었다. 거친 붉은 셔츠를 입은 카우보이는 은빛 스터드가 박힌 긴 다리를 스트레칭 한 뒤 역마차 마부 몬티에게 슬렁슬렁 다가가서 스페인어로 마차 위에 놓여 있는 안장을 내려달라고 말했다. 몬티가 안장을 역마차 꼭대기에서 옆으로 끌어내렸다. 안장은 러플 셔츠를 입은 이방인이 벌리고 있는 양팔에 떨어졌다.

푸른색 옷을 입은 실크해트 신사는 역마차 위 몬티 옆에 엽총을 메고 앉아 있는 보조 마부 라몬에게 페이즐리 무늬가 수놓인 가방을 달라고 했다. 가방을 받고는 미국인 억양으로 '그라시아스'라고 고맙다는 인사를 건넸다.

이제 어린 미라벨라와 몸집이 작은 멕시코인 에르네스토의 당황한 얼굴에는 혼란스럽다는 표정이 스쳤다. 미라벨라도 에르네스토도 누구에게 다가가야 할지 알 수 없었다. 여덟 살짜리 어린이는 어깨를 으쓱한 뒤 '뭐, 하는 데까지 해 보자'고 생각하며, 잘생긴 두 여행객의 주의를 끌기 위해 목청을 가다듬는 소리를 크게 냈다.

미라벨라는 물음표가 크게 박힌 듯한 말투로 물었다. "랜서 씨?"

두 남자가 동시에, 실크해트는 '네?', 붉은 러플은 '응?' 하고 대답했다. 둘은 본능적으로 서로를 향해 고개를 돌렸다. 둘 다 짜증난 표정이었다.

소녀의 표정에는 혼란이 더 짙어졌다. 그러다가 갑자기 깨달았다. 미라벨라가 흥분해서 소리쳤다. "어머, 세상에! 굉장하다! 둘 다 같이 왔어!"

두 남자는 각자 불편한 표정으로 서로를 흘긋 보았다. 실크해트 남자가 하버드 대학교를 졸업한 사람의 발음으로 소녀에게 물었다. "'둘 다'라니 무슨 뜻이죠?"

미라벨라가 설명했다. "두 사람이 오는 건 알고 있었지만, 둘이 같은 마차로 올 줄 몰랐다는 말이에요."

스콧은 어머니가 보스턴으로 도망친 뒤로 아버지에 대해서는 소 목장 제국을 소유하고 있다는 사실 빼고는 아무것도 몰랐다. 그래서 소녀의 짧은 설명을 이해하기까지 조금 시간이 걸렸다. 그리고 붉은 러플 셔츠를 입고 옆에 서 있는 남자를 가리키며 물었다. "우리 둘을 기다렸어요?"

미라벨라가 즐겁게 대답했다. "네." 붉은 러플 갈색 머리를 손가락으로 가리키며 "자니 오빠죠?" 하고 푸른 옷 금발 쪽으로 손가락을 돌리며 "스콧 오빠고." 했다.

뭐, 이름은 맞았다. 지금 어떤 상황인지 확실해지면서, 두 남자는 또 한 번 불편한 표정으로 서로를 보았다.

자니는 조그마한 대리인을 손가락으로 가리키며 물었다. "넌 누군데?"

"저는 미라벨라 랜서예요. 오빠들 여동생이에요!" 그렇게 선언하면서 미라벨라는 마차처럼 쏜살같이 자니에게 달려가서 작은 양팔로 자니의 허리를 감쌌다. 자니는 깜짝 놀랐다.

자니 랜서의 얼굴에 두려운 기색이 스쳤다. 자니는 아버지와 재회하는 순간을 상상하며 여러 변수를 곰곰 생각해 왔다. 그러나 볼

이 발그레하고 쉽게 흥분하는 여덟 살짜리 이복 여동생은 변수 중에 없었다. 스콧이 이게 어찌된 영문인지 물어보기도 전에, 미라벨라는 자니를 안았던 팔을 풀고 이번에는 스콧을 감싸며 골반 쪽을 꽉 눌렀다. 그 작은 몸에 놀랄 만한 힘이었다. 스콧은 미라벨라가 밝힌 사실의 피할 수 없는 결론을 다만 몇 초라도 미루고 점잖은 태도를 조금이라도 지키려고 입을 열었다. "저기, 얘야……."

미라벨라는 스콧의 말을 끊으며 자기 이름을 다시 밝혔다. "얘 아니고 미라벨라요."

스콧이 말을 이었다. "그래, 미라벨라, 내 어머니한테 자식은 나뿐이야."

자니가 뻔한 사실에 못을 박았다. "그렇겠지. 그래도 댁의 아버지한테는 다른 자식들도 있는 게 분명하네."

스콧이 자니를 보며 말했다. "그 아버지가 '우리' 아버지라는 말이죠?"

자니가 대답했다. "그래, 우리 아버지, 머독 랜서. 저기, 실크해트 씨, 댁이 왜 여기 왔는지 모르지만, 나한테는 아버지가 자기를 만나러 오면 1천 달러를 준다고 했어."

스콧이 말했다. "나한테도 똑같이 말했어요."

자니가 말했다. "나는 그 1천 달러를 받으려고. 그 돈을 손에 넣은 뒤에는 아버지한테……." 아버지한테 뭘 어쩌겠다는 것인지는 말하지 않았다.

스콧도 똑같은 생각을 가진 것 같았다. "나도 똑같네, 동생."

자니가 고개를 가로저었다. "동생이라고 부르지 마."

미라벨라가 즐거운 목소리로 끼어들었다. "자, 이제 갈까요?" 두 남자는 미라벨라를 보며 동시에 말했다. "어디?"

두 사람은 자기들이 동시에 같은 말을 한 것에 짜증났고, 서로 못마땅한 표정을 주고받았다.

그래도 두 남자의 여동생은 이 상황이 재미있다고 여기고 크게 웃었다. "어디겠어요? 렌서 목장이죠, 멍청이들."

미라벨라는 몸을 돌렸다. 카우보이 에르네스토와 미라벨라는 에르네스토가 16킬로미터를 몰고 온 마차로 앞장서서 갔다.

스콧는 은제 개 머리 모양 지팡이 손잡이로 가방의 나무 손잡이를 잡아채서 다른 한 손으로 가방을 들었다. 자니는 안장을 어깨에 짊어졌다. 형제는 여동생을 뒤따랐다. 여동생은 형제가 아버지를 만나면 어떤 일이 생길지 계속 그림을 그리고 있었다. "처음에는 아빠가 그다지 반가워하지 않을 거예요. 좀 딱딱해 보일 수 있어요. 그런데 아빠가 말을 어떻게 하건, 속으로는 오빠들을 만나서 좋을 거예요."

자니가 코웃음을 치며 비꼬았다. "그래, 뭐, 가족 상봉 뒤에도 아버지가 정말 속으로 좋아할지 한번 보자."

스콧이 자니 옆에서 절뚝거리면서 맞장구쳤다. "어이, 동생, 처음으로 내가 동의할 만한 말을 했네."

자니가 생각했다. '젠장, 그랬네.' 그리고 걸음을 멈추고 스콧의 파란색 가슴에 삿대질하며 말했다. "실크해트, 동생이라고 부르지 말라고 내가 분명히 말했지?"

스콧은 공격적인 손가락을 보다가 시선을 들어 공격적인 얼굴을 보며 경고했다. "이봐, 러플, 삿대질하지 마."

"오빠들?"

형제는 서로를 보던 시선을 돌려 여동생을 보았다. 여동생은 마차를 가리키며 공손하게 말했다. "가실까요?"

두 남자는 '이 귀여운 여자아이를 봐서 일단 잠깐 싸움을 중단하자'는 표정을 서로 주고받았다. 자니가 마차를 가리키며 여동생에게 말했다.

"동생이 앞장서."

제9장

⋮

히피보다 헬스 앤젤스

클리프가 운전하는 릭의 캐딜락이 20세기폭스 촬영소 정문을 지나간다. 정문 경비원에게 '랜서' 파일럿 촬영장인 스페인 양식 서부 마을 세트장이 어디인지 안내받는다. "쭉 가다가 두 번째 사거리, 타이런 파워 대로에서 좌회전하세요. 인공 호수 지나고 〈헬로, 돌리! Hello, Dolly!〉 세트도 지나가서, 린다 다넬 애비뉴에서 우회전하세요. 바로 보일 겁니다." 클리프 옆 조수석에는 릭이 앉아 있다. 릭은 햇빛에서 눈을 보호하려고 커다란 검은 선글라스를 끼고, 혀에 도는 쓴맛을 막으려고 캐피털 W 담배를 피우고 있다. 클리프가 차를 세우자, 릭은 도착한 것을 알아차린다.

배우는 조수석 차창 너머를 내다본다. 검은 선글라스 사이로 서부 마을이 보인다. 말 몇 마리와 마차들, 영화 스태프, 채프먼(1945년부터 영화 촬영 장비를 만들어 온 대표적인 메이커-옮긴이) 크레인 위에 앉아 있는 감독, 선명한 빨간색 라스베이거스 스타일 셔츠와 챙이 좁은 갈색 카우보이모자 차림으로 스스로를 섹시하다고 생각하고 있는 게 분명한 카우보이 배우, 밝은 파란색 스리피스 슈트를 입고 〈세인트루이스에서 만나요 Meet Me in St. Louis〉(주디 갤런드 주연, 빈센트 미넬리 감독의 1944년작 뮤지컬 영화-옮긴이) 세트에서 빌린 듯한 실크해트로 우스꽝스럽게 화려한 옷을 입은 남자, 그 시대 복장을 한 소녀, 커다란 솜브레로를 쓴 멕시코 놈. 릭은 생각한다. '빌어먹을 '랜서'에 드디어 도착했네.' 차에서 내린 릭의 다리가 떨린다. 똑바로 서자, 기침이 마구 나온다. 위산이 식도 뒤쪽으로 올라온다.

릭은 붉은색이 섞인 녹색 가래를 뱉은 뒤 운전석에 앉은 클리프를 본다. 그리고 몸을 숙여 열린 조수석 창 너머 클리프에게 말한다. "간밤에 바람이 세게 불어서 텔레비전 안테나가 날아간 거 같아. 집에 가서 좀 고쳐 줄래?"

클리프가 약속한다. "그러지." 그리고 최대한 가볍게 들리게 애쓰며 말한다. "오늘 스턴트맨 감독한테 내 얘기 좀 물어볼래? 이번 주에 일이 있는지 없는지 몰라서."

한때는 릭의 출연 계약서에 클리프도 끼어 있었다. 릭이 역을 맡으면 클리프가 대역을 맡는 것이다. 유니버설 영화사에서는 클리프가 릭의 계약에 자동으로 연동되었고 촬영장에는 클리프의 이름이 박힌 의자가 있었다. 그러나 그런 시절은 지나간 지 이미 오래다. 이제 릭은 다른 사람이 주인공인 텔레비전 시리즈에 특별 출연하게 되었고, 클리프에게는 아무것도 보장되지 않았다. 텔레비전 시리즈의 스턴트 감독들은 대개 자기 사람들을 거느리고 있었고, 대개 자기 사람들을 우선시했다. 클리프가 '타잔'이나 '빙고 마틴'에서 며칠 일하게 된 것은 릭이 스턴트 감독에게 부탁한 덕분이다.

릭이 한숨을 쉰다. "있지, 안 그래도 말하려고 했는데……." 사실, '일부러 말 하기를 피해 왔다'가 더 맞는 말이다. "여기 스턴트 감독이 랜디랑 아주 친하대. 랜디 알지? '그린 호넷' 스턴트 감독이었던."

클리프는 그 말이 무슨 의미인지 잘 알고 있다. "젠장!"

릭이 단호하게 말한다. "그러니까 정말로 어쩔 수 없어." 클리프가 쓸쓸하게 욕한다. "그 개자식." 그리고 자신을 욕한다. "그린 호넷 운전수가 알리를 이길 수 있다는데 내가 왜 신경 썼지? 내 말은, 좆 같이, 내가 왜 세계 헤비급 챔피언을 편들었을까, 이 말이야."

릭이 그 일에 다시 짜증이 나서 덧붙인다. "네 경력이랑 내 빌어먹을 평판까지 희생하면서 말이야. 거기 일하게 해 주려고 내가 정말 랜디 좆까지 빨았어. 그런데 넌 그 떠벌이 허리를 부러뜨렸잖아. 그래서 결과가 뭐야. 너는 블랙리스트에 올라서 1년 가까이 일도 못하고, 나는 사람들한테 개자식 됐잖아." 릭은 비꼬면서 말을 맺는다. "그래도 너는 그놈한테 증명은 했지."

클리프가 항복의 표시로 손바닥을 밖으로 내밀고 위로 쳐든다. "그래, 옳은 말이 옳고, 네 말이 옳아."

릭은 클리프에게 똑같은 이야기를 벌써 세 번이나 한 사실은 잊어버리고 옛날 연기 이야기를 들려준다.

클리프는 릭이 들려주는 똑같은 이야기와 일화를 처음 듣는 척하며 귀를 기울이는 것도 자기 일의 일부라고 설명하곤 했다. 그리고 옹졸하게, 릭 머리가 나쁜 증거라고 말하기도 했다.

릭이 이야기를 시작한다. "영화에서 처음으로 비중 있는 역을 맡았을 때야. 웬드코스가 연출하고 주인공은 클리프 로버트슨인 〈산호해 전투〉. 나중에 내가 제일 좋아하는 감독이 될 사람이랑 처음으로 제대로 된 역할을 연기하게 됐지. 그것도, 진짜 영화사 영화에서. 컬럼비아 영화사. 컬럼비아에서는 B급 영화지만, 그래도 리퍼블릭이나 AIP가 아니야. 컬럼비아 영화사라고."

클리프는 똑같은 이야기를 네 번째 들을 각오를 하며 운전석에서 릭을 본다.

"어쨌든 그래서 나는 완전 들떴어. 그런데 영화의 제2조감독이 진짜 개자식이야. 이 개자식이 촬영 내내 나를 갈궜어. 토미 래플린은 안 건드리더라. 클리프 로버트슨은 당연히 안 건드리지. 아니, 클리프 로버트슨은 아예 똥구멍을 핥았지. 다른 사람은 아무도 안 갈궜어. 나만 갈궜어!"

릭은 계속 말을 이었다. "좆같았지. 불공평하잖아. 그러다가 더는 못 참겠더라. 그래서 같은 영화에 출연하는 뚱뚱한 배우, 그 윌리엄 휘트니 영화에 자주 나오는 고든 존스랑 같이 점심을 먹었어. 영화를 80편이나 찍은, 영화계에 아주 오래 몸담은, 진짜 좋은 사람이야. 내가 고든 존스한테 그랬어. 그 빌어먹을 조감독이 나한테 한마디만 더 지껄이면, 한마디만 더 개소리하면, 때려눕히겠다고."

이제 릭은 이 이야기의 교훈으로 넘어간다. "그러자 존스가 그러더라. '그래, 그래도 돼. 때려눕혀도 돼. 조감독이 잘못했네. 그런데 조감독을 때려눕히기 전에 자네 배우 조합 카드를 꺼내고 성냥을 그어서 불태워. 조감독을 때려눕히는 건, 배우를 그만두겠다는 뜻이니까.'"

클리프는 이전에 보였던 반응을 또 보인다. "알았어, 알았어. 좆같은 놈이 갈구더라도 신경 쓰지 말자?"

릭이 말한다. "내 말은, 젠장, 주인공 배우가 말도 안 되는 걸 할 수 있다고 우길 때마다 누가 개네를 때리면 촬영이 제대로 돌아가지 않는다는 거야. 로버트 콘래드나 대런 맥개빈도 돌봐주는 사람 없으면 딱 일주일도 제대로 일 못 할걸." 릭이 계속 설명한다. "가토 역을 했던 그 난쟁이 놈, 그놈도 빌어먹을 배우야! 배우라는 족속이 남이 써준 대사 읊는 거 말고 뭘 할 수 있다고 하면, 그건 다 헛소리야. 대사 읊는 것도 제대로 못하는 놈이 널리고 널렸고!"

릭은 뭘 알고 말하는 배우들을 꼽는다. "전투에서 적군을 죽인 이야기를 오디 머피랑 나눈다? 그건 되지. 짐 브라운이랑 미식축구 터치다운 얘기를 나눈다? 그것도 되지. 소냐 헤니랑 스케이트 얘기를 한다? 그것도 돼. 에스터 윌리엄스랑 수영 이야기? 해. 이거 빼고 나머지는? 다 헛소리야. 아, 또 중요한 사람이 있다면, 그건 전쟁 영웅 스턴트맨이지!" (오디 머피, 짐 브라운, 소냐 헤니, 에스터 윌리엄스는 각각 영화배우가 되기 전에 전쟁 영웅, 미식축구 선수, 스케이트 선수, 수영 선수로 활약했다 - 옮긴이)

클리프가 릭을 보고 웃으며 선문답 같은 말을 다시 한다. "아까도 말했지만, 옳은 말이 옳아."

릭이 말한다. "당연히 내 말은 옳지."

클리프가 화제를 바꾸며 묻는다. "음, 딱히 내가 더 할 게 없으면 촬영 끝날 때 다시 와도 되지?"

릭이 말한다. "그래, 없어. 가서 그 망할 놈의 안테나 좀 확인하고, 촬영 끝날 때 와." 그리고 묻는다. "오늘 촬영은 몇 시에 끝나지?"

클리프가 말한다. "7시 반."

"그럼 그때 봐." 릭이 '랜서' 촬영장 쪽으로 걸어간다.

조금 뒤, 클리프가 릭을 소리쳐 부른다.

릭이 돌아본다. 캐딜락 운전석에서 친구가 손가락으로 릭을 힘껏 가리키며 말하고 있다. "명심해, 너는 릭 달튼이야! 잊어버리지 마!"

그 말에 배우는 미소를 짓고, 친구에게 슬쩍 경례를 보낸다. 그리고 쿠페드빌은 떠나고 배우는 촬영하러 간다.

★★★

릭은 '랜서' 분장 트레일러에서 화장대 앞에 앉아 얼굴을 얼음물에 담근다. 폴 뉴먼이 아침마다 이렇게 한다고 한다. 뉴먼에게는 피부 미용법이지만, 릭에게는 간밤에 마신 술 때문에 생긴 메스꺼움과 둔한 감각에서 벗어나도록 감각을 자극하는 방법이다. 얼음처럼 차가운 물에서 얼굴을 뺀 뒤 손에 얼음 두 조각을 쥐고 얼굴

여기저기와 목뒤를 문지른다.

릭에게 얼음물을 가져다준, 이 파일럿 편에서 분장과 헤어를 맡은 소냐는 세 자리 떨어진 의자에 앉아 체스터필드 담배를 피우고 있다. 그 옆에는 의상 디자이너 레베카가 의자에 앉아 있다. 크게 부풀린 헤어스타일에 몸매가 통통하고 얼굴이 귀여운 레베카는 릭의 의상을 의논할 감독이 오기를 기다리고 있다. 헤어스타일만 갈래머리였다면 웬즈데이 아담스('아담스 패밀리'의 막내딸 이름-옮긴이) 닮은꼴 대회에서 3등은 차지할 옷을 입고 있다. 웬즈데이 아담스 옷 위에는 영화 〈위험한 질주 The Wild One〉 스타일의 커다란 검정 가죽 모터사이클 재킷을 입었다.

소냐는 겉으로 티를 내지는 않지만 피부 미용을 위해서 하는 것(빌어먹을 폴 뉴먼)과 숙취 해소를 꾀하는 것의 차이는 분명히 알고 있다. 그 차이 중 하나를 말하자면, 피부 미용이 목적일 때에는 신음이 덜 난다.

차가운 얼음물이 릭의 피부 속을 자극하기 시작할 때, 분장 트레일러 문이 확 열리며 뒤쪽 벽에 쾅 부딪친다. '랜서' 파일럿 편의 감독이 트레일러 안으로 들어온다. 몹시 과장되고 요란하게 들어오는데, 이 사람이 어디든 들어갈 때 하는 습관이다.

감독은 런던 로열 빅토리아 홀 극장의 객석 뒷자리까지 닿게 소리치듯 릭에게 인사한다. "릭 달튼? 나는 샘 워너메이커요!"

감독이 악수를 청한다. 술이 덜 깨어 얼굴이 젖은 채 앉아 있는 배우는 자신도 모르게 물이 떨어지는 손을 내밀어 악수한다.

릭이 목을 가다듬으며 더듬거린다. "만나서 바, 바, 반갑습니다. 손이 젖어서 죄송합니다."

워너메이커가 젖은 손 이야기는 일축한다. "괜찮아요. 율 때문에 익숙해요." 율은 특이한 할리우드 스타 율 브리너를 말한다. 샘 워너메이커는 율 브리너와 액션 사극 〈대장 부리바 Taras Bulba〉에 같이 출연하며 친해졌다. 워너메이커가 배우에서 감독으로 전직할 때 율 브리너는 샘의 첫 영화 〈파일 오브 더 골든 구즈 The File of the Golden Goose〉에 출연해 샘에게 힘을 주었다.

워너메이커가 릭에게 계속 말했다. "이 얘기는 꼭 하고 싶은데, 릭을 꼭 출연시키자고 한 건 나예요. 릭이 이 역을 연기하는 모습이 정말 보고 싶어요."

감독은 아주 원기왕성하게 릭을 대하고, 기운 빠진 배우는 정신을 차리려고 애쓴다. 릭이 갑자기 긴장한다. 말을 더듬는 증상이 나타난다.

"고, 고맙습니다. 가, 감독님." 그러다가 마침내 제대로 말한다. "좋은 역할입니다."

워너메이커가 묻는다. "드라마 주인공인 짐 스테이시는 만나 봤어요?" 짐 스테이시는 주인공 자니 랜서 역을 맡은 배우다.

릭이 더듬거린다. "아, 아, 아뇨, 아직."

워너메이커는 생각한다. '이 자식이 말을 더듬나?'

워너메이커가 말한다. "오늘 두 사람 폭발적인 연기 기대할게요."

"네……." 릭은 적절한 말을 찾다가 포기하고 말한다. "신나겠네요."

워너메이커는 은밀한 말투로, 그러나 소냐와 레베카의 귀에 다 들릴 만큼 크게 말한다. "릭한테만 하는 말인데, 드라마 주인공 짐과 웨인은 방송국에서 캐스팅했어요." 웨인은 짐 스테이시가 맡은 자니 랜서의 형, 스콧 랜서를 연기하는 웨인 몬더를 가리킨다.

"둘 다 연기는 잘하죠. 그래도 그 두 배우를 고른 건 방송국이에요. 그런데 릭은 내가 골랐어요. 릭과 스테이시가 맞붙으면 엄청난 케미를 일으킬 걸로 믿어요. 내 눈에는 다 보여요. 릭이 그걸 꼭 터뜨리면 좋겠어요."

워너메이커가 릭 앞으로 몸을 숙인다. 워너메이커의 목에 걸린 목걸이에는 커다란 금색 별자리(쌍둥이자리) 펜던트가 달려 있고, 분장 의자에 앉은 릭 앞에서 그 펜던트가 흔들거린다. "프로답지 못한 건 없으면 좋겠어요. 어쨌든 릭은 숙련된 프로죠." 손가락으로 릭을 가리키며 말한다. "나는 릭이랑 일하고 싶어요." 그리고 이 분장 트레일러 바깥 어디, 존 스테이시가 있을 곳을 엄지손가락으로 가리킨다. "그러면 내가 스테이시한테서 원하는 걸 끌어내는 데 도움이 될 겁니다. 두 사람 다 의상을 갖춰 입으면……." 이번에는 다시 릭을 손가락으로 가리킨다. "릭이 스테이시랑 서로 누가 잘났는지 대결하는 자세를 계속 가져가면 좋겠어요."

워너메이커는 릭의 상상을 돕는 듯 양손으로 프레임 모양을 만들며 말한다. "등에 은색 털이 난 고릴라와 코디액 곰(미국 알래스카 주에 있는 코디액섬에는 세계에서 가장 큰 코디액 곰이 산다-옮긴이)이 맞붙는 걸 상상해 봐요."

릭이 낄낄거린다. "네…… 그거 굉장하네요."

워너메이커가 말한다. "그렇죠."

릭이 묻는다. "제가 어느 쪽이죠? 고릴라인가요, 곰인가요?"

워너메이커가 말한다. "누가 더 세죠?"

릭이 추측한다. "음, 아마 고릴라가 세지 않을까요."

워너메이커가 반문한다. "코디액 곰이 몸을 완전히 세우고 선 거 봤어요?"

달튼이 고백한다. "솔직히, 못 봤어요."

워너메이커가 경고한다. "그럼, 장담하면 안 되죠."

그리고 이어서 말한다. "두 사람이 한 신에 있을 때, 릭이 존 스테이시를 자극하면 좋겠어요. 할 수 있겠어요?"

"자극한다는 게 무슨 뜻이죠?"

"자극한다. 곰을 찌른다. 화를 돋운다. 방송사 이사들이 존 스테이시를 해고하고 릭을 자니 랜서로 다시 캐스팅해서 파일럿을 찍게 만들 만큼 존 스테이시를 자극하는 거죠. 그렇게 존 스테이시한테 접근하면, 존에게도 이 드라마에도 도움이 될 겁니다. 당연히 릭 자신한테도 대단한 일이 될 거고요."

워너메이커는 거울 속에서 의자에 앉아서 체스터필드를 피우고 있는 소냐를 발견하고, 소냐를 돌아보지도 않은 채 그저 거울 속 소냐에게 말한다.

"소냐, 일단, 칼렙한테 콧수염을 붙여야 해. 에밀리아노 자파타 같은 풍성하고 길고 넓은 콧수염."

릭은 생각한다. '이런 젠장.' 릭은 가짜 턱수염과 콧수염을 싫어한다. 윗입술에 애벌레를 붙이거나 얼굴에 비버를 붙이고 연기하는 것 같다. 얼굴에 접착제를 잔뜩 바르는 것도 물론 싫어한다.

워너메이커는 '자파타 같은 콧수염'을 이야기한 뒤 웃음을 터뜨리고 릭에게 말한다. "장담하는데, 스테이시가 그 콧수염을 보면, 발끈할걸!" 워너메이커가 설명한다. "스테이시와 나는 둘 다 자니 랜서한테 콧수염을 붙이고 싶었어요. 방송사에 내가 이 서부극에 현대적인 느낌을 더하려면 수염이 필요하다고 말했죠. 유럽에서 이탈리아 사람들이 하는 것처럼."

릭이 얼굴을 찌푸린다.

워너메이커는 자기 이야기에 몰두해서 릭의 반응을 알아채지 못한 채 계속한다. "CBS에서는 절대 안 된다고 했어요. 콧수염을 붙이려면 악역한테 붙이랍니다. 그 사람이 바로 릭이죠." 워너메이커는 씩 웃는다. 릭은 가짜 콧수염을 붙이고 싶지 않지만, 주인공은 붙이고 싶어도 못 붙이는 것을 내가 붙일 수 있다면? 그러면 이야기가 달라진다.

릭이 확인한다. "스테이시는 콧수염을 붙이고 싶다고 했어요?"

워너메이커가 대답한다. "네."

릭이 묻는다. "스테이시가 콧수염을 못 붙여서 언짢을까요?"

"장난쳐요? 화가 나서 길길이 뛸걸요! 그래도 스테이시는 방송사가 했던 말을 잘 알고 있어요. 두 사람의 적대 관계에 보이지 않는 층이 하나 더해질걸요."

워너메이커가 고개를 돌려서 레베카에게 말한다. "자, 레베카, 릭 캐릭터 칼렙한테서는 다른 모습을 보고 싶어요. 지난 10년 동안 '보난자'나 '빅 밸리'에서 본 악당 의상은 싫어요. 의상에서 시대정신을 읽을 수 있어야 해요. 시대착오적인 건 전혀 없이. 그런데 1889년과 1969년이 만나는 지점은 어떤 모습일까? 오늘 당장 그 옷을 입고 런던포그(로스앤젤레스 선셋 대로에 있었던 나이트클럽으로, 1965년에 문을 열었고 1966년에 도어스가 자주 공연한 것으로 유명하다. 이 소설에서는 1969년 현재도 계속 영업 중인 것으로 나오지만, 실제로는 1966년에 문을 닫았다-옮긴이)에 가도 그 자리에서 제일 가는 멋쟁이가 될 수 있는, 그런 의상이어야 해요."

대항문화에 빠삭한 의상 디자이너가 멋을 좋아하는 감독에게 원하는 답을 내놓는다. "소매에 술이 쫙 달린 커스터 재킷(커스터 장군이 입은 데에서 이름이 유래한, 술이 많이 달린 사슴 가죽 재킷-옮긴이)이 있어요. 지금은 베이지색인데, 제가 진한 갈색으로 염색할게요. 오늘 입고 라스베이거스에 가도 돼요."

워너메이커가 듣고 싶던 바로 그 말이다. 워너메이커는 손가락으로 레베카의 뺨을 쓸어내리며 말한다. "역시 내 사람이야."

레베카가 미소를 짓는다. 그 순간 릭은 워너메이커와 레베카가 섹스하는 사이임을 알아챈다.

워너메이커가 몸을 돌려서 릭을 본다. "자, 릭, 이제 헤어스타일."

릭은 좀 지나치게 방어적으로 묻는다. "제 헤어스타일 뭐요?"

워너메이커가 대답한다. "브릴크림(광이 많이 나는 영국 헤어 크림 브랜드-옮긴이) 세대는 끝났어요. 그건 아이젠하워 시대죠. 칼렙 헤어 스타일은 달라야 해요."

릭이 묻는다. "어떻게 다르게요?"

워너메이커가 말한다. "더 히피스럽게."

릭은 생각한다. '나를 빌어먹을 히피로 보이게 만들고 싶다고?'

릭이 못마땅한 얼굴로 묻는다. "저를 빌어먹을 히피로 보이게 만들고 싶다고요?"

워너메이커가 딱 부러지게 말한다. "히피보다 헬스 앤젤스(1948년 미국 캘리포니아주에서 결성된 모터사이클 클럽-옮긴이)."

워너메이커의 시선은 다시 거울 속 소냐를 찾는다. "긴 인디언 가발이 있으면 좋겠어. 릭한테 씌우고 커트해. 히피 스타일로."

그리고 얼른 릭을 보며 확언한다. "히피인데 무서운 히피."

릭은 창의력을 발휘 중인 워너메이커 감독의 흐름을 깬다. "감독님, 저기…… 감독님."

워너메이커가 배우에게 주의를 집중한다. "네!"

릭은 괴팍한 멍청이처럼 보이지 않으면서 감독의 생각을 늦출 현실적인 질문을 던지려 애쓴다. "저기…… 음…… 음…… 그렇게 제 얼굴을 다 덮으면…… 음…… 음……." 릭은 적당한 단어를 찾으려 애쓴다. "젠장, 그게 저인지 아무도 못 알아보잖아요."

샘 워너메이커는 잠깐 생각한 뒤 배우에게 말한다. "음, 저기, 연기라는 게 있잖아."

제10장

사고사
事故死

클리프는 엽총으로 아내를 쏜 순간, 잘못된 선택임을 깨달았다.

배꼽 바로 아래에 총알이 박혔다. 아내의 몸은 반으로 갈리고, 두 토막이 요트 데크에 철퍼덕 소리를 내며 나뒹굴었다. 클리프 부스는 오랫동안 이 여자를 경멸해 왔다. 그러나 두 토막 난 몸, 자기 요트 바닥에 놓인 반쪽들을 보자, 악의와 증오의 세월은 그 즉시 사라졌다. 클리프는 달려가서 나뉜 몸을 한데 붙여서 양팔에 안고 뼈에 사무친 후회와 회한의 비명을 정신없이 쏟아냈다.

클리프는 그렇게 아내를 일곱 시간 동안 안고 있었다. 해안경비대에 전화하는 짬도 낼 수 없었다. 이렇게 꽉 누르고 있지 않으면 아내의 몸이 다시 나뉠 것 같았다. 그래서 일곱 시간 동안 클리프는 아내를 꽉 안고 진정시키며 살려 두었다. 아내를 쏜 장본인이 클리프가 아니었다면, 아주 훌륭한 행동으로 보였으리라.

아내의 이름을 따서 이름 붙인 배(빌리스 보트)의 유혈이 낭자한 갑판에서, 빌리 부스의 몸에서 나온 내장과 피와 창자에 둘러싸여, 남편과 아내는 죽음을 눈앞에 두고 살아 있을 때에는 결코 하지 못했던 대화를 일곱 시간 동안 나누었다. 아내는 깊이 생각할 수 있는 상태가 아니었고, 클리프만 아내에게 계속 말했다.

무슨 말을 했나? 사랑 이야기.

그 일곱 시간 동안, 두 사람은 함께한 삶 전부를 회상했다.

여섯 시간쯤 됐을 때 마침내 해안경비대 배가 다가왔다. 남편과 아내는 여름 캠프에서 격한 사랑에 빠진 열네 살짜리 아이들처럼 아기 말투로 대화하고 있었다. 첫 만남과 첫 데이트의 아주 작은 것까지 세세히 기억하는 내기에 서로 이기려 애쓰고 있었다. 해안경비대가 요트에 올라와서 배를 부두로 몰아가는 동안, 클리프는 계속 아내의 나뉜 몸뚱이를 하나로 붙잡고, 계속해서 괜찮을 거라고 아내를 안심시켰다. 클리프가 말했다. "거짓말 아니야. 흉터는 크게 남겠지만, 괜찮을 거야."

클리프가 빌리를 어찌나 열심히 설득했는지, 여섯 시간 동안 그 말을 계속한 결과, 클리프 자신도 그 말을 믿게 되었다. 그래서 해안경비대가 빌리를 요트에서 부두로, 대기 중인 앰뷸런스로 옮기려 하는 중에 빌리의 몸이 두 동강으로 나뉘자 현실적인 클리프 부스는, 놀랍게도, 놀랐다.

저런.

1960년대 할리우드 스턴트 계에서 클리프 부스는 화려한 군 경력과 제2차세계대전 전쟁 영웅이라는 지위로 존경의 대상이었다. 그러나 클리프 부스가 아내를 죽이고 붙잡히지 않았다는 소문도 널리 퍼져 있었다. 클리프가 작정하고 아내를 쐈는지 아는 사람은 아무도 없었다. 클리프는 늘 다이빙 장비 조작 실수로 생긴 비극이었을 뿐이라고 말했고, 그게 사실인지도 모른다. 그러나 술에 취한 빌리 부스가 클리프의 동료들 앞에서 남편인 클리프를 공공연히 질책하는 모습을 본 사람이라면 클리프의 말을 믿지 않았다. 할리우드 스턴트맨 계에는 그런 모습을 본 사람이 많았고, 다들 클리프가 죽였다고 생각했다.

클리프는 경찰서에서 사고 당시 아내가 술에 취해 있었다고 진술하기도 했다. 경찰관들은 빌리가 어떤 사람인지 몰랐으므로, 그 진술이 무슨 의미인지도 몰랐다. 그러나 스턴트맨들은 그 진술의 의미를 알고 있었다.

빌리가 술에 취해 있었다는 말은 '아마도' 빌리가 남편을 도발하고 있었다는 뜻이리라. 그리고 '아마도' 못된 말을 너무 많이 했다는 뜻이리라. 그리고 또 '아마도' 클리프가 참을 만큼 참다가 한순간 욱해서 일을 저질렀다는 뜻이리라. 끔찍한 일을, 한번 저지르면 되돌릴 수 없는 일을.

★★★

클리프는 어떻게 경찰의 의심을 받지 않고 빠져나왔을까? 간단하다. 클리프의 이야기가 그럴싸했고, 반박할 증거는 없었다. 클리프는 자신이 아내에게 한 짓에 정말로 마음이 좋지 않았다. 그러나 회한과 후회가 아무리 커도 살인죄에서 벗어날 시도를 안 할 생각은 전혀 없었다.

어쨌든 클리프는 '이미 벌어진 일은 벌어진 일'이라고 현실적으로 생각하는 사람이다. 상황 전체를 진지하게 받아들이면서도 현실적인 관점에서 생각했다. 감옥에서 20년을 썩을 필요는 없다. 욱했던 순간에 대해 스스로를 벌하려면 다른 방법도 얼마든지 있다. 어쨌든 자신이 범죄자라는 생각은 들지 않았다. 죽이려고 계획한 것도 아니었다. 주장처럼 실제로 사고였다. 손가락이 방아쇠를 당긴 것은 과연 의식하고 내린 결정이었을까?

딱 그렇지는 않다.

첫째, 살짝 손대기만 해도 방아쇠가 당겨지는 총이었다. 둘째, 결정이라기보다 본능이었다. 셋째, 방아쇠를 당겼던가? 손가락 경련에 더 가깝지 않나? 넷째, 빌리 부스를 그리워할 사람은 아무도 없다. 쌍년이었다. 몸이 반으로 갈릴 만했나? 그건 어쩌면 아닐 수도 있다. 그래도 이 세상에 빌리 부스가 없으면 달콤한 인생이 계속될 거라는 말은 과언이 아니다. 정말이지, 빌리의 죽음에 화낸 사람은 빌리의 언니 나탈리뿐인데, 나탈리는 빌리보다 더 심한 쌍년이었다. 그렇지만 나탈리의 분노도 정말이지 잠시뿐이었다. 그래서 클리프는 죄책감을 젊어졌다. 회한도 젊어졌다. 그리고 더 착하게 살겠다고 맹세했다. 이 사회가 뭘 더 원할까? 클리프가 일본군을 죽여서 구한 수많은 미군이 빌리 부스 한 명보다 확실히 훨씬 값지지 않은가.

자, 클리프의 폭력 성향에 대해서는 할리우드 스턴트맨 사회도 잘 알고 있었지만, 수사를 맡은 경찰은 몰랐다. 그리고 잠수 장비를 실수로 잘못 다뤄서 비극을 낳았다는 클리프의 이야기도 아주 그럴싸했다.

또, 바다 한가운데, 배 위에서 두 사람만 있을 때에 벌어진 일을 정확히 증명하기란 쉽지 않았다. 경찰이 클리프의 주장을 뒤엎으려면 증거가 필요했다. 그래서 반증할 수 없는 사연에, 빌리 부스의 죽음은 사고사로 결론이 났다.

그리고 그날 이후, 클리프는 어느 할리우드 촬영장에 발을 디디더라도 그곳에서 가장 악명 높은 사람이 됐다. 살인을 저지르고도 빠져나왔다고 모두에게 알려진 사람은 어디에서나 클리프 한 명뿐이었으니까.

제11장

⋮

트윙키 트럭

찰리 맨슨이 낡은 '호스티스 트윙키 컨티넨털 베이커리' 트럭을 타고 테리 멜처의 집을 향해 구불구불한 시엘로 드라이브를 지나 간다. 찰리는 자신이 기회를 잡았다는 사실을 알고 있다.

찰리가 샌프란시스코를 떠나 로스앤젤레스로 왔을 때에는 목적 이 있었다. 작곡한 노래를 팔고, 직접 불러서 녹음하고, 음반사와 계약을 따고, 로큰롤 스타가 되는 것이었다. 취해서 멍한 아이들의 영적 지도자, 가출한 여자애들로 이루어진 하렘의 지도자가 되는 건 스타가 되려는 과정에서 그저 곁다리로 벌인 일일 뿐이다. 처음 에는 잘 먹혔다. 사실, 처음에는, 정말 잘 먹혔다. 그 여자애들 덕분 에 비치보이스의 드러머인 진짜 록 스타 데니스 윌슨과 친분을 쌓 았다. 이어서 윌슨의 친구 그렉 재콥슨과 도리스 데이의 아들 테리 멜처도 알게 됐다.

또 이어서, 로스앤젤레스 록 음악계에서 성공한 음악인들과 술 파티, 마리화나 파티, 즉석 연주 등도 함께했다. 찰리는 그 사람들이 누군지도 모른 채, 레이더스의 리드싱어 마크 린제이와 대마초를 나눠 피우고, 버피 세인트 마리와 몽키스의 마이크 네스미스와 함께 어울리고, 닐 영과 즉석 기타 연주를 했다. 닐 영과!

닐 영과 즉석 연주만 했던 게 아니다. 닐 영은 찰리의 음악적 순발력에 깊이 탄복했다.(닐 영과 즉석 연주를 했던 밤이 찰리 맨슨에게는 가장 법을 준수한 때였다.) 찰리는 닐 영과 함께한 즉석 연주를 계기로 밥 딜런과 만날 수 있기를 기대했다. 그러나 밥 딜런은 쉽지 않았다. 찰리가 밥 딜런에게 가장 가까이 접근한 것은 런던포그 클럽에서 당시 밥 딜런의 오른팔이었던 바비 뉴워트와 주고받은 몇 마디였다. 맨슨 패밀리가 데니스 윌슨의 집에서 놀던 시기에는 찰리 맨슨의 음악적 야망이 힘을 받고 있었다. 곡을 녹음하기도 했다. 테리 멜처가 컬럼비아 레코드에 찰리를 기꺼이 계약시키려 했을까? 그건 알 수 없다. 하지만 멜처가 찰리의 곡들을 다른 가수들에게 기꺼이 주려 했을 가능성은 없지 않다. 찰리 맨슨은 그 범죄적 지혜와 철학을 가장한 헛소리에도 불구하고, 음악 일에 있어서는 매력적이고 순수한 사람이었다. 테리 멜처는 찰리의 음반을 만들면 과연 잘 팔릴까 확신하지 못했고, 찰리도 그런 테리 멜처의 생각을 잘 알고 있었다. 그래도 찰리는 기가 꺾이지 않았다. 찰리는 자기 자신에 대해서는 늘 아주 대단스럽게 낙관적이었다. '첫발만 들여놓으면 된다'라는 말을 입에 달고 살았다. 테리 멜처가 찰리에게 언젠가 기타로 자작곡을 연주하게 해 주겠다고 약속했을 때 그 '첫 발 들여놓기'가 이루어졌다.

찰리 맨슨이 자신과 테리 멜처의 관계를 더 발전시켰나? 확실히 그랬다.

멜처가 찰리에게 호기심을 느꼈나? 그랬을지도 모른다.

그러나 찰리가 음반 계약을 따낼 수 있는 가장 큰 기회는 데니스 윌슨에게 있었다. 데니스는 비치보이스에서 유일한 진짜 록 스타였다. 브라이언은 점점 뚱뚱해지고, 알 자딘은 해골 같고, 마이크 러브는 열여덟 살 이후로 대머리가 됐다. 데니스는 섹시하고 매력 넘쳤고, 1960년대 말에나 유행한 도인 같은 매력을 1960년대 초부터 뿜었다. 데니스 윌슨은 잠시 동안 찰리의 음악적 재능을 정말로 믿었고, 찰리와 늦은 밤에 함께 연주하며 찰리의 철학과 세계관에 감명을 받기도 했다.(두 사람에게 공통점이 있었으니, 흑인 남성을 불신하고 두려워하는 것이었다.) 데니스는 자기 집에서 합동 연주를 하면서 찰리의 즉흥 연주 재능을 확실히 목격했다. 그렇지만 정식 교육을 받거나 연습을 많이 하지 않은 찰리 맨슨이 갖가지 압박으로 불안과 초조를 불러일으키는 프로 음반사의 척박한 환경에서 자기 음악으로 이목을 끌 수 있을지는 의심스러웠다.(그 점으로 말하자면, 찰리는 천재 음악가들과 그룹을 이룰 수도 있었다. 우디 거스리와 리드 벨리의 음반들은 그 개개인의 음악적 재능을 대표하기보다 역사적으로 의미 있는 음반으로 남아 있다.) 초기에 찰리 맨슨은 1950년대 후반과 1960년대 초반 그리니치빌리지 카페 앞 길거리에서 모자를 돈 받을 통으로 내놓고 연주하고, 연주 파티를 돌며 돈을 벌고 음악 실력도 키웠다. 그때 얻은 즉흥 연주 기량과 기타 실력, 교도소에 다녀온 경험 등이 모두 찰리의 재산이 되었으리라고 추측해도 전혀 허무맹랑한 상상은 아닐 것이다. 한동안 데니스 윌슨은 음악을 향한 찰리의 꿈을 진심으로 독려했다. 찰리가 만든, 맨슨 패밀리의 상징 같은 곡 '시즈 투 이그지스트 Cease to Exist'('존재하기를 멈춰'라는 뜻-옮긴이)를 '네버 런 낫 투 러브 Never Learn Not to Love'('사랑하지 않는 법은 배운 적 없어'라는 뜻-옮긴이)라는 제목으로 다시 써서 녹음해 비치보이스의 앨범 〈20/20〉에 넣기까지 했다.

테리 멜처가 컬럼비아 레코드에서 찰리를 계약시키는 일은 시종 요원해 보였지만, 비치보이스가 시작한 자체 음반 레이블 브라더스 레코드에서 찰리 맨슨 앨범을 내는 것은 실현될 수도 있었다. 그러나 그것도 실현되지 않았다. 데니스 윌슨이 자기 집에 뿌리내리게 놔뒀던 수상쩍은 인물들에게 짜증을 느끼고 결국에는 두려움을 느끼게 되었기 때문이다. 애초에 데니스는 여자들 때문에 맨슨 패밀리에 혹했다. 이후에 데니스가 맨슨 패밀리의 궤도에서 벗어나지 않은 것은 찰리를 진짜 따랐기 때문이다. 그러나 찰리가 비치보이스로 가는 다리를 건너려고 준비하던 바로 그때, 맨슨 패밀리에게서 느끼는 윌슨의 짜증이 결국 그 다리를 불태우고 말았다.

1960년대 후반 토팡가 캐니언 할리우드의 대중문화에 종사하는 히피 계층은 공동 분배의 반체제 정신을 내세웠고, 데니스 윌슨도 이런 정신으로 맨슨 패밀리라는 부랑자들을 받아들였다. 그러나 쓰레기를 먹고, 마약에 취하고, 손뼉 소리에 복종하고, 노래하듯 떠드는 이 떠돌이들은 자신들이 은혜를 모르는 기생충임을 스스로 아주 빨리 드러냈다. 맨슨 패밀리 때문에 윌슨의 집은 엉망이 되었다. 윌슨은 수천 달러에 달하는 성병 치료비를 대야 했다. 맨슨 패밀리는 윌슨의 물건들을 망가뜨리고 팔아먹었다. 결국 윌슨은 그 집에서 빠져나가고 집을 자산 관리인에게 넘겼다. 그리고 자산 관리인이 추잡한 무단 점거인들을 몰아내게 됐다.

★★★

맨슨 패밀리가 데니스 윌슨의 집을 동물 우리로 만들지 않았다면, 그래서 데니스 윌슨의 그룹 동료들이 윌슨을 걱정하다가 더 이상 윌슨을 존중하지 않게 되는 지경에 이르지 않았다면, 찰리 맨슨은 비치보이스의 새 음반 레이블에서 성공했을지도 모른다. 음반 하나로 많은 일이 일어났을까? 아니, 찰리 맨슨에게 앨범 하나를 완전히 완성할 능력이 있었을까? 이런 의심을 품을 수 있다. 그러나 비치보이스의 다른 멤버들이 착해 빠진 데니스 윌슨에게 기생하는 그 부랑자 그룹과 찰리 맨슨을 연결시키지 않았다면, 찰리가 데니스 윌슨과 힘을 합쳐 히트곡을 만들어 냈을 가능성은 충분히 컸다.

그러나 비치보이스 멤버들은 찰리의 곡을 녹음했을 때도 찰리의 이름을 작곡자 명단에서 지웠다. 맨슨 패밀리가 윌슨의 돈을 너무 많이 갉아먹어서 맨슨 패밀리가 쓴 돈으로 이미 곡 사용료는 다 지불했다고 생각했기 때문이다.(저작권자에 찰리의 이름을 넣지 않는 대가로 윌슨이 찰리에게 모터사이클을 주었다는 소문도 있다.)

그리하여 1969년 2월 8일에 이르러서는, 한때 유망해 보였던 음악계와 찰리 맨슨의 연결점은 이미 다 사라졌다. 딱 하나 남은 것은 테리 멜처가 남긴 흐릿한 약속이다. 언젠가 찰리가 연주하는 자작곡을 듣겠다는 약속. 문제는 테리 멜처와 연락이 끊어진 것이다. 찰리가 아주 자주는 아니어도, 만날 약속을 잡을 정도로는 테리 멜처의 얼굴을 보던 때가 있었다. 그러나 그것은 찰리가 데니스 윌슨의 집에서 추방 명령을 받기 전의 일이다. 그리고 이런 관계가 된 이상, 약속은 물거품이 될 수 있다는 사실을 찰리도 잘 알고 있다. 그렇지만 한편으로 생각하면, 아닐 수도 있지 않을까? 찰리의 곡은 비치보이스 새 앨범에도 들어갔다. 작곡가로 이름을 올리지 못했지만, 그 곡의 원곡이 '시즈 투 이그지스트'라는 찰리의 노래라는 사실을 알고 있는 몇 안 되는 사람들에 테리 멜처도 끼어 있다. 그러니까 테리 멜처에게 찰리 맨슨은, 음반 프로듀서에게 매독 걸린 미성년자를 대는 포주가 아니라 상업성 있는 음악을 만들 수 있는 작곡가로 보일 수도 있다.

테리 멜처는 스판 목장으로 와서 찰리의 곡을 듣기로 약속한 바 있었다. 날짜를 잡고, 시간을 정했다. 약속을 재확인하기까지 했다. 스판 목장에서 열 파티도 다 준비됐다. 그러나 테리는 나타나지 않았다.

그렇게 바람맞은 찰리 맨슨은 여러 면에서 충격을 받았다. 첫째, 찰리는 테리 앞에서 자기 음악을 선보일 기회를 가까스로 얻은 뒤 일주일 내내 준비했다. 맨슨 패밀리는 이 성대한 행사를 위해 각자 치장을 하고 목장을 장식했다. 악기를 연습하고, 뒤에서 반쯤 벌거 벗은 채로 화음을 넣고 춤을 추는 연습도 했다. 그런데 테리는 나 타나지 않았다.

게다가 그날은 특별한 날이었다.

찰리는 그날 진짜 열성적이었다.

찰리 맨슨은 한 번의 전문적인 연주 녹음 때 감정에 휘말린 자 신을 절대 용서하지 못했다.

그러나 이날은 다르리라.

이날, 찰리는 흠잡을 데 없이 완벽했다. 정신은 고요하고, 마음 은 충만했다. 음악에는 자신만만했다.

이날, 감옥에서 비틀즈를 처음 듣기 시작한 이후로 쭉 꿈꾸던 날.

이날, 꿈은 다 이루어지고 인생이 영원히 바뀌리라.

이날, 음악이 쏟아져 나오리라. 나에게는 창의력이 있다. 연주에서도 실수할 리 없다.

찰리는 자신의 재능과 하나가 됐다. 자신의 뮤즈와 하나가 됐다. 신과 하나가 됐다. 그런데 테리는 나타나지 않았다.

테리가 나타나지 않음으로써 찰리 맨슨은 창의성이 좌절되고 감정에 정말로 상처를 입었다. 그뿐 아니라 찰리는 자기 아이들과 타협하게 됐다.

목장에 있는 아이들은 록 스타가 되려는 찰리의 열망을 알지 못했다. 돈과 명성과 세간의 인정을 향한 찰리의 열망을 알지 못했다. 찰리가 아이들에게 그런 것들은 나쁜 욕망이라고 설교했기 때문이다.

맨슨 패밀리, 다시 말해 찰리 맨슨의 '가족'은 찰리를 깨달음으로 가는 영적인 통로라 생각했다.

그 깨달음에 다다르는 것이 찰리가 진정으로 바라는 바라고 그 '가족'은 생각했다.

그 깨달음과 모든 인류에 대한 사랑으로 새로운 세계 질서를 만드는 것이 찰리의 목표라고 그 '가족'은 생각했다.

그 '가족'은 찰리에게 더 숭고한 목적이 있다고 믿었다. 찰리가 그렇게 말했고, 찰리를 믿었기 때문이다. 찰리가 그 헛소리들을 일순간에 다 버리고 미국 독립 전쟁 때의 의상을 입고 그곳을 마크 린제이에게 팔아먹는 일은 꿈에도 상상하지 못했다.

찰리가 '가족' 모두에게, 자신이 창조한 모든 것에, 자신이 가르친 모든 것에 작별을 고하고, 그곳을 미키 돌렌즈에게 팔아먹고 몽키스에 들어가는 건 찰리 '가족'이 꿈에도 상상하지 못한 일이다.

찰리가 애초에 음반 계약을 바란 이유는 영향력을 확장하려는, 더 많은 대중, 깨달음에 목마른 이 지구상의 온 세계 대중에게 깨달음을 주려는 목적뿐이라고 찰리 '가족'은 생각했다.

비틀즈처럼. 예수처럼. 찰리처럼.

찰리는 자신의 명성을 바라지 않았다. 자신의 음악으로 사람들에게 영향력을 행사하기 위해서 명성을 바랐다. 그러니 음악은 세상에 찰리를 알리는 출발점일 뿐이다. 찰리를 통해 역사하는 신의 힘으로, 예수가 역사상 가장 뛰어난 시를 썼듯, 찰리는 역사상 가장 뛰어난 음악을 작곡할 것이다. 데니스 윌슨처럼 플래티넘 앨범 액자를 벽에 걸기 위해서가 아니다. 데니스 윌슨처럼 스포츠카 여러 대를 갖고 싶어서가 아니다. '크로우대디' 잡지의 표지 모델이 되기 위해서가 아니다. 〈이지 라이더〉 사운드트랙에 노래를 수록하려는 게 아니다. KHJ 방송국의 미친 홍보용 콘테스트에 리얼 돈 스틸과 함께 출연하기 위해서가 아니다. 모든 인류를 구원하기 위해서다.

테리 멜처에게 들려줄 연주를 준비하는 동안 찰리 맨슨은 초조한 기색을 감출 수 없었다. 그때 처음으로 맨슨 패밀리는 찰리 맨슨의 동기와 욕망이 덜 순수할지도 모른다고 얼핏 느꼈다.

모든 일이 잘되기를 모두가 바랐다. 그러나 그 일에 모든 게 달려 있다고 생각하는 사람은 목장에 찰리 빼고 아무도 없었다.

'될 때도 있고, 안 될 때도 있어. 너무 애쓰지 마. 일어날 일은 일어나게 돼 있어. 인간은 계획을 세우고, 신은 웃지.' 이것은 찰리의 가르침이었다.

그런데 왜 찰리는 테리 멜처가 자신을 어떻게 생각할지를 두고 저렇게 신경을 곤두세우지?

왜 찰리는 빌어먹을 테리 멜처한테 좋은 인상을 주려고 빌어먹게 흥분하지?

그러나 테리 멜처가 오기로 한 시각인 3시 30분이 지나고, 3시 40분, 3시 50분, 그리고 4시, 그리고 4시 10분, 그리고 4시 20분, 그리고 4시 30분, 그리고 테리 멜처가 오지 않을 것이 분명해졌다. 테리가 나타나지 않자 찰리 맨슨은 자기 '가족' 앞에서 약한 모습을 드러냈다. '가족' 앞에서는 어떤 일이 있어도 약한 모습을 내보이지 않던 찰리였다. 때로는 엽총까지 든 채 성난 부모가 나타나도, 예전 멤버가 친구들을 대동하고 목장으로 돌아와서 돈이나 자동차나 아이를 요구해도, 약한 모습은 보이지 않았다. 흑표당(1966년에 설립된 혁명적 사회주의 무장단체로, 경찰 폭력으로부터 흑인을 보호한다는 기치로 설립됨-옮긴이)에게도, 경찰에게도 보이지 않았다. 찰리는 그 모두를 윙크와 미소로 제압했다. 신이 자기 편이라는 생각으로 무장하고. 그러나 이번에는 아니었다. 이번에 한심해 보인 것이 찰리였다. 그날, 스판 목장에 있는 아이들이 이전에는 전혀 생각지도 않았던 사실이 드러나기 시작했다. 어쩌면 찰리도 그저 라디오에 출연하고 싶은, 기타를 맨 장발 히피가 아닐까. 아이들은 믿을 수 없었다. 믿고 싶지 않았다. 그러나 몇몇 아이들의 머릿속에 처음으로 그런 생각이 들었다.

어쨌든 멜처는 찰리를 일부러 바람맞힌 건 아니라고 연락했다. 안 그래도 바쁜데, 중요한 일이 생겼다고 했다. 그러나 그다음에도 약속을 다시 잡겠다는 얘기는 없었다. 이제 찰리 맨슨과 테리 멜처는 각기 다른 세상에 살고 있다. 찰리가 멜처를 우연히 만나서 또 오디션 약속을 잡는 일은 일어나지 않을 것 같다.

어떤 면에 보자면 그 일은 찰리가 연예계의 속성을 배우며 치른 수업료라고 말할 수도 있다. 어떤 사회든 사람은 들어가기도 하고 나가기도 한다. 어제 아주 친했던 사람이 오늘 그저 스치는 물결이 될 수도 있다. 좋은 기회로 보이던 일이 수포로 돌아갈 수도 있다. 폴린 카엘('뉴요커'에서 1968년부터 1991년까지 영화평을 쓴 영화 평론가-옮긴이)의 말처럼 '할리우드에서는 칭찬 때문에 죽을 수도 있다.'

산에 가야 꿩을 잡는다고, 산이 다가올 리는 없으니 찰리가 산으로, 지금은 할리우드힐스로 가야 했다.

이것은 찰리의 마지막 카드다.

찰리는 멜처가 어디에 사는지 알고 있다. 멜처의 집에 가 본 적이 있다. 거기서 파티도 했다. 모양새는 좋지 않아도, 그냥 집 앞에 가서 인사하는 게 완전히 불가능한 일은 아니다.

절박한 행동으로 보일 게 뻔하고 실제로도 절박한 행동이다. 찰리도 아주 잘 알고 있다. 그런 짓을 하면 테리는 내가 절박하다고 생각하겠지. 빌어먹을. 그러나 지금 상황에서 찰리에게는 그 행동밖에 남지 않았다. 테리는 언젠가 찰리의 음악을 듣겠다고 말했다.

한 번 바람맞혔으니 찰리에게 빚도 있다. 이제 월슨 집에서 테리와 마주칠 일도 없다. 찰리가 잃어버린 기회를 만회할 방법은 테리 집에서 기다렸다가 붙잡는 것뿐. 너무 세게 붙잡으면 안 돼. 너무 꽉 붙잡으면 테리가 죄책감도 없이 면전에서 싫다고 말할지 몰라. 그러나 그렇게 붙잡지 않으면 다시는 테리를 볼 수 없어. 그리고 이 방법이 안 통한다 해도, 아마 안 통하겠지만, 적어도 노력했다는 말은 할 수 있어.

찰리가 테리 집 앞에 차를 세운다. 문이 열려 있다. 이 집에는 배달이 많이 온다. 인터컴이 계속 울리게 두느니 대개는 문을 열어둔다. 도착하기 전에 찰리는 진입로에 들어가기 앞서 철제 기둥에 붙은 스피커 단추를 누르는 상상을 했다.

안녕하세요. 테리 있어요?

누구세요?

친구예요, 찰리라고.

찰리 누구?

찰리 맨슨.

지금 없어요.

테리 본인이 인터컴을 받아도 그냥 아닌 척하겠지. 그래서 정문이 열려 있는 걸 보고 행운의 표시라고 생각한다. 준비된 사람이 기회를 만나면, 그게 바로 행운이라는 말이 있다. 준비란, 테리가 집에 있을 시간이 토요일 늦은 오전과 이른 오후일 거라고 예상하고 토요일 늦은 오전과 이른 오후에 맞춰 차를 몰고 오는 것. 이제 테리와 마주치는 행운이 기다리지 않을까.

빵집 트럭을 몰고 기나긴 진입로를 지나간다? 너무 뻔뻔하다. 겸손한 게 낫겠어. 얼굴에는 함박웃음을 짓고 항복하는 자세로 걸어서 다가가야지.

발도 살살 내디뎌야지.

찰리는 빵집 트럭에서 내린다. 테리는 언덕 위, 막다른 길 끄트머리에 산다. 오늘 눈에 보이는 사람이라고는 셔츠를 벗고 옆집 지붕에서 안테나를 고치고 있는 금발 남자뿐이다. 찰리는 그 금발 남자에게는 전혀 관심을 기울이지 않은 채, 테리 집 현관을 향해 진입로를 걸어 올라간다.

★★★

샤론은 폴 리비어 앤드 더 레이더스의 앨범 〈1967년의 정신 The Spirit of '67〉의 첫 번째 곡에 턴테이블 바늘을 올린다. 샤론과 폴란스키가 지금 살고 있는 이 시엘로 드라이브에 있는 집에 이 밴드를 만든 사람과 이 앨범의 프로듀서가 살았었다. 이 집의 집주인은 루디 알토벨리로, 수영장 뒤쪽에 있는 게스트하우스에 살고 있다. 이전 세입자 테리 멜처는 이사를 나갈 때는 캔디스 버겐과 함께 살고 있었지만, 캔디스 버겐이 들어와 살기 전에는 레이더스의 리드 싱어 마크 린제이와 집을 같이 썼다. 샤론이 이 집으로 이사한 뒤 게스트룸 벽장을 보니 비닐 포장에 싸인 〈1967년의 정신〉 앨범이 잔뜩 쌓여 있었다. 샤론은 그 음반을 발견하고 남편 로만 폴란스키에게 이야기했다. 로만 폴란스키는 얼굴을 찌푸리며 말했다. "그 풍선껌 같은 쓰레기 노래. 싫어."

샤론은 반박하지 않았다. 그렇지만 동의하지도 않았다. 샤론은 KHJ 라디오에서 듣는 풍선껌 히트곡들을 좋아했다. '야미 야미 야미 Yummy Yummy Yummy' 그 노래를 좋아했고, 같은 그룹의 후속곡 '츄이 츄이 Chewy Chewy'도 좋아했다.(이 그룹은 오하이오 익스프레스로, 두 곡 모두 1968년에 발표되어 히트했음-옮긴이) 바비 셔먼의 '쥴리 Julie'도 좋아했다. '스누피 버서스 더 레드 배런 Snoopy vs. the Red Baron'(더 로열 가즈먼이 1966년에 발표한 곡-옮긴이)도 좋아했다.

폴란스키에게는 그런 이야기를 하지 않았다. 존과 미셸 필립스 John and Michelle Phillips나 카스 엘리어트 Cass Elliot 또는 워렌 비티 Warren Beatty 같은 잘난 체하는 친구들에게도 하지 않았다. 그러나 솔직히 말하면 샤론은 비틀즈보다 몽키스를 더 좋아했다.

몽키스가 진짜 그룹도 아니라는 사실은 샤론도 알고 있었다. 몽키스는 그저 비틀즈의 인기를 이용하려고 만든 텔레비전 쇼 그룹이었다. 그럼에도 불구하고 샤론은 마음 깊은 곳에서 몽키스를 더 좋아했다. 폴 매카트니보다 데이비 존스 Davy Jones가 더 귀엽다고 느꼈다. 로만 폴란스키와 제이에게 끌린 것으로 알 수 있듯, 샤론은 열두 살짜리 소년 같은, 작고 귀여운 남자들에게 끌렸다. 샤론은 링고 스타보다 미키 돌렌즈 Micky Dolenz가 더 재밌다고 생각했다. 조용한 멤버로 보자면, 조지 해리슨보다 마이클 네스미스 Michael

Nesmith에 더 끌렸다. 그리고 피터 토크 Peter Tork는 존 레논만큼 히 피지만, 존 레논보다 덜 잘난 체하고 더 착한 사람 같았다. 그래, 뭐, 비틀즈는 직접 곡을 만든다. 그렇지만 샤론에게는 상관없는 일이었다.

'어 데이 인 더 라이프 A Day in the Life'보다 '라스트 트레인 투 클락스빌 Last Train to Clarksville'이 더 좋으면 좋은 거지, 누가 작곡했는지 무슨 상관이람. 어쨌든 폴 리비어 앤드 더 레이더스는 몽키스랑 비슷했다. 귀에 쏙쏙 박히는 노래를 부른다. 재밌다. 그리고 항상 텔레비전에 나온다. 샤론은 레이더스 노래들 중에서 '킥스 Kicks', '헝그리 Hungry', 특히 '굿 싱 Good Thing'을 정말 좋아한다. 루디 알토벨리의 말에 따르면, 마크 린제이와 테리 멜처가 거실에 있는 흰색 피아노에서 '굿 싱'을 작곡했다. 멋져. 샤론은 LP판에 바늘을 얹고 스피커에서 흐르는 기타 소리를 듣는다. 풍선껌 리듬에 맞춰 어깨와 허리를 움직이기 시작한다. 그리고 하던 일을 계속한다. 로만의 가방을 싸는 것. 로만은 내일 런던으로 떠난다. 샤론은 늘 로만의 가방을 싼다. 로만을 위해 시작한 다정한 일이고, 샤론은 그저 다정한 일을 하는 것뿐이다.

약혼자였던 제이 세브링이 주방에서 자기가 먹을 샌드위치를 만들고 있다. 제이는 샤론을 페어팩스에 있는 자기 숍으로 데려가려고 기다리는 중이다. 오늘 밤에 샤론은 로만과 함께 텔레비전에 출연한다. 제이는 남자들 머리만 한다. 여성 고객은 딱 한 명, 샤론뿐이다. 제이와 샤론, 폴란스키 모두 지난밤에 휴 헤프너의 플레이

보이 맨션에서 열린 파티에 다녀왔다. 휴 헤프너는 폴란스키에게 토크쇼 '플레이보이 애프터 다크'에 출연을 부탁했는데, 선셋 대로 끝에 있는 9000 빌딩 꼭대기에서 촬영한다. 샤론은 폴란스키가 자기와 상의도 없이 두 가지 일을 연달아 결정한 것에 짜증이 났다. 그뿐 아니었다. 샤론은 정말 좋은 책, 고어 비달의 "마이라 브레킨리지 Myra Breckinridge"를 읽고 있고, 폴란스키는 샤론이 저녁에 자신과 나란히 침대에 누워 책 읽는 걸 더 좋아한다는 사실도 알고 있었다. 그런데 샤론은 이틀 연속으로 인형처럼 꾸미고 '귀엽고 섹시한 나'를 연기해야 하게 됐다.('귀엽고 섹시한 나'는 샤론이 자신의 1960년대 신인 여배우 자아에 붙인, 자기 비하적인 별명이다.)

샤론은 폴란스키와 함께 스위스에 있을 때 폴란스키에게 사 준 흰색 터틀넥 스웨터를 접어서 게스트룸 침대 위에 올려놓은 가방에 넣는다. 그사이에 텁수룩한 머리에 몸집은 작은 히피가 바지 안에 넣지 않고 길게 늘어뜨린 파란색 데님 셔츠, 갈색 가죽 조끼, 샌들, 더러운 작업복 바지 차림으로 나뭇잎 뒤에서 나타났다가 두리번거리며 집 앞 시멘트 바닥 주차 구역으로 들어온다. 그 모습이 샤론의 시야에는 포착되지 않았지만, 제이는 원더브레드에 칠면조고기와 토마토를 넣은 샌드위치를 씹으며 주방 창 너머를 보다가 히피를 발견한다. 진입로에서 현관 앞까지 히피의 움직임을 눈으로 쫓으며 제이가 생각한다. '남의 집을 자기 집처럼 돌아다니는 저 지저분한 새끼는 뭐지?'

반대쪽 끝에서 가방을 싸고 있던 샤론의 귀에는 현관에서 제이가 위압적으로 말하는 소리가 들린다. "저기, 무슨 일이죠?"

집 밖에서 모르는 목소리가 먹먹하게 들린다. "아, 저기, 테리를 찾는데요, 저는 테리 친구예요. 데니스 윌슨하고도 친하고요."

샤론은 귀를 쫑긋 세우고 생각한다. '도대체 누구지?'

제이의 대답이 들린다. "글쎄요, 테리랑 캔디스는 이제 여기 안 살아요. 지금은 폴란스키 집이에요."

샤론은 들고 있던 페이즐리 무늬 셔츠를 내려놓고 게스트룸에서 나간다. 제이가 누구와 이야기하는지 알아보려 한다. 리바이스 청바지를 잘라서 만든 반바지 차림의 샤론이 거실로 이어지는 복도 카펫을 맨발로 밟으며 걸어가는 동안, 낯선 사람의 놀라고 실망한 목소리가 들린다. "정말요? 이사했어요? 젠장! 어디로 갔는지 아세요?"

샤론은 코너를 돌아서 현관 앞으로 간다. 현관 쪽 벽에는 〈박쥐성의 무도회〉 포스터가 걸려 있다. 폴란스키는 자기가 만든 영화 포스터를 자기 집에 거는 게 부끄럽고 유치하다고 생각했지만, 샤론은 폴란스키에게 자기가 부끄럽고 유치한 사람인 걸 알지 않느냐고 말했다.

현관문은 활짝 열려 있다. 제이는 현관 밖으로 나가서 걸레 같은 머리에 이틀 동안 면도를 하지 않은 듯 검은 수염으로 덮인 기분 나쁜 얼굴의 남자와 이야기하고 있다.

샤론은 현관 문가에서 제이를 부른다. "제이, 누구야?"

텁수룩한 낯선 남자가 문가에 있는 금발 미녀를 본다. 샤론의 빛나는 눈은 제이의 눈을 지나 어둡고 조그만 남자의 눈과 잠시 마주친다.

제이가 샤론에게 말한다. "별일 아니야. 테리 친구래." 그리고 제이는 텁수룩한 낯선 남자를 보며 집주인이 사는 곳을 가리킨다. "테리가 어디로 갔는지는 저도 잘 몰라요. 집주인 루디는 알 수도 있겠네요. 저기 게스트하우스에 있어요." 제이는 손으로 길을 가리킨다. "저 길 따라 가세요."

텁수룩한 낯선 남자는 미소를 지으며 말한다. "고맙습니다."

낯선 남자는 돌아서면서 다시 한번 눈을 들어서 문가에 있는 황금빛 머리의 여자를 본다. 긴 다리, 백화점 아동복 코너에서 산 듯한 줄무늬 티셔츠. 낯선 남자는 손을 흔들어 인사하는 듯한 포즈를 취하며 말한다. "안녕하세요."

샤론은 이 어둡고 조그만 침입자가 소름 끼친다고 생각하면서도, 고개를 끄덕이고 살짝 미소를 보낸다. 조그만 남자가 사유지 뒤쪽을 돌아서 시야에서 사라질 때까지 샤론은 쭉 지켜본다.

★★★

루디 알토벨리가 샤워를 막 마쳤을 때, 개 짖는 소리가 요란하게 들린다. 반려견 밴디트가 낯선 사람을 향해 짖는 소리다. 밴디트가 어떻게 짖는지에 따라 짖는 대상이 사람인지 짐승인지 루디는 구별할 수 있다. 고양이를 향해 짖는 소리, 도마뱀이나 너구리나 그

밖의 설치류를 향해 짖는 소리, 모르는 사람을 향해 짖는 소리, 밴디트는 이렇게 세 가지 다른 소리를 낸다. 루디는 머리 위에 타월을 두르고, 아직 젖은 벌거벗은 몸에 타월 조직 가운을 걸친다. 그리고 욕실에서 나와 무슨 일인지 알아보려고 현관으로 간다.

루디 알토벨리는 할리우드 매니저다. 한때 캐서린 헵번과 헨리 폰다를 일정 부분 맡았고, 더 주니어스 The Juniors, 데시 아르나즈 Desi Arnaz, 딘 마틴을 맡기도 했다. 요즘 루디의 고객으로 내세울 만한 사람은 크리스토퍼 존스, 올리비아 핫세, 샐리 켈러먼, 팝 트리오인 디노, 데시 앤드 빌리 Dino, Desi & Billy의 세 멤버 중 두 명이다. 부동산은 꽤 짭짤한 투자였다. 본채는 할리우드에서 잘 나가는 사람들에게 세놓고, 자신은 뒤쪽 게스트하우스에 산다. 거실을 지나갈 때 텔레비전에서는 흑백 화면으로 '전투'가 재방송되고 있다. 드라마 오프닝 크레딧이 화면에 번쩍거리고, 주제가가 스피커에서 크게 울린다. 저음의 아나운서가 말한다.

"전투. 주연에 릭 제이슨, 빅 모로."

밴디트가 방충망 문 너머 몸집이 작고 머리가 부스스한 인물을 향해 격렬하게 짖고 있다. 루디는 방문객에게 다가가며 밴디트에게 조용히 하라고 소리치고 목줄을 잡아 옆으로 당긴다. 젖은 몸에 가운을 입은 루디는 방충망 너머를 본다. 문 앞에 서 있는 남자가 자신을 알아보는 눈치다.

찰리가 말한다. "루디 씨죠?"

"그런데요?" 짧은 질문에 짧은 대답.

찰리가 곧장 본론에 들어간다. "안녕하세요. 저 기억나세요? 테리 멜처랑 데니스 윌슨 친구인데……."

루디는 아주 차갑게 말한다. "찰리죠? 누군지 알아요. 왜 왔죠?"

찰리는 생각한다. '이 사람한테 다정한 반응을 기대하면 안 되겠군. 그래도 내가 테리랑 아는 사이라는 건 알고 있네.'

"저, 테리하고 얘기하러 왔더니, 테리가 이사했다고 해서요."

루디가 다시 못을 박는다. "네, 한 달 전쯤 이사했어요."

찰리는 짜증 섞인 행동을 한다. 바닥의 잔디를 발로 차며 욕한 것이다. "젠장, 빌어먹을! 힘들게 여기까지 왔는데 헛수고네." 그리고 방충망 너머에 있는 남자를 보며 밝은 표정으로 묻는다. "이사 간 집 주소나 전화번호 아세요? 테리랑 꼭 연락해야 해서요. 비상 상황이라고 할까요." 찰리의 입장에서 보자면, 거짓말은 아니다.

그러나 루디는 찰리에게 거짓말한다. "아, 미안해요. 나도 몰라요. 도움이 안 되겠네요."

찰리가 말한다. "안타깝네요."

찰리는 목소리 톤을 바꿔서, 이미 대답을 알고 있는 질문을 방충망 너머에 있는 남자에게 던진다. "루디 씨는 무슨 일을 하세요?"

"매니저예요." 루디는 그렇게 말한 뒤 덧붙인다. "찰리도 알잖아요."

뒤에서 빅 모로와 릭 제이슨, 잭 호건이 나치군에 폭탄을 터뜨리는 사이, 찰리는 루디가 무시할 겨를도 없이 곧장 이야기를 늘어놓는다.

"저기, 테리랑 꼭 연락해야 하는 게, 테리가 컬럼비아 레코드에서 오디션을 보게 해 준다고 했거든요. 그런데 문제는, 제가 에이전시나 매니저가 없어요. 이 오디션이 잘돼서 계약하게 되면 저 혼자 힘으로 그걸 다 해야 해요. 아시다시피 그건 예술가한테 좋지 않죠. 컬럼비아 레코드 같은 거대 상업 음반사랑 계약할 때는 특히 더 그렇고요.

그래서 말인데, 나중에 다시 와서 제가 제 노래를 녹음한 테이프를 들려드릴까 하는데……. 제가 직접 기타 연주로 들려드릴 수도 있고요.

제 음악이 마음에 들면, 저랑 계약하세요. 그러면 저는 곧장 컬럼비아 레코드랑 접촉할게요."

찰리는 루디가 심드렁한 것을 알아챘다. 이제 다른 미끼를 꺼낼 때다.

"저랑 같이 다니는 여자애들이 있어요. 걔들도 여기 와서 코러스를 할 수 있어요. 걔들은 누구랑도 잘 어울려요. 테리한테 물어보세요. 네, 테리한테 물어보세요. 테리도 제 여자애들이랑 아주 즐거운 시간을 보냈어요."

루디가 입을 벌리지만 그 입에서 한마디가 채 나오기도 전에 찰리가 질문을 던진다. "비치보이스의 새 앨범 〈20/20〉 들어 보셨어요?"

"아뇨."

찰리가 말한다. "아, 거기 제 노래가 하나 들어 있어요. 제가 작곡한 노래인데, 데니스 윌슨이 고쳐서 망치고, 비치보이스가 더 망쳐 놨어요."

루디가 말을 끊으려 한다. "이봐요……." 그러나 찰리는 틈을 주지 않는다.

"사실, 너무 망쳐 놔서 들어 보시라고 권하고 싶지도 않아요. 제가 원곡대로 연주하는 게 낫죠. 다시 와서 테이프를 들려드릴게요. 제가 기타로 연주도 할게요. 최근에도 몇 곡 작곡했어요. 제가 정말 음악을 잘해요." 찰리의 말투는 진지하다.

마침내 루디가 말을 꺼낸다. "저기, 더 오래 얘기하고 싶지만, 내가 내일 유럽에 가서 짐을 싸야 해요."

찰리의 얼굴에 큰 미소가 번진다. 그리고 낄낄거리는 웃음이 섞인 목소리로 말한다. "헤, 제가 오늘 운수 더럽게 없는 날인가 봐요. 그렇죠?"

이제 루디가 화제를 바꿀 차례다. "여기는 어떻게 알고 왔어요?"

찰리가 엄지손가락을 어깨 뒤로 흔든다. "본채에 있는 남자가 여기로 가랬어요."

루디 알토벨리가 근엄하게 말한다. "저기, 나는 세입자들이 방해받는 걸 좋아하지 않아요. 그러니까 지금부터는 그 사람들 괴롭히지 마세요. 알았죠?"

찰리는 씩 웃으면서 알았다는 손짓을 한다. "알았어요, 알았어요. 저 착한 사람이에요. 남 괴롭히는 사람 아닙니다." 찰리는 자존심을 좀 지키며 전체 대화를 마무리하려 한다. "그럼, 저는 테리를 찾으러 가보겠습니다. 테리가 저를 찾아올지도 모르죠. 다음에는 제 노래를 좀 들려드려도 될까요?"

루디는 생각한다. '마침내!'

루디가 말한다. "그럼요, 그럼요."

찰리는 방충망 뒤에 있는 남자에게 손을 크게 흔들고 더 큰 미소를 지으며 말한다. "여행 잘 다녀오세요!"

★★★

클리프는 릭 집 지붕 위에서 텔레비전 안테나를 바로 세웠다. 펜치로 안테나 밑에 철사를 꼬아서 안테나를 고정하고 있을 때 조그만 히피 남자를 발견한다. 아까 그 남자가 트윙키 트럭을 폴란스키 집 앞에 세우는 것을 보았는데, 이제는 폴란스키 집 진입로를 걸어서 트럭 쪽으로 내려오고 있다. 클리프는 펜치를 계속 돌리며 눈으로는 그 특이한 남자를 뒤쫓는다.

찰리는 트윙키 트럭에 오르려 하다가 어깨에 시선을 느낀다. 동작을 멈추고 돌아본다. 건너편 집 지붕에서 웃통을 벗은 금발 남자가 텔레비전 안테나를 만지며 찰리를 내려다보고 있다.

거리가 멀어서 서로 자세히 보이지는 않는다.

찰리는 표정을 숨기는 그 큰 미소를 지으며 크게 손을 흔들어 웃통 벗은 금발에게 인사한다.

클리프는 웃지도, 손을 흔들어 답하지도 않는다. 그저 조그만 히피를 뚫어져라 보며 안테나에 감은 철사를 꼬고 있다.

찰리의 얼굴에서 미소가 사라진다.

그러다가 갑자기 알아들을 수 없는 소리를 크게 내지르며 '우가 부가' 춤을 추기 시작한다. 찰리 맨슨은 경련 같은 춤을 춘 뒤, 지붕 쪽으로 엉덩이를 까 보인다. "이거나 먹어라! 씹새끼야!"

찰리가 트윙키 트럭에 올라탄다. 시동을 걸고, 빗자루 같은 기어를 넣고, 부릉부릉 소리를 내며 시엘로 드라이브 언덕을 내려간다.

클리프는 사라지는 트럭을 지켜본다.

그런 뒤에 크게 혼잣말을 뱉는다. "뭐 저런 새끼가 있지?"

제12장

미라벨라라고 불러요

'랜서' 세트장 분장 트레일러 문이 열리고, 릭 달튼이 나온다. 릭 달튼이지만 이제 릭 달튼의 모습은 별로 남지 않았다. 소냐가 릭의 머리에 갈색 인디언 가발을 씌워서 어깨 길이로 커트하고, 입 주위에는 '자파타 같은 풍성한 콧수염'을 붙였다. 레베카는 커스터 장군 옷처럼 소매에 술들이 흔들거리는 갈색 가죽 재킷을 릭에게 입혔다. 우드스톡 페스티벌에서 컨트리 조 앤드 더 피시 Country Joe and the Fish와 무대에 올라가 연주해도 이상해 보이지 않을 차림이다. 달리 말하면, 샘 워너메이커 풍의 칼렙 디코토 Caleb DeCoteau다.

워너메이커와 소냐와 레베카는 더없이 만족했다. 릭은 그다지 수긍할 수 없었다.

그러나 샘 워너메이커 감독이 배우 릭과 대항문화 칼렙이라는 자신의 콘셉트에 어찌나 열정적인지, 릭은 그저 조용히 있는 게 최선이라고 생각했다. 그래서 릭은 최선의 행동 전략을 정했다. 감독과 헤어 담당과 의상 담당이 칼렙의 스타일을 만드는 데에 열정적인 만큼 연기에 열정을 다해서 워너메이커 감독의 기대에 부응하기로 마음먹었다. 사실 릭은 '빌어먹을 히피 호모랑 〈오즈의 마법사〉에 나오는 겁쟁이 사자 사이 어디 있는 놈으로 보이네.'라고 생각한다. 둘 중 뭐가 더 싫을까? 그건 릭도 결정하지 못하고 있다.

소냐가 분장 트레일러 문을 빼꼼 열고 얼굴만 내민 채 경고한다. "점심시간인 건 알지만, 최소한 한 시간은 더 지난 다음에 드셔야 해요. 콧수염 붙인 본드가 마르려면 시간이 필요해요."

친절한 릭은 소냐에게 걱정하지 마라는 표정을 보내고, 뒷주머니에서 페이퍼백을 꺼낸다. 그리고 그 책을 소냐에게 보란 듯이 흔든다. "걱정하지 말아요. 읽을 책도 있어요."

릭은 생각한다. '대단하네. 배고파 죽겠는데 점심도 못 먹어.'

촬영장에서 일하는 게 좋은 이유 중에는 밥을 주는 것도 있다. 자기 돈으로 사지 않은 것, 직접 차리지 않은 것은 뭐든 맛있다. 촬영장에서 마주치는 배우들은 대부분 배은망덕한 개자식이다. 배우들은 도대체 무슨 불만이 그렇게 많지? 배우는 다른 사람인 척하는 것만으로 큰돈을 받는다. 촬영장에 있으면 음식도 나온다. 비행기를 타야 하면 항공료도 제작사가 댄다. 영화사에서는 배우한테 진행비도 주고, 배우가 무슨 짓을 해도 참아 준다. 그리고 배우가 멋지게 보이게끔 최선을 다한다. 그런데도 배우들은 불평해. 웩, 뭐? 오늘도 닭고기야? 릭은 절대 이해할 수 없다.

그래서 음식은 먹을 수 없고, 릭은 30분 주어진 점심시간에 자신이 맡은 배역이 이끄는 무법자 무리가 노는 술집 세트에 익숙해지려 한다. 칼렙 디코토 복장을 완전히 갖춘 릭은 이 드라마에서는 로요델오로로 불릴 20세기폭스 서부극 촬영장을 걷는다. 점심시간이 끝나면 이곳은 스태프들, 카우보이들, 촬영 장비, 말들로 차겠지. 그러나 점심시간에는 유령 마을로 변한다. 아무도 없지는 않다. 다른 곳으로 가는 스태프들이 세트장을 지름길 삼아 지나간다. 그래도 크게 보면 아무도 없다.

릭은 의상과 부츠를 갖춰 입고 서부 스타일의 가게들(말 보관소, 잡화상, 관 가게, 화려한 호텔, 형편없는 호텔)로 둘러싸인 흙길을 걸어가며, 자신이 점점 칼렙 디코토가 되어 간다 느낀다.

파일럿 편에서 칼렙은 피에 굶주린 가축 도둑 일당의 두목이다. 극 중에서 '육지의 해적'이라는 재미있는 이름으로 언급되는 이 도적떼는 로요델오로로 와서 그 계곡에서 제일 큰 목장을 운영하는 머독 랜서의 소를 노렸다. 로요델오로에는 치안을 담당하는 사람이 없다. 연방 보안관이 있는 제일 가까운 곳도 2백40킬로미터 거리였다. 도적떼를 쫓을 사람은 늙은 머독 랜서와 목장에서 일하는 멕시코인 몇 명뿐이다. 이런 상황이 금방 나아질 기미는 없었다. 머독 랜서의 소가 계속 약탈당하는 것만으로는 부족하다는 듯, 목숨도 위협받는 지경까지 이르렀다. 칼렙이 한밤에 랜서 목장으로 총잡이들을 보낸 것이다. 총잡이들은 머독의 소중한 여덟 살짜리 딸 미라벨라가 자고 있는 집과 일꾼들이 자고 있는 합숙소에 총탄을 퍼부었다. 결국 목장 감독이자 머독의 오랜 친구인 조지 고메즈가 죽고, 목장 일꾼들의 4분의 1이 부상을 당했다.

머독 랜서는 다급해졌다. 사람은 다급해지면 다급한 결정을 내리게 된다. 머독이 할 수 있는 일은 자신도 살인자들을 고용해서 피비린내 나는 전쟁을 벌이는 것뿐인 듯했다. 많은 사람이 죽고, 딸도 위험에 처할 수 있지만 그래도 다른 선택은 없는 것 같았다. 그러나 머독은 디코토의 부하 같은 쓰레기라도 사람을 죽이는 일에 돈을 쓰고 싶지는 않았다. 더 깊게 보자면, 랜서는 사람을 죽이는 것보다 소의 가치가 더 크다고 생각했다.

그래서 머독 랜서는 누구나 생각할 수 있는 결정을 내리는 대신 독특한 방법을 택했다.

머독에게는 각기 다른 아내 사이에 태어난 아들 둘이 있다.('보난자'의 영향.) 어릴 때 보고 못 본 사이다. 이 아들들을 둘러싼 소문이 사실이라면, 둘 다 무기를 다루는 데에는 뛰어날 것이다.

둘 중 형인 스콧 랜서는 머독이 보기에 아주 인상적이었다. 외가인 보스턴 명문 포스터가에서 부유하고 교양 있게 자랐고, 하버드 대학교를 나왔다.

머독이 보기에 지금 스콧은 카지노 도박으로 집안 재산을 날리고 있었다. 스콧이 남부 미녀를 두고 미국 대사의 아들과 결투를 벌이다가 결투 상대를 죽였다는 소문도 돌았다.

어쨌든 스콧은 인도에서 영국 기병대에 들어가 뛰어난 무훈을 쌓았다. 캘커타를 떠나 보스턴으로 돌아올 때, 훈장 두 개와 오른쪽 다리의 부상이 함께했다.

동생인 존 랜서는 완전히 달랐다. 머독이 존을 마지막으로 보았을 때 존의 나이는 열 살이었다. 존의 어머니 마르타 콘치타 루이자 갈바돈 랜서는 남편의 목장 일꾼과 섹스한 뒤, 어린 아들을 데리고 한밤중에 도망쳤다. 마르타는 술꾼이 술에 빠지듯 남자에 빠졌다. 마르타 본인이 꼭 그렇게 살고 싶었던 것은 아니지만, 마르타의 본성이었다. 타고난 술꾼이 술을 찾듯, 마르타도 남자를 유혹해야 직성이 풀리는 본성을 누르고 한두 주, 한두 달, 한두 해는 살수 있었을지 모른다. 그러나 결국에는 본성에 굴복하지 않을 수 없었다. 마르타의 경우, 머독 랜서의 아내이자 존 랜서의 어머니로, 아들 존이 태어난 뒤 10년을 참았다. 그러나 결국 본성 앞에 무릎 꿇을 때가 왔다.

안장에 올라앉아서 고삐를 쥐고 있는 잘생긴 라자로 로페즈를 처음 보았을 때 마르타는 자신이 부와 안락에서 몰락하는 것은 시간문제라고 느꼈다. 마르타가 남편을 사랑했는지는 알 수 없다. 그러나 나중에 티나 터너가 노래했듯 '사랑이 무슨 상관이야?' 열다섯 살 소녀들은 찢어지게 가난하거나 그 가난에서 벗어날 가망도 없는 카우보이들과 사랑에 빠진다. 하지만 땅을 많이 가진 부자는 결혼을 조건으로 좋은 말 열두 필을 내놓는다. 사랑? 머리가 텅 빈 여자애들이나 하는 거지. 마르타가 머독에게 느낀 것은 사랑보다 훨씬 깊었다. 바로 '존경'이었다.

머독은 자기 일꾼들 앞에서 모욕을 당한 셈이었다. 머독이 가슴을 쫙 펴고 다닐 수 있는 원천인 바로 그 '자존심'을 마르타가 가루로 만들었다. 마르타는 10년 동안 가정적인 척 연기했지만, 이제 머독은 마르타의 본모습을 보았다. 믿으면 안 되는 천박한 창녀. 머독은 대놓고 마르타의 불륜을 따졌다. 머독의 눈을 본 마르타는 자신이 머독과 함께 랜서 목장에서 만든 삶이 산산이 부서졌음을 알아차렸다. 머독이 용서한다고 해도 절대 잊지는 않겠지. 더 큰 문제는 이제 머독이 마르타를 존중하지 않게 되었고, 다시는 그 존중을 얻을 수 없게 된 것이다. 머독 랜서는 문제가 많지만 그래도 선한 사람이었다. 떠돌이 여자에게 삶을 선물했는데 여자는 그 삶을 버리고 잘난 체하는 카우보이와 건초 위에서 뒹굴기를 택했다. 마르타는 머독에게 부족한 사람이었다. 그래서 남편이 잠든 틈을 타서 열 살 난 아들을 데리고, 스물여덟 번째 생일에 남편에게 선물로 받은 마차를 몰아 멕시코로 달아났다.

멕시코 국경 지대에서 마르타는 비로소 천성에 맞게 살 수 있었다. 어린 아들은 몰랐지만 머독은 달아난 아내와 아들을 5년 동안 찾아다녔다. 허사였다. 2년 뒤, 엔세나다(멕시코 서북부 항구 도시-옮긴이) 선술집 뒷방에서 불만을 품은 손님이 마르타의 목을 칼로 긋고, 마르타는 죄를 저지른 뒤로 그토록 갈망하던 평화를 마침내 얻었다. 마르타의 자기 비하는 드디어 끝을 볼 수 있었고, 그 남편의 자존심도 마침내 회복될 수 있었으며, 인간성의 바닥으로 끌려가던 아들도 마침내 발목에 채워진 족쇄에서 풀려날 수 있었다. 마르타는 자신의 죄에 심한 가책을 느꼈지만, 오로지 예수 그리스도에게만 그 죄책감을 털어놓았을 뿐이다. 마르타를 용서하겠다고 줄 곧 약속해 온 예수는 그렇게 그 약속을 지켰는지도 모른다. 그리고 마침내 마르타는 판잣집과 선술집 뒷방과 창녀촌을 떠날 수 있었 다. 죄가 씻겨질 낙원이 앞에 놓여 있었다(예수 어쩌고저쩌고 하는 이 모든 이야기가 신빙성이 있다는 조건에 한해서).

어떤 면에서 마르타가 더 운 좋은 사람이었다. 머독은 잃어버린 아들 때문에 마음 편할 날이 없었으니까. 머독이 첫 아내 다이앤 포스터 랜서에게 느낀 심정은 씁쓸함이었다. 다이앤은 인내가 부족하고 나약했다. 결혼식 때 하나님 앞에서 했던 맹세를 지킬 힘을 다이앤은 갖추지 못했다. 서약을 지키는 것은 자신을 시험하는 일이다. 머독이 인생에 끌어들인 여자들은 그 시험에 실패했다. 그것도 아주 크게 실패했다. 그래도 스콧의 경우에는 아이가 안전하게 좋은 환경에서 자란 것을 머독도 알고 있었다. 머독이 자수성가로 일군 목장 제국의 후계자와는 거리가 멀게 자랐겠지만, 적어도 외가의 풍족한 환경에서 자랐으니 안심할 수 있었다.

그러나 불쌍한 존이 어떻게 살아왔는지 하늘만 알겠지. 랜서는 핑커턴 탐정 사무소에서 사립탐정 여럿을 고용했고, 5년의 추적 끝에 마침내 한 탐정이 마르타 갈바돈 랜서의 행방을 찾아냈다. 멕시코 엔세나다에 있는 공동묘지였다. 널빤지에 새긴 이름, 나무 십자가는 열두 살짜리 아들의 솜씨가 분명했다. 랜서는 엔세나다까지 갔다. 아들의 마지막 흔적은 어머니를 죽인, 부와 권력을 손에 쥔 멕시코시티 남자의 살인 재판에 출석한 것이었다. 배심원단은 마르타에게 앙심이라도 품은 듯이 편향된 판결을 내렸고 부유한 멕시코인은 무죄로 풀려났다. 마르타의 목을 벤 기생충이 마르타의 몸을 불태웠어도 배심원단은 무죄를 선언했을 것이다. 머독은 아들을 계속 찾았지만, 허사였다. 아들이 죽었을 것이라는 씁쓸한 결론을 내렸을 때에야 머독 랜서는 핑커턴 탐정 사무소에 마지막 수표를 지급했다. 그리고 정말 아들은 죽은 것 같았다.

15년쯤 지난 때였다. 백인과 멕시코인 피가 반씩 섞인 총잡이 자니 마드리드의 명성이 캘리포니아까지 퍼졌다. 번개처럼 빠른 총 솜씨를 자랑하는 악당이라는 악명이었다. 목격자들의 목격담과 통속 소설 작가들의 이야기를 듣자면, 자니 마드리드는 톰 혼 Tom Horn처럼 빨리 죽이고, 애니 오클리 Annie Oakley처럼 정확히 조준하고, 존 웨슬리 하딘 John Wesley Hardin처럼 성질이 고약하고, 윌리엄 H. 보니 William H. Bonney처럼 무자비했다. 멕시코 국경 지대의 킬러들 중에서 가장 두려운 존재로, 자니가 지나다니는 멕시코 마을들의 카우보이들 사이에서는 '엘 아세시노 데 로호', 즉, '빨간 옷의 살인자'로 통했다. 화려한 빨간색 러플 셔츠를 늘 입고 다녔기 때문이다.

그러나 머독 랜서가 고용했던 핑커턴 탐정 한 명이 머독에게 전보를 보내 오래전에 잃어버린 아들이 사실은 살아 있으며 자니 마드리드라는 이름으로 살고 있다고 알린 것은 그로부터 3년이나 지난 뒤였다.

머독 랜서는 사흘 동안 울었다. 목장에 있는 사람 누구도 이유를 알지 못했다.

★★★

칼렙 디코토가 이끄는 육지 해적과 머독 랜서의 싸움은 단순히 소를 잃는 것에서 사람을 잃는 비극으로 점차 커지고 있었고, 머독 랜서가 킬러들을 고용하는 것은 시간문제였다. 그 어쩔 수 없는 때가 오기 전, 머독은 기묘한 아이디어를 떠올렸다. 오랫동안 모르고 지낸 두 아들, 존과 스콧을 찾아서 전갈을 보내는 것이었다. 랜서 목장으로 제안을 들으러 오는 것만으로도 1천 달러를 주겠다고 알리는 전보를 보내고, 넉넉한 여행 경비도 추가했다.

제안은 단순했다. 칼렙 디코토 일당으로부터 목장을 지켜라. 육지 해적을 쫓아낸 뒤에는 두 아들들에게 목장을 공평하게 나누어 주겠다. 후한 제안이지만 공짜 선물은 아니었다. 육지 해적과 싸워서 놈들을 내쫓아야 했다. 칼렙 일당에게 죽임을 당할 수도 있는 위험을 무릅써야 했다.

존과 스콧이 머독을 도와서 악당들을 물리치고 이 대규모 목장을 성공적으로 운영하는 데 필요한 피와 땀과 눈물을 기꺼이 쏟는다면, 랜서 집안의 세 남자는 동등한 권리를 가진 동업자가 된다. 이 모든 일이 기적적으로 성공하면, 머독 랜서와 두 아들은 오랜 세월이 흐른 뒤에 마침내 가족이 된다.

릭은 생각했다. '텔레비전 드라마로는 전반적으로 나쁜 구성은

아니야. 스토리도 좋고, 인물들도 좋아.'

'보난자'나 '하이 채퍼랠 The High Chaparral'(1967년부터 1971년까지 제작된 미국 서부극-옮긴이)과 조금 비슷하기는 하지만, 그 두 드라마보다 어둡고, 액션이 많고, 냉소적이다.

일례로, '보난자'의 벤 카트라이트('보난자'의 주인공 이름-옮긴이)는 엄격하지만 공정하고 열정적인 가장인데, 머독 랜서는 다르다. 머독 랜서는 정말로 고집불통이고 독선적이다. 두 아내가 이 못된 남자한테 금방 질려서 기회가 생기자마자 도망친 것으로도 충분히 상상할 수 있다. 머독 역을 맡은 앤드류 더건(릭도 한 번 같이 연기한 적 있다)은 어디를 보아도 약해 보이는 구석이 없다. 강철처럼 단단하고, 그래서 매력적이다. 스콧 랜서라는 인물은 1960년대 서부극 드라마에서 볼 수 있는 착한 남자에 더 가깝다. 시청자들의 사랑을 받을 수 있는 역할이다. 그러나 동부 신사 스타일의 화려한 의상으로 느낌이 달라진다. 스콧 랜서는 배트 매스터슨 Bat Masterson(1853~1921, 미국 법률가이자 저널리스트로, 신사 스타일로 유명함-옮긴이)이나 얀시 데린저 Yancy Derringer(1958년부터 1959년까지 제작된 미국 텔레비전 드라마 '얀시 데린저'는 모험가이자 도박가인 동명의 신사가 주인공임-옮긴이) 같은, 이전 시대의 신사들을 떠돌이로 보이게 한다. 인도 벵골에서 기병으로 복무한 과거도 흥미로운 배경이다. 그래도 텔레비전 서부극 드라마 주인공으로 정말 독특한 인물은 자니 랜서/자니 마드리드다. 릭이 연기했던 제이크 카힐은 서부극 텔레비전 드라마의 주인공 중에 유일한 반영웅이라 할 만했다. 그러나 파일럿 대본만 보자면, 자니 랜서/자니 마드리드는 제이크 카힐보다 훨씬 더 멀리 나간다.

수수께끼에 싸인 채 로요델오로 역에 첫 발을 디디는 잘생긴 악동 같은 자니 랜서 같은 인물은 지금껏 텔레비전 서부극 드라마에서 주인공이 아닌, 한 회에 단발로 나오는 역이었다. 이런 인물은 '보난자'의 몬데로사 목장이나 '빅 밸리'의 바클리 목장이나 '버지니안'의 실로 목장에도 등장한다. 젊고, 섹시하고, 거만하며, 조금 수상쩍다. 리틀 조나 히스나 트램퍼스와 친해지지만 어느 시점에서, 대개는 처음에, 시청자들은 이 인물이 어두운 비밀을 감추고 있다는 것을 안다. 누구에게 쫓기고 있거나, 자신의 정체를 숨기거나, 자신이 한 일 혹은 하지 않은 일 때문에 도망을 다니는 중이다. 혹은 어떤 비밀스러운 이유로 그 목장에 온다. 대개는 복수 때문이거나, 강도를 계획하거나, 과거와 연관된 인물을 만날 목적이다. 시청자들은 그 비밀을 안다. 이 인물이 악당인지 아니면 오해를 산 착한 사람인지는 드라마를 절정 단계까지 더 보아야 알 수 있다는 것도 시청자들은 알고 있다. 그리고 절정 단계에서는, 마이클 랜든이나 리 메이저스나 더그 맥클루어가 이 인물을 돕거나 죽인다. 드라마에서는 이런 인물이 늘 최고의 역할이며, 이런 인물을 잘 연기하는 배우들은 대개 스타가 된다.(찰스 브론슨, 제임스 코번, 대런 맥가빈, 빅 모로, 로버트 컬프, 브라이언 키스, 데이비드 캐러딘)

그런데 단발 출연하는 역할처럼 만들어진 인물인 자니 랜서가 이 드라마에서는 주인공이다. 3대 대형 방송사 드라마에 여지껏 나온 카우보이 중에 이런 인물은 없었다.

릭은 생각한다. '짐 스테이시가 누군지 모르지만, 이런 역을 따내다니 정말이지 행운을 뒤집어썼네.'

그러나 칼렙 디코토도 평범한 악역은 아니다. 아주 좋은 역이고, 이 대본에서 제일 멋진 대사도 칼렙의 것이다. 릭은 로요델오로의 황량한 흙길을 걸어서 서부극 세트 속 술집으로 가면서 자기 대사를 생각한다. 도로의 상점 하나를 지나갈 때 창문 유리에 자기 모습이 얼핏 비친다. 릭은 걸음을 잠시 멈추고 유리에 비친 자기 모습을 유심히 살핀다.

분장 담당과 의상 담당, 감독에게 둘러싸인 채 분장 트레일러 거울로 분장과 의상이 다 끝난 모습을 볼 때는 그 결과에 그다지 열광하지 않았다. 사실, 릭은 생각했다. "'TV 가이드'에서 출연자 명단을 봐야 알까, 이게 릭 달튼인지 누군지 어떻게 알아봐?' 그런데 이제 릭은 자기 모습에 좀 더 익숙해졌다. 이리저리 걸으며(부츠가 발에 편하다) 서부 풍경에 둘러싸인 서부 스타일 창문에 비친 자기 모습을 본다. '이 모습도 나쁘지 않네.' 모자는 처음부터 마음에 들었다. 그러나 점점 좋아지는 것은 갈색 히피 재킷이다. 소매에 달랑거리는 술들이 꽤 멋있다. 팔을 이리저리 움직이며 유리창에 비친 모습으로 그 효과를 본다. 달랑거리는 술들 덕분에 동작이 꽤 깔끔하게 두드러져 보인다. '이게 꽤 도움이 되겠어. 레베카, 너무 너덜거리지는 않고.'

그리고 또 생각한다. '나로 보이지는 않지만, 감독 말이 맞을 수도 있어. 그렇게 나쁘지는 않아. 칼렙 같아 보여. 내가 처음 대본을 읽었을 때 머릿속에 그린 칼렙은 아닐 수 있지. 그 칼렙은 나랑 비슷했으니까. 그러니까 내 말뜻은, 나를 칼렙 역으로 원했으면, 칼렙이 나 같기를 바란 거 아니야?

그래도 감독 말에 일리가 있을지 몰라. 적어도 자니 랜서가 나를 죽일 때에는, 제이크 카힐을 죽이는 걸로 보이지는 않을 테니까.'

그러나 유리창에서 릭을 노려보는 칼렙을 노려보다가, 릭은 다른 무엇을 발견한다. 어제 마빈 슈워즈가 자기 사무실에서 릭에게 말한 것이 조금 느껴진다. 어느 시점에서 마빈은 릭을 '데니스 호퍼 할리우드에 있는 아이젠하워 시대 배우'라고 일컬었다.

칼렙 디코토 복장을 완전히 갖춘 자기 모습을 보며, 릭은 마빈의 말을 약간 더 확실하게, 약간 덜 방어적으로 이해한다. 텁수룩한 머리는 요즘 유행이다. 술이 달린 재킷을 입은 유리창 속 남자는 마이클 새러진일 수도 있었다. 올백 머리가 아니니, 릭은 다른 인물뿐 아니라 다른 배우로 보인다. 릭은 아주 오랫동안 헤어스타일을 바꾸지 않았다. 올백 스타일은 릭 자신이 됐다. 그런데 지금은? 유리창에 비친, 올백 스타일이 아닌 자신을 잘 살핀다. 1950년대부터 활동해서 나이 먹어 가는 카우보이로 보이지는 않는다. 요즘 배우처럼 보이는 것 같다. 아이젠하워 시대의 유물은 아니다. 샘 페킨파 영화에 나올 만하다.

릭은 유리창에 비친 자기 모습과 머릿속에 그려지는 자기 경력에서 빠져나온다. 칼렙이 점령한 술집 '길디드릴리'가 보인다. 칼렙과 부하들이 본거지로 삼은 곳이다. 술집 세트의 베란다로 다가가자 릭이 연기할 인물의 이름이 적힌 의자가 보인다. 텔레비전 드라마 촬영장에서 주연 배우들은 배우 이름이 적힌 의자를 받는다. 그러나 객원 배우는 등장인물의 이름이 적힌 의자를 받는다. 촬영 며칠 전에야 캐스팅되기 때문이다.

릭의 배역 이름이 적힌 의자는 술집 여닫이문으로 바로 이어지는 나무바닥 보도에 놓여 있고, 그 옆에 어린 소녀가 앉아 있다. 소녀는 릭이 처음 세트장에 와서 감독과 이야기할 때 본 옛날 의상을 입고 있다. 릭은 이 아역 배우의 이름도 모르고, 그 배역의 이름도 기억나지 않는다. 어쨌든 머독 랜서의 여덟 살짜리 딸(또 다른 아내가 낳은 딸이고, 그 아내는 기회가 오자마자 달아나지는 않았다. 결혼 3주년 선물로 받은, 붉은 털에 흰 털이 섞인 아름다운 말을 타다가 낙마해서 목이 부러지는 비극적인 죽음을 맞았다. 머독 랜서는 아내의 장례식을 마치고 집으로 오자마자 그 말의 대가리에 총을 쏘아서 말을 죽였다.) 역할이 분명하다.

대본에서 나중에 칼렙은 이 소녀를 유괴해서 1만 달러의 몸값을 요구한다.

유괴 사건은 이야기의 감정적 전환점이 된다. 자니 랜서는 칼렙 일당으로부터 목장을 지키게끔 아버지에게 불려오지만, 파일럿 편의 대본을 쓴 작가들은 그 일반적인 스토리를 꼬아 놓았다. 첫째, 자니는 열 살 이후로 보지 못한 아버지를 미워한다. 둘째, 목장에 있는 사람들은 아무도 모르지만, 자니 마드리드와 칼렙 디코토는 서로 아는 사이일뿐더러 서로를 좋게 생각한다. 어쨌든 어머니의 죽음이 아버지 탓이라고 생각하는 자니는 칼렙을 훨씬 더 좋아했다. 자니는 18년 전 엔세나다 땅에 어머니를 묻은 뒤로 아버지를 죽여 복수하겠다는 꿈을 꿔왔다.

그 복수를 칼렙 디코토가 성공적으로 실행하고 있다. 결국 자니는 어느 편에 서야 할지, 또, 과연 자신은 누구인지, 랜서인지 마드리드인지 결정해야 하는 난관에 처한다. 자니에게는 어려운 일이지만 드라마로서는 성공할 가능성이 큰 설정이다. 칼렙이 아이를 유괴함으로써 자니는 결국 착한 사람의 편에 서게 되고 새롭게 발견한 가족과 함께 매주 텔레비전에서 방영되는 서부극 드라마에 고정 출연하게 된다.

릭은 이 아역 배우와 오늘 함께 촬영한다. 스콧 랜서와 몸값을 협상하는 장면이다. 소녀를 무릎에 앉히고 소녀의 관자놀이에 총구를 대고 있어야 한다. 그러나 릭과 이 소녀가 함께 아주 중요한 신을 촬영하는 날은 내일이다. 릭은 멀리서 소녀를 관찰한다. 탁한 금발 소녀는 의자에 앉아서 커다란 검은색 하드커버 책을 읽고 있다. 열두 살쯤 돼 보인다. 소녀는 점심시간을 세트장에 혼자 앉아서 보내고 있다. 성인 보호자나 점심 식사의 흔적은 없다. 릭이 술집 베란다 계단을 올라와도 소녀는 읽고 있는 책에서 눈을 떼지 않는다. 릭이 목청을 가다듬고 "안녕?" 하고 인사해도 소녀는 눈을 돌리지 않는다.

릭은 생각한다. '젠장, 못된 아이 같은 걸. 골치 아프겠어.' 릭은 더 힘주어 인사한다. "안녕?"

소녀는 무릎에 펼친 책에서 눈을 들고 짜증이 난 표정으로, 베란다 계단 아래에 서 있는 수염 많은 카우보이에게 말한다. "안녕."

릭은 서부 배경 통속소설 페이퍼백을 손에 들고 말한다. "옆에 앉아서 나도 책을 읽고 싶은데, 방해가 될까요?"

소녀는 아주 작은 베티 데이비스처럼 상대를 괴롭게 하는 타이밍에 맞춰 포커페이스로 릭을 본다. "모르겠네요. 방해하실 건가요?"

릭은 생각한다. '아주 영리한 대답이네. 이 꼬맹이 주위에 코미디 작가들이 있어서 의례적인 질문에 어떻게 말해야 못된 대답이 되는지 귀띔이라도 하나?'

릭이 상냥하게 대꾸한다. "방해하지 않도록 애쓸게요."

소녀는 커다란 검은 책을 무릎에 내려놓고 잠시 릭을 살펴본다. 그리고 빈 의자로 고개를 돌려서 의자를 살펴보다가 다시 릭을 본다. "아저씨 의자죠?"

릭이 말한다. "맞아요."

"본인 의자에 앉으시는데 제가 왜 안 된다고 하겠어요?"

릭은 모자를 벗으며 우아하게 고개 숙이며, 잘 보이려고 말한다. "그래도 고맙습니다."

소녀는 소리를 내서 웃지도 미소를 짓지도 않는다. 그저 다시 책을 내려다본다.

릭은 생각한다. '이런 못된 꼬맹이가 있나.' 릭은 발소리를 필요 이상으로 크게 내며 베란다 나무 계단을 오른다. 자기 배역 이름이 적힌 의자로 가서 의자에 앉으며 신음을 살짝 낸다. 릭은 촬영장

의자에 앉을 때 늘 약한 신음을 낸다.

소녀는 모른 체한다.

릭은 검정 리바이스 진 주머니에서 구깃구깃한 담뱃갑을 꺼낸다. 구겨지고 땀에 젖은 담뱃갑에서 담배 한 개비를 꺼내서, 윗입술 위에 본드로 붙인 콧수염 아래로 담배를 문다. 은빛 지포로 1950년대 멋쟁이 아저씨들이 하듯 요란하게 라이터 불을 켜고 담배에 불을 붙인다. 담뱃불을 잘 붙인 뒤에는 가라테의 찌르기 같은 동작으로 지포 뚜껑을 닫는다. 금속 뚜껑이 금속 몸체에 탁 닿으며 소리가 크게 울린다.

이번에도 소녀는 모른 체한다.

릭은 더 젊을 때에 지켜보곤 했던 마이클 팍스의 담배 피우는 모습 그대로 담배를 크게 한 모금 빨아 폐에 연기를 채운다. 그러나 지금 숙취에 시달리는 릭은 담배 연기를 내뿜다가 발작적으로 기침을 한다. 녹색과 진홍색이 섞인 가래가 또 튀어나오고, 나무 바닥에 선명한 색으로 흩어진다.

이번에는 소녀가 모른 체하지 않는다.

릭이 자기 시리얼에 오줌을 누기라도 한 듯, 소녀의 작은 얼굴에 공포의 표정이 스친다. 소녀는 믿을 수 없다는 듯 바닥에 있는 끈적한 가래와 릭을 동시에 노려본다.

릭은 생각한다. '그래, 이건 너무 심했어.' 그래서 릭은 같이 출연하는 이 아역 배우에게 정중히 사과한다. 소녀는 자기가 본 이미지를 지우려는 듯 눈을 깜빡이며 다시 큰 검은 책에서 읽고 있던 부분을 찾는다.

사실, 독서하는 소녀를 방해하지 않겠다고 확언한 뒤에 릭은 방해하기만 했다. 그래도 아직 충분하지 않은 듯, 페이퍼백을 읽는 척하지만 책으로 가린 채 코딱지를 후비며 가볍게 묻는다. "점심은 안 먹어요?"

소녀가 무뚝뚝하게 대답한다. "점심시간 바로 뒤에 촬영이 있어요."

릭이 묻는다. "그래요?" 마치 '그래서?'라고 묻는 어투다.

마침내 릭은 소녀의 관심을 얻는다. 소녀는 책을 덮어서 무릎 위에 놓고 릭에게 설명한다.

"촬영하기 전에 밥을 먹으면 늘어져요. 배우라면 모름지기, 아, '여배우'가 아니라 '배우'라고 말했어요. '여배우'라는 말은 올바르지 않으니까요. 음, 배우라면 모름지기, 연기에 방해가 되는 건 피해야 해요. 연기 실력을 1백 퍼센트 발휘하려고 노력해야 해요. 1백 퍼센트를 다 발휘하기란 당연히 불가능하죠. 그렇지만 그러려고 노력하는 것. 그게 의미 있는 일이에요."

릭은 아무 말도 못하고 한참 소녀를 본다. 그러다가 마침내 말한다. "정체가 뭐죠?"

소녀가 말한다. "미라벨라라고 부르세요."

릭이 말한다. "미라벨라요?"

소녀가 확실하게 말한다. "미라벨라 랜서요."

릭이 그 말에 손을 내저으며 묻는다. "아니, 아니, 아니, 내 말은,

진짜 이름이 뭐냐고요."

소녀가 다시 가르치듯 말한다. "촬영장에 있을 때에는 배역 이름으로만 불리고 싶어요. 그러면 제가 이야기에 더 리얼리티를 느낄 수 있어요. 제 본명으로 불리는 거랑 배역 이름으로 불리는 거, 둘 다 해 봤는데, 배역 이름에서 빠져나오지 않을 때 제 연기가 조금 더 나았어요. 조금이라도 더 나은 연기를 할 수 있다면, 그쪽을 택하겠어요."

릭은 그 말에 정말이지 더 보탤 말이 없다. 그래서 그저 담배만 피운다.

자신을 미라벨라 랜서라 소개하는 소녀는 술이 달린 가죽 재킷을 입은 카우보이를 아래위로 보며 말한다. "악당 칼렙 디코토시군요." 소녀의 말은 질문이 아니라 확언이며, 그 이름을 장 콕토처럼 발음한다.

릭은 담배 연기를 더 뿜고 말한다. "나는 칼렙 다코타라고 발음하는 줄 알았어요."

소녀는 다시 읽고 있던 커다란 검은 책으로 시선을 돌리며 척척 박사처럼 말한다. "디, 코, 토. 틀림없이 그렇게 발음할 거예요."

릭은 책 읽는 소녀를 보며 빈정거리듯이 묻는다. "그렇게 재밌어요?"

소녀는 책에서 시선을 돌려 릭을 본다. 빈정대는 말인 줄은 눈치채지 못하고 되묻는다. "네?"

릭은 빈정거림 없이 다시 묻는다. "무슨 책이에요?"

진지한 소녀는 소녀답게 열광하며 들떠서 말한다. "월트 디즈니 전기예요! 아주 흥미로워요." 소녀는 동료 배우에게 설명한다. "있죠, 월트 디즈니는 천재예요. 50년이나 1백 년에 한 명 나오는 그런 천재요."

마침내 릭은 궁금해서 죽을 것 같던 질문을 던진다. "몇 살이에요? 열두 살?"

소녀는 고개를 가로젓는다. 어른들이 자신을 그렇게 잘못 보는 데에 익숙하다. 그리고 그런 오해를 받는 게 소녀는 기분이 좋다. "여덟 살이에요." 소녀는 월트 디즈니 전기라는 커다란 검은 책을 릭에게 살펴보라고 건넨다. 릭은 책을 보고 책장을 휙휙 넘기며 묻는다. "이 글을 다 이해한다고요?"

소녀가 인정한다. "다 이해하지는 못해요. 그래도 읽다 보면 반쯤은 문맥을 통해서 의미를 아주 잘 알 수 있어요. 그리고 정말로 정말로 뜻을 알 수 없는 단어가 나오면, 그 단어들을 쭉 적어서 엄마한테 물어봐요."

릭은 감명을 받는다. 책을 소녀에게 돌려주며 말한다. "근사하네요. 여덟 살인데 드라마 주연을 맡고."

소녀는 책을 무릎에 놓으며, 릭의 칭찬을 평가한다. "제가 주인공인 건 아니죠. 짐과 웨인과 앤디가 주인공이고, 저는 그저 고정 출연하는 '아역'이죠." 그리고 조그마한 검지손가락으로 릭을 가리키며 말한다. "그렇지만 기다려 보세요. 언젠가 꼭 드라마 주인공을 맡을 거예요. 그때가 오면, 조심하세요."

릭은 생각한다. '아주 대단한 꼬맹이네.' 릭은 그동안 대단한 아역 배우들을 만나고 같이 작업해 왔다. 여기 있는 이 릴리 랭트리(19세기 말과 20세기 초에 유명했던 배우-옮긴이) 전에 릭이 만난 가장 대단했던 아역 배우는 열한 살짜리 남자아이였다. 이름은 잊어버렸지만 그 아이가 어땠는지는 평생 못 잊을 것 같다. '바운티 로'가 시작되기 1년 전, 릭은 파일럿만 찍고 끝난 드라마에 캐스팅됐다. '빅 스카이 컨트리'라는 제목이었다. 주역은 1950년대에 주인공을 맡아 온, 지루한 배우 프랭크 러브조이가 맡았다. 홀아비가 된 보안관(프랭크 러브조이)과 가족 이야기다. 릭은 장남 역할이었다. 열한 살짜리 남동생과 아홉 살 여동생도 있었다. '빅 스카이 컨트리'는 방송사가 엎었지만, 텔레비전 프로그램 제작사인 '포 스타 프로덕션'에서 제작했고 내부 시사회도 열렸다. 시사회 때 릭은 동생역을 맡은 열한 살짜리 아역 배우와 포 스타 프로덕션 화장실에서 마주쳤다. 릭은 소변기로 가고 소년은 세면대에서 손을 막 다 씻은 참이었다. 방송사에서 드라마를 승인했으면, 그리고 그 드라마가 성공했으면, 릭과 소년은 이후 5년, 아니 더 오래 함께 일했을 것이다. 릭은 이 아이가 청소년이 되는 과정을, 어쩌면 성인이 되는 과정까지 눈앞에서 지켜보았을 수도 있다. 릭에게 진짜 동생 같은 존재가 되거나 아니면 그저 짜증스러운 어린 동료가 되거나, 아니면 그 둘 다 될 수도 있었다. 이렇게 드라마를 인연으로 평생 서로 연결될 수도 있었다. 아니면 드라마가 방송사에 선정되지 않아서, 이것이 실제로 벌어진 일이지만, 이렇게 화장실에서 마주친 것이 각자의 인생에서 서로를 볼 마지막 순간일 수도 있다. 릭은 바지에서 물건을 꺼내 소변기에 조준하며 어깨 너머로 어린 공연 배우에게 안부를 물었다. 아역 배우는 종이 타월로 손의 물기를 박박 닦으며 말했다. "아, 있잖아요, 좆같은 에이전시를 잘라 버리려고요. 씹할, 정말로 잘라 버릴 거예요!"

릭이 '그' 아이를 회상하는 사이에 '이' 아이가 묻는다. "뭘 읽으세요?" 릭이 손에 들고 있는 페이퍼백 서부 통속 소설을 가리키는 질문이다.

릭은 어깨를 으쓱하고 말한다. "그냥 서부 이야기죠."

소녀는 릭이 질문을 회피하려고 간단히 대답한 뜻을 알아채지 못하고 또 묻는다. "그냥 서부 이야기라는 게 무슨 뜻이에요? 재미있어요?"

릭은 소녀가 자기 책을 설명할 때에 비하면 훨씬 심드렁하게 대답한다. "아, 꽤 재밌어요."

소녀는 더 듣기 원한다. "어떤 이야기예요?"

릭이 대답한다. "아직 다 안 읽었어요."

소녀는 생각한다. '세상에, 말귀를 못 알아듣네.'

소녀가 힘주어 말한다. "전체 스토리를 물어본 게 아니에요." 그리고 질문을 바꿔서 던진다. "이야기 설정이 뭐예요?"

책 제목은 "야생마 타기"다. 작가는 마빈 앨버트 Marvin H. Albert로, 릭은 마빈 앨버트가 아파치 전쟁을 소재로 쓴 "아파치 라이징 Apache Rising"을 아주 재밌게 읽고 좋아했다. 그 소설을 원작으로 영화도 나왔다. 제임스 가너와 시드니 포아티에가 주연을 맡은, 〈디 아블로 결투 Duel at Diablo〉라는 아주 밋밋한 영화다. 그래서 릭은 이 새 책의 스토리를 잠시 생각한다. 순서에 맞게 사실들을 떠올리고, 소녀에게 설명하기 시작한다.

"음, 야생마를 길들이는 남자가 주인공이에요. 그 남자 인생 이 야기죠. 이름은 톰 브리지인데 사람들은 다 '이지 브리지'라고 불 러요. 이 이지 브리지는 젊고 잘생긴 20대 때, 어떤 야생마라도 길 들일 수 있었어요. 그때는…… 음, 아주 수단이 좋았어요. 무슨 뜻 인지 알아요?"

소녀가 대답한다. "네. 말을 길들이는 재능이 있었다."

릭이 말한다. "네, 맞아요. 재능이 있었죠. 그러다가, 어쨌든, 30 대 후반이 되고, 음, 형편없이 몰락해요. 불구가 되거나 뭐 그런 건 아닌데, 몸 아래쪽이 예전 같지가 않아요. 허리도 예전과 다르게 아프고. 이제는 예전이랑 다르게 아픈 날이 더 많고……."

소녀가 끼어든다. "어머나. 좋은 소설 같아요."

릭도 어느 정도 동의한다. "나쁘지 않아요."

소녀가 묻는다. "어디까지 읽었어요?"

릭이 대답한다. "중간쯤요."

소녀가 묻는다. "이지 브리지는 이제 어떻게 됐어요?"

릭은 열두 살 때부터 서부 이야기 페이퍼백을 읽어 왔다. 배우 가 된 뒤로도, 촬영 사이사이, 또, 제2조감독이 촬영장으로 부르기 를 기다리며 트레일러에 있을 때, 릭은 페이퍼백을 읽었다. 탐정물이나 추리물, 제2차세계대전 활극도 조금 섞긴 했지만, 항상 다시 서부 이야기로 돌아왔다. 좋아하는 작가 이름도 외운다. 앞서 이야기한 마빈 앨버트, 엘모어 레너드, T. V. 올슨, 랠프 헤이스. 하지만 책 제목은 외우지 못한다. 그럼직하다. 그런 책들의 제목은 아주 뻔하니까. '텍사스', '그링고', '무법자', '매복', '텍사스의 쌍권총' 같은 말들이 되풀이된다. 그러나 세트장에서 서부 이야기를 읽어 온 그 오랜 세월 동안, 뭘 읽고 있느냐는 질문을 받은 적은 있어도 어떤 스토리인지 물어본 사람은 아무도 없었다. 지금껏 릭은 그런 생각을 전혀 못했지만 이제 깨닫고 있다. 릭이 하는 일들 중에서 혼자만의 일에 가장 가까운 것은 서부 이야기 페이퍼백 읽기가 아닐까. 그래서 지금 읽고 있는 부분에서 무슨 일이 벌어지고 있는지 다른 사람에게 설명하는 것이 릭에게는 아주 낯설다.

그래도 릭은 소녀를 위해서 최선을 다한다.

"음, 이지 브리지는 이제 더 이상 최고가 아니에요. 사실, 최고랑 아주 거리가 멀어요. 그래서 이제 이지 브리지는……." 릭은 이지 브리지의 문제를 설명할 적절한 단어가 뭘까 생각한다. "이지 브리지가 어떻게 되었는가 하면, 자기 자신이…… 음…… 약간 더…… 음." 릭은 '쓸모없다'라는 말을 하려고 입을 열지만, 입에서 나온 소리는 울음소리뿐이다.

자기 울음소리에 릭은 놀라고, 미라벨라는 그 울음소리에 눈을 반짝 뜬다. 릭은 다시 '쓸모없다'라고 말하려 하지만, 그 말은 목에 걸려서 나오지 않는다. 세 번째 시도 끝에 꺽꺽대며 말한다. "쓸모

236

없다고 느껴요. 날마다." 그리고 눈에서 눈물이 쏟아져 털북숭이 얼굴로 흘러내리고, 릭은 등을 확 굽힌다.

릭이 생각한다. '아, 대단하네. 이제 망가진 인생 때문에 어린애 앞에서 울고 있네. 젠장. 내가 데이브 삼촌이 됐어.'

미라벨라는 최대한 빨리 의자에서 일어나서 릭의 발치에 꿇어 앉아 릭의 오른쪽 무릎을 토닥이며 릭을 위로하려 한다.

릭은 젖은 눈가를 거세게 닦으며 창피함과 자기혐오가 다 섞인 채로 키득키득 웃으며 소녀에게 괜찮다고 알린다. "하하, 이런, 내가 늙었나 봐요. 감동적인 이야기를 할 때에는 꼭 이렇게 목이 메네. 하하."

소녀는 이해한다고 '생각하며' 울보 카우보이를 계속 위로한다. 이제 소녀의 눈에는 이 카우보이가 '겁쟁이 사자'와 닮아 보이기 시작한다.

소녀가 말한다. "괜찮아요, 칼렙. 괜찮아요. 그 소설이 정말 슬픈 거 같아요." 소녀는 고개를 저으며 공감을 표시한다. "불쌍한 이지 브리지." 소녀가 어깨를 으쓱하고 말한다. "저는 책을 읽지도 않았는데 속으로 울고 있어요."

릭은 울먹이며 말한다. "열다섯 살이 되면, 알게 될 거예요."

소녀는 이해하지 못해서 묻는다. "뭘요?"

릭은 붙인 수염 밑으로 억지미소를 지으며 말한다. "아무것도 아니에요. 귀여운 아가씨, 그냥 농담한 거예요." 그리고 페이퍼백을 쳐들며 말한다. "그 말이 맞는 것 같네요. 이 책은 내가 생각한 것보다 훨씬 감동적인 것 같아요."

소녀가 눈을 가늘게 뜨고 일어선다. 소녀는 똑바로 서서 릭에게 알린다. "귀여운 아가씨 같은 말은 좋아하지 않아요. 그렇지만 지금은 흥분하신 상태니까 그 얘기는 다음에 하죠."

소녀가 다시 자기 의자에 올라앉는 사이에 릭은 소녀의 반응에 혼자 슬쩍 웃는다. 소녀는 의자에 편하게 앉은 뒤, 릭의 얼굴에 잔뜩 붙은 수염과 술이 달린 화려한 갈색 재킷을 훑어본다.

"이게 칼렙 디코토 분장이네요. 그렇죠?"

"맞아요. 어때요? 마음에 안 들어요?"

"아뇨, 멋있어요."

릭이 생각한다. '그래, 맞아. 나쁘지 않아.'

"그런데…… 칼렙이 멋쟁이일 거라고는 생각하지 않았어요."

릭이 생각한다. '이런 젠장, 그럴 줄 알았어.'

"너무 히피 같아요?"

아역 배우는 곰곰 생각한다. "음, '너무'라는 말은 안 할래요."

성인 배우가 분명히 말한다. "그래도 히피 같죠?"

소녀가 헷갈려서 묻는다. "음, 일부러 그렇게 분장한 거 아닌가요?"

릭이 비웃듯이 코웃음친다. "그렇겠죠."

소녀는 자기 첫인상을 더 세밀히 설명한다. "있죠, 처음 대본을 읽었을 때에는 칼렙을 이런 모습으로 상상하지 않았어요. 그렇지만 나쁜 아이디어는 아니네요." 소녀는 릭의 모습을 더 살핀 뒤 이

인물 해석에 편을 든다. "사실, 보면 볼수록 더 마음에 들어요."

릭이 묻는다. "정말요?" 그리고 도전하는 질문도 던진다. "이유가 뭐죠?"

여덟 살 소녀가 생각한다. "음······. 제 생각이지만, 히피가······ 좀 섹시하고······ 좀 <u>으스스</u>하고······ 좀 무서운 거 같아요. 섹시하고 으스스하고 무서운 건 칼렙한테 아주 잘 맞는 선택이에요."

릭은 또 코웃음치며 생각한다. '어린애가 섹시한 게 뭔지 알기나 해?' 그래도 소녀의 말에 릭은 칼렙 디코토 분장에 대한 불만은 가라앉는다.

릭의 질문에 대답을 마친 미라벨라는 이제 자기 질문을 시작한다. "개인적인 질문을 드려도 될까요?"

릭은 한마디로 대답한다. "그럼요."

소녀는 동료 배우에게 정말로 궁금한 것을 질문한다. "악당을 연기하면 기분이 어때요?"

릭이 말한다. "음, 나한테도 사실은 꽤 새로운 일이에요. 전에는 내가 주인공인 서부극을 했어요. 그 드라마에서는 좋은 사람이었죠."

소녀가 묻는다. "어느 쪽 연기가 더 좋아요?"

릭은 확고하게 대답한다. "좋은 사람요."

소녀가 말한다. "그렇지만 찰스 래프턴은 악역이 최고라고 말했어요."

릭이 생각한다. '그 뚱보 호모라면 그렇게 말하고도 남지.'

그러나 뚱보 호모라는 말을 소녀에게 언급하지는 않고, 자신이 선한 인물을 연기하는 걸 왜 더 좋아하는지 설명하려 애쓴다.

"저기, 어릴 때에 카우보이와 인디언 놀이를 했는데 인디언은 안 맡았어요. 나는 카우보이였어요. 그리고 주인공은 여자 주인공이랑 키스를 하죠. 텔레비전 드라마의 경우에는, 그 주에 출연하는 여자 배우랑 키스하죠. 주인공은 러브 신을 할 수 있어요. 악역한테는 러브 신에 제일 가깝다고 말할 만한 건, 강간 같은 것뿐이죠. 그리고 악당은 선한 사람한테 항상 져요."

소녀가 말한다. "그게 뭐 어때서요? 진짜 싸움도 아니잖아요."

릭이 설명한다. "그렇죠. 그렇지만 사람들이 볼 때에는 저 악당이 결국은 주인공한테 당하겠지 하고 생각하죠."

소녀는 작은 눈을 굴리며 말한다. "뭐, 그럼 좋은 거죠. 사람들이 그 이야기를 잘 믿게 만들었다는 뜻이니까요."

릭이 힘주어 말한다. "창피하죠."

소녀가 생각한다. '세상에, 뭐 이런 아저씨가 있어?'

소녀는 짜증 섞인 목소리로 묻는다. "몇 살이에요? 그런 생각에서 벗어날 나이는 지난 거 같은데요."

릭이 말한다. "이런 이런, 진정해요. 둘 중에 뭐가 더 좋은지 물어보는 질문에 대해서 대답한 거니까, 옳고 그른 건 없어요."

그 말이 소녀의 공정심에 와닿는다.

"그렇군요. 1백 퍼센트 옳은 말씀입니다."

릭은 고맙다는 뜻으로 고개를 까딱한다.

소녀는 릭에게 상기시킨다. "내일 우리가 같이 찍는 중요한 신이 있죠?"

릭도 떠올린다. "맞아요. 내일 우리가 중요한 신을 같이 찍죠."

"맞아요. 그 신에서 저한테 소리지르고 저를 붙잡고 겁주죠."

릭이 안심시킨다. "겁먹지 말아요. 아프게 하지 않을 테니까."

"음, 저를 실제로 아프게 하면 안 되죠." 소녀는 일단 그렇게 경고한 뒤에 작은 손가락으로 릭을 가리키며 말한다. "그렇지만 제대로 겁주시면 좋겠어요." 소녀는 진지하게 말을 잇는다. "원하는 만큼 크게 소리치세요. 붙잡으세요. 세게 붙잡으세요. 흔드세요. 넋이 나갈 만큼 흔드세요. 겁주세요. 제가 겁먹은 연기를 하게 만들지 말고, 정말 겁먹어서 반응하게 만드세요. 덜하거나 저를 아기처럼 대하지 마세요. 어른들이 저를 아기처럼 대하는 건 싫어요." 삿대질까지 하며 열띠게 말한 뒤, 소녀는 다시 평소의 코웃음치는 말투로 돌아간다. "내일 찍을 신에 저는 전부를 걸고 싶어요. 제가 어떤 신을 찍으면서 제가 바라는 만큼 전부를 걸지 못할 때에는 이유가 하나뿐이에요. 그건 같이 연기하는 어른이 잘하지 못하기 때문이죠. 본인 연기가 부족한 것에 제 나이를 핑계로 삼지 마세요. 아셨죠?"

릭이 말한다. "알았어요."

소녀가 끈질기게 말한다. "약속해요?"

릭이 안심시킨다. "약속해요."

소녀가 제안한다. "약속의 의미로 악수해요."

두 배우는 서로를 이해하고 악수한다.

제13장

데브라의 달콤한 육체

스턴트맨 세계에서는 클리프 부스가 릭 달튼의 대역이라는 사실을 모두 알고 있지만, 클리프 부스에게는 더 유명한 면들이 있다. 릭 달튼의 대역이라는 건 스턴트맨 세계에서 클리프 부스의 가장 '합법적으로' 유명한 점이다. 클리프 부스의 유명한 점 목록에서 보자면, 위에서 네 번째다. 가장 유명한 건 엄청난 군인 경력이다. 태평양 전장에서 싸운 미군 중 사살한 일본군의 수로는 클리프를 따라올 자가 없다. 게다가 공인된 숫자만 따졌을 때다. 클리프 부스가 죽였지만 공인되지 않은 일본군이 몇 명이나 되는지 클리프의 필리핀 저항군 동지에게 물어보라. 그러면 '그걸 도대체 셀 수나 있어?' 하는 대답이 돌아올 것이다.

그러나 클리프 부스가 1966년에 자기 아내를 죽였다는 소문이 널리 퍼지자, 스턴트맨 사회 안에서 클리프 부스의 유명한 점 목록에서 전쟁 영웅이라는 사실은 한 단계 내려와서 두 번째 자리를 차지하게 됐다.

스턴트맨 사회에서 클리프 부스의 유명한 점 목록의 세 번째 칸은 '링거'로서의 재능이 차지했다.

클리프 부스는 1960년대 영화계에서 링거로서는 최고였다.

링거가 뭐냐고? 사전을 찾아보지 마라. 속어니까.

가령, 자신이 스턴트맨 감독인데, 소속 스턴트맨들한테 항상 고함을 지르는 정말 못된 감독과 일하고 있다고 치자. 혹은 늘 스턴트맨만 탓하고 자기 실수를 스턴트맨에게 뒤집어씌우는 돌대가리 배우가 있다고 치자. 스턴트맨 감독이나 그 팀원은 감독의 대가리를 내려칠 수도, 배우의 등짝을 갈길 수도 없다.

그래도 스턴트맨 감독은 고정된 팀원이 아닌 스턴트맨을 당일치기로 고용할 수 있다. 이런 스턴트맨이 '링거'다.

링거는 스턴트맨 팀이 할 수 없는 일을 할 수 있다. 즉, 쓰레기한테 본때를 보여줄 수 있다. 스태프들 전원이 다 보는 앞에서 하면 더 좋다.

미시시피강의 뜨거운 태양 아래에서 1년 동안 대머리 나치 개자식 오토 플레민저 감독과 〈귀향 Hurry Sundown〉을 찍는다고 치자. 그 잘난 체하는 새디스트가 1년 내내 전체가 보는 앞에서 스턴트맨들을 무시하고 야단쳤다고 치자. 그러면 클리프 부스를 당일치기로 고용하고 일부러 오토 플레민저 감독 앞에서 욕먹게 만든다. 그다음에는 뒤로 물러서서 앞으로 벌어질 일을 즐기기만 하면 된다.

플레밍저가 비난을 길게 늘어놓고 있는 와중에 클리프는 플레밍저의 턱을 세게 때려서 미시시피강 진흙에 때려눕혔다. 클리프의 변명은 다음과 같았다. '제2차세계대전의 전쟁 영웅으로서, 플레밍저가 독일 게슈타포 억양으로 소리칠 때 전쟁의 악몽이 살아났고, 자신이 지금 어디에 있는지도 잊어버렸다.' 그날 밤 호텔 바에서 스태프들과 축하하며 술을 마셨고, 클리프는 술값을 내지 않아도 됐다. 이튿날 프로덕션 매니저는 클리프에게 집으로 돌아가는 버스표를 주고, 클리프는 계약한 돈 외에 추가로 받은 두둑한 7백 달러를 뒷주머니에 넣고 미시시피강을 떠났다.

혹은 텔레비전 서부극 드라마 '와일드 와일드 웨스트'의 스턴트맨 팀원이라고 치자. 드라마 주연 배우 로버트 콘래드는 스턴트 장면을 직접 찍는다고 으스댔다. 어쩌면 어느 정도는 사실인지도 모른다.

그러나 로버트 콘래드는 자신이 스턴트 장면을 직접 연기할 때 얼마나 많은 스턴트맨이 부상을 입는지는 전혀 신경 쓰지 않았다. 주먹다짐을 하면서 스턴트맨을 실수로 정말 때릴 때에는 특히 더 그랬다. 이럴 때에도 로버트 콘래드는 전혀 책임지지 않았다. 항상 '스턴트맨이 잘못한 것'으로 몰았다. 스턴트맨이 있어야 할 자리에 있지 않았다고, 프로답지 못했다고 몰았다. 로버트 콘래드는 자기 손을 다쳐도 스턴트맨을 탓했다. 그 정도가 어찌나 심했는지, 스턴트맨 업계에서는 로버트 '스턴트맨에게 뒤집어씌우기' 콘래드라 불렀다.

그래서 몸에 딱 달라붙는 바지를 입은 로버트 콘래드를 클리프 부스가 '실수로' 강타를 날릴 타이밍을 잘못 맞춰서 때려눕힌 날은 영광스러운 승리의 날이었다.

스턴트맨 두 명은 눈물까지 흘렸다.

클리프 부스는 또 뒷주머니에 7백 달러를 더 찔러 넣고 세트장을 떠났다. 이날에는 자동차 트렁크에 맥주 한 박스까지 누가 챙겨 놓았다.

또 클리프는 스페인 알메리아에서 〈100정의 라이플〉을 촬영할 때 짐 브라운과 주먹다짐 해서 이긴 유일한 백인으로 알려지기도 했다. 짐 브라운 이야기는 멋지기도 하지만, 이상한 헛소리일 수도 있다. 우선, 짐 브라운과 버트 레이놀즈가 〈100정의 라이플〉을 찍으려고 스페인에 있던 시기에 클리프도 거기 있었다는 점이 의심스럽다. 그 시기에 클리프는 릭과 함께 '빙고 마틴'을 찍고 있었을 것이다. (1969년 후반에 릭과 클리프는 텔리 사발라스와 함께 〈붉은 피, 붉은 피부〉를 찍으러 알메리아에 가긴 했다.) 짐 브라운과 주먹싸움에서 이긴 백인이라는 전설은 그저 전설인지도 모른다. 아마도 다음 네 가지 중 하나가 아닐까. 1) 〈100정의 라이플〉 촬영 때 스페인에 있던 클리프가 술집에서 짐 브라운과 싸웠다. 2) 케냐에서 〈지옥의 용병들 Dark of the Sun〉을 촬영할 때 주연 배우들인 로드 테일러와 짐 브라운이 싸웠다. 3) 역시 로드 테일러지만, 〈지옥의 용병들〉 세트장이 아니라 플레이보이 맨션의 분수대 앞에서 짐 브라운과 싸웠다. 4) 그런 일은 전혀 없었다.

그러나 클리프가 세트장에서 벌인 싸움 중 가장 악명 높은 것은, 가장 유명한 무술가인 이소룡과 나눈 '우정의 대결'이었다.

클리프의 경력에서 '이소룡 사건'으로 알려지게 될 이 사건이 벌어진 당시에는 이소룡도 아직 슈퍼스타나 전설적 인물이 아니었다. '배트맨' 시리즈의 인기에 편승해서 돈만 노린 싸구려 텔레비전 드라마 '그린 호넷'에서 주인공 그린 호넷의 조수 가토 역을 연기하는 배우였을 뿐이다. 그러나 할리우드에서 이소룡은 드라마 배역보다 부유하고 유명한 사람들의 '가라테 코치'로 훨씬 유명했다. 이소룡 스스로가 자신을 '가라테 코치'라 부른 건 아니고, 할리우드에서 이소룡을 그렇게 불렀다. 요즘 유명인들이 개인 트레이너를 고용해서 운동을 하듯, 스티브 맥퀸과 제임스 코번, 로만 폴란스키, 제이 세브링, 스털링 실펀트 등등 모두가 이소룡을 집으로 불러서 무술을 배웠다. 역사상 가장 뛰어난 무술인이 로만 폴란스키와 제이 세브링, 스털링 실리펀트에게 발차기를 가르치며 시간을 보냈다는 사실을 생각하면 조금 우습기도 하다. 마치 무하마드 알리가 제임스 가너와 톰 스모더스, 빌 코스비에게 권투를 가르치는 데에 많은 시간을 할애한 것 같다고 할까. 그렇지만 이소룡에게는 계획이 있었다. 찰리 맨슨처럼, 영혼의 '사부'가 되는 것은 그저 보조 수단이었다. 찰리 맨슨이 록 스타가 되고 싶었던 것처럼 이소룡은 영화 스타가 되고 싶었다. 찰리 맨슨에게 데니스 윌슨이 있었다면 이소룡에게는 제임스 코번과 스털링 실리펀트가 있었다. 찰리 맨슨에게 테리 멜처가 있었다면 이소룡에게는 스티브 맥퀸과 로만 폴란스키가 있었다. 이소룡은 로만 폴란스키와 강습할 때 네 번에 한 번꼴로 〈침묵의 플루트〉 이야기를 꺼냈다. 〈침묵의 플루트〉는 이소룡이 오스카 상 수상 작가인 스털링 실리펀트와 함께 쓰려고 계획 중인 시나리오로, 실리펀트는 찰리 맨슨의 잠재력을 진심으로 믿은 데니스 윌슨과 마찬가지로 이소룡의 잠재력을 진심으로 믿고 있었다. 이소룡은 그 영화의 주인공으로 제임스 코번과 자신을 염두에 두었으며, 자신이 네 명의 다른 인물을 연기하는 1인4역을 생각하고 있었다. 이소룡은 로만 폴란스키와 샤론 테이트가 스위스로 스키 여행을 갈 때 함께 가서 폴란스키에게 이 영화 감독을 맡도록 설득하기도 했다. (이후 이 영화는 〈서클 오브 아이언 Circle of Iron〉이라는 제목으로 이소룡 사후인 1978년에 영화화된다. 리처드 무어 감독, 원안은 이소룡이 썼다 - 옮긴이)

로만 폴란스키가 〈로즈메리의 아기〉 후속으로 겉멋 들린 제임스 코번 액션 영화를 찍을 리가 있나. 폴란스키는 정말로 이소룡을 좋아하고 존중했다. 존경하기까지 했다. 그렇지만 이소룡이 〈침묵의 플루트〉 이야기를 꺼낼 때마다 폴란스키의 눈에는 이소룡이 형편없어 보였다. 사실 폴란스키는 그 모습을 보며 할리우드가 사람들에게서 최악의 모습을 끌어낸다고 생각했다.

이소룡과 찰리 맨슨 사이에 차이가 있다면, 이소룡에게는 인기를 불러일으킬 요소가 있었다는 점이다. '그린 호넷'에서 연기하던 시기에는 그런 요소가 없었다. 그러다 몇 년 뒤 홍콩에서 나유

감독과 영화를 찍은 시기, 이후 워너브라더스의 대작 무술 액션물 〈용쟁호투〉가 나온 시기에 그 요소가 빛을 발했다.

그러나 1966년, 그린 호넷의 조수 가토를 연기하고 있을 시기의 이소룡은 같이 작업하는 미국 스턴트맨들 사이에서 명성을 누리고 있었다.

악명.

이소룡은 미국 스턴트맨을 높이 사거나 존중하지 않았다. 존중하지 않는 태도를 눈에 보이게 드러내기까지 했다. 일례로, 싸우는 신에서 주먹이나 발을 날릴 때에 실수로 상대 스턴트맨을 때렸다. 이 때문에 여러 차례 주의를 들었지만 로버트 콘래드처럼 늘 상대를 탓했다. 스턴트맨 전체가 이소룡과 일하기를 거부하는 일도 벌어지는 지경이었다.

사실, 클리프는 처음 이소룡을 본 순간부터 못마땅했다. 릭이 '그린 호넷'에 악역으로 단발 출연해서 촬영하기 전부터였다. 촬영 일주일 전에 의상을 확인하려고 20세기폭스 세트장으로 릭과 함께 갔을 때였다. 그때 처음으로 클리프는 이소룡이 싸우는 모습을 보았다. 이소룡과 밴 윌리엄스가 야외에서 싸우는 장면을 찍고 있었다. 릭과 클리프는 멀찍이 서서 지켜보았다. 이소룡은 누레예프처럼 폴짝거리며 빠른 발차기를 보여주었다. 이소룡의 연기가 끝나자 스태프들이 박수를 쳤고 릭은 감탄하면서 클리프에게 말했다. "저 친구 정말 대단하지?"

클리프는 평소와 달리 무시하듯 코웃음쳤다. "다 개수작이야! 러스 탬블린이 와도 저거보다 낫겠다. 그냥 러스 탬블린 같은 춤꾼이 잖아. 〈웨스트 사이드 스토리〉나 찍으라고 해."

릭이 되받았다. "아니, 엄청 빠르잖아. 발차기도 대단하고."

클리프가 가르치듯 말했다. "영화에서는 대단해 보이겠지. 저런 건 아무 힘도 없어. 그래, 빠른 건 인정해. 그렇지만 빨라 봐야 폴 카 춤은 그냥 폴카 춤이지. 보기만 화려한 가라테 같은 건 실제 싸 움에서는 아무것도 아니야. 유도는 좀 다르지. 자기가 뭘 하는지도 모르는 상대를 빙빙 돌려 버릴 수 있어. 그렇지만 저 가라테 하는 놈들 발차기에는 힘이 하나도 없어. 아무 타격도 못 입히고 죽기 십 상이지." 클리프는 확실히 못 박으려고 가토를 손가락으로 가리키 며 덧붙인다. "저기 있는 저 난쟁이가 그중에서도 제일 형편없어."

흥분해서 말하는 법이 거의 없는 클리프가 그런 모습을 보이자, 릭은 말없이 그저 듣기만 했다.

"이건 육탄전이야. 그린 베레(미 육군 특전대)라면 저놈 불알로 프 라이를 만들걸. 저놈이 하는 짓은 다 쇼야. 알리나 제리 쿼리는 주 먹 하나하나가 다 강타지. 그린 베레는 죽이려고 모든 동작을 해. 저놈이 정글에서 일본군이랑 싸우는 모습을 보고 싶네. 저놈보다 체중이 15킬로그램은 더 나가는 일본군이 손에 칼을 쥐고 저놈을 작살내는 꼴을 보고 싶어." 클리프는 코웃음을 치며 덧붙인다. "그 런 일이 일어나면, 그린 호넷은 새 운전사를 찾아야 할걸."

릭이 말했다. "그래, 죽느냐 죽이느냐 하는 상황이라면 그 말이 맞겠지만……."

클리프가 말을 끊었다. "내 말이 맞아."

릭이 계속 말했다. "그래도 저 빠른 발차기는 멋있어."

클리프가 무시하듯 말했다. "스트레칭이지. 그냥 스트레칭이야. 하루에 세 시간씩, 내가 스트레칭 가르쳐 줄게. 월요일부터 금요일까지. 석 달만 하면 저놈이 하는 건 다 할 수 있어."

릭은 비관적인 표정으로 클리프를 보았다. 그러자 클리프는 한 발 물러섰다. "그래, 다는 아니고, 거의 다."

★★★

클리프와 이소룡의 싸움은 클리프가 릭의 대역으로 '그린 호넷' 촬영장에 있을 때 벌어졌다. 이소룡은 평소처럼 스태프들 앞에서 자기 기량을 자랑하고 있었다. 그때 누가 질문을 던졌다. 사람들이 이소룡에게 늘 던지는 질문이었다. '무하마드 알리와 싸우면 누가 이길까?' 이소룡은 늘 그 질문을 받았고 대답은 상황과 이소룡의 기분에 따라 달라졌다. 나중에 〈용쟁호투〉 촬영장에서 존 색슨이 그 질문을 던졌을 때는 "알리의 주먹이 내 머리보다 커요."라고 대답했다고 한다. 어쨌든 이소룡은 알리의 능력을 높이 사고, 자기가 알리의 권투 시합 영상을 연구한다고 강조했다. 그리고 그 영상들을 살핀 결과, 알리가 왼쪽 수비에 약하다는 점을 발견했다.

권투 링에서는 알리가 자신을 죽일 수도 있다는 걸 이소룡도 알고 있었다.

그러나 솔직히, 이소룡은 싸움에서 못 이길 상대는 없다고 느꼈다. 알리가 권투 글로브를 끼지 않고 브루스가 발차기를 할 수 있으면, 승산은 있었다.

그래서 그날 '그린 호넷' 세트장에서 그 질문을 받았을 때, 이소룡은 말했다. "어떤 공격이든 가능하다고 하면, 내가 알리를 인사불성으로 만들 수 있어요."

그러자 당일치기 스턴트맨으로 온 클리프가 소리 내서 웃었다.

이소룡이 물었다. "왜 웃죠?"

아주 잠깐, 클리프는 갈등을 피하려 했다. "나는 그냥 여기 일하러 왔어요."

그러나 이소룡은 그 대답에 만족하지 않았다. "아니, 내 말에 웃었죠? 내가 웃기는 말을 한 것도 아닌데."

클리프가 비웃었다. "아니, 웃기는 말이었죠."

열 받은 이소룡이 물었다. "뭐가 그렇게 웃기던가요?"

클리프는 생각했다. '그래, 한번 해 보자.'

"알리 트렁크 엉덩이에 묻은 얼룩보다 못하면서 그런 말을 하는 게 내가 다 창피해서요."

세트장의 시선이 온통 이소룡에게 쏠렸다.

그러나 이제 돈벌이는 끝장났다고 느낀 클리프는 돈값은 해야 하겠다고 생각하며 말을 이었다. "댁 같은 난쟁이가 세계 헤비급 챔피언을 인사불성으로 만든다고? 개똥 같은 배우놈이 알리를 인사불성으로 만들어? 알리 아니라 제리 쿼리라도 망치로 못 박듯이 당신을 내리칠걸. 하나 물어봅시다, 가토 양반. 주먹에 맞아 본 적은 있어?"

성난 이소룡이 되받아쳤다. "아니, 없어, 스턴트맨. 나를 칠 수 있는 사람이 없으니까!"

클리프가 말했다. "그렇게 말할 줄 알았어."

클리프는 눈을 동그랗게 뜨고 지켜보고 있는 사람들을 보았다. "다들 이 난쟁이가 하는 헛소리를 믿다니, 이해가 안 돼요." 그리고 다시 이소룡을 보며 말했다. "정신 차려. 댁은 그냥 배우야! 눈에 멍들면? 싸움은 끝이야. 이가 날아가도 끝이지. 근데 제리 쿼리는 턱이 부서져도 무하마드 알리랑 5라운드까지 싸울 거야! 왜? 댁은 절대 모를 게 제리 쿼리한테는 있으니까. 뭐? 진심!"

이소룡은 운전수 분장 그대로, 땅을 내려다보며 고개를 흔드는 포즈를 취했다. 그러면서 클리프를 향해 씩 웃으며 말했다. "말발은 좋네. 내가 이 친구들 앞에서 그 입을 다물게 해 주지. 그런데 내 손은 살상 무기로 등록돼 있어. 그러니까 우리가 싸우게 돼서 실수로 내가 댁을 죽이면, 나는 감옥에 가."

클리프가 되받아쳤다. "싸우다가 실수로 상대를 죽이면 누구라도 감옥에 가. 과실 치사라고 해. 살상 무기 같은 헛소리를 하는 걸 보니, 춤추는 거 같은 그런 짓거리만 하면서 진짜 싸움은 한 번도 해 본 적 없는 게 다 드러나네."

이소룡의 동료들 앞에서 이제 진짜 도전이 이루어졌다. 그렇게 이소룡은 클리프에게 '우정 대결'을 신청했다. 삼판양승. 심하게 다치게 해서는 안 된다. 포기하는 쪽이 진다.

클리프가 대답했다. "좋아, 가토."

스태프들이 들떠서 지켜보는 가운데, 두 남자는 싸울 준비를 갖췄다. 이소룡이 모르는 것이 있었다. 클리프는 삼판양승을 좋아한다. 주로 새벽 1시 술집 주차장에서 벌이던 결투다. 클리프는 이런 대결에 참가할 때마다, 특히 싸우는 훈련을 받은 사람과 대결할 때, 교활한 수를 썼는데 항상 잘 먹혀서 클리프 자신도 놀랄 지경이었다.

그 수란 단순하다.

첫 판을 내주는 것이다.

조금씩만 방어하면서 상대의 공격을 그냥 받는다. 상대가 숙련된 싸움꾼일 경우에는 특히 더, 상대에게 허점을 보여서 클리프를 그저 허풍만 떠는 놈으로 여기게 만든다.

이런 대결에서 상대는 가장 자신이 있는 동작을 쓰게 마련이다. 그래서 한 판을 이긴 상대는 두 번째 판에서 자신의 특기인 동작을 크게 휘두른다.

클리프가 싸움을 못하는 것으로 판단한 상대는 승리를 확신하면서 똑같은 동작을 다시 하게 마련이고, 이때 상대의 동작을 간파한 클리프가 기다렸다가 되받아친다. 그러면 상대는 나자빠진다.

이소룡은 이 시끄러운 덩치를 다치게 할 생각이 없었다. 그저 입을 다물게 만들고, 스태프들 앞에서 약간 망신을 주고 싶었을 뿐이다. 싸우다가 이 작자가 다치면 이소룡에게는 문제가 커진다. 스턴트맨들 사이에서는 이미 이소룡이 자신들을 때린다는 불평이 돌고 있고, 이소룡과 같이 작업하기 싫다는 말도 스턴트맨 감독인 랜디 로이드에게 전달되었다. 게다가 세트장에서 무술 실력을 과시하다가 실수로 세트 디자이너의 턱을 발로 차는 사고도 있었다. 이소룡이 세트장에서 다른 사람의 턱을 박살낸다? 호되게 당하는 사람은 이소룡 자신이다.

그래서 이소룡은 보기에는 멋지지만 상대를 다치게 하지는 않는 동작을 쓰기로 마음먹었다. 그저 상대를 휘청거리게 만들, 그러면서 이소룡을 우습게 보지 못하게 만들 동작.

상대의 귀를 향해서 돌려차기를 하면 상대는 고개가 팍 돌아가고, 멍해져서 아무 생각도 못하겠지. 다리를 쭉 뻗어 힘을 실어 차면 뒤에 있는 자동차 위로 나자빠져 어디가 부러질지 모를 일이다. 이소룡은 세상 누구보다 오래 허공에 떠 있을 수 있었다. 그 점에 있어서 겨룰 만한 사람은 루돌프 누레예프뿐이었다. 누레예프와 이소룡은 공중에서 날아다니며 할 일을 다 마치고 원할 때에 사뿐히 땅에 내려오는 것 같았다.

그래서 이소룡은 아주 높이 뛰어올라 허공을 날아 앞으로 살짝 찌르는 동작이면 가장 안전하겠다고 생각했다. 공중을 날아가면 보기에도 아주 멋있고, 그렇게 날아가서 이 시끄러운 놈의 가슴에 발을 살짝 디디면 놈은 뒤로 쓰러져서 엉덩방아를 찧겠지. 그렇게 이 쌍놈에게 교훈을 줘야지.

이소룡은 정확히 그 계획대로 실행했다. 클리프는 엉덩방아를 찧었고 사람들은 박수를 쳤다. 금발의 스턴트맨은 땅바닥에 주저앉아서 실없이 웃으며 말했다. "멋진 도약이네." 그리고 일어서며 말했다. "한 번 더 해 봐."

이소룡은 생각했다. '좋아, 이제 저놈 가슴에 발을 디뎌야지. 엉덩방아를 찧을 때 꼬리뼈가 부러지지 않게 조심해야 해.'

이번에는 덜 높게, 더 추진력 있게 두 번째 도약을 했고, 스턴트맨은 마지막 순간에 몸을 틀었다. 이소룡은 스턴트맨의 팔에 안기는 꼴이 됐다. 클리프는 이소룡의 다리와 벨트를 잡고 고양이를 던지듯 이소룡을 세트장에 주차된 자동차에 휙 내던졌다.

이소룡의 등 아래쪽이 자동차에 부딪쳤다. 어깨뼈가 차문 손잡이에 닿았다. 쿵 소리가 났다. 이소룡은 정말 아팠다. 시멘트 바닥에서 올려다보니, 덩치 큰 스턴트맨이 자신을 내려다보며 웃고 있었다.

이소룡은 클리프를 다치게 하고 싶지 않았다. 그저 경고만 주려 했다. 그러나 클리프는 이소룡을 다치게 하려 했다. 자동차로 내던지다니, 자칫하면 척추나 목뼈가 망가져서 평생 불구가 될지도 모른다. 그래도 클리프는 상관없는 듯했다.

이소룡은 몸을 일으켰다. 클리프는 세 번째 판을 준비하며 자세를 잡고 있었다. 군대에서 맨손으로 싸울 때 취하는 자세였다.

이소룡은 이 스턴트맨 놈한테 정말 화가 났다. 그러나 이제 처음으로, 자기 싸움 상대의 정체를 알게 됐다. 그저 인종차별에 찌든 백인 카우보이 스턴트맨이 아니었다. 클리프는 작전을 제대로 세워서 싸우고 있었다. 클리프는 상대가 자신을 과소평가하게 만들어서 똑같은 동작을 두 번 하게 유도했다. 이소룡이 상대의 방어를 완전히 무력화하며 공격할 방법은 열 가지도 넘었다. 그런데 클리프는 싸울 줄 모르는 바보인 척해서 똑같은 공격을 두 번 연속해서 쓰게 만든 것이다. 클리프가 비열하게 자신을 내던지지 않았다면, 이소룡은 그 작전에 존경을 표했을 것이다.

무술 토너먼트 경기에서 겨룬 상대들처럼 기교를 갖추지는 못했지만, 클리프가 무술인들과 다른 자질을 갖춘 사람임을 이소룡은 재빨리 간파했다.

클리프는 살인자였다.

이소룡은 클리프가 전에도 맨손으로 여럿을 죽인 경험이 있다는 사실을 알아챘다.

이소룡은 클리프가 이소룡과 싸우는 게 아님을 알아챘다.

클리프는 이소룡을 죽이려는 본능과 싸우고 있었다.

이소룡은 종종 궁금했다. 숙련된 파이터와 한쪽은 반드시 죽어야 하는 상황에 처하면 어떻게 해야 할까? 지금이 그 순간 같았다.

다행히 세 번째 판은 스턴트맨 감독의 아내 때문에 중지됐다. 클리프는 스스로도 예상했던 대로 그날 스턴트맨에서 잘렸다. '그린 호넷' 세트장에서 당일치기 스턴트맨이 고정 출연 배우를 공공연히 다치게 한 것은 큰 문제였다. 클리프는 단발 출연하는 릭의 스턴트 대역으로 왔을 뿐이다. 스턴트맨 감독인 랜디 로이드는 클리프가 아내를 죽였다고 믿었기 때문에 애당초 클리프를 꺼렸다. 그리고 랜디와 같이 일하는 랜디의 아내 재닛은 더 철석같이 클리프가 아내를 죽였다고 믿었다. 그리고 솔직히, 사람을 쓰려면 아내를 죽인 사람은 거르고 싶었다. 용서받을 수 있는 범죄자는 많았다.

1960년대에는 특히 그랬다. 그러나 아내를 죽이고 스태프들이 보는 앞에서 텔레비전 드라마 주연 배우의 척추를 부러뜨리려 한 스턴트맨은 용서받을 수 있는 사람이 아니었다. '이소룡 사건'이 있은 뒤, 클리프는 릭의 스턴드 대역을 그만두고 운전사 노릇을 하기 시작했다.

릭은 이소룡 사건에 몹시 화냈다. 클리프는 릭이 자기를 해고하는 게 아닐까 생각했다. 그러나 그러면 누가 릭을 촬영장까지 데려가나? 물론 다른 사람을 얼마든지 찾을 수는 있다. 그러나 결국에는 클리프를 용서하는 게 더 쉬웠다. 클리프는 최소한의 급여만 받고도 릭의 운전을 맡고, 잡일을 하고, 필요할 때는 언제라도 왔다. 스턴트 대역을 해야 할 때는 그때그때 급여가 더해졌다. 그러나 이소룡 사건이 있은 뒤, 그렇지 않아도 살인자라는 소문에 이미 줄어든 스턴트맨 일은 더더욱 씨가 말랐다. 할리우드 스턴트맨 사회에서 클리프를 쓰지 않을 이유는 이미 차고 넘치는 판에 또 하나가 늘었고, 그 이유를 제공한 사람은 클리프 자신이었다. 그날 아침 릭이 〈산호해 전투〉의 못된 조연출 이야기를 꺼낸 것도 그럴 만한 일이었다.

할리우드가 흥미로운 점? 아주 좁은 곳이라는 사실이다. 클리프도 잘 알고 있었다. 거리에서, 주차장에서, 식당에서, 가까운 시일 내에 이 조그맣고 잘난 체하는 이소룡을 다시 만나겠지. 그리고 그날이 오면, 경찰이 아니면 누구도 두 사람의 대결을 말리지 못하리라!

★★★

클리프는 릭의 집 텔레비전 안테나를 바로 세운 뒤, 세트장으로 릭을 픽업하러 갈 7시 반까지 달리 할 일이 없다. 영화를 보려고 릭의 캐딜락을 몰고 선셋 대로로 간다.

신호등 적신호에 차를 멈추고 이소룡의 대가리를 깨트리는 상상을 하다가, 오른쪽을 흘깃 본다. 아쿠아리우스 극장에는 히트 뮤지컬 '헤어'의 벽화가 커다랗게 색색으로 그려져 있다. 아침에 본 히피 여자 두 명이 보인다. 눈이 마주쳐서 피스 표시를 보낸, 피클을 들고 있던 깡마르고 키가 큰 갈색 머리 여자도 있다.

두 여자는 아쿠아리우스 극장 앞에서 차를 얻어 타려고 엄지손가락을 내밀고 있다. 갈색 머리는 아침에 입은 옷차림 그대로다. 잘라서 반바지로 만든 리바이스 청바지, 손뜨개 홀터 톱, 맨발, 꼬질꼬질한 때.

갈색 머리 히피 피클 여자가 아침에 본 것과 다른 차를 타고 건너편에서 반대 방향으로 가고 있는 클리프를 발견한다.

여자는 미소를 짓고 손을 흔들고 손가락으로 클리프를 가리키고 꽥꽥거린다. "이봐요!"

클리프가 미소로 답하고 손을 흔든다.

여자는 차들 너머로 클리프에게 소리친다. "폭스바겐은 어디 갔어요?"

클리프가 차들 너머로 여자에게 소리친다. "이건 내가 모시는 사람 차예요!"

여자는 엄지손가락을 내밀고 까딱거린다. "태워 줄래요?"

클리프가 반대 방향을 가리킨다. "나는 반대쪽으로 가요."

여자가 슬프게 고개를 가로저으며 소리친다. "후회할 거예요!"

클리프가 소리친다. "그럴지도!"

여자가 경고한다. "종일 내 생각이 날걸요!"

클리프가 소리친다. "그럴지도!"

선셋 대로 신호등이 파란불로 바뀐다. 차들이 다시 움직이기 시작한다.

클리프는 여자에게 경례를 보내고, 여자는 멀어지는 크림색 캐딜락을 향해 '소녀의 슬픈 작별 인사' 손짓을 한다. 클리프는 선셋 대로와 라브레아 교차로에서 왼쪽으로 꺾어 라브레아 대로로 접어든다. KHJ 라디오의 점심 시간 디제이 샘 리들이 타냐 태닝 버터 광고 카피를 읽는다. 해로운 태양 광선에서 피부를 보호하는 태닝 로션이 아니라 더 빨리 태우는 태닝 버터. 라브레아와 멜로즈 교차로에 있는 핑크 핫도그를 지나간다. 핫도그 가게 앞에 사람들이 몰려 있다. 모르는 사람이 보면 칠리 핫도그를 지나치게 비싼 값에 파는 곳이 아닌, 공짜로 나눠주는 곳인 줄 알겠다. 클리프는 오른쪽 차선으로 들어서서 베벌리 대로에서 우회전해 베벌리 대로로 조금 올라가서 작은 영화관 앞에 차를 세운다.

1930년대에는 '슬랩시 맥시'로 불렸던 보더빌 극장이었다.

1950년대에는 마틴과 루이스(코미디언 듀오-옮긴이)가 로스앤젤레스에서 처음 공연한 곳이다.

더 나중인 1978년, 이곳은 '뉴 베벌리 시네마'라는 재상영관이
된다. 그러나 1969년에 이곳은 '에로스 시네마'로, 할리우드의 에
로 영화관이었다.(또 한 군데는 할리우드 대로와 선셋 대로 사이에 있는 '비
스타'였다.)

나중에 'XXX' 영화라고 불릴, 포르노를 트는 영화관은 아니다.

유럽, 스칸디나비아에서 온 야한 영화를 올리는 곳이다.

입구에는 아래와 같이 적혀 있다.

　　캐롤 베이커 출연작 동시 상영
　　데브라의 달콤한 육체, R 등급
　　파라노이아, X 등급

캐딜락에서 내린 클리프가 매표소에서 티켓을 산다. 어두운 복
도를 지나 네 번째 줄 가운데 자리를 찾는다. 에로스의 은막에서
몸에 딱 붙는 에메랄드그린 옷을 입은 캐롤 베이커가 둥둥 울리는
북소리에 맞춰 관능적인 춤을 추고 있다. 클리프는 앞자리 등받이
에 발을 올린다. 좌석에 몸을 깊이 묻으며, 양옆으로 흔들리는 캐
롤 베이커의 커다란 녹색 엉덩이를 올려다본다.

클리프는 생각한다. '세상에, 말처럼 크네!' 그리고 미소를 짓는
다. '저 모습, 딱 좋아.'

제14장

구조대

샤론 테이트의 검정 포르셰에 있는 8트랙 테이프 플레이어에서 프랑수아 하디의 첫 영어 앨범 〈러빙 Loving〉이 흐른다. 스포츠카 스피커에서 지금 울리는 곡은 필 오크스의 노래 '데어 벗 포 포춘 There but for Fortune'을 하디가 리메이크 한 것이다. 샤론은 이 노래를 좋아한다. 포르셰 운전석에 앉아서 윌셔 대로를 타고 웨스트우드 빌리지로 가며, 노래를 따라 부른다.

감옥을 보여줘, 감방을 보여줘,

얼굴이 점점 창백해지는 죄수를 보여줘,

그러면 내가 떠날지 당신이 떠날지,

수많은 이유를 떠안은 젊은이를 보여줄게. 행운 빼고 다 있어.

노래를 부르는 사이에 눈물이 뺨을 타고 흘러내린다. 샤론은 이런저런 허드렛일을 보러 나왔다. 드라이클리닝 한 옷을 찾았다. 무릎까지 오는 짧은 원피스 세 장과 폴란스키의 파란색 더블브레스티드 블레이저. 옷들은 투명 비닐에 포장되어 조수석 뒤 고리에 걸려 있다. 리틀산타모니카 대로에 있는 작은 수선집에서 굽이 뭉뚝한 구두도 찾아왔다. 지금은 마지막 일을 보러 가는 중이다. 폴란스키의 선물용으로 토마스 하디의 "테스" 초판본을 주문해 놓았다. 서점을 운영하는 친절한 노인이 어제 전화해 책이 도착했다고 알려줬다. 그래서 샤론은 프랑수아 하디의 노래를 따라 부르고 슬픔 없는 눈물을 즐기며 웨스트우드빌리지로 달려가고 있다.

월셔에서 산타모니카 대로로 접어든 뒤 1.5킬로미터쯤 뒤, 길가에서 엄지손가락을 내밀고 있는 히피 소녀가 보였다. 이 깡마른 히피는 즐거운 사람 같았다. 그리고 샤론은 지금 즐거운 기분이고, 그래서 생각한다. '태우지, 뭐.'

1년 뒤, 그 생각에 대한 답은 '히치하이크하는 사람 손에 죽을 수도 있으니까 안 된다'가 될 것이다. 그러나 1969년 2월에는 멋진 검정 포르셰를 탄 샤론 테이트처럼 빼앗길 게 많은 사람이라도 그런 생각을 하지 않았다.

샤론은 커브길에서, 다정해 보이는, 주근깨 가득한 얼굴의 히피 앞에 차를 세우고 조수석 쪽 창문을 내리며 말한다. "웨스트우드빌리지까지만 가요."

젊은 여자는 엉덩이를 내밀고 허리를 굽혀 차창 너머로 운전자를 본다. 영혼은 자유롭지만, 아무 차나 타지 않는 아가씨. 그러나 운전석에 앉은 금발 미녀를 보고 히피의 미소는 더 환해진다. "거지도 사람 골라서 동냥해요."

샤론은 미소로 답하며 타라고 말한다.

웨스트빌리지로 가서 차를 주차할 때까지 13분 동안 두 여자는 편하게 대화한다. 히피는 자기 이름이 샤이엔이며, 친구들을 만나려고 빅서까지 자동차를 얻어 타고 있다고 말한다. 크로스비 스틸스 앤 내시(영은 없는)와 제임스 갱과 버피 세인트 마리, 1910 프루트검 컴퍼니가 공연하는 야외 음악 페스티벌에 갈 계획이다. 샤론은 아주 재밌겠다고, 폴란스키가 영국으로 간 다음인 이틀 뒤였다면 샤이엔을 빅서까지 태워 주고 샤이엔의 친구들과 함께 페스티벌에도 가고 싶다고 생각한다. 실제로 실행에 옮기지는 않아도, 생각은 해 볼 수 있으니까. 샤론은 늘 즉흥적이었다. 로만은 그렇지 않다. 인기 있는 영화감독 남편보다 샤론이 더 멋진 몇 안 되는 면이다. 함께 가는 13분 동안 두 사람은 빅서와 크로스비, 스틸스 앤드 내시에 대해 이야기하고, 프랑수아 하디를 듣고, 샤이엔의 작은 가죽 지갑에 들어 있는 해바라기 씨를 먹는다.

샤론은 '웨스트빌리지 극장' 뒤쪽 유료 주차장에서 샤이엔과 작별 포옹을 하며 "안녕, 빅서에서 재밌게 놀아."라고 마지막 말을 건넨다. 극장 벽에는 폴란스키의 친구 마이클 사른 Michael Sarne의 영화 〈조안나 Joanna〉 포스터가 커다랗게 붙어 있었다. 샤론이 볼일을 마치려고 서쪽으로 웨스트우드빌리지를 성큼성큼 걸어가는 사이,

히피는 북쪽으로 향하는 캘리포니아 모험을 이어간다.

흰색 에나멜 부츠를 신은 샤론은 모자 가게, 커피숍, 피자 집, 신문 자판기 등을 휙휙 지나며 핸드백에서 커다란 검정 선글라스를 꺼내 이글거리는 캘리포니아 태양에서 눈을 가린다. 목적지로 향하던 샤론은 자신의 새 영화, 비밀 첩보원 매트 헴이 주인공인 액션 코미디 〈구조대 The Wrecking Crew〉가 바로 눈앞에 있는 브루잉 시네마에서 상영 중인 것을 발견한다.

커다란 현수막을 본다.

매트 헴 역에 딘 마틴
구조대
E. 소머, S. 테이트, N. 콴, T. 루이즈

미소를 지으며 길을 건너 영화 포스터에 나온 자기 그림 앞에 멈춰 선 샤론이 포스터에 나온 출연진 명단을 읽으며 자기 이름을 찾아 그 이름에 손가락을 대고 훑는다. 자기 이름을 확인하는 즐거움을 맛보고, 딘 마틴 그림 옆에 건물 파괴용 쇠공에 탄 자기 그림을 물끄러미 본 뒤, 웨스트우드 일류 극장에 자기 영화가 상영되는 것에 기뻐하며 극장을 지나쳐 상점 네 개를 지나 서점으로 간다. '아서 희귀본 서점 Arthur's Rare Books for Sale' 카운터 뒤에 놓인 라디오에서 클래식4의 '스토미 Stormy'가 크게 울린다. 문을 열고 들어서자마자 들리는 리드보컬 데니스 요스트의 목소리에 샤론은 긴

장이 풀린다. 샤론은 요즘 로큰롤 판에서 데니스 요스트의 목소리가 아트 가펑클과 더불어 제일 곱다고 생각한다. 가장 섹시한 건 블러드, 스웨트 앤드 티어스의 데이비드 클레이턴 토마스의 목소리다.

아서가 묻는다. "뭘 도와드릴까요?"

샤론은 선글라스를 벗고 카운터 뒤 노인에게 인사한다. "안녕하세요. 전화 주신 초판본을 가지러 왔어요."

"무슨 책이죠?"

"토마스 하디의 "테스"요. 이 주쯤 전에 주문했어요. 주문자 이름은 폴란스키입니다."

"와, 책을 아시는 분이군요."

샤론의 표정이 밝아진다. "남편 선물로 준비했어요."

"부군께서는 운이 좋은 분이시군요. 우선, 저도 "테스"를 처음 읽던 때로 돌아가고 싶어요. 둘째, 이렇게 예쁜 신부와 결혼할 만큼 젊어지고 싶군요."

샤론이 다시 미소를 지으며 카운터 너머로 손을 뻗어 노인의 검버섯 핀 손을 다독인다. 아서도 미소를 짓는다.

샤론은 머릿속으로 클래식4의 노래를 계속 떠올리며 서점을 나와 자동차로 간다. 흰색 미니스커트 아래로 긴 다리가 웨스트우드 대로의 보도를 힘차게 걸어간다. 자신의 영화가 상영 중인 극장을 지나 건널목까지 오지만, 신호등을 녹색으로 바꾸지는 못한다. 어쩔 수 없이 흰색 고고 부츠의 검정 힐은 잠시 쉬어야 한다. 극장을 등지고, 희귀한 초판본을 손에 들고, 빨간 신호등을 보고 있을 때, 등 뒤에서 자꾸 끌어당기는 기분이 든다. 신호등이 마침내 파란불로 바뀌어도 샤론은 길을 건너지 못한다. 보이지 않는 낚시줄에 걸린 숭어처럼 샤론은 돌아서서 브루인 시네마로 가 극장 앞에 전시된 사진들을 본다. 딘 마틴과 엘크 소머가 함께 있는 사진. 그 옆에는 자신과 딘 마틴이 벽 너머를 염탐하는 사진. 그 사진에서 샤론은 귀여운 하늘색 의상을 입고 위에 파란색 단추가 달린 사랑스러운 모자를 썼다. 영화의 후반 45분 동안 샤론은 그 의상을 입고 있다. 다음 사진은 딘 마틴과 샤론의 또 다른 모습이다. 샤론이 영화에 첫 등장하는 모습. 샤론은 코믹한 실수를 한 뒤 덴마크 호텔 로비 한가운데에 누워 있고, 딘 마틴은 그 옆에서 허리를 굽히고 있다. '이런.' 샤론은 그날을 기억한다. 그날 샤론은 몹시 긴장했다. 슬랩스틱 연기는 말할 것도 없고, 웃겨야 하는 역할을 맡은 적도 없었다. 그날이 처음이었다. 샤론이 맡은 인물의 성격은 '실수투성이 멍청한 미녀'가 전부였다. 샤론이 출연을 결심한 것도 그 때문이었지만, 그래도 촬영 첫날에 코믹한 효과를 내려고 엉덩방아를 찧는 연기를 하는 게 결코 편할 수 없었다. 어디 그뿐인가. 제리 루이스가 엉덩방아 찧는 것을 20년 동안 보아 온 딘 마틴 앞에서 그런 연기를 해야 했다. 그러니까 샤론이 연기를 못하면, 딘 마틴은 금방 알아챌 것이다. 딘 마틴과 감독 모두 샤론에게 잘했다고 말했다. 그렇지만 두 사람 다 아주 점잖아서, 샤론이 형편없이 연기했다 해도 대놓고 말하지는 않았을 것이다. 샤론이 이 영화에서 해낸 코미디 연기 전체에 자신 없는 것은 아니다. 슬랩스틱도 나중에는 잘하게 됐다고 생각한다. 단지 그 첫 번째 엉덩방아가 자신이 없을 뿐이다. 내가 정말 재미있는 배우일까, 아니면 그저 재미있으려고 애쓰는 '귀엽고 섹시한 나'일 뿐일까? 섹시 미녀가 어떻게 알겠어.

샤론은 생각한다. '나도 참 멍청하지. 답은 관객한테 있어. 관객 반응은 둘 중 하나야. 웃거나 웃지 않거나.'

매표소 창문에는 상영 시간이 3:30으로 걸려 있다. 가느다란 손목에 찬 얇은 금장 시계를 본다. 3:55. 괜찮다. 아직까지 샤론은 영화에 등장하지 않았다. 샤론은 생각한다. '아, 진짜! 이 시각에 이걸 보고 나가서 오늘 출연할 플레이보이 애프터 다크에 갈 준비를 할 수 있을까? 잠깐, 샤론. 40분 전만 해도 너는 폴란스키에 비해 네가 즉흥적이라서 자랑스럽다고 했잖아. 폴란스키만 아니었으면 너는 지금 샤이엔이랑 빅서까지 가서 크로스비 스틸스 앤드 내시 노래에 맞춰 맨발로 진흙 위에서 춤추고 있을걸. 그런데 네가 출연한 영화를 볼지 말지를 두고 12분 동안 보도에 서서 자기 자신이랑 싸울 생각이야? 샤론, 넌 정말 모순덩어리야.'

샤론은 유리 상자 같은 매표소 안에서 고무 인형처럼 표정 없이 앉아 있는, 귀엽게 구불구불한 머리를 한 여자에게 말한다. "한 장 주세요."

유리 상자 한가운데 있는 금속 구멍으로 매표원이 대꾸한다. "75센트예요."

샤론은 핸드백을 뒤져서 25센트짜리 동전 세 개를 찾아낸다. 그러다가 퍼뜩 든 생각에 동작을 멈춘다. "음, 저기요…… 어…… 영화에 출연한 사람이면……."

구불구불한 머리의 매표원이 샤론의 말을 듣고 무슨 뜻인지 생각하느라 눈썹을 치켜올린다. "무슨 뜻이에요?"

샤론이 설명한다. "제 말은, 제가 이 영화에 나와요. 샤론 테이트예요. 저기 간판에 제 이름이 있어요. S. 테이트."

매표원이 눈을 크게 뜬다. "이 영화에 나온다고요?" 약간 믿기지 않는다는 말투다.

샤론은 미소를 지으며 고개를 끄덕인다. "네." 그리고 덧붙인다. "얼뜨기 칼슨 역이에요."

사진이 전시된 곳으로 몸을 돌려서 딘 마틴과 자신이 벽 너머를 엿보는 사진을 가리킨다. "저 여자가 저예요."

매표원은 매표소 유리 너머로 사진을 본다. 그리고 미소 짓고 있는 금발 여자를 본다. "저 사람이라고요?"

샤론이 고개를 끄덕인다. "네."

구불구불한 머리의 여자가 지적한다. "저 여자는 〈인형의 계곡〉에 나온 사람인데요."

샤론이 또 미소를 지으며 어깨를 으쓱하고 말한다. "아, 그게 저예요. 〈인형의 계곡〉에 나온 여자."

구불구불한 머리의 매표원은 이해하기 시작한다. 그렇지만 한 가지 더 확인한다. 로비에 진열된 사진을 가리키며 말한다. "그런데 저기에는 빨간 머리잖아요."

"빨갛게 염색했어요."

"왜요?"

"감독님이 저 인물에는 빨간 머리가 어울리겠다고 해서요."

구불구불한 머리의 매표원이 소리쳤다. "와! 실물이 더 예쁘시네요."

자, 확실히 해두자. 길을 걷다가 배우를 우연히 만났을 때 영화나 텔레비전에서 본 것보다 예쁘다는 생각이 들어도, 그렇게 말하고 싶은 충동은 눌러야 한다. 배우는 그런 말을 듣기 싫어한다. 그런 말을 들으면 배우는 겁을 먹는다. 그러나 샤론은 자신이 얼마나 예쁜지 잘 알고 있다. 그래서 그 말이 조금 마음에 걸려도 밤이 되면 정말로 아무런 신경도 쓰지 않게 된다.

샤론은 매표원에게 변명한다. "음, 머리를 막 정리하고 와서 그런가 봐요."

매표원은 매표소 뒷문을 열고, 극장 로비에 서 있는 매니저 루빈에게 소리친다. "루빈! 이리 와!"

루빈이 극장 앞으로 나오자, 구불구불한 머리의 매표원이 샤론을 가리키며 말한다. "〈인형의 계곡〉에 나온 분이야."

루빈이 가만히 샤론을 본 뒤 매표원에게 묻는다. "패티 듀크?"

매표원은 구불구불한 머리를 흔들며 말한다. "아니, 다른 여자."

루빈이 묻는다. "'페이턴 플레이스'에 나온 여자?"

매표원이 또 구불구불한 머리를 흔든다. "아니, 다른 여자."

샤론이 수수께끼 게임에 끼어든다. "마지막에 야한 영화에 출연하게 되는 여자요."

루빈이 알아차린다. "아!"

매표원이 루빈에게 말한다. "우리 영화에도 나와."

루빈이 또 말한다. "아!"

구불구불한 머리의 매표원이 말한다. "S. 테이트야."

샤론이 정정한다. "샤론 테이트예요." 그리고 다시 또 정정한다. "엄밀하게 말하면, 샤론 폴란스키예요."

이제 완전히 이해한 루빈은 유명한 손님에게 인사하는 고상한 매니저로 변한다. "브루인 극장에 잘 오셨습니다, 테이트 씨. 귀한 발걸음에 감사드립니다. 들어오셔서 영화를 감상하실까요?"

샤론이 우아하게 되묻는다. "그래도 될까요?"

"물론입니다." 루빈은 이미 극장 문이 열려 있음에도 손으로 문을 여는 시늉을 한다.

샤론은 로비를 지나서 어두운 상영관으로 들어가는 문을 연다. 샤론은 유리 매표소에 있는 구불구불한 머리의 매표원과 시간 낭비를 하면서, 자신이 처음 등장해서 코믹하게 엉덩방아를 찧는 장면을 놓치지 않기를 속으로 기도했다. 상영관 안으로 들어설 때, 머리 위 영사실에서 필름이 돌아가는 소리가 들렸다. 35mm 영화 프린트가 영사기에서 돌아가며 조그맣게 들리는 탁 탁 탁 소리도 들린다. 샤론은 그 소리를 아주 좋아한다.

샤론은 텍사스에 살 때, 친구들과 〈초원의 빛〉 같은 영화를 보려고 아버지의 군 기지에 있는 영화관에 가거나 시내에 있는 아즈테카 영화관에 갔다. 혹은 아버지가 시켜서 여동생 데브라를 데리고 새 디즈니 영화를 보러 가거나, 혹은 남자와 스타라이트 자동차 극장에 엘비스 영화나 비치 파티 영화를 보러 갔다.(이 경우, 샤론은 영화를 보려 하고 남자애는 섹스를 하려 해서 늘 몸싸움이 빚어졌다.) 어느 때라도 샤론은 영화를 '영화'로 생각하지 않았다. '예술'로 생각하지도 않았다. 영화는 예술이 아니었다. 지금 손에 들고 있는 토마스 하디의 책과 달랐다. 영화는 그저 즐길 거리였다. 오락이었다. 그러나 폴란스키와 함께 지내며 영화도 예술이 될 수 있다고 설득되었다. 폴란스키의 〈로즈메리의 아기〉는 토마스 하디의 "테스"가 예술인 것과 같은 방식으로 예술이라 할 수는 없다. 그래도 〈로즈메리의 아기〉는 예술이다. 종류가 다를 뿐이다. 샤론은 〈로즈메리의 아기〉 원작 소설도 읽고, 폴란스키의 영화도 보았다. 폴란스키의 영화가 훨씬 예술적이다. 샤론은 위대한 작가와 동등한 능력으로 영화를 만드는 영화감독들도 있다는 사실을 이전에는 깨닫지 못했다. 모든 감독이 그런 것은 아니다. 대부분의 감독이 그런 것도 아니다. 남편 빼고, 샤론이 같이 작업한 감독들은 그렇지 않다. 그래도 몇몇 그런 감독이 있다.

샤론은 〈로즈메리의 아기〉 세트장에서 일어난 사건을 기억한다. 촬영감독 빌리 프레이커가 촬영 준비를 다 해 놓았다. 루스 고든이 연기한 캐스터베트 부인이 나오는 장면이었다. 캐스터베트 부인이 로즈메리의 아파트에서 다른 방에 있는 전화를 써도 되겠느냐고 묻는다. 로즈메리가 침실로 가서 전화하라고 말하자, 캐스터베트 부인은 침대에 앉아서 잠시 전화 통화를 한다. 촬영할 장면은 자기 침실에서 전화를 하는 노파를 흘깃 보는 로즈메리의 시점이었다. 빌리 프레이커는 복도에 카메라를 설치하고 문을 통해 루스 고든의 모습이 찍히게끔 카메라 방향을 맞춰 놓았다. 프레이커가 준비한 대로 찍으면 루스 고든이 문틈 너머로 확실히 보인다. 하지만 뷰파인더를 본 폴란스키가 마음에 들지 않는다며 바꿨다. 폴란스키가 원하는 대로 찍으면, 캐스터베트 부인이 화면에 다 드러나지 않는다. 문의 왼쪽에 가려진다. 샤론도 카메라 뷰파인더로 보았지만(샤론은 폴란스키가 영화를 찍을 때 늘 뷰파인더로 보았다.) 왜 폴란스키가 구도를 바꿨는지 이해할 수 없었다. 캐스터베트 부인을 찍는 장면이라면, 처음보다 확실히 못했다. 부인의 모습이 반밖에 나오지 않았으니까.

촬영감독도 이해할 수 없었지만 영화의 감독을 맡은 사람은 폴란스키니까 그 지시에 따랐다. 카메라 스태프들이 카메라를 다시 조절하는 동안 폴란스키는 사과 상자에 앉아서 흰색 스티로폼 컵에 담긴 커피를 홀짝였다. 샤론은 폴란스키에게 왜 구조를 바꾸는지 물어보았다.

폴란스키는 다 안다는 듯한 웃음을 지으며 "보면 알아." 하고 말했다. 그리고 일어나 자리를 떠났다.

샤론은 생각했다. '도대체 무슨 뜻이지?' 그리고 반년 정도 그 일을 잊고 지내다 캘리포니아주 글렌데일에 있는 알렉스 극장에서 일반 관객을 대상으로 한 첫 시사회가 열렸다. 샤론과 폴란스키는 시사회에 함께 참석해 객석 뒤쪽에 손을 잡고 앉았다. 폴란스키는 다른 사람의 영화를 볼 때에는 스크린 가까이에서 보는 걸 좋아하지만 자기가 만든 영화를 볼 때에는 뒤쪽에 앉는 것을 좋아했다. 영화보다는 관객을 보는 것이기 때문이었다.

극장은 꽉 찼다. 로즈메리의 아파트에 있는 캐스터베트 부인 장면이 나왔다. 루스 고든이 미아 패로에게 다른 방에서 전화를 써도 되는지 묻는다. 미아 패로는 그러라고 하며 침실을 가리킨다.

폴란스키가 아내 가까이로 몸을 기울이고 속삭였다. "왜 구도를 바꿔서 찍느냐고 물어봤지? 기억나?"

샤론은 잊고 있었지만, 그 질문을 받자 기억났다. "응."

"잘 봐." 폴란스키가 손가락으로 가리켰다. 스크린이 아니라, 앞에 앉아 있는 6백 명에 달하는 관객들의 머리였다.

화면에서는 로즈메리를 연기하는 미아 패로가 자기 침실에 있는 노파를 흘깃 본다. 그리고 장면은 미아 패로의 시점에서 보이는 것으로 바뀐다. 침대에 걸터앉아 전화 통화를 하는, 캐스터베트 부인으로 분한 루스 고든이 문틀에 반쯤 가려서 보인다.

갑자기 6백 명의 머리가 오른쪽으로 기울었다. 문틀에 가린 너머를 보려는 것이었다. 그 광경을 본 샤론의 입에서는 나지막이 탄성이 흘러나왔다. 물론 고개를 기울인다고 볼 수 있는 것은 아니었다. 그 장면은 그렇게 촬영되었으니까. 관객들이 생각을 하고 움직인 것도 아니었다. 본능적으로 한 것이다.

그렇게 폴란스키 감독은 6백 명을 조종했다. 그리고 곧, 그 숫자는 세계 곳곳 수백만 명으로 늘어날 것이었다. 그 사람들이 의식적으로 생각하고 있었다면 그런 행동을 하지 않았겠지만, 사람들은 아무 생각도 하지 않았다. 폴란스키가 그 사람들을 대신해서 생각하고 있었던 것이다.

폴란스키는 왜 그런 일을 했을까?

할 수 있으니까.

샤론은 폴란스키를 보았다. 폴란스키는 그날 세트장에서와 같은, 다 안다는 듯한 웃음을 지었다. 그러나 이번에는 샤론이 그 웃음을 이해했다. 샤론의 머릿속에는 '와!' 하는 감탄밖에 없었다.

샤론은 자신이 그냥 '좋은' 영화감독과 사랑에 빠져 결혼한 것이 아니라고 종종 느끼곤 한다. 샤론은 영화계의 모차르트와 사랑에 빠져 결혼한 것이다. 그날도 그런 느낌을 받았다.

반면 브루인 은막에 영사되고 있는, 샤론이 출연한 35mm 프린트는 폴란스키의 영화 예술성 수준과 거리가 아주 멀다. 지구와 달 사이의 거리만큼 멀다. 〈구조대〉는 '필름'이 아니다. 그냥 영화다. 좋은 영화도 아니다. 매트 헴을 연기하는 딘 마틴을 보며 웃을 수 있는 사람에게는 좋은 영화일지도 모른다.

이 영화는 딘 마틴의 매트 헴 영화로는 네 번째니, 매트 헴을 연기하는 딘 마틴을 보며 웃은 사람이 많았던 게 분명하다.(딘 마틴은 매트 헴 영화들을 아주 좋은 조건으로 계약했다. 딘 마틴이 첫 세 편으로 번 돈은 숀 코네리가 007 영화 처음 다섯 편을 찍어서 번 돈보다 많았다. 때문에 돈에 민

감한 스코틀랜드 사람인 숀 코네리가 몹시 격분했다.)

자리를 찾느라 어두운 상영관 복도를 지나는 사이, 스크린에 영사되는 화면이 보인다. 매트 헴이 덴마크에 착륙하는 장면이다.

'아, 잘됐다.' 샤론이 화려하게 등장하는 호텔 장면이 이 다음이다. 쭉 비어 있는 줄에서 샤론은 앉은 채로 조금씩 안으로 들어가며 어둑어둑한 객석을 둘러본다. 서른다섯 명에서 마흔 명쯤 되는 사람들이 큰 극장 곳곳에 흩어져 있다.

샤론이 가운데 자리에 앉을 때 은막에서는 매트로 분한 딘 마틴이 섹시한 스튜어디스에게 농담을 던지고, 관객이 웃는다.

샤론이 생각한다. '좋아, 잘 웃는 관객이네. 영화를 즐기고 있어.' 샤론은 핸드백에서 커다란 안경을 꺼낸다. 영화를 볼 때 쓰는 안경이다. 안경을 쓰고 의자에 편하게 자리 잡는 사이, 비밀 첩보원 매트 헴이 예의 터틀넥과 캐주얼 재킷 차림으로 덴마크 호텔 로비로 들어가고 있다.

악당 여자 스파이 두 명, 엘크 소머와 티나 루이즈가 매트 헴을 감시한다. 헴이 프런트데스크에서 헝가리 액센트로 들리기를 바라는 억양으로 'T. 루이즈'라고 말한다. 티나 루이즈가 헴에게 다가가서 그날 밤에 접선을 약속한다.

티나 루이즈가 사라지고, 매트 헴은 프런트 직원에게 친숙한 딘 마틴 말투로 농담을 던진다. "이 호텔 좀 대단하네요."

이제 어설픈 비밀 첩보원 프레야 칼슨으로 분한 샤론 테이트가 등장하고…….

★★★

덴마크 촬영지에서 필 칼슨 감독의 '액션'을 기다리며 카메라 앞에 서서, 샤론은 5개월 전 처음 시나리오를 받았던 때를 회상했다.

딘 마틴/매트 헴 비밀 첩보원 시리즈의 신작에 출연 제의가 왔다고 들었을 때, 샤론은 당연히 스파이 영화에 나오는 매혹적인 섹스 심벌 역할이라고 생각했다. 영화의 다른 세 여성 주연, 엘크 소머, 낸시 콴, 티나 루이즈가 맡은 역할 중 하나를 샤론이 맡았다면, 예상이 맞았을 것이다. 그러나 샤론에게 제안이 온 역할은 매트 헴의 아름답지만 실수투성이에 갈팡질팡하는 조수 프레야 칼슨이었다. 샤론은 〈구조대〉 전에 이미 코미디 영화를 두 편 찍었다. 토니 커티스의 섹스 소극 〈돈트 메이크 웨이브스 Don't Make Waves〉와 폴란스키의 영화 〈박쥐성의 무도회〉다. 그렇지만 이 두 코미디에서 샤론은 웃기는 역할이 아니었다. 다른 배우들(토니 커티스, 로만 폴란스키, 잭 맥거런)이 수선을 부리며 뛰어다니고, 엉덩방아를 찧고, 과장된 표정을 짓는 사이, 샤론은 멍하고 매력적인 표정(달리 말하면 '귀엽고 섹시한 나')만 요구받았다. 〈돈트 메이크 웨이브스〉에서는 비키니 차림의 샤론이 어이없을 정도로 예뻐서 코믹한 효과를 내기는 했다. 그러나 그 영화는 〈아이 러브 유, 앨리스 B. 토클라스! I Love You, Alice B. Toklas!〉가 리 테일러 영의 코믹한 면을 잘 살린 것과 달리, 샤론 캐릭터의 코믹한 가능성을 전혀 이용하지 못했다.

프레야 칼슨 역은 달랐다. 웃음을 주어 극의 긴장을 푸는 역할이었다. 최고의 가벼운 희극 배우인 딘 마틴을 상대로 웃음을 주는 역할. 얼뜨기인 만큼, 신체를 써서 코미디 연기를 해야 했다. 엉덩방아를 찧고, 진흙탕에 빠지고, 발이 걸려 넘어진다. 딘 마틴을 상대로 제리 루이스 역할을 하는 것이다! 샤론은 이 기회에 기뻐서 폴짝 뛰었다.

그러나 그때는 그때고 지금은 지금이다.

덴마크 촬영장 호텔 로비에 서서 감독의 액션 사인을 기다리며, 샤론은 두려웠다. 화면 안으로 뛰어들어와 처음으로 코믹하게 자빠져야 했다. 다칠 게 두려운 것은 아니었다. 처음에는 딱딱한 호텔 로비 바닥에 뒤통수를 부딪치는 것이 조금 걱정되기는 했지만, 스턴트맨 감독 제프가 넘어질 때 턱을 가슴 쪽으로 당기면 괜찮다고 귀띔했다. 옷에는 엉덩이와 등을 보호할 패드를 넣었다. 제프는 샤론에게 몇 가지를 명심시켰다. 넘어질 때 턱을 가슴 쪽으로 당겨라, 넘어질 때 손에 든 샴페인 병은 높이 들어야 병이 바닥에 부딪쳐 유리 조각들을 뒤집어쓰는 일을 피할 수 있다, 카메라가 위에서 찍으니 바닥에 넘어졌을 때 다리가 넓게 벌어지면 모아야 한다. 그러나 무엇보다 겁나는 건, 제리 루이스의 오랜 파트너 앞에서 코믹하게 넘어지는 연기를 하는 것이었다.

샤론은 양손에 소품을 들고, 머리는 기억해야 할 사항들로 가득한 채 카메라 밖에서 화면 안으로 들어오라는 사인을 기다렸다. 그 어느 때보다도 배역과 가까워진 기분이었다. 샤론은 프레야처럼 자기 능력 밖의 상황에 처했다.(비밀 첩보원으로서 프레야와 희극 배우로서 샤론.) 또, 더 숙련된 파트너 때문에 위축되었다.(제임스 본드 다음으로 꼽히는 세계 최고의 비밀 요원 매트 헴과 영화계 최고의 코미디 듀오 중한 명.) 그리고 프레야처럼 자기 일을 잘하고 싶지만 망칠까 봐 겁났다. 프레야 역에 캐롤 버넷도 고려했다는 이야기를 들은 적이 있다. 샤론은 왜 캐롤 버넷이 아닌 자신을 선택했는지 알 만했다. 좋은 선택이었는지 잘못된 선택이었는지는 샤론이 이 몸 개그를 어떻게 해내느냐에 달려 있었다.

이 영화의 감독 필 칼슨은 친절하고 신사적인 사람이었다. 그는 샤론에게 이 첫 장면으로 프레야가 어떤 인물인지 관객에게 확실히 전달해야 한다고 말했다. 프레야도 영화 속 다른 여성 주연들처럼 섹시하게 등장해야 한다는 의견도 있었었다. 1960년대 잡지 표지 모델 같은 샤론의 미모로 관객을 사로잡은 뒤, 코믹한 몸 연기를 하는 게 효과적이라는 의견이었다. 그러나 필 칼슨 감독이 이를 거부했고, 샤론은 아주 다행이라고 생각했다. "이 얼빠진 영화에서 샤론이 맡은 인물이 최고예요." 감독이 샤론에게 한 말이다. 사실, 프레야라는 인물에 대한 아이디어는 전부 칼슨의 솜씨였다.

영화 중반까지 프레야는 섹시와는 거리가 먼 모습으로 나온다. 샤론의 긴 금발은 빨간색으로 염색해 뒤로 틀어 올렸다. 소머와 콴, 루이즈는 모두 패션을 뽐내며 등장하지만, 샤론은 첫 등장에 덴마크 관광청 유니폼을 입고 나온다. 얼굴에는 코믹한 커다란 안경을 쓰고, 영화의 전반부에는 머리에 우스꽝스러운 모자도 쓴다. 감독이 샤론에게 말했다. "샤론이 등장한 뒤부터 진짜 영화가 시작

돼요. 그러니까 처음 등장할 때 빵 터뜨려야 해요."

감독의 말을 들을 때는 감독이 자신을 믿는다는 사실에 당연히 기분이 좋았다. 그러나 이제 '빵 터뜨릴' 시간이 되자, 샤론은 정말로 빵 터뜨릴 수 있기를, 피식 하고 한심하게 바람이 빠지지 않기를 바랐다.

★★★

브루인 극장의 은막에서, 프레야 카슨으로 분한 샤론이 화면으로 뛰어들고 있다. 손에는 샴페인 병을 들고 새된 소리로 주인공의 이름을 부른다. "헴 씨, 헴 씨, 헴 씨!" 딘 마틴이 고개를 돌려 프레야를 보자, 프레야가 뒤로 쿵 자빠진다.

샤론이 자빠지자 브루인 극장의 관객은 배꼽이 빠져라 웃는다. 샤론은 생각한다. '와! 좋아.' 샤론은 사람들의 웃는 얼굴을 보려고 두리번거리기까지 한다. 관객 한 명 한 명과 악수를 나누며 고맙다고 인사할 수 있다면 그렇게 했을 것이다. 샤론은 다시 고개를 돌려 스크린을 본다. 이제 그 사랑스러운 얼굴에는 커다란 미소가 걸려 있다. 샤론은 생각한다. '영화를 보러 오기 잘했어.' 흰색 부츠의 지퍼를 내리고 맨발을 앞 좌석 등받이에 올린다. 그리고 좌석에 몸을 푹 기대고 영화를 즐긴다.

제15장

⋮

전생 에드먼드

칼렙 디코토 의상을 입은 릭 달튼과 감독 샘 워너메이커는 '랜서' 세트장에서 의자에 앉아 달튼이 맡은 인물을 의논하고 있다.

감독이 말한다. "방울뱀을 생각해요. 칼렙을 상징하는 동물은 방울뱀이죠."

텔레비전 드라마 감독은 대개 아주 바쁘다. 자기 할 일을 하느라 역할을 상징하는 동물에 대해 이야기할 시간이 없다. 그러나 워너메이커 감독은 진지한 영국 연극 연출가 타입의 감독이다. 그리고 워너메이커는 릭 달튼이라는 배우를 아주 좋아하는 것 같다. 그래서 릭은 감독의 의견에 맞장구치는 게 좋겠다고 생각한다.

릭은 거짓말한다. "이런, 그런 말씀을 하시다니, 신기하네요. 저도 칼렙을 상징하는 동물은 뭘까 하고 찾고 있었거든요."

"그럼, 뱀으로 갑시다." 미라벨라 랜서 역의 아역 배우 트루디 프

280

레이저를 무릎에 앉힌, '랜서'의 주연 배우 짐 스테이시가 앉아 있는 쪽을 가리키며 감독이 말한다. "저 친구를 몽구스라고 생각해요. 대결이죠. 오늘 오후에는 두 사람의 대결을 찍을 겁니다. 그때 그 동물이 다 보이면 좋겠어요."

릭은 생각한다. '동물이 다 보여? 이게 도대체 무슨 소리야?'

그래서 릭은 깊이 생각하는 것처럼 그 말을 되풀이한다. "동물이 다 보이게."

감독이 릭에게 상기시킨다. "전에 헬스 앤젤 얘기한 거 기억해요?"

릭은 고개를 끄덕인다.

"아주 커다란 모터사이클을 타고 있다고 생각하세요." 감독은 또 세트장 저편, 붉은 러플 셔츠를 입은 스테이시를 가리킨다. "저기 있는 저 친구는 칼렙의 부하가 되기를 바라죠. 그러니까 칼렙은 헬스 앤젤 대장이 자기 부하를 뽑을 때에 치르게 하는 테스트랑 똑같은 걸 저 친구한테 시키는 거예요."

릭이 말한다. "그렇군요. 그럼, 말이 모터사이클 같은 거죠?"

감독이 동의한다. "그렇죠. 그 당시에는 말이 모터사이클이죠."

릭은 고개를 끄덕이며 말한다. "그렇네요."

감독이 말한다. "그리고 칼렙 일당은 모터사이클 일당이죠."

릭이 고개를 끄덕인다. "그렇죠."

감독이 말한다. "모터사이클 갱단이 도시를 점령하고 사람들을 겁주는 것처럼 칼렙 일당이 이 마을을 점령하는 겁니다."

세트장의 반대편 끝에 있는 짐 스테이시에게 이 대화가 들릴 리 없지만, 그래도 릭은 감독 가까이 몸을 기울이고 비밀스럽게 묻는다. "짐 스테이시가 정말로 콧수염을 붙이겠다고 했어요?"

감독이 웃으며 말한다. "말도 말아요. 콧수염 때문에 싸운 얘기는 말로 다 못해요. 자니 마드리드한테 콧수염이 있어야 한다고 어찌나 고집을 피우던지. 스테이시는 콧수염이 자기 인물 설정이래요. 스테이시도 마드리드처럼 유별난 데가 있어요. 액터스 스튜디오 출신 배우들처럼 우울하게 유별난 건 아니고, 언젠가 감옥에 갈 거 같이 유별나요." 감독은 점점 흥분해서 말한다. "당연히 스테이시는 이 드라마가 시리즈로 이어지길 바라죠. 그런데 자기는 더그 맥클루어나 마이클 랜든처럼 되기는 싫대요. 그래서 콧수염으로 다르게 보이고 싶은 거죠. 그런데 CBS에서 콧수염 아이디어를 똥통에 처박았어요."

릭은 얼굴에 빌어먹을 털을 붙이고 있는 게 몹시 싫다. 그렇지만 스테이시가 콧수염을 그토록 간절하게 바란다는 사실 덕분에 릭은 자기 수염 분장이 점점 더 마음에 든다.

감독이 말을 계속한다. "콧수염 얘기가 나왔으니 말인데, 내가 마지막으로 가짜 콧수염을 붙인 건 로런스 올리비에와 리어왕을 공연할 때였어요. 로런스 올리비에는 매일 폭풍우 신이 끝날 때마다 비에 젖고 땀에 찌들어서 수염이 떨어졌어요. 그러면 올리비에가 나를 흘긋 보죠. 그때 나는 콘월 공작 역을 맡았는데……."

감독은 갑자기 무슨 생각에 사로잡혔는지 화제를 돌린다. "릭, 셰익스피어 연극에 출연한 적 있어요?"

릭이 웃다가 깨닫는다. '아, 젠장, 농담이 아니네.'

"저요?"

"네."

'내가 어디를 봐서 셰익스피어 연극을 했을 것처럼 보이지?'

릭이 말한다. "아뇨, 연극은 별로 못했어요."

감독이 말한다. "음, 내가 보기에 릭은 천생 에드먼드예요."

"에…… 에드먼드요?"

"에드먼드는 서자예요. 평생 자기 인생을 억울하다고 생각하는 서자."

억울한 인물이라면 어떤 역이든 릭이 타고난 역할이라고 말할 수 있다.

릭은 진심으로 말한다. "음, 무슨 뜻인지 알겠습니다."

감독이 설명한다. "왕에게 배척당해서 억울한 겁니다."

릭이 말한다. "맞아요."

감독은 확언한다. "에드먼드 역을 맡으면 죽이게 연기할 겁니다."

속으로 '정말?' 생각하며 릭이 말한다. "음, 고맙습니다. 그렇게 생각하신다니 좀 설레네요."

릭은 셰익스피어를 읽지도 못한다. 발음할 줄도 모르고, 말하면서 말뜻도 모른다.

감독이 또 확언한다. "릭이 출연하고 내가 연출할 수 있으면 영광이죠."

릭은 정말로 얼굴을 붉히며 말한다. "아, 또, 설레네요."

감독은 이야기를 더 늘인다. "우리가 같이 하면 대단한 게 나올 것 같아요. 내 머리도 이제 리어 왕을 할 만큼 하얗게 셌어요."

릭이 솔직히 말한다. "음, 저는 책을 더 읽어야 하겠네요. 솔직히 말하면, 셰익스피어를 많이 읽진 못했거든요."

릭은 생각한다. '아니, 전혀 못 읽었지.'

감독이 고집한다. "그건 문제가 아니에요. 내가 도와줄 수 있어요."

"영국 억양을 써야 하나요?"

"이런, 아니에요! 그건 내가 허락할 수 없어요. 에이번의 시인을 영국인이 독점하고 있는 것처럼 보이는 건 나도 알아요."

릭은 생각한다. '에이번의 시인이 누구야?'

감독이 항변한다. "윌리엄 시대의 영어는 실제로 미국 영어에 더 가깝다는 게 제 의견입니다."

릭이 묻는다. "윌리엄요? 아, 이런, 셰익스피어!"

감독이 계속 말한다. "네. 모리스 에반스 풍의 지적인 체하는 과장된 미사여구 산문은 아닙니다."

'지적인 체하는 과장된 미사 뭐? 모리스 누구?'(모리스 에반스는 1930~1940년대에 셰익스피어 해석과 연기로 유명했던 배우임 – 옮긴이)

"최고의 셰익스피어 배우는 미국 배우들이죠. 사실, 솔직히 말하면, 스페인이나 멕시코 배우가 영어로 연기할 때 최고의 셰익스피어 연기가 나옵니다. 리카르도 몬탈반의 맥베스는 대단하죠! 현실 속에서 시를 제대로 포착하는 미국인이 있으면 진정한 셰익스피어 세계에 가장 근접할 수 있겠죠. 그렇지만 그런 경우는 드물어요. 다시 말해서, 미국 배우가 영국 억양으로 셰익스피어를 연기하려고 하지 않아야 한다는 말이죠. 그건 최악입니다."

릭은 거짓말로 맞장구친다. "그렇죠, 저도 그건 싫어요." 그리고 덧붙인다. "음, 아까도 말했지만, 셰익스피어는 별로 못 해 봤어요. 서부극에 주로 캐스팅됐죠."

감독이 말한다. "셰익스피어에서 줄거리를 딴 서부극이 얼마나 많은지 알면 놀랄걸요." 워너메이커 감독은 다시 세트장 저쪽, 아직도 트루디 프레이저를 무릎에 앉히고 앉아 있는 제임스 스테이시를 가리키며 말한다. "권력을 두고, 누가 우두머리가 될 것인가를 두고 싸움이 벌어지면 그건 다 순수한 셰익스피어 세계입니다."

릭은 고개를 끄덕이며 말한다. "네, 그렇군요."

"권력을 둘러싼 싸움. 그게 칼렙과 자니, 두 사람의 관계죠. 그리고 오늘 칼렙의 마지막 신, 유괴와 몸값이 나오는 신을 찍을 때 햄릿을 이야기할 수도 있어요."

릭이 묻는다. "칼렙이 햄릿 같다는 말씀인가요?"

"에드먼드이기도 하고요."

"음, 차이점을 모르겠어요."

"음, 두 사람 다 갈등하는 성난 젊은이죠. 그래서 릭을 이 역에 캐스팅했어요. 그렇지만 햄릿 속에는, 에드먼드 속에는, 방울뱀이 있어요."

"방울뱀요?"

"모터사이클을 탄 방울뱀."

제16장

제임스 스테이시

제임스 스테이시는 자기 드라마를 얻기까지 10년 조금 넘게 기다렸다. 이제 드디어 그날이 왔다. 자신의 새 드라마 '랜서' 파일럿 편의 촬영 첫날이다.

1960년대 초반에 제임스 스테이시는 파일럿 두 편을 찍었다. 하나는 '아기가 생기면 셋And Baby Makes Three'이라는 제목의 30분짜리 시트콤으로, 스테이시가 젊은 소아과 의사를 맡고, 조안 블론델과 '메리 타일러 무어 쇼' 이전의 개빈 매클로드가 출연했다. 다른 하나는 30분짜리 액션물이다. 제목은 '보안관'이며, 멕시코 영화 스타 길버트 롤런드가 해변 지역 보안관을 연기하고 제임스 스테이시는 말썽 많은 서퍼 집단의 리더를 맡았다. 둘 다 파일럿 편으로 끝났지만 CBS 방송사를 위해 20세기폭스가 제작하는 '랜서'는 파일럿부터 돈을 많이 들이고, CBS 가을 편성에 확실히 들어

갈 작품이었다.

지금은 제임스 스테이시로 불리는 이 남자는 원래 로스앤젤레스에서 모리스 엘리어스라는 이름으로 태어났다. 미식축구 선수로 뛰던 잘생긴 터프가이가 연기의 길로 접어든다는 스토리는 그 시대 많은 젊은 남자 배우의 공통 분모였다. 모리스 엘리어스는 잘생긴 외모와 미식축구 실력으로 이미 고등학교에서 스타였으며, 그 시대 많은 젊은 남자들과 마찬가지로 제임스 딘을 우상으로 여겼다. 그래서 제임스 딘처럼 음울한 척하며 연기 수업을 들었다. 그리고 고등학교에서 외모가 뛰어난 많은 남녀가 그렇듯, 모리스도 할리우드로 가서 배우가 되기로 결심했다. 글렌데일 출신이라 멀리 갈 필요도 없었다.

이름을 제임스 스테이시로 개명한 건 제임스 딘에게 바치는 의미다. 성은 자기가 좋아하는 삼촌 이름을 땄다. 머리에 그리스를 바르고, 딱 붙는 청바지를 입고, 눈에 띄기를 기다리며 슈웝스 드럭스토어 주변을 어슬렁거렸다.

처음 맡은 제대로 된 역할은 '오지와 해리엇의 모험The Adventures of Ozzie and Harriet'(1952년부터 1966년까지 방영된 미국 시트콤-옮긴이)에서 릭 넬슨의 친구들 중 한 명이었다. 7년 동안 릭의 친구들 중 한 명으로 술집 주변에서 노닥거리고, 햄버거를 먹으며 밀크셰이크를 마셨다. 그리고 전쟁 영화들에서 나중에 텔레비전 드라마 스타가 될 배우들과 함께 조연으로 출연했다. 〈비행단 라파예트Lafayette Escadrille〉에는 톰 래플린('빌리 잭'), 클린트 이스트우드('로하이드'),

데이비드 잰슨('리처드 다이아몬드'), 윌 허친스('슈거풋')와 함께 나왔다. 〈남태평양〉에는 톰 래플린, 더그 맥클루어('오버랜드 트레일'), 론 엘리('타잔')와 출연했다.

그러다가 '해브 건 – 윌 트래블 Have Gun – Will Travel', '페리 맨슨 Perry Mason', '샤이옌 Cheyenne', '헤이즐 Hazel' 등 텔레비전 드라마에서 단막 출연이지만 제대로 된 배역을 맡기 시작했다. 메이저 영화에서 처음 조연을 맡은 작품은 디즈니의 〈섬머 매직 Summer Magic〉이었다.

이후 스테이시는 〈비행단 라파예트〉 감독의 아들 윌리엄 웰먼 주니어와 함께, 해변을 배경으로 하진 않지만 해변 파티 타입의 영화 두 편에 출연했다. 1964년작 〈윈터 어 고고 Winter A- Go-Go〉는 레이크타호 스키 리조트가 배경이고, 스테이시는 그 영화에서 1960년대 섹시 스타 베벌리 아담스(나중에 비달 사순과 결혼한다)와 사랑을 나눈다. 또 영화에서 몽키스의 히트 메이커 보이스와 하트가 만든 곡 '힙 스퀘어 댄스'라는 세련된 노래를 직접 부르기도 했다. 그 1년 뒤인 1965년에는 다시 웰먼 주니어와 함께 〈스윙잉 서머 A Swingin' Summer〉에 출연하는데, 레이크 애로우헤드가 배경인 이 영화에는 라이처스 브라더스가 나와서 이 그룹이 발표한 유일한 로큰롤 '저스틴'을 부른다. 그러나 〈스윙잉 서머〉를 기억하는 사람이 있다면 그 진짜 이유는 안경 쓴 책벌레로 등장한 신예 라퀠 웰치가 안경을 집어던지고 육체파 미녀로 변신한 뒤 게리 루이스 앤드 플레이보이스의 연주에 맞춰 '아임 레디 투 그루브'를 부르며 영화를 장악했기 때문이다.

이 시기에 스테이시는 1960년대 최고로 매력적인 배우 코니 스티븐스와 결혼했다. 결혼 생활은 4년. 그리고 1960년대 말, 수많은 텔레비전 드라마에 단회 출연한 뒤, 스테이시는 텔레비전 드라마 주연으로 스타가 되겠다는 계획을 세웠다.

★★★

당시 CBS에서 가장 인기 있는 드라마는 '건스모크'였다. 1960년대 후반에 들어 주연 배우 제임스 아니스는 최대한 적게 출연하려 했다. 주연 배우가 얼굴만 비춰도 드라마는 이미 안정되어 시청률에는 영향이 없었기 때문에 CBS는 아니스가 하고 싶은 대로 내버려두었다. 아니스가 영화를 찍기 위해 드라마 출연을 꺼린 것은 아니었다. 그저 일하기가 싫었을 뿐이다. 어쨌든 CBS는 덕분에 단회 출연할 배우들을 중심으로 재미있는 에피소드를 만들 기회를 얻었다. 이렇게 출연한 배우가 '건스모크' 시청률에 좋은 영향을 주면, 다음 시즌에 새 드라마의 주연을 맡길 수도 있었다.

그런데 제임스 스테이시가 '건스모크'에 출연한 회가 최고의 시청률을 올렸다. 당시 '건스모크'가 최고 수준의 드라마였다는 점을 고려하면, 대단한 일이었다.

제임스 스테이시는 '건스모크' 시즌 13 중 '복수 Vengeance'라는 제목의 에피소드에 출연했다. 당대 최고의 텔레비전 서부극 작가인 캘빈 클레먼츠가 대본을 쓰고, 뛰어난 감독 리처드 C. 사라피언이 연출했다. 사라피언 감독은 그 뒤로 곧장 영화 〈배니싱 포인트 Vanishing Point〉와 〈맨 인 더 윌더니스 Man in the Wilderness〉로 컬트 클래식을 만든 영화감독으로 도약했다. (〈배니싱 포인트〉에서 곱슬머리에 흰색 버튼다운셔츠를 입고 닷지 챌린저를 모는 코왈스키 역을 맡은 배리 뉴먼도 나쁘지 않았지만, 그 역을 제임스 스테이시가 했으면 더 섹시하고 더 멋있었을 것이다.) '복수'는 두 회에 걸쳐 방송됐다. 제임스 스테이시와 함께 존 아일랜드, 폴 픽스, 모건 우드워드, 벅 테일러(이 에피소드 이후 보안관의 부관인 뉴리 오브라이언으로 '건스모크'에 고정 출연한다), 〈진정한 용기 True Grit〉에 출연하기 1년 전의 킴 다비가 출연했다.

스테이시는 밥 존슨 역을 연기했다. 형 잭 존슨(모건 우드워드)과 양아버지 같은 인물 힐러(제임스 앤더슨)와 함께 다니는 떠돌이 카우보이이다. 떠돌이지만 숙련된 카우보이들인 만큼, 다친 송아지를 죽이지 않으면 다른 소들까지 늑대들의 먹이가 된다는 목장의 불문율을 잘 알고 있다. 그래서 소떼 사이를 지나가다가 다친 새끼를 보고, 세 남자는 해야 할 일을 한다. 그리고 덤으로 공짜 스테이크도 준비한다. 그때 질 나쁜 목장 주인 파커(존 아일랜드)가 아들과 목장 일꾼들과 꼭두각시 보안관(폴 픽스)을 대동하고 나타난다. 그곳은 파커의 땅이고, 다친 송아지는 파커의 소유였다. 존슨 형제는 상황을 설명하려 하지만 파커는 존슨 일행을 도둑으로 본다.

파커 일행은 힐러를 죽이고, 잭을 불구로 만든다. 다친 밥은 죽게 내버려둔다. 파커에게 매수된 보안관은 이 모든 일을 법적으로 정당한 것으로 꾸민다. (영화 〈옥스보우 인서던트 The Ox-Bow Incident〉의 영향이 느껴진다.)

밥은 살아남아서 형을 데리고 가까운 닷지시티로 간다. 드라마의 주인공인 연방 보안관 맷 딜런(제임스 아니스)이 있는 곳이다. 딜런 보안관은 존슨 형제에게 파커가 '파커타운'이라는 자기 마을을 소유하고 있다고 귀띔한다. 파커타운은 닷지시티와 경쟁하는 도시가 될 수도 있었지만, 닷지시티가 역마차가 지나는 지역으로 성장하는 사이 파커타운은 부유한 가족이 좌지우지하는 마을에 머물렀다.

딜런 보안관은 존슨 형제의 말을 믿고, 파커라면 그런 짓을 하고도 남을 사람임도 잘 알지만, 그곳이 파커의 소유지고 송아지도 파커 소유라는 사실에는 변함이 없다. 그리고 비록 파커의 꼭두각시에 불과해도 파커타운을 관할하는 보안관이 있으니 그곳의 일은 그 보안관의 말에 따라야 한다. 그래서 부당하기는 하지만, 처벌이 불법은 아니었다.

딜런 보안관은 밥에게 우선 안정을 취하고 부상에서 회복하라고, 병상에 누운 형은 의사(밀번 스톤)가 치료할 것이라고 말한다.

그러나 닷지시티나 파커타운에 있는 그 누구도 모르는 것이 있었다. 밥 존슨이 번개처럼 빠른 총잡이라는 사실이다. 이제 밥은 파커와 아들들을 죽이면 교수형에 처해질 것임을 잘 알게 되었다. 그렇지만 파커의 아들 레너드(벅 테일러)가 결투를 신청하게끔 미끼를 던지면 합법적으로 놈을 죽일 수 있다는 것도 알고 있다. 밥은 닷지시티에서 파커 가족을 힐뜯기 시작한다. 레너드를 닷지시티로 꾀어내려는 작전이다. 밥의 계획은 먹힌다. 밥은 파커의 멍청한 아들 레너드와 심리 게임을 펼치고, 마침내 레너드가 닷지시티 주민이 모두 모인 무도회에서 밥에게 총을 겨눈다.

밥은 합법적으로 레너드를 총으로 쏘아 죽인다.

당연히 파커와 부하들은 응징하겠다며 싸울 준비를 갖추고 닷지시티에 나타난다. 그러나 딜런 보안관은 피에 굶주린 부자에게 그쪽에 적용된 법칙이 옳다면 이쪽에 적용된 법칙도 옳다고 경고한다. 송아지 한 마리를 놓고 사람을 죽인 것에 대해 법적으로 딜런 보안관이 간섭할 수 없듯, 밥은 정당방위를 했을 뿐이며 닷지시티 주민 전부가 증인이므로 이 죽음에 파커가 간섭할 수는 없다고 말한다.

딜런 보안관은 밥이 이 모든 일을 계획한 것을 잘 알고 있다. 떠돌이 카우보이가 닷지시티에 들어와서 사적인 복수 때문에 마을을 피로 어지럽히는 것은 보안관에게 달갑지 않은 일이다. 그래서 딜런은 밥에게 형이 움직일 수 있을 만큼 회복되면 곧장 닷지시티를 떠나라고 말한다. 안타깝게도 밥의 형 잭은 닷지시티에서 떠나지 못한다. 파커가 밤에 자객을 보내 침대에서 꼼짝 못하는 밥의 형을 죽였기 때문이다.

파커의 짓임을 모두가 알지만, 증명하는 것은 또 다른 문제다.

그래서 '복수' 1부가 끝날 때쯤, 우리는 제임스 스테이시가 혈혈단신으로 존 아일랜드가 연기하는 파커와 그 부하들과 맞서려고 파커타운이라는 악의 소굴을 향해 말을 타고 가는 모습을 보게 된다.

와! 손에 땀을 쥐게 하는 상황!

1부와 마찬가지로 클레멘츠의 대본에 사라피언 연출인 '복수' 2부는 1부가 끝나는 바로 그 지점에서 시작한다. 이어서 1960년대 TV 서부극 드라마의 충격 신으로는 타의 추종을 불허하게 화끈한 장면이 펼쳐진다. '복수' 2부의 초반부는 '건스모크'의 한 편이 아니라 복수를 주제로 잘 만들어진 1970년대 서부극의 열띤 클라이맥스 장면 같다.

어떻게 됐을까? 무슨 일이 벌어졌을까? 밥은 파커타운에 있는 개자식을 남김없이 다 죽인다.

만세! 제밀할 놈들 다 죽어라!

기다릴 필요도 없이 시작하자마자 곧장 사건이 벌어진다. 이렇게 2부가 시작된 뒤, '건스모크' 에피소드의 이야기 구조를 아는 사람이라면 다 알겠지만, 이야기는 내리막길로 이어진다. 딜런 보안관은 밥 존스를 죽여야 한다. 그 결론이 나올 때까지 우리는 시간을 죽여야 한다. 그리고 2부가 끝나기 직전, 딱 그렇게 된다. '이제 광고가 끝나고 다음주 예고가 이어집니다. 채널 돌리지 마세요!'

할리우드의 젊은 배우라면 누구나 밥 존슨 역을 원했다. 릭 달튼은 어금니라도 내놨을 것이다. 그러나 짐 스테이시가 '복수'를 찍고 있는 그 주, 릭은 식물원에서 흰색 모자를 쓰고, 거의 알몸인 론 엘리와 '타잔'을 찍고 있었다. 하지만 '복수'를 보면, 짐 스테이시가 아닌 다른 배우의 밥 존슨은 상상하기 힘들다.

닷지시티에 사는 순진한 여자와 밥의 로맨스도 하나의 스토리라인이다. 문제아 밥 존슨과 사랑에 빠지는 상냥한 여자 역할은 킴 다비가 맡았다. 그리고 드라마를 찍는 동안 상냥한 킴 다비는 문제아 짐 스테이시와 사랑에 빠진다. 두 사람은 1년 뒤에 결혼하고, 그 1년 뒤에 이혼한다.

★★★

CBS 중역들은 짐 스테이시를 잠재력을 알아보고 '건스모크'에 출연시켰다. 이제 결과가 성공적이니, 스테이시에게 더 호의를 갖게 됐다.

다시, 붉은 러플 셔츠에 갈색 가죽 코트를 입고 20세기폭스 서부극 세트장 속 랭카스터 호텔 앞에 앉아 있는 짐 스테이시로 돌아오자. 오늘은 새 드라마 파일럿의 첫 촬영 날이다. 짐 스테이시는 은색 스터드 장식이 박힌 바지에 감싸인 다리를 쭉 뻗고, 녹색 세븐업 병을 홀짝거린다.

지금 스테이시는 기분이 좀 나쁘다. 릭 달튼의 콧수염을 보았기 때문이다. 파일럿 편에서 악당 칼렙 디코토 역으로, 제이크 카힐이었던 릭 달튼이 출연한다는 말을 처음 들었을 때 스테이시는 들떴다.

몇 가지 이유가 있었다. 첫째, 짐 스테이시는 릭 달튼의 팬이었다. '바운티 로'도 〈맥클러스키의 열네 주먹〉도 좋아한다.(릭 달튼이 랠프 미커와 함께 나온 서부극도 좋아했다. 제목은 기억이 안 났다.)

둘째, 제작사인 20세기폭스와 방송사인 CBS가 파일럿 편의 악당 역에 이미 자기 주연작인 드라마가 있는 텔레비전 스타를 고용할 만큼 돈을 많이 쓰는 것은, 이 드라마가 고정 방송으로 자리를 잡을 가능성이 크다는 뜻이다. 그리고 세 번째 이유는, 이기적인 관점에서 나왔다. 릭 달튼 같은 스타가 이제 제임스 스테이시가 주인공인 드라마에 단발 출연하는 악역으로 나오는 때가 드디어 왔다. 또, 자니 랜서라는 인물을 더 역동적으로 보여줄 기회이기도 했다. 자니 랜서가 칼렙을 무찌를 때, '그 주의 악당'을 이기는 것에 그치지 않는다. 시청자들은 자니 랜서가 제이크 카힐(텔레비전 서부 드라마의 아이콘)을 이긴 것으로 볼 것이다. 스테이시는 파일럿 편을 연출하는 샘 워너메이커 감독과 칼렙 역을 맡을 배우를 두고 이야기한 적이 있다. 칼렙 디코토 역에는 후보가 둘이었다. 하나는 유명 스타 릭 달튼. 다른 하나는 신인 기대주 조 돈 베이커였다. 베이커는 〈폭력 탈옥 Cool Hand Luke〉에서 제소자 중 하나, 〈황야의 7인〉의 마지막 속편(제임스 스테이시도 맥퀸 역으로 오디션을 봤지만, 그 역은 몬트 마캄에게 돌아갔다)에서 조지 케네디와 함께 7인 중 한 명이었다. 워너메이커 감독도 베이커를 좋아했다. 베이커의 외모는 영화배우다웠고, 워너메이커 감독은 베이커의 몸집이 마음에 들었다(베이커가 스테이시보다 컸다). 그러나 유명한 TV 드라마의 카우보이를 데려와서 이미지를 완전히 바꾸는 것은 워너메이커 감독에게는 너무 재미있어 보이는, 놓칠 수 없는 기회였다. 워너메이커 감독은 '보난자'와 '빅 밸리'를 비롯한 수많은 1960년대 서부 드라마와 비슷한 TV 드라마를 만들고 싶지 않았다. 이탈리아에서 나온 마카로니웨스턴은 거친 맛을 새롭게 선보였고, 마침내 그 스타일이 미국 관객도 사로잡고 있었다. 물론 아직도 앤드류 맥라글렌과 버트 케네디 감독에 존 웨인, 제임스 스튜어트, 헨리 폰다, 로버트 미첨 같은 늙다리가 주인공을 맡은 영화들이 점점 줄어드는 관객에게 추억을 팔고 있었지만, 1969년에 미국 서부극은 다른 맛도 내기 시작했다. 주연 배우들이 젊어지기 시작했다. 세르지오 레오네 감독의 서부극에서 클린트 이스트우드가 깜짝 놀랄 만큼 섹시해 보인 영향도 어느 정도 있다. 이들은 산타모니카 대로에 있는 '웨스턴 코스튬스'의 흔한 의상보다 훨씬 멋지게 옷을 입었다. 또 '반영웅' 범주에 들어가는 주인공도 많았다. 아이젠하워 시대부터 이어온 더 나이 든 스타들 중에는 이미지를 완전히 바꾸려 애쓰는 사람도 있었다.

〈와일드 번치〉에서 살인 무법자들을 이끄는 윌리엄 홀든의 첫 대사는 "움직이면 죽여!"다. 은행을 털면서 무고한 은행 손님도 여차하면 죽이라고 말하는 것이다.

세르지오 레오네 감독의 〈원스 어폰 어 타임 인 더 웨스트 Once Upon a Time in the West〉는 헨리 폰다가 다섯 살짜리 아이의 얼굴에 총을 쏘며 시작한다.

영화나 텔레비전 드라마 서부극에서 악역을 맡아 온 리 마빈, 찰스 브론슨, 리 반 클리프, 제임스 코번 같은 배우들은 갑자기 주인공이 되고…… 스타가 됐다!

이 새로운 서부극에서는 악당이 단순히 나쁜 사람이 아니다. 피에 굶주린, 새디스트 광인이다. 당대의 정치 이슈를 비유하는 내용은 뭐든 환영받았다. 〈작은 거인 Little Big Man〉과 〈솔저 블루 Soldier Blue〉는 베트남전에 대한 비판이었다. 〈석양을 향해 달려라 Tell Them Willie Boy Is Here〉에서 도망 중인 인디언은 사실상 블랙 팬서였다. 이런 영화들에서는 등장인물이 죽을 때 얼굴을 찌푸리며 배를 움켜쥐고 신음하며 천천히 땅에 고꾸라지지 않는다. 내장이 날아가고 피가 흩어진다. 샘 페킨파가 감독이라면 1초에 120프레임으로 내장이 튀고, 폭죽처럼 터지는 붉은 피로 돈 시겔의 폭력성도 하찮게 보일 영상 시詩를 만들어 낼 것이다.

일요일 저녁 7:30분에 방영되는 CBS 텔레비전 드라마로는 당연히 그런 것들을 다 시도할 수 없다. 그래도 이런 새로운 스타일의 서부극 같은 분위기는 내려고 애쓸 수 있었다. 그래서 워너메이커 감독은 두 가지 방법을 생각했다. 하나는 시각적인 것으로, 특히 의상에 주목했다. 두 번째는 드라마의 세 주인공 중 한 명인 자니 랜서, 일명 자니 마드리드의 성격이었다. 그 시대 텔레비전 드라마 서부극들에서 반영웅에 가장 가까운 인물은 자니 랜서였다. (사실 '랜서'는 서부극 텔레비전 드라마 시대가 막을 내리는 기점에 선 작품으로 기록된다.)

자니 역을 맡은 제임스 스테이시와 샘 워너메이커 감독 모두 이 인물의 어두운 면에 열광했다. 자니의 어두운 면을 극대화하기 위해 떠올린 아이디어가 콧수염이었다. 이제 제임스 스테이시가 콧수염을 바라는 것은, 그저 배역에 몰입할 수단을 원하는 것 이상이었다. 1960년대 텔레비전 서부 드라마에서 주인공이 두 명일 때에는 거의 늘, 한 명은 검은 머리, 한 명은 밝은 머리였다. 자니 랜서의 이복 형제 스콧 랜서를 맡은 웨인 몬더는 머리가 금발이었다. 제임스 스테이시는 갈색이다. 그렇지만 제임스는 거기에 콧수염을 더하면 다른 주연 배우와 확실히 구분되어 보이고, 이전에 없던 서부극 주인공의 모습을 보일 수 있다고 생각했다.

"시도는 좋지만, 절대 안 됩니다. 콧수염은 악역이 달아야 해요." 방송사에서 스테이시와 워너메이커에게 한 말이다.

자, 그래서 이제 촬영 첫날, 술이 달린 갈색 가죽 재킷을 입은 릭 달튼은 방송사에서 제임스 스테이시에게는 절대로 허락하지 않을 멋진 콧수염을 자랑하고 있다. 스테이시는 생각한다. '멍청한 새끼들. 이제 조만간 주인공이 콧수염을 붙인 드라마도 나올 테고, 그러면 너도나도 콧수염을 붙이겠지. 그 주인공이 내가 돼야 하는데!'

그러나 릭을 향한 스테이시의 질시는 콧수염이 전부가 아니었다. 지난밤, 릭과 함께 맞붙은 신의 대사를 훑어보던 스테이시는 문득 좋은 대사가 전부 릭 달튼 몫이라는 걸 깨달았다. 물론 워너메이커 감독은 방송사에서 콧수염을 반대했을 때 스테이시를 편들었다. 그러나 칼렙 역에 릭 달튼을 캐스팅하겠다는 소식을 들었을 때 감독은 들뜬 기분을 감추지 못했다.

감독은 지금 자니 랜서라는 인물을 시청자들에게 보여주기보다 릭 달튼을 변신시키는 데에 더 열중하고 있는 게 아닐까. 스테이시는 그런 생각마저 든다. 이런 생각은 멈추지 않는다. 자신이 주연인 드라마의 촬영 첫날, 세트장에 앉아 있는 스테이시의 눈에는 저 맞은편에 나란히 앉아 있는 릭 달튼과 감독의 모습만 보이기 때문이다. 두 사람은 마치 이전에 영화를 네 편쯤은 함께 찍기라도 한 듯 편하게 떠들며 웃고 있다. 스테이시는 세븐업을 홀짝이며 생각한다. '저 둘이 도대체 무슨 사이야?'

그때, 자니의 이복여동생 미라벨 랜서 역을 맡은 아역배우 트루디 프레이저가 깡총깡총 뛰며 다가와 스테이시의 무릎에 앉는다.

"무슨 일이에요?" 트루디가 묻는다. 트루디는 스테이시가 어디를 보고 있는지 알아챘다. 저쪽에서 나란히 앉아 편하게 대화하는, 칼렙 역을 맡은 배우와 워너메이커 감독이다.

트루디가 건방지게 질문한다. "경쟁자를 지켜보나요?"

스테이시는 시선을 돌려서 무릎에 앉은 소녀를 내려다보며 말한다. "무슨 일이야, 꼬맹이?"

트루디가 말한다. "음, 저쪽에 있는 칼렙 때문에 기분이 언짢은 거 다 보여요. 그래서 좀 위로하려고 왔죠."

스테이시는 극에서 적수로 나오는 사람 때문에 심통이 난 사실을 부인하지 않는다. 스테이시가 트루디에게 말한다. "칼렙한테는 콧수염을 붙이다니. 말도 안 돼. 콧수염은 자니 마드리드가 붙여야 해. 아무것도 모르는 방송국 놈들 때문에 콧수염을 못 붙여."

트루디가 스테이시에게 묻는다. "칼렙 역을 맡은 배우랑 인사했어요?"

스테이시가 대답한다. "아직."

트루디는 수염이 덥수룩한 배우 쪽으로 팔을 뻗으며 말한다. "자, 저기 있네요. 뭘 기다려요? 이 드라마는 아저씨가 주인공이에요. 저 배우는 이번에만 출연하고요. 가서 인사하고, 환영한다고 말해요."

스테이시가 말한다. "할 거야. 지금은 감독이랑 이야기하고 있잖아."

트루디는 쯧쯧 하고 혀를 차듯 고개를 가로젓는다. 그리고 중얼거린다. "핑계, 핑계, 핑계."

"꼬맹아, 알았어. 할 거야." 짜증 섞인 목소리다. "그만 재촉해."

트루디가 항복하듯 양손을 든다. "알았어요, 알았어. 이 드라마 주인공은 아저씨니까 천천히, 알아서 하세요."

스테이시는 씩씩거린 뒤 세븐업을 크게 한 모금 마신다.

트루디는 스테이시의 무릎에서 꼼지락거리며 묻는다. "칼렙 역 맡은 배우, 알아요?"

"배우로? 그거야 당연히……."

트루디가 재빨리 말을 막는다. "본명은 안 돼요. 나한테는 그냥 칼렙이어야 해!"

스테이시가 말한다. "음, 그렇다면…… 칼렙은 6년 전쯤에 본인이 주인공인 서부극 드라마를 찍었어."

트루디가 진지하게 묻는다. "잘했어요?"

스테이시는 릭 달튼을 흘깃 본다. 칼렙 의상을 입고, 자신이 붙이고 싶던 콧수염을 붙이니, 정말 유행에 앞서 보이고 정말 달라 보인다. 감독과 급속도로 친해진 모습. 그래서 스테이시는 트루디보다 자신을 향해 말한다. "나쁘지 않았어."

★★★

릭 달튼은 칼렙 분장을 한 채 그늘에 놓인 자기 배역이 적힌 의자에 앉아서 페이퍼백 "야생마 타기"를 읽고 있다. 중요한 신의 첫 촬영을 기다리며(한 시간 반쯤 걸린다고 제1 조감독이 말했다) 책을 읽는 동안, 릭은 이 책에 대해 아역 배우와 만나 감정적인 반응을 보이기 전보다 더 진지하게 생각해 본다. 여자애의 말이 옳았다. 아주 좋은 소설이다. 그리고 일명 '이지 브리지'인 톰 브리지는 아주 멋진 인물이다. 판권을 사서 영화화하는 것도 고려해 볼 만하다. 이지 브리지는 릭이 맡고. 폴 웬드코스한테 감독을 부탁할 수도 있겠지.

오늘 처음 찍은 장면은, 칼렙이 드라마에서 처음 등장하는 장면이기도 했다. 꽤 멋진 소개 장면이다. 시청자에게 처음 모습을 드러내기 전, 다른 등장인물들이 칼렙에 대해 많이 이야기한다. 이러면 관심이 고조되고 마침내 시청자 앞에 나타날 때 극적 효과가 아주 커진다. 영화라면, 릭은 이 신을 첫날 찍지 말자고 요구했을 것이다. 그러나 TV 드라마는 스케줄에 맞춰야 한다. 중요한 신을 첫날에 찍어야 한다면, 설령 아침에 가장 먼저 찍는다 해도, 그대로 따라야 한다. 릭은 두 배우를 상대해야 한다. 드라마 주인공 자니 랜서 역을 맡은 제임스 스테이시와 자니 랜서의 심복 밥 '비즈니스맨' 길버트를 연기하는 브루스 던. 브루스 던은 릭도 몇 년 전부터 알고 있었다. 드라마의 또 다른 주연 배우인 웨인 몬더도 알고 있다. 몬더가 전작 '커스터'에 주인공 커스터로 출연했을 때부터 알았다. 릭은 그 드라마에 출연하지 않았지만 릭의 친구 랠프 미커가 출연했다. 릭과 미커가 버뱅크 영화사 맞은편에 있는 리버 바텀 바 앤드 그릴에서 술을 빨고 있을 때 몬더가 들어와서 합석하고 함께 몇 잔 마신 적도 있다. 그날 이후로는 만난 적이 없지만, 이번 촬영장에서 서로 인사를 주고받은 뒤, 웨인은 릭에게 출연을 환영한다고 말했다. 아버지 머독 랜서 역의 앤드류 더건도 릭을 환영했다.(더건은 '바운티 로'에 두 번 출연했다.) 릭 달튼은 분장 트레일러에서 나온 뒤, 더건과 함께 담배를 피우며 밀린 이야기를 나눴다. 릭은 성공이 예상되는 새 드라마의 주연을 맡은 더건을 축하했다. 그러나 함께 맞붙어서 촬영할 제임스 스테이시는 아직 공식적으로 만나지 못했다.

촬영장 먼 발치에서 보긴 했다. 그러나 유명한 배우, 특히 본인이 주인공인 텔레비전 드라마를 오래 촬영한 바 있는 배우가 특별 출연할 때는 드라마의 주연 배우가 먼저 다가가서 출연에 감사한다고 인사하는 것이 불문율이다.

릭도 '바운티 로'에 대런 맥거빈이 출연했을 때 그렇게 했다. 에드워드 G. 로빈슨, 하워드 더프, 로리 칼훈, 루이스 헤이워드, 더글러스 페어뱅크스 주니어가 출연했을 때에도 마찬가지였다. '바운티 로'는 릭의 집이나 마찬가지니, 출연으로 도움을 주어 감사하다고 인사하는 것이 당연하다. 그러나 오후 두 시가 되도록 짐 스테이시는 아직 릭에게 인사하지 않았다. '그린 호넷'의 반 윌리엄스는 인사하러 왔다. '타잔'의 론 엘리도 그랬다. '거인 나라'의 개리 콘래드도 그랬다. 'FBI'의 에프렘 짐발리스트 주니어도 그랬다. 그러나 '빙고 마틴'의 좆같은 스콧 브라운은 그러지 않았다. 조금 유명세가 있는데, 특별 출연하게 된 드라마에서 카메라 앞에 서는 순간까지 그 드라마의 주연 배우가 와서 인사하지 않으면, 전 스태프들 앞에서 '뒈져라!'라는 말을 들은 셈이다.

릭 달튼과 제임스 스테이시가 세트장에 함께 있은 지 꽤 오래됐다. 스테이시는 이미 인사했어야 했다. 그래도 릭은 스테이시를 봐주기로 마음먹는다. 오늘은 스테이시가 주연인 첫 드라마를 처음 촬영하는 날이다. 초조할 수 있다. 그럴 만하다. 하지만 얼른 정신을 차리지 않으면, 평생의 적을 만들게 될 것이다.

어쨌든 릭은 오래 기다릴 필요가 없을 것이다. 읽고 있는 소설책 위로 언뜻, CBS의 새로운 주연이 빨간 러플 셔츠와 블랙 진, 은빛 스터드가 박힌 바지 차림으로 먼지 날리는 20세기폭스 서부극 세트장을 지나 릭이 있는 쪽으로 오는 게 보였다.

'이제 때가 왔군.' 릭은 스테이시가 다가오는 모습을 못 본 척, 계속 책을 읽는 체한다.

악마처럼 잘생긴 드라마 주인공은 릭의 의자 앞에 와서, 질문하듯 릭의 이름을 부른다.

"릭 달튼?"

릭은 페이퍼백 소설에서 고개를 들고 책을 무릎에 내려놓는다. "맞아요." 릭이 대답한다.

제임스 스테이시가 손을 내밀며 말한다. "제임스 스테이시입니다. 제 드라마에 잘 오셨습니다."

릭은 미소를 지으며 신인의 손을 잡고 악수한다.

스테이시가 말한다. "파일럿 편 악당으로 이렇게 귀한 분을 모시게 되어서 정말 영광입니다. 제가 '바운티 로'의 열성 팬이었다고 꼭 말씀드리고 싶어요. 엄청 좋은 드라마였어요. 정말 뿌듯하시겠어요."

릭이 스테이시에게 대답한다. "고마워요. 네, 좋은 드라마죠. 뿌듯해요."

스테이시가 말을 잇는다. "이 말씀도 꼭 드리고 싶은데, 〈맥클러스키의 열네 주먹〉에 저도 출연할 뻔했습니다."

"정말요?"

"네. 저도 카즈 가라스가 연기한 역할에 후보였어요. 제가 기회를 얻지는 못했죠. 카즈 가라스는 그때 벌써 헨리 해더웨이 영화에서 주인공을 맡았으니까. 그렇지만 저도 그 역을 정말 하고 싶었어요."(카즈 가라스는 헨리 해더웨이 감독의 1969년 작 〈마지막 사파리 The Last Safari〉에서 주인공 케이시 역을 맡았다 – 옮긴이)

천성이 착한 릭이 말한다. "음, 있죠, 제가 캐스팅 된 것도 순전히 운이에요. 촬영 2주 전까지만 해도, 파비언이 주인공으로 정해져 있었어요. 그런데 파비언이 '버지니안'을 찍다가 어깨가 부러졌어요. 그래서 제가 들어가게 됐죠. 폴 웬드코스 감독이랑 전에 작업한 적 있고, '바운티 로'도 웬드코스 감독이 몇 편 찍었거든요. 그래서 웬드코스 감독이 저를 컬럼비아 영화사에 제안했대요."

스테이시는 릭 옆에 있는 빈 의자에 앉는다. 앞서 샘 워너메이커 감독이 앉았던 자리다. 스테이시는 '바운티 로' 스타 쪽으로 몸을 기울이며 비밀스레 묻는다. "소문으로 들었는데, 〈대탈주〉에서 스티브 맥퀸 역을 할 뻔했다는 거, 사실인가요?"

릭은 생각한다. '이런, 또 시작이네. 멍청한 신인은 하나같이 똑같은 수동공격적인 멍청한 질문을 하네.'

'그린 호넷' 세트장에서도 주인공 반 윌리엄스가 그린 호넷 복장으로 똑같은 질문을 던졌다. '타잔' 세트장에서 사타구니만 가린 론 엘리도 그랬다. 이 둘 다 연기력이 부족해서 동정의 눈빛을 숨기지도 못했다.

릭은 전날 같은 질문을 던진 마빈 슈워즈에게 내놓은 짧은 대답을 다시 내놓는다.

"오디션도 없었고, 회의도 없었고, 존 스터지를 만난 적도 없어요. 캐스팅 될 뻔했다고 말할 상황이 아니었어요…….”

릭은 '그래도'라는 말은 허공에 둔 채 말을 멈춘다. 그러자 스테이시가 그 말을 소리 내서 꺼낸다. “그래도?”

릭은 마지못해 말을 잇는다. “그래도…… 어떻게 된 얘기냐 하면…… 아주 잠시…… 맥퀸이 그 영화 출연을 고사하려고 했어요. 그리고 그 짧은 순간 동안, 후보 네 명 중에 내가 끼어 있긴 했죠.”

스테이시가 눈을 크게 뜨고, 릭 쪽으로 더 몸을 기울인다. “후보로 또 누가 있었어요?”

“다 이름이 조지예요. 조지 페퍼드, 조지 마하리시, 조지 차키리스.”

스테이시는 괴로운 듯 얼굴을 찌푸리고, 반사적으로 릭의 어깨를 툭 치며 말한다. “아, 그거 참 안타깝네요. 그 세 명이랑 경쟁했으면, 〈대탈주〉 주인공은 당연히 릭 달튼이었을 텐데. 경쟁 상대가 폴 뉴먼이라면 모를까, 그 조지들이라니.”

이 이야기에 지친 릭은 재빨리 대답한다. “뭐, 내가 아니라 맥퀸이 했죠. 솔직히…… 나한테 기회가 있었다고 말할 수도 없어요.”

스테이시가 웃으며 고개를 끄덕이지만 말은 다르게 한다. “그래도…….” 그리고 심장에 칼을 꽂고 비트는 시늉을 한다.

릭은 옆에서 잘난 체하며 웃고 있는 스테이시를 잠깐 바라본다. 그리고 묻는다.

“저기, 물어볼 게 있는데…… 내 수염 어때요?”

제17장

무공 훈장

제2차세계대전이 끝나고 제대할 때 클리프의 주머니에는 돈과 무공 훈장 두 개가 있었다. 앞으로 뭘 하면서 살아야 할지는 이제 결정해야 했다. 사실, 지난 몇 년 간 클리프는 스스로 결정할 필요가 없는 삶을 살아왔다. 시칠리아 전장에서는 그곳에서 죽을지도 모른다고 생각했다. 필리핀으로 전출돼서 필리핀 게릴라와 함께 일본군과 싸울 때는 틀림없이 거기에서 죽을 거라고 생각했다. 일본군에게 붙잡혀 필리핀 정글에 임시로 지어 놓은 포로수용소에 있을 때, 클리프는 자신을 산송장이라 여겼다. 마음속으로 '나는 이미 죽은 사람'이라고 생각하지 않았다면, 감히 수용소를 탈출할 엄두도 내지 못했을 것이다. 클리프는 필리핀 포로들을 이끌어 일본인 간수들을 다 죽이고 정글로 탈출한 뒤 필리핀 저항군에 다시 합류했다.

어찌나 과감하고 극적인 탈출이었는지, 컬럼비아 영화사에서 이 실화를 소재로 훌륭한 전쟁 액션 영화를 만들기까지 했다. 폴 웬드 코스 감독의 〈산호해 전투〉다. 이 영화는 아주 재미있지만, 실화를 많이 각색했다. 영화에서 포로수용소를 탈출하는 사람들은 클리프 와 필리핀 게릴라들이 아니라 미국 잠수함 대원들이며, 탈출을 이 끄는 사람은 클리프 로버트슨이 연기한 함장이다. 신기한 우연이 지만 릭도 이 영화에 잠수함 대원으로 출연했는데, 클리프와 릭이 친해지기 전이었다.

영화에서는 실제 상황을 많이 뺐다. 클리프 부스는 없다. 필리핀 게릴라도 없다. 실제로는 일본군이 수많은 사람들의 목을 뱄지만, 영화에 그런 장면은 나오지 않는다. 상황이 역전됐을 때 살아남은 포로들이 일본군 간수들의 목을 뱄지만, 그런 장면도 영화에는 나 오지 않는다. 영화에서는 포로수용소의 일본군 지휘관이 지적이고 신사적이고 명예를 아는 사람으로 그려지지만, 실제로는 잔인하기 그지없었다.

클리프는 그 영화를 보며 생각했다. '젠장, 그 지휘관 개자식이 저런 사람이었으면, 내가 탈출도 안 하고 전쟁 끝날 때까지 포로수 용소에 그냥 있었겠지.' 또 클리프 로버트슨이 영화에서 형편없다 고 생각했다. 나중에 클리프가 릭(릭은 그 영화를 좋아했다)에게 말했 다. "그 빌어먹을 영화를 보다가, 제밀할, 내가 일본놈을 더 응원했 어."

그래도 탈출만 놓고 보면 실화와 비슷했다. 어쨌든, 그때 클리프는 살아서 정글을 떠나지 못하리라고 생각했으므로, 결국 살아난 후에는 생존이 마냥 마음 편하지는 않았다. 앞으로 뭘 하며 살아야 할까. 클리프는 정말이지 알 수 없었다.

우선, 미국으로 서둘러 갈 필요는 없었다. 그래서 제대한 뒤 파리에 갈까 생각했다. 몇 달 동안 파리에서 치즈와 바게트를 먹고 와인을 코카콜라인 양 마시는 동안, 전쟁 전에는 전혀 몰랐던 직업을 처음 마주하게 됐다. 바로 '쾌락의 남자'였다.

이 직업을 칭하는 더 흔한 표현은 '포주'다. 클리프 시대 대부분의 미국 남자들에게 포주라는 개념은 완전히 낯설었다. 미국 남자들에게 매음굴은 중년 여성이 운영하는 곳이었다. 그러나 파리에서 클리프는 'maquereau', 혹은 줄여서 'Maq'('마크'라고 읽는다)라 불리는 남자들을 보았다. 옷을 잘 차려 입고, 종일 술집에서 놀면서, 여자들을 거리에 풀어서 매춘하게 한다. 이 매춘부들은 번 돈을 마크에게 가져온다. 그 시대의 미국 남성이 보기에, 여자가 몸을 판 돈을 남자에게 주는 것은 아주 큰 충격이었다. 그러나 이 프랑스 포주들은 이 일을 완벽하게 해냈다. 클리프 주변의 여자들은 하나같이 클리프의 잘생긴 외모 때문에 자신을 내던졌다. 클리프가 여자를 꼬드겨서 몸을 섞는다? 쉬운 일이었다. 그러나 몸을 팔고 그 돈을 가져오게 만든다? 이건 차원이 완전히 다른 얘기지. 클리프는 프랑스 마크들이 어떻게 그런 일을 해내는지 알아내서, 미국에 돌아간 뒤 그 일을 하고 싶었다. 그래서 마크 두 명과 가까워졌다.

"여자들이 얻는 건 뭐야?" 클리프가 물었다.

프랑스 마크는 설명했다.

"여자들이 내는 돈은 자신을 돌봐주는 대가 같은 거야. 실제로 여자들을 돌봐야 해. 손님, 경찰, 불량배, 다른 여자 등등에서 보호해야 하고. 여자들이랑 같이 나가서 보호자가 있다고 과시해야 해. 여자들한테 돈을 받는 건 맞지만, 여자들한테 들이는 돈도 많아. 여자들이 벌어온 돈을 그냥 뚝 떼어서 일부를 줄 수도 있지만, 그러면 낭만이 없지. 그러다 보면 여자들도 나중에는 자기가 착취를 당했다고 생각하고 후회하게 돼. 그렇지만 돈을 받아서 그 돈을 여자들한테 많이 쓰면, 그러니까 옷이나 향수, 액세서리, 가발, 스타킹, 잡지, 초콜릿 같은 걸 사 주고, 식당이나 술집, 극장, 댄스홀 같은, 여자들이 가고 싶은 곳에 데려가면, 여자들은 그게 자기 돈이라는 걸 잊어버려. 아빠 말만 잘 들으면, 아빠가 잘 돌봐준다. 이거지."

클리프가 물었다. "그러면 된다고? 뭐가 더 필요하지 않아?"

"여자들은 자기를 돌봐줄 아빠를 원해. 그걸 과소평가하지 마." 마크는 다시 말을 이었다. "어쨌든 맞는 말이야. 뭐가 더 있긴 해. 맞는 여자를 찾아내는 것도 중요해. 그런데 더 중요한 게 있어. 제일 중요한 거야. 여자를 길거리로 내보낼 수 있는 남자는 많아. 그렇지만 계속 길거리에서 돈을 벌어오게 만든다? 이건 진짜 마크만 할 수 있어. 한 명이 아닌 여러 명을 길거리로 내보내서 계속 돈을 벌어오게 만든다? 이게 진짜 마크지. 그러려면 무엇보다 필요한 게 있어."

클리프가 묻는다. "그 비결이 뭐야?"

"간단해. 섹스를 잘하는 거. 아주 잘하는 거. 그 여자들이랑 아주 자주, 아주 잘하는 거."

클리프가 씩 웃었다. 그러나 프랑스 마크는 힘주어 말했다. "이 봐, 그거 생각보다 힘들어. 애인이랑 섹스하듯이 하면 안 돼. 친구 애인이랑 섹스하듯 해도 안 돼. 아버지 정부랑 섹스하듯 해도 안 돼. 그런 섹스는 즐겁자고 하는 거지. 이건 일이야. 그 여자들은 돈 때문에 손님이랑 섹스해. 너도 돈 때문에 그 여자들이랑 섹스해. 일이란 이런 거야. 그리고 장담하는데, 그 여자들을 만족시키기란 생각보다 어려워. 여자들이 계속 붙어 있게 하려면, 개들이랑 섹스를 잘해야 돼. 자주, 잘해야 돼. 섹스하기 싫을 때에도 해야 한다는 뜻이야. 섹스하기 싫을 때도 섹스해야 하고, 그것도 아주 잘해야 돼. 데리고 있는 여자가 많을수록 섹스 횟수는 더 많아져. 잠 잘 시간도 없어. 사흘이라도 게을러져 봐. 여자들이 정신을 차리고 '내가 뭐 하고 있지?' 생각하게 돼. 여자들이 정신을 차리면 어떻게 되는지 알아? '아, 뭐, 그럴 수도 있지, 안녕, 나중에 또 만나' 이러지 않아. 여자들이 정신을 차리면, 너는 증오의 대상이 돼. 그 여자들은 그냥 증오하는 게 아냐. 네가 죽는 꼴을 보려고 해. 그만큼 증오해. 진짜 죽이려고 덤빌지도 몰라. 아버지한테 전화하고, 오빠한테 전화하고, 어릴 때 만났던 애인한테 전화해서 구해달라고 할지도 몰라. 그러면 이제, 옛날 애인이 칼을 들고 쫓아오거나, 오빠가

311

권총을 들고 쫓아오거나, 아버지가 엽총을 들고 쫓아와.

아니면 여자가 너한테 배운 대로 보지를 이용해서 남자를 꼬드기고, 그 남자한테 널 죽이라고 할 수도 있어.

다시 말하면, 마크는 쉴 날이 없어. 진짜 마크한테는 휴일이 하루도 없어.

데리고 있는 여자랑 섹스해야 해. 계속 섹스해야 해. 절대로 쉬지 않고 섹스해야 돼. 절대 쉬지 않고 섹스를 아주 잘해야 돼.

질리면 안 돼. 싫어해도 안 돼. 네 기분은 아무도 신경 쓰지 않아. 데리고 있는 여자의 남자가 돼야 하고, 그 여자한테 섹스할 때마다 오르가슴을 줘야 해.

비법은 다양한 체위야. 다른 남자들보다 잘하는 게 문제가 아니야. 다른 남자들이랑 다른 체위로 섹스해야 해.

여자가 얻는 게 뭔지 궁금해? 여자가 얻는 건 바로 그거야. 아주 좋은 계약이지. 여자가 너를 먹여 살리니까 너는 여자한테 잘해야 돼. 그래, 여자가 돈을 내놓는 건 사실이야. 하지만 여자가 돈을 내놓게 만들려면 너도 아주 애를 써야 해."

클리프는 이해했다. 아주 잘 이해했다. 그렇게 열심히 일하는 것은 자기랑 맞지 않는다는 사실도 깨달았다. 섹스할 마음이 안 생기는 여자와 섹스하느니 차라리 시속 90킬로미터로 차를 몰아 벽돌벽을 들이박겠다.(실제로 나중에 이런 일로 돈벌이한다.) 섹스를 좋아하는 사람이 섹스를 일로 삼을 수는 없었다.

클리프는 포주가 자기 적성에 맞지 않는다는 사실을 깨달은 뒤 미국으로 돌아가서 몇 년 동안 미국 곳곳을 돌아다녔다. 그러다가 오하이오주 클리블랜드에서 고등학교 동창인 옛 친구 애비게일 펜더거스트를 만났다. 애비게일은 머리를 금발로 염색한 미녀로, 마피아와 연결된 깡패 루돌프 '반죽 얼굴' 제노비스의 정부였다.

클리프와 애비게일은 '게이 나인티스' 피자 가게에 앉아 있었다. 바닥에는 톱밥이, 테이블에는 체크무늬 테이블보가 깔려 있었다. 자동 피아노에서 음악이 흐르고, 벽에는 16mm 영사기로 찰리 채플린 영화를 틀어 놓았다.

애비게일이 피자를 한 입 베어 물자, 끈적한 모차렐라 치즈가 턱으로 흘러내렸다. 애비게일은 고개를 돌려서 웨이터에게 냅킨을 달라고 말했다. 그때 애비게일의 눈에 팻 카델라와 마이크 지토가 보였다. 두 사람은 바에 앉아서 맥주를 마시며 애비게일이 앉은 테이블을 보며 인상을 쓰고 있었다.

아주 밝은 금발의 글래머는 생각했다. '이런, 젠장.'

애비게일은 클리프를 보았다. 클리프는 피자 한 쪽을 두 번에 나눠서 다 입에 넣고 있었다.

애비게일이 클리프 쪽으로 몸을 기울이며 말했다. "꼬리가 따라붙었어."

클리프는 끈끈한 피자를 한입 가득 문 채 물었다. "뭐라고?"

애비게일은 눈을 바 쪽으로 돌렸다. "바에 앉은 두 놈."

클리프가 바 쪽을 보려고 몸을 돌리려 하자, 애비게일은 클리프의 손목을 잡고 속삭였다. "보지 마."

클리프는 무슨 영문인지 묻는듯 눈썹을 치켜올렸다.

애비게일이 나직이 말했다. "팻과 마이크야. 루디 부하."

클리프는 애비게일의 만류에도 불구하고 몸을 돌렸다. 바에 앉아서 맥주를 마시고 있는 험상궂은 인상의 두 남자를 자세히 살펴보았다. 두 남자는 전직 군인에게 '죽어 볼래?' 하는 표정을 보내고 있었다.

클리프는 다시 몸을 돌리고 피자 판에서 한 조각을 또 떼어내는 사이, 애비게일이 말했다. "이제 저놈들이 와서 자기를 쫓아낼 거야."

클리프가 손에 든 피자에서 눈을 들어, 마주 앉아 있는 흰 피부의 금발에게 말한다. "아, 그래? 그럴까?"

애비게일은 죄지은 표정으로 사과했다. "미안해. 루디가 이렇게 나올 줄 몰랐어. 내가 마누라도 아니고, 애인이 여덟 명이나 더 있는데……."

클리프가 말했다. "그래도 너를 제일 좋아하겠지. 나도 알 만해."

그 말에 애비게일이 얼굴을 붉혔다.

그다음 클리프는 애비게일에게 잠시 화장실에 가 있으라고 말했다. 애비게일이 싫다고 말하려 하자, 클리프는 같은 말을 한 번 더 했다. "잠깐 화장실에 가 있어. 문을 잠그고 내가 나오라고 할 때까지 나오지 마."

애비게일은 이해할 수 없었다.

클리프가 명령했다. "얼른 시키는 대로 해."

애비게일이 클리프의 말에 따라, 일어서서 화장실로 간 뒤 문을 잠갔다.

애비게일이 자리를 비우자, 이탈리아인 깡패 두 명이 클리프 자리로 다가왔다.

마이크 지토는 애비게일이 앉았던 빈 의자에 앉고, 팻 카델라는 빈 테이블에서 의자 하나를 끌어왔다.

미식축구 수비수 같은 두 남자가 클리프의 테이블에 앉는 사이, 클리프는 벽에 상영되는 찰리 채플린을 보다가 피자를 한입 베어 물었다.

팻이 맥주 잔을 테이블에 내려놓고 클리프에게 말했다. "자, 이 미친놈아, 잘 새겨들어. 이제 네놈은 이 테이블에서 일어나서……." 팻은 엄지손가락을 까딱거리며 문 쪽을 가리켰다. "저 문으로 나가는 거야. 앞으로 다시 네놈이 애비게일 양 근처에 얼씬대는 꼴이……." 이번에는 엄지손가락으로 자신과 마이크를 번갈아 가리켰다. "이 친구나 내 눈에 보이기만 하면, 네놈은 병원에 아주 오래 누워 있을 줄 알아."

클리프는 피자를 계속 씹고 있었다.

마이크가 물었다. "피자 대가리, 알아들었어?"

클리프는 입에 있던 피자를 삼키고, 피자 한 조각을 또 잘라서 자기 접시에 놓았다. 기름 묻은 손가락을 냅킨으로 닦고, 두 남자에게 물었다. "그런데 두 분은 혹시 이탈리아계 아니십니까?"

검은 머리의 두 남자는 본능적으로 서로를 보았다. 그리고 다시 금발 남자를 보았다. 팻이 말했다. "맞아."

클리프가 손가락으로 두 남자를 번갈아 가리켰다. "두 분 다?"

마이크가 가슴을 내밀며 말했다. "그래. 우리 둘 다 이탈리아 사람이다. 그게 뭐?"

클리프는 씩 웃으며, 마주 앉은 두 사람 쪽으로 몸을 숙였다. "내가 이탈리아 사람을 몇 명이나 죽였는지 아십니까?"

팻이 몸을 앞으로 기울이며 나직이 말했다. "뭐라고?"

클리프가 말했다. "아, 못 들으셨어요? 다시 들려드리죠. 내가 이탈리아 사람을 몇 명이나 죽였는지 혹시 아십니까?"

클리프가 재킷 주머니에 손을 넣으며 말했다. "힌트를 드리죠."

팻과 마이크가 지켜보고 있는 가운데, 클리프는 주머니에서 무공 훈장을 꺼내 테이블에 던졌다. 무공 훈장이 나무 테이블에 떨어지며 '탁' 소리가 크게 울렸다.

클리프가 훈장을 가리키며 말했다. "이 훈장은 이탈리아 군인 일곱 명을 죽인 공적으로 받은 겁니다. 공식적으로는 일곱 명이지만, 그날 아홉 명은 죽였죠. 딱 하루에 그만큼 죽였어요. 그리고 시칠리아에 있을 때에 하루도 거르지 않고 이탈리아 군인을 죽였죠."

클리프는 몸을 뒤로 기대며 말했다. "그리고 시칠리아에 아주 오래오래 있었습니다."

이탈리아 갱들의 얼굴이 붉게 달아올랐다.

클리프가 말을 이었다. "내가 전쟁 영웅이 된 건 그만큼 이탈리아 사람을 많이 죽인 덕분이에요. 전쟁 영웅이라서 이걸 가지고 다닐 면허도 받았죠."

클리프는 재킷의 다른 주머니에서 38구경 권총을 꺼내서 무공훈장 옆에 크게 소리 나게 내려놓았다. 클리프가 권총을 꺼내서 테이블에 놓자, 팻과 마이크는 앉은 채로 펄쩍 뛰었다.

클리프가 몸을 앞으로 숙이고 테이블 너머 악당들에게 나직이 말했다. "내가 분명히 말하는데, 지금 당장이라도, 이 좆같은 피자집에서, 가게 주인, 웨이터들, 손님들, 찰리 채플린, 다 보는 앞에서, 저 권총을 집어서 너희 둘 다 죽일 수 있어.

분명히 말하는데, 진짜 분명히 말하는데, 나는 그러고도 그냥 풀려나. 왜? 나는 전쟁 영웅이니까. 너희 둘은 썩은 이탈리아 쓰레기니까."

마이크 지토는 참을 만큼 참았고 이제 자신이 말할 차례라고 생각했다. 잘난 체하는 재수 없는 금발에게 성난 손가락으로 삿대질하며 말했다. "잘 들어, 이 호모 군바리 새끼야······."

클리프는 테이블에서 38구경을 홱 잡아채서 팻과 마이크의 머리에 총알을 각각 한 발씩 날렸다. 클리프가 방금 두 남자의 두개골에 낸 구멍에서 붉은 피가 솟구쳐 테이블 위에, 클리프의 셔츠와 얼굴에 흩뿌려졌고, 거의 가게 저편까지 튀었다.

가게의 남자 손님들은 바닥에 엎드리고, 여자 손님들은 비명을 질렀다. 두 악당은 의자에서 고꾸라져서, 톱밥이 깔린 바닥에 쓰러졌다. 클리프는 바닥에 있는 두 사람에게 총을 추가로 두 번 더 쏘았다.

나중에 클리블랜드 경찰이 클리프에게 사고의 경위를 묻자, 클리프는 말했다. "펜더가스트 양이랑 저를 납치하려고 했어요. 더 뚱뚱한 쪽은 저를 총으로 쏘아 죽이고 펜더가스트 양 얼굴에 염산을 뿌려서 따끔하게 교훈을 주겠다고 하더군요. 제가 뭘 어떻게 해야 할지 정신이 없었어요. 너무 무서웠어요."

클리프가 두 깡패에게 했던 말이 맞았다. 클리블랜드 경찰은 팻 카델라와 마이크 지토의 정체를 정확히 알고 있었다. 그리고 제2차세계대전의 전쟁 영웅이 피자 가게에서 그 둘을 총으로 쏘아 죽이고 싶어했다면, 피자 값도 경찰에서 기꺼이 냈을 것이다. 진술이 그럴싸할 필요도 없었다. 그저 박수를 받을 일이었다.

이것이 클리프 부스가 사람을 죽이고도 무사히 풀려난 첫 번째 이야기다.

제18장

내 이름은 멍청이가 아니야

칼렙 디코토.

목장 소를 훔친 육지 해적의 이름이 칼렙 디코토라고 머독 랜서가 말했을 때, 자니는 포커페이스를 유지하기 위해 모든 실력을 발휘해야 했다. 자니의 아버지, 이 자존심 세고 비정한 늙은 머독은 절박했다. 그리고 그렇게 만든 사람은 바로 칼렙 디코토였다. 자니와 이복형 스콧이 각기 다른 곳에서 집, 두 사람이 어릴 때 살던 이곳으로 온 것은, 아버지가 이곳에 와서 제안을 듣기만 하면 1천 달러를 주겠다고 했기 때문이다. 두 사람은 그 1천 달러에만 관심이 있었다. 두 사람 다, 어릴 때 이후로 만난 적 없는 아버지가 내놓을 제안에 귀를 기울이게 되리라고는 전혀 생각하지 않았다.

두 사람 다 틀렸다.

두 사람의 아버지인 머독 랜서는 캘리포니아주와 멕시코가 맞닿은 3백 킬로미터 국경 주위에서 가장 부유한 사람이었다. 목장도 집도 머독 소유의 것이 가장 컸다. 몬터레이밸리에서 소를 머독보다 많이 가지고 있는 사람은 없었다. 그런데 지금 이 자신만만한 부자가 절박한 상황에 처했다. 그리고 절박하다는 감정은 머독에게 익숙한 것이 아니었다. 그렇다고 약해 보이지는 않았다. 머독랜서는 마치 역마차를 끄는 말처럼 굳세고 당당했다. 하지만 근심이 있는 표정이다. 상황은 확실히 좋지 않았고, 머독의 얼굴에 어린 근심은 상황이 더 나빠질 수도 있다는 신호였다.

칼렙 디코토 일당이 로요델오로 지역으로 온 뒤로 머독의 소를 어찌나 많이 훔쳤는지, 머독에게 개인적인 원한이 있어서 복수하는 게 아닐까 하는 생각이 들 정도였다. 물론 사실과는 아주 거리가 먼 소리다. 그저 머독 랜서가 아주 부자라는 게 이유의 전부였다. 큰 부자는 도둑맞을 것도 많다.

시작은 밤마다 몇 마리가 사라지는 것이었다. 처음에 머독은 목장 인부 두 명을 보초로 세웠다. 밤새워 지키는 사람이 있으면 스테이크 애호가들도 조심하겠지 생각했다. 처음에는 그 방법이 통하는 듯했다. 그러다가 목장 일꾼 페드로가 칼렙의 난폭한 부하 여덟 명에게 끌려갔다. 놈들은 불쌍한 페드로를 곤죽이 되게 팬 다음, 나무에 묶어 죽기 직전까지 채찍으로 때렸다. 이날 놈들은 수소 스무 마리를 훔쳐가고, 단지 악의로 여섯 마리를 총으로 쏘아 죽였다.

★★★

    한 구역에 아주 넓은 땅을 소유했을 때에 생기는 문제는, 총으로 무장한 무뢰한들을 수하에 두지 않는 한, 어쩔 수 없이 벌어지는 습격을 저지하기가 불가능하다는 것이다. 치안력을 기대할 수 있는 가장 가까이에 있는 사람이라고는 2백50킬로미터나 떨어져 있는 연방 보안관뿐이었다.(사실, 50달러의 월급을 받는 보안관은 부자의 재산이 위협받는 것에 그다지 공감하지 못한다.) 칼렙은 밤마다 수소를 아주 많이 빼냈을뿐더러 95킬로미터 떨어진 목장에 버젓이 팔기까지 했다.(랜서 목장의 소에는 낙인이 다 찍혀 있었다.)

    그러다가 칼렙 일당은 랜서 목장에서 가장 가까운 도시 로요델오로에 눌러앉았다. 우선, 그곳에 있는 술집을 점령하고 술집 주인 페페를 겁줘서 하인처럼 부렸다. 로요델오로 공익에 헌신적인 시장은 칼렙과 대화를 시도했다가 중심가 한가운데에서 채찍으로 맞았다. 육지 해적은 로요델오로 상인들에게 페페와 술집, 머독과 소 문제를 두고 주제넘게 나섰다가는 학교가 불타 사라지고 여자들이 겁탈당할 줄 알라고 경고했다.

    칼렙은 랭카스터 호텔 스위트룸에 들어가서 살았다. 그리고 곧이어 육지 해적은 로요델오로의 모든 사업장에서 매주 돈을 걷기 시작했다.

    칼렙의 계획은 단순했다. 머독과 로요델오로 시민이 어디까지 참는지 천천히 꾸준히 실험하며 지켜보는 것. 실험이 거듭되며, 이 사람들의 참을성이 무한하다는 것이 드러났다.

칼렙은 이런 압제가 영원히 계속될 수 있다고 생각할 만큼 권력에 취하지는 않았다. 언젠가 군이 개입할 것이다. 하지만 군대는 사흘을 행군해야 올 수 있는 거리에 있었고, 군인들이 도착하면 칼렙 일당은 멀리 달아난 뒤겠지. 칼렙에게 걸림돌은 딱 하나뿐이었다. 머독 랜서의 돈이다. 심지가 강한 사람이 악당과 싸우면, 늘 처음에는 악당이 우세해 보인다. 심지가 강한 사람은 하지 않을 일들이 있기 때문이다. 반면 악당은 무슨 짓이든 한다. 그러나 심지가 강한 사람이 한계에 달해 본성을 넘어가면 이야기는 달라진다. 그리스 비극 대부분과 영국 연극의 반, 미국 영화 4분의 3이 이런 설정으로 전개된다.

로요델오로 주민들은 떠나는 것 외에 다른 방법을 생각할 수 없었다. 그러나 머독은 돈 덕분에 다른 선택도 할 수 있었다. 직접 무뢰배들을 고용하는 방법이다. 그리고 칼렙이 머독의 심복 조지 고메즈를 저격하자, 머독은 마침내 자신이 정한 선을 넘는다.

머독 랜서가 두 아들에게 한 제안은 단순했다. 자신의 제국 전체를 삼등분해서 주겠다. 그 안에는 소, 땅, 목장 저택, 은행 잔고도 포함된다. 그걸 받으려면 두 가지에 동의해야 한다. 머독을 도와서 칼렙과 살인 강도떼를 이 구역에서 몰아낸다. 또, 앞으로 10년 동안 목장에서 일하며 소 제국 운영에 기여한다. 10년 뒤에는 자기 몫을 돈으로 챙겨서 떠나도 괜찮다. 두 젊은이는 지난 몇 년 동안 간신히 입에 풀칠하고 있었다. 도박꾼 스콧은 포커로 살아갔고, 자니는 청부 살인을 밥벌이로 삼고 간신히 법망을 피하며 살아갔다. 두 사람 모두 얻는 것보다 위험이 많은 삶이었다. 형제는 아버지에게 아무 애정도 없었지만, 아버지의 제안을 신중하게 고려하지 않을 수 없었다. 아버지가 제안한 정도로 큰돈을 벌 방법은, 합법으로든 불법으로든 세상 어디에도 없었기 때문이다. 머독 랜서는 단순한 부자가 아니었다. 머독 랜서는 부를 거머쥔 사람이었다. 머독 랜서는 그저 땅이 많고 성공한 사업가가 아니다. 머독 랜서는 제국을 거느린 사람이다. 그리고 지금 제국을 기꺼이 셋으로 나누겠다고 말하고 있었다.

자니의 문제는 딱 하나다. 머독이 정말 싫었다. 머독이 누구인가. 어머니와 자신을 빗속에 내쫓은 바로 그 개자식이 아닌가. 어머니가 또 다른 부자 개자식과 호텔 방에 들어가서 결국 목이 베여 죽은 것은 궁극적으로 보자면 바로 그 개자식 때문이다. 어머니를 죽인 혐의로 재판정에 선 그 부자 개새끼가 무죄 판결을 받았을 때 자니는 열두 살이었다. 그 개새끼를 죽인 건 열네 살 때였고 이후 10년에 걸쳐, 그 제밀할 놈한테 무죄를 선고한 좆같은 배심원들을 모조리 죽였다. 자니는 이 사람들 모두 목을 베서 죽였다. 엄마가 어떻게 죽었는지 똑똑히 일깨우고 싶었다. 그 사람들은 피를 철철 흘리고, 말도 못하고 서서히 죽어 가며, 자신을 죽인 사람을 겁에 질린 채 올려다보았다. 그러면 자니는 고통받는 사람을 보며 미소를 짓고 말했다. "마르타 콘치타 루이자 갈바돈 랜서가 안부 전하래."

그렇게 열세 명을 죽이는 데에 10년이 걸렸다. 마침내 마르타 갈바돈 랜서의 복수가 끝났다. 하지만 아직 엄마의 죽음에 대가를 치르지 않은 마지막 한 명이 남아 있었다. 엄마를 몰락의 길로 내몬 남자, 자니의 아버지, 머독 랜서.

그렇지만 소도, 땅도, 목장도, 돈도, 모두 어마어마했다. 자니가 아홉 번 환생해서 살아도 못 모을 재산이었다. 아버지가 죽임을 당하지 않게 막고, 잔인한 강도떼로부터 자신이 죽임을 당하지 않기만 하면, 그 재산은 자니 것이 된다. 그러나 자니에게는 비밀이 있었다. 머독도 스콧도 랜서 목장의 어느 누구도 모르는 비밀.

자니 마드리드와 칼렙 디코토는 친구였다.

★★★

자니 마드리드는 말을 타고 로요델오로 중심가로 갔다. 이틀 전 버터플라이 웰스 파고 역에 도착했을 때, 자니의 눈에 그곳은 여지껏 보았던 수많은 다른 마을과 다를 바 없었다. 그러나 그것은 머독의 이야기를 듣기 전이었다. 이제 자니는 로요델오로와 다른 마을들의 차이를 느꼈다. 이곳은 겁에 질려 있었다. 처음 도착했을 때 큰 술집과 그 앞에 모여 있는 건달들을 보았다. 어느 마을이든 앞에 건달이 잔뜩 모여 있는 술집은 흔했지만, 자니는 이곳 건달들이 그저 단순한 건달이 아니라는 사실을 알았다. 그들은 자니가 이곳에 불려온 이유였다. 자니가 쫓아내거나 죽여야 할 놈들이고 머독의 골칫거리이다. 바로, 칼렙 디코토 밑에서 일하는 육지 해적이었다.

자니는 말을 타고 길디드릴리를 지나가는 동안 자신에게 따라붙는 건달들의 시선을 느꼈다. 눈을 가늘게 뜬 자니의 시야 구석에 네 명이 걸렸다. 한 명은 멕시코 노상강도 같은 차림새의 흑인이었다. 두 명은 멕시코 노상강도 같은 차림새의 멕시코 노상강도였다. 자니의 시선을 끈 인물은 네 번째 사람이었다. 나머지보다 나이가 든, 덩치 큰 백인. 멕시코 악당 옷을 입은 다른 셋과 달리, 가죽으로 된 화려한 검은색 카우보이 부츠를 신고 검정색 서부 슈트를 입었다. 머리에는 커다란 검정 카우보이모자를 쓰고, 윗입술 위로 콧수염을 길게 길러 콧수염용 왁스를 잔뜩 발라 다듬어 놓았다. 덩치 큰 백인은 길디드릴리 베란다에 놓인 흔들의자에 앉아서 주머니칼로 나무를 깎아 작은 말 조각을 만들고 있었다. 아주 작은 나무 부스러기가 반짝이는 부츠 위에 작은 더미를 이루며 쌓였다. 나이와 옷을 차치하고도, 그 백인은 베란다에 있는 다른 세 건달과 달랐다. 세 명은 막일꾼이었지만 한 명은 카우보이였다. 자니는 이 남자가 누구인지 알 수 없었다. 그러나 정체는 몰라도 어떤 사람인지는 알 수 있었다. 검정 슈트와 검정 부츠와 검정 콧수염 차림의 덩치 큰 남자는 명성이 자자한 유명한 인물이다. 다른 세 들개들은 자기들이 입힌 피해와 자기들이 일으킨 혼란으로 생긴 이득을 나눠 갖는다. 덩치 큰 남자는 일에 착수하기 전부터 칼렙에게서 개인적으로 넉넉한 돈을 받는다.

갱 이야기에서 이런 인물은 '외부에서 온 총잡이'로 통한다. 인생 이야기 전반부에서는 이 덩치 큰 남자가 영웅이 될 수도 있었다. 실제로 영웅이었다. 그러나 그 인생 이야기의 현재 부분, 오늘날에는 자신의 총잡이 실력을 돈에 팔았다. 그리고 이 이야기에서 가장 비싼 값을 부른 사람은 칼렙 디코토였다.

자니는 말에서 내려 랭카스터 호텔 앞에 있는 기둥에 말을 맸다. 검정 옷의 덩치 큰 남자가 주머니칼을 접어서 주머니에 넣었다. 자니는 로요넬오로 큰길을 가로질러 술집 쪽으로 다가갔다. 검은 옷의 덩치 큰 남자가 깎고 있던 말 조각을 앞에 있는 작은 나무 술통에 놓고 흔들의자에서 일어나 베란다 앞으로 나왔다. 자니가 술집 베란다로 이어지는 세 단짜리 계단까지 아홉 걸음을 남겨두었을 때 검은 옷의 덩치 큰 남자가 소리쳤다. "멍청이, 거기까지."

자니가 걸음을 멈추고 따졌다. "내 이름은 멍청이가 아니야."

덩치 큰 남자가 물었다. "꼬맹이, 여기서 왜 알짱거려?"

자니는 손가락으로 건물을 가리키며 대답했다. "목이 마르네. 거기 술집 맞지?"

검은 옷의 덩치 큰 남자는 주위를 두리번거리다가 입구에 달린 커다란 간판에 적힌 술집이라는 글자를 확인하고 다시 자니를 보며 말했다. "맞아, 술집이야. 너는 못 들어오지만."

자니가 물었다. "왜? 장사 안 하나?"

덩치 큰 남자는 바지 허리띠에 꽂은 권총의 손잡이를 배에 대고 톡톡 두드리며 미소를 지었다. "아, 아니. 영업은 하고 있어."

자니는 무슨 뜻인지 알아차리고 역시 미소를 지으며 물었다. "그럼, 나만 못 들어가나?"

덩치 큰 남자는 더 크게, 이번에는 이가 드러나게 미소를 지으며 말했다. "맞아."

"왜?"

"음, '여자들의 밤'에는 여자 손님만 받아."

베란다에 있는 나머지 세 건달이 그 농담에 웃었다.

자니도 슬쩍 웃고 말했다. "그거 좋네. 기억해 두지."

"이 술집으로 한 발짝만 더 오면 아무것도 기억 못 하게 될걸." 덩치 큰 남자가 경고하고, 양손으로 허리를 짚으며 상그리아 같은 붉은색 러플 셔츠를 입은 젊은이에게 가까운 미래를 알려줬다.

"이봐, 멍청이, 잘 들어. 타고 온 말에 올라타고 얼른 여기서 내 빼. 들었나, 애송이?"

자니가 눈을 가늘게 뜨고 말했다. "아, 내 귀는 잘 들려. 그런데 네 귀는 안 들리나 봐. 내가 분명히, 내 이름은, 멍청이가 아니라고 말했는데."

자니는 허리에 맨 총집으로 손을 내려 총을 감싼 작은 가죽 고리를 풀었다.

덩치 큰 남자도 바지 허리춤에 들어 있는 총 손잡이로 손을 내렸다.

두 남자가 서로 죽일 태세를 갖추고, 술집 베란다, 거리, 시가지, 도시 전체가 숨을 죽인 그때, 갑자기 술집 여닫이문이 삐거덕대며 열리고 문제의 원흉, 칼렙 디코토가 밖으로 나왔다.

무법자 갱 두목은 소매에 술이 쭉 달린 갈색 가죽 재킷을 입고 튀긴 닭다리를 먹고 있었다. 자니는 칼렙이 베란다로 나오는 것을 느꼈지만, 계속 덩치 큰 남자와 시선을 맞대고 있느라 옛 친구에게 눈인사도 할 수 없었다.

칼렙이 덩치 큰 남자의 등에 대고 말했다. "길버트, 내 돈 그만 받을 일 만들지 마. 너 타말(멕시코 전통 음식으로, 옥수수 가루 반죽을 바나나 잎이나 옥수수 껍질에 싸서 찐 것-옮긴이) 없으면 못 견디는 거 나도 알아." 칼렙은 닭다리를 크게 한입 뜯어, 입안 가득 기름진 고기를 씹으며 말했다. "어쨌든 나라면 그 멍청이 이름부터 알아보겠어."

길버트가 두목에게 물었다. "이놈이 누군데?"

칼렙이 술집 문틀에 기대서 고기를 목구멍으로 넘기고 말했다. "내가 둘을 소개하지."

칼렙은 닭다리 뼈로 검정 옷 남자의 등을 가리키며 말했다. "이쪽은 밥 길버트."

자니가 생각했다. '사업가라는 별명으로 통하는 놈이 이놈이군.'

자니가 물었다. "사업가?"

길버트가 말했다. "맞아. 사업가 밥 길버트. 그러는 넌 누구야?"

자니가 대답하기 전에 칼렙은 닭다리 튀김을 껍질까지 크게 한입 뜯으며 말했다. "마드리드라는 친구야. 자니 마드리드."

"자니 마드리드가 누군데?" 길버트가 놀리는 우스꽝스러운 말투로 그 이름을 되풀이하며 비꼬듯 물었다. 다른 세 건달이 웃었지만, 칼렙이 어른들 얘기할 때 조무래기들은 입 닥치라는 표정을 보이자 웃음을 그쳤다.

길버트는 헷갈리고 초조하고 조금 걱정되기 시작했다. 이 빨간 옷을 입은 멍청이 같은 놈들을 쫓아내거나 죽이라고 칼렙이 자신을 고용하지 않았던가? 그리고 그러라고 꽤 후한 금화를 주지 않았던가? 그렇게 돈까지 써서 나를 고용한 사람이 왜 갑자기 착한 척하지?

"아니, 그러니까 이놈이 도대체 누구야?"

칼렙이 남은 것도 없는 닭뼈를 두 남자 사이에 던지고 자신이 고용한 총잡이에게 말했다. "이제 알게 될걸."

칼렙은 그 말과 함께 여닫이문 뒤로 사라졌다. 자니 마드리드는 몸을 돌려 밥과 비스듬히 마주 섰다. 자니의 대결 자세는 '사업가'라는 별명이 붙은 길버트에게 자니 또한 자기 사업을 제대로 하고 있음을 보여주었다. 자니가 조각상처럼 꼼짝 않고 서서 말했다. "준비되면 말해." 그러자 길버트는 목이 탔다.

길버트가 손을 권총집 쪽으로 조금 움직였다.

자니가 눈을 깜박였다.

길버트가 왼쪽으로 몸을 홱 돌려 권총 손잡이를 손에 쥐었다. 그러다가 길버트의 몸이 격하게 오른쪽으로 홱 돌아갔다. 자니의 총알이 길버트의 심장 한가운데를 파고들었기 때문이다.

길버트가 방금 뽑은 권총은 힘을 잃은 손가락에서 흘러내려 베란다 나무 바닥에 부딪쳐서 튕긴 뒤 부드러운 갈색 흙에 떨어졌다.

검은 옷의 덩치 큰 남자는 반짝이는 검정 부츠로 뒤뚱거리다가 머리가 도로로 향하게, 그대로 고꾸라져 바닥에 얼굴이 처박혔다. 고꾸라지면서 피클 통을 쓰러뜨렸고, 피클과 국물이 흙바닥에 쏟아졌다.

자니는 생각했다. '사업가 밥 길버트의 화려한 경력이 이렇게 끝나는군.' 상그리아 같은 붉은색 러플 셔츠를 입은 남자는 발치에 피클들이 흩어진 길거리에 서서 아직도 연기가 나오는 총구를 술집 베란다에 있는 세 건달 쪽으로 겨누고 스페인어로 물었다.

"다음 사람?"

★★★

자니가 술집 안으로 들어서자, 테이블에서 포커를 하거나 시가를 피우거나 바에서 술을 마시던 칼렙의 육지 해적 일곱 명의 시선이 일제히 붉은 러플 셔츠 남자로 향했다. 이 남자 때문에 길버트가 더 이상 '사업'을 못하게 된 데에는 아무도 화난 것 같지 않았다. 그러다가 머리 위에서 큰소리가 들렸다. "자니 마드리드!"

자니가 위를 보았다. 옛 친구 칼렙 디코토가 2층 계단참 화려한 목제 난간에 기대서 털북숭이 얼굴에 텍사스주만큼 넓고 큰 미소를 지으며 자니를 내려다보고 있었다.

갈색 옷 악당이 빨간 옷 악당에게 물었다. "이게 얼마 만이야!"

생각할 필요도 없이 자니는 알고 있었다. "후아레스에서 보고 못 봤으니까 3년쯤 됐지."

궐련을 입에 문 칼렙이 연기를 뿜으며 말했다. "자, 들어와. 한잔 해야지."

자니가 계단을 향해 술집 안을 가로지르며 물었다. "그럼 '여자들의 밤'이 끝날 때까지 기다리지 않아도 되지?"

두 무법자가 무법자다운 농담을 했다. "뭐, 규칙은 깨지라고 있는 거지."

자니가 생각했다. '하하.' 그리고 말했다. "뭐, 그렇다면 술은 내가 얻어먹어야지?"

칼렙이 천천히 계단을 내려오며 말했다. "당연하지. 메스칼(선인장으로 만드는 멕시코 술-옮긴이) 어때? 후아레스 때처럼."

자니는 그 추억에 고개를 가로저으며 조금 킥킥대다가 말했다. "그날 사람 많이 죽었지."

"맞아, 그랬지." 칼렙이 계단을 다 내려오며 말했다. "그래도 재밌었어. 그렇지?"

자니는 음울하지만 생생한 기억에, 음모를 함께 꾸미는 듯한 미소를 지으며 대답했다. "그래, 그랬지." 그리고 술집을 가로질러 놓인 긴 갈색 바를 손짓으로 가리키며 말했다. "먼저 앉으시죠."

바로 가며, 칼렙은 비참한 술집 주인 노인을 소리쳐 부른다. "페페, 엉덩이 떼고 일어나. 손님 오셨다!"

자니는 술집 안을 쭉 지나가며 길디드릴리를 자세히 보았다. 소를 팔아 번 돈이 바탕이 된 마을에 걸맞게 화려한 술집이었다. 또 이제부터 어떤 계획에 맞춰 행동해야 할지 심사숙고했다. 아니, 적어도 계획이 있었다면 그랬을 것이다. 오랜 친구를 죽이면 큰 재산의 3분의 1을 받을 수 있다는 것을 알았으니, 당연히 자니에게는 새로운 계획이 필요했다. 그러나 정확히 무엇을 위한 계획이어야 하나? 글쎄, 자니는 아직 정확히 정하지 못했다. 자니는 칼렙의 성격을 잘 알고 있었다. 머독의 각본에 도움이 되려면 칼렙에게 같이 일하겠다고 말하고 그 안에 들어가는 것이 현명한 작전이었다. 다만 이 좋은 계획이 잘 먹히려면 조건이 필요했다. 칼렙이 파고들어 자니와 머독의 관계를 알아내면 안 된다. 칼렙이 사실을 알아내는 날이 자니의 장례식 날이다. 칼렙을 막고 아버지의 재산을 얻는 게 계획이라면, 지금까지는 순조롭다. 그러나 자니는 열두 살 때 이후로, 또 직접 땅을 파서 어머니를 묻은 뒤로, 또 하나의 계획을 품고 있었다. 머독 랜서가 자신과 엄마한테 한 짓에 복수하리라. 그리고 솔직히 그런 점에서 보자면, 칼렙은 자니가 할 수 있는 것보다 더 잘하고 있었다. 머독은 벼랑 끝에 몰렸다. 절박했다. 그러니까 진짜 문제는 이랬다. 자니가 더 원하는 것은 무엇인가? 돈인가 피인가? 아버지의 목장인가 어머니의 복수인가? 안정인가 만족인가?

페페가 바 뒤로 와서 두 남자의 주문을 받았다. 자니가 스페인어로 말했다. "메스칼 둘. 안주는 뭐가 있죠?" 페페가 대답했다. "콩이 있고 토르티야가 있어요."

자니가 칼렙을 보며 물었다. "콩 어때?"

"없어서 못 먹지."

자니가 페페에게 스페인어로 말했다. "콩 주세요."

페페가 적개심에 찬 목소리로 대답했다. "1달러요."

자니가 칼렙을 보며 말했다. "콩 한 접시에 1달러는 너무 비싼 거 아니야? 내가 이상한가?"

칼렙은 바에 놓인 땅콩 껍데기에 주먹을 내리치며 말했다. "이봐, 페페도 먹고 살 권리가 있어." 그리고 으깬 껍데기 더미에서 땅콩을 집어 입에 넣었다.

자니가 코웃음쳤다. "뭐? 부하들이 여기서 돈 많이 쓰지 않아?" 자니 마드리드는 커다란 동전을 바에 탁 올려놓았다. 페페가 소리 나게 동전을 끌어 손에 넣으며 자니에게 인상을 찌푸리고 메스칼 병을 잡고 도기 잔에 술을 따랐다.

"건배!" 칼렙이 잔을 들며 말했다. 자니도 똑같이 했다. "아내와 애인들을 위하여! 그 둘이 서로 절대 마주치지 않기를!" 두 사람은 도기 잔을 챙강 부딪히고, 목이 타들어가는 듯한 화주를 식도로 넘겼다. 칼렙이 술집 뒤쪽, 외따로 놓인 갈색 테이블을 가리켰다. "세뇨르 마드리드, 제가 손님을 모실 때에 앉는 전용 테이블로 모셔도 되겠습니까?" 자니는 살짝 고개를 숙여 목례하고 말했다. "저야 감사할 따름입니다, 무슈 디코토." 칼렙이 테이블로 가면서 등 뒤를 향해 소리쳤다. "술병도 가져와." 자니가 돌아서서 바에 있는 메스칼 병을 낚아챘다.

육지 해적 두목은 테이블 밑에서 나무 의자를 바닥에 끌어 시끄럽게 당긴 뒤 의자에 털썩 앉았다. "자, 로요델오로에는 어쩐 일로 왔어?"

자니는 두 사람의 잔에 메스칼을 따르며 말했다. "아, 나 몰라? 돈 때문이지."

칼렙이 뜨거운 술을 넘기고 물었다. "이 주변에서 누가 돈을 줘?"

자니가 술을 홀짝인 뒤에 말했다. "너한테서 받으려고."

칼렙은 이 손님에게 최대한 집중하며 1백만 페소짜리 질문을 던졌다. "내 얘기가 소문이 났어? 어떤 소문인데?"

자니가 말했다. "랜서 목장 얘기 들었어. 소를 아주 많이 챙겼다고. 땅도 넓고, 소도 많고, 돈도 많고, 보안관은 없고. 방해물은 노인 한 명에 멕시코 잡부 몇 명뿐이라고."

페페가 큰 접시를 들고 나타났다. 질척거리는 콩과 큰 나무 스푼 하나가 담긴 접시를 자니 앞에 놓았다.

칼렙이 술을 더 따른 뒤 물었다. "그래서, 그게 너랑 무슨 상관인데?"

자니가 단도직입적으로 말했다. "사업가 길버트처럼 사업으로 생각하는 거지. 일이 필요해." 그리고 덧붙였다. "그런데 이제 막 여기서 내 친구 칼렙이 사업을 시작했으니까 나도 끼고 싶어."

칼렙이 물었다. "뭘로?"

자니가 술을 홀짝이고 극적인 효과를 내려고 잠시 침묵을 지키다가 입을 열었다. "머독 랜서 죽이기로."

그 말에 칼렙의 짙은 눈썹이 위로 올라갔다.

자니는 메스칼에 따라온 라임 조각을 집어서 콩 위에 즙을 짰다. "그 노인네를 아주 심하게 몰아붙이더라. 그런데 그 노인네한테는 돈이 있잖아. 이봐, 친구, 그 랜서의 돈이 문제야. 조만간 랜서가 총잡이들을 고용해서 반격할걸. 그러면 부하들끼리 싸워서 승부를 내려는 목적은 아닐 거야. 칼렙 디코토를 죽이는 게 제일 중요한 목적이 되겠지."

그 말에 칼렙이 얼굴을 찌푸렸다.

자니가 매운 소스를 콩에 뿌리면서 말을 이었다. "네가 죽으면? 네 밑에서 일하던 건달들은 뿔뿔이 흩어져. 네가 죽으면? 세상은 예전으로 돌아가. 머독 랜서한테는 아주 달콤한 세상이겠지." 그리고 라임 즙과 매운 소스를 넣은 콩을 큰 나무 스푼으로 뜬다. "머독 랜서는 거기에 큰돈을 쓸 거야." 자니가 콩 한 스푼을 입에 넣고 씹기 시작했다.

무법자는 눈을 가늘게 뜨고 자니를 보며 말했다. "벌써 큰돈을 썼는지도 모르지."

자니가 입에 음식을 가득 씹으며 말했다. "그럴지도." 그리고 음식을 삼킨 뒤에 말했다. "그런데 나는 랜서가 못마땅한 것 같아. 그놈 부츠가 못마땅한가? 그럴지도."

칼렙이 물었다. "머독 랜서 부츠가 왜 못마땅해?"

자니가 대답했다. "부츠를 써먹는 방법이."

칼렙이 물었다. "부츠를 어떻게 써먹는데?"

자니가 대답했다. "사람들을 밟잖아." 그리고 마주 앉은 칼렙을 손가락으로 가리키며 말했다. "그런데 칼렙, 너는 내가 좋아하는 사람이야. 너랑 싸우면서 랜서 목장을 지키느니 너를 도와서 그 노인네를 골수까지 빨아먹겠어." 잠시 말을 멈춰서 효과를 살린 뒤 끝맺었다. "네가 나한테 적당한 보수만 준다면." 자니는 그렇게 입 밖에 내서 말한 뒤에야 깨달았다. '이게 진실에 가까운 얘기네.'

칼렙이 빙긋 웃으며 물었다. "요즘 얼마나 받아?"

자니는 콩 요리를 입에 넣고 씹으며 잠깐 생각하다가 입안 가득 음식을 머금은 채 말했다. "요즘 내 몸값이 사업가 밥이 받던 돈보다는 높을 거 같아." 그리고 음식을 삼킨 뒤 칼렙을 보며 씩 웃었다.

칼렙도 웃고 명령했다. "타고 온 말, 우리 마굿간에 넣어." 그리고 계단 위 방문들 중에 하나를 가리켰다. "오늘 저기서 자. 내일 아침에는 랜서 목장 습격이야. 괜찮은 놈 몇 골라서 금화를 줄 거야."

자니가 물었다. "얼마나?"

칼렙이 손으로 금화 자루 크기를 그렸다. "이만큼."

자니는 머독 랜서를 죽이겠다고 오래전부터 생각해 왔지만, 그것으로 돈을 벌 생각은 해 보지 않았다. 그러나 이제는 아주 확실히 그 생각을 하고 있었다. 자니가 미소를 지으며 말했다. "머독 랜서를 내가 죽이면……." 자니는 손으로 자루를 더 크게 그리며 말을 이었다. "이만큼을 받아야 하겠어."

칼렙이 잔을 들어서 자니의 잔에 부딪었다. 두 남자는 화주를 입술로 가져와서 마셨다.

　그러나 자니는 정확히 무엇에 건배했을까? 아버지의 적들 내부에 무사히 잠입하는 데 성공한 것? 복수하려고 옛 친구와 새로이 손을 맞잡은 것? 자니에게 무엇이 더 중요했을까? 미래? 과거? 자니의 정체는 무엇일까? 자니 랜서? 자니 마드리드? 자니는 아침까지 이 문제의 답을 구해야 하지 않을까.

제19장

⋮

진한 사람들은 푸시캣이라고 불러요

클리프는 베벌리 대로에 있는 에로스 극장에서 상영 중인 캐롤 베이커의 영화가 X등급인 것을 보고, 캐롤 베이커가 진짜로 섹스하는 장면을 볼 좋은 기회인 줄 알았다. 그런 행운은 없었다. 레나 니만이 영화에서 실제로 섹스하는 것처럼 보이는 〈아이 앰 큐리어스 옐로〉와 달리, 캐롤 베이커가 나오는 이탈리아 영화는 그저 섹스 연기였다.

유럽 영화 속 섹스는 더 격렬하고 야하지만, 세트장에서 실제로 섹스하지는 않았다.

몹시 아쉽다.

그래도 아주 잘 만든 미스터리물이었다. 마지막 반전도 아주 좋았다. 전반적으로 오후를 보내기에 최악의 방법은 아니었다. 그래도 캐롤 베이커가 영화에서 진짜로 섹스하지는 않는다는 사실을 알았다면 시네라마돔(로스앤젤레스 선셋 대로에 위치한 영화관. 와이드스크린 시네라마 상영관으로 1963년에 지어졌음-옮긴이)에서 〈제브라 작전 Ice Station Zebra〉(록 허드슨, 어네스트 보그나인 주연의 1968년작 모험 스릴러물-옮긴이)을 봤으리라.

클리프가 포레스트론 드라이브에서 할리우드 웨이로 우회전한 뒤 좌회전 차선으로 들어설 때, 93 KHJ에서는 리얼 돈 스틸이 '블랙 이즈 블랙 Black Is Black'을 히트시킨 그룹 로스브라보스 Los Bravos 의 신곡 '브링 어 리틀 러빙 Bring a Little Lovin''을 소개하고 있다. 클리프는 신호등에 파란불이 들어오기를 기다리며 멍하니 앉아 있다. 파란불이 들어오면 좌회전해서 리버사이드 드라이브로 가려 한다.

에너지 넘치는 로스브라보스 노래의 추진력에 클리프는 박자에 맞춰 손으로 핸들을 톡톡 두드린다.

그러다가 리버사이드 드라이브와 할리우드 웨이가 만나는, 채널 9 뉴스캐스터 조지 푸트넘의 광고가 붙은 버스정류장 앞에 서 있는 여자를 발견한다. 여자는 아쿠아리우스 극장 앞에서 봤을 때처럼 히치하이크를 시도하고 있다.

그때와 다른 점이 있다면, 지금은 여자 혼자인 것.

클리프는 생각한다. '세상에, 하루에 세 번, 그것도 로스앤젤레스 안에서, 한 사람이 각각 다른 데에서 히치하이크하는 걸 보는 일이 인생에 몇 번이나 있을까? 모르지, 요즘에는 애들이 다 히치하이크하니까 어쩌면 별일 아닌지도 몰라.' 하지만 별일이다. 그리고 이번에는 이 깡마른 섹시 미녀가 클리프 쪽으로 다가오려고 한다.

사실, 파란 화살표 신호가 켜지면 클리프는 그 여자에게 갈 생각이다. 잠깐 태워 주다 보면 핸들 아래에서 벌이는 펠라티오(클리프가 좋아한다)로 쉽게 이어질 수 있다. 아니면 적어도 20분 동안 프렌치키스를 할 수 있다. 여자를 태우고 벌어질 일을 상상하다가 운전석에서 조금 발기한다.

클리프가 이런 생각에 잠겨 있을 때 갈색 머리 히피 피클 여자가 크림색 캐딜락에 탄 클리프를 발견한다.

여자는 클리프를 보자마자 폴짝폴짝 뛰며 미친 듯이 손을 흔든다. 클리프도 알은체한다. 여자는 기다란 팔에 달린 작은 주먹을 쭉 내밀고 엄지손가락을 위로 세워서 빠르게 까딱거린다. '태워 줄래?' 하는 신호다.

클리프가 손을 올려 경례한다. '내가 태워 줄게' 하는 신호다.

클리프의 경례에 여자는 길모퉁이에서 기뻐 소리치며 막춤을 춘다. 양팔을 위로 올리며 폴짝폴짝 뛰는 맨손 체조와 피루엣을 섞은 동작이라는 표현이 가장 어울릴 춤이다.

'모퉁이에 메뚜기가 있네.' 클리프는 말라서 호리호리하고 섹시한 여자를 보면 '메뚜기'라고 부른다. 긴 다리와 마른 팔로 남자 몸을 감으면 메뚜기처럼 보이기 때문이다.

어쨌든 클리프는 메뚜기랑 섹스하는 게 더 자극적이라고 생각한다. 그러니까 '메뚜기'는 클리프에게 애정 어린 별명이다.

그렇게 릭의 쿠페 드빌에 앉아서 신호가 바뀌기를 기다리던 클리프는 파란색 뷰익 스카이락이 할리우드 웨이에서 클리프의 반대편 차선을 타고 클리프 쪽으로 오다가 리버사이드 드라이브 모퉁이에서 우회전해 갈색 머리 히피 피클 여자 바로 옆에 멈추는 것을 본다.

클리프는 운전석에서 몸을 앞으로 숙이며 크게 말한다. "제밀할!" 클리프는 히피 여자가 몸을 숙이고 스카이락 조수석의 열린 창문 너머로 운전자와 이야기하는 모습을 지켜본다.

몇 마디 주고받은 뒤 여자는 고개를 끄덕여서 좋다고 한다.

히피 여자는 몸을 바로 세우고 길 건너편 크림색 캐딜락에 탄 금발 남자를 향해 눈에 잘 보이게 큰 동작으로 어깨를 으쓱한 뒤 스카이락에 올라탄다.

피클 여자를 태운 차가 멀어지는 사이, 신호는 파란등으로 바뀐다. 클리프는 리버사이드 드라이브로 좌회전해서 뷰익 스카이락을 뒤따른다. 라디오에서는 리얼 돈 스틸이 다시 등장해 청취자에게 자기 유행어를 또 말한다. "티나 델가도는 살아 있습니다!"

스카이락 뒤창을 통해 클리프의 눈에 남자 운전자와 여자 승객의 윤곽이 뚜렷이 보인다.

운전자는 부스스하고 구불구불한, 긴 빨간 머리를 한 히피 같다. '룸 222'에서 버니 역을 연기한 우스꽝스럽게 생긴 남자일지도 모른다. 클리프는 부스스한 머리 둘이 서로 열심히 대화하는 실루엣을 지켜본다. 텁수룩한 빨간 머리 운전자가 뭐라 말하자, 피클 여자는 맨살을 드러낸 무릎을 치며 웃는다.

클리프가 혼잣말한다. "이런, 이제 나를 놀리겠다 이거지."

클리프는 핸들을 왼쪽으로 휙 돌린다. 캐딜락은 리버사이드 드라이브를 벗어나 포면으로 들어선다. 그리고 카펫을 파는 커다란 베이지색 건물 맞은편 커브길에 있는 주차 공간에 차를 세운다. 키를 돌려 엔진과 리얼 돈 스틸이 나오는 라디오를 끈다. 캐딜락에서 내려 붐비는 리버사이드 드라이브를 걸어서 건넌다.

'머니 트리'(1950년대와 60년대에 칵테일과 식사를 팔고 재즈 공연이 열리던 식당-옮긴이)를 지나 톨루카레이크에 있는 음반 가게 핫 왁스(핫왁스는 허구의 음반 가게임-옮긴이)로 걸어간다.

음반 가게 문을 열자 몽키스의 머리에 쏙쏙 박히는 히트곡 '라스트 트레인 투 클락스빌'이 귀에 들어온다. 요즘 젊은이들 구미에 맞춘 장소 대부분에서 나는 냄새가 이곳에서도 풍긴다. 향을 태우는 냄새와 체취가 섞인 듯한 냄새. 스물다섯 살 미만으로 보이는 젊은이 네 명이 음반들을 훑어보고 있다.

다시키(기모노 슬리브에 아프리카의 영향을 받은 패널 장식이나 가장자리 문양이 들어간 옷으로 1960년대 말 미국에서 흑인들 사이에서 유행함-옮긴이)를 입은 흑인이 리치 헤이븐스Richie Havens의 동명 앨범을 살피고 있다.

클리프가 좋아하는 통통한 히피 가수 멜라니를 닮은 여자는 사이먼 앤 가펑클의 앨범 〈북엔즈〉를 품에 안고 있다.

클리프와 군대에서 함께 총을 메던 사람의 아들 뻘로 보이는 젊은이가 영화 사운드트랙 코너를 훑고 있다.

네 번째 고객은 뷰익 스카이락을 몰던 남자처럼 머리가 부스스하고, 예수와 아를로 거트리^{Arlo Guthrie}(미국 포크송 가수-옮긴이)를 섞은 듯한 모습이다. 이 청년은 깡마르고 얼굴이 납작한 스물두 살짜리 남자 점원과 비틀즈 이후 링고 스타의 앞길에 대해 이야기하고 있다.

3주 전, 톰 존스의 '딜라일라'를 라디오에서 처음 들은 뒤로 클리프의 머릿속에 그 노래가 계속 맴돈다. 노래 가사 내용에 집중하고 싶은데, 기억나는 것은 코러스 부분뿐이다. 라디오에서 그 노래가 흐를 때에 때맞춰 딱 듣게 되리라는 보장도 없다. 그리고 클리프는 여자들을 죽인 남자에 대한 노래를 편애했다.

클리프는 카운터로 가서 납작 얼굴에게 8트랙 테이프 매대가 어디 있는지 묻는다.

납작 얼굴이 말한다. "열쇠가 수잔한테 있어요. 수잔한테 말하면 열어 줄 거예요." 음반 가게들은 8트랙 테이프를 아주 소중히 여겨서 자물쇠로 잠가 보관하는 게 틀림없다. LP판처럼 쭉쭉 넘겨 볼 수 없고, 원하는 것을 딱 골라서 카운터로 가져가야 한다. 선반 유리문의 잠금장치를 열어 달라고 점원에게 부탁하면, 점원은 열쇠로 연 뒤 고객이 8트랙 테이프들을 눈으로 살펴보고 살 것을 정할 때까지 옆에서 지키고 서 있다가 카운터에 가서 계산할 때까지 계속 지켜본다. 〈러버 솔〉(비틀즈가 1963년 12월에 발표한, 여섯 번째 정규 앨범-옮긴이) 8트랙 테이프를 LP판보다 쉽게 재킷 주머니에 숨길 수 있는 것은 사실이지만, 그래도 8트랙 테이프가 다이아몬드는 아니지 않은가. 그리고 고객을 모두 도둑으로 상정하는 것도 조금 이상하다.

클리프가 '수잔은 어디 있어요?' 하고 물어보기도 전에, 납작 얼굴은 리바이스 진 조끼와 몸에 딱 붙고 뒷주머니에는 '킵 온 트러킹'이라고 수 놓은 흰색 진을 입은 금발 해변 미녀 타입의 여자를 가리킨다. 수잔은 공개 게시판을 꾸미고 있다. 클리프가 다가가서 묻는다. "수잔?"

수잔은 고개를 돌려 클리프를 보자마자, 즉시 미소 짓는다. 납작 얼굴은 반년을 기다려도 아직 못 본 미소다. 클리프와 수잔의 금발은 아주 선명해서, 두 사람의 머리가 가까이 있으니 다른 은하계에서 각자 궤도를 돌고 있는 두 개의 태양 같다. 수잔은 같은 금발에게 자신이 수잔이 맞다고 대답한다.

"8트랙 진열장 좀 열어 주세요."

수잔이 자기도 모르게 얼굴을 찌푸린다. 클리프는 수잔에게 이 8트랙 테이프가 골칫거리임을 알아챈다. 그러면서 클리프는 도대체 어떤 음반 가게에서 이런 아가씨에게 공개 게시판을 꾸미는 일을 시키는지 모르겠다고 생각한다.

수잔처럼 캘리포니아 해변에서 볼 수 있는 건강미 넘치고 섹시한 금발 여자들은 하나같이 높낮이 없는 밋밋한 말투로 말하는데, 수잔도 그런 목소리로 클리프에게 말한다. "아…… 네, 그러죠. 열쇠 가져올게요." 수잔은 8트랙 테이프 있는 쪽을 손가락으로 가리킨다. "8트랙 테이프 옆에서 만나요."

딱 붙는 흰색 진으로 감싸인 엉덩이가 구슬을 땋아 만든 커튼 너머로 사라지는 것을 지켜본다. 열쇠는 하나고, 열쇠를 책임진 사람은 수잔이니, 열쇠는 구슬 커튼 너머 뒷방에 있는 책상 서랍이 아니라 수잔의 주머니에 있어야 하지 않나.

클리프는 문제의 유리 진열장 쪽으로 가면서 눌린 얼굴이 자신을 못마땅하게 보는 것을 느낀다. 클리프에게 물어봤다면, 클리프는 눌린 얼굴에게 네다섯 달 전이라면 수잔과 잘될 기회가 있었을 거라고, 그러나 지금까지도 먼저 행동을 취하지 않았으니 수잔은 이미 눌린 얼굴을 고자라 여길 것이며, 퇴근 후에 수잔과 아무리 피자와 맥주를 먹고 마셔도 소용없다고 말했을 것이다. 클리프의 견해로 보자면, 눌린 얼굴은 미모의 손님들에게나 집중하는 게 최선이다.

클리프는 잠긴 유리문 너머로 8트랙 테이프들을 훑으며 톰 존스의 '딜라일라'가 있는지 찾아본다. 스테픈울프Steppenwolf. 피프드 디멘션 The Fifth Dimension. 이안 휘트컴 Ian Whitcomb. 크로스비, 스틸스 앤드 내시. '헤어' 브로드웨이 사운드트랙. 〈그리스인 조르바〉 사운드트랙. 아를로 거트리의 〈앨리스 레스토랑〉. 마마 카스Mama Cass의 솔로 앨범. 빌 코스비 음반 두 가지. 클리프가 들어 본 적 없는 허드슨 앤드 랜드리Hudson and Landry라는 코미디 팀.

수잔이 나타나 유리문 잠금장치를 열쇠로 열고 요란한 소리를 내며 문을 민다. 테이프들을 더 잘 보려고 등을 굽힌 클리프는 수잔의 시선을 느낀다. 수잔이 허리에 손을 얹고 지켜보고 있다. 클리프가 찾고 있던 것을 발견해서 꺼낸다. 〈톰 존스 그레이티스트 히츠〉. 수잔이 살짝, 그래도 소리는 들리게 웃고, 입술을 손으로 가린다.

클리프가 눈썹을 치켜올린다. "왜 웃어요? 내가 톰 존스를 고른 게 웃겨요?"

수잔은 '네, 좀 웃겨요' 하고 말하듯 금발 머리를 끄덕인다.

클리프는 음반 가게에서 나온다. 아직도 수잔 때문에 조금 기분이 나쁘다. 핫 왁스 로고가 있는 작은 진홍색 종이봉투를 들고 보도에 올라 리버사이드 드라이브와 포먼 교차로를 향해 걸어간다. 길을 건너 다시 차에 타야지. 그러다가 건너편에서 그 여자를 또 본다. 잘라서 반바지로 만든 청바지, 맨발, 손뜨개 톱, 부스스한 갈색 머리 피클 여자. 크림색 캐딜락 옆에서 클리프가 돌아오기를 기다리는 게 분명하다. 길을 건너서 자동차로 돌아가려고 모퉁이에 서 있는 클리프를 보고 여자는 폴짝폴짝 뛰며 열렬히 손을 흔든다. 파란불이 켜지고 클리프는 붐비는 거리를 건너 자동차와 부스스한 갈색 머리 맨발 히피 피클 여자 쪽으로 간다. 그러다가 깨닫는다. 이 여자는 지저분한 차창 너머로 봤을 때보다 훨씬 어리네. 몇 살일까? 잘 모르겠다. 그렇지만 클리프는 대화하면서 알아보기로 마음먹는다.

부스스한 갈색 머리 맨발 히피 피클 여자가 클리프의 캐딜락에 기대서서 말한다. "세 번째 만남이 진짜 행운이래요."

노란 알로하셔츠를 입은 금발 남자가 말한다. "리버사이드 드라이브랑 할리우드 웨이 교차로에서 만난 게 세 번째죠. 그리고 그때는 행운이랑 거리가 멀었죠."

부스스한 갈색 머리 맨발 히피 피클 여자가 놀린다. "까탈, 까탈, 까탈. 좋아요, 좀생이 아저씨 말대로 하죠." 그리고 아주 과장스럽게 또박또박 말한다. "네 번째가 행운이죠."

클리프는 생각한다. '얘는 도대체 몇 살이지?'

클리프가 말한다. "피클은 어땠어요?"

부스스한 갈색 머리 맨발 히피 피클 여자가 말한다. "진짜 맛있어요. 환상적으로."

클리프가 마치 '잘됐네요' 하고 말하듯 눈썹을 올린다.

"태워 줄래요?" 여자는 귀여운 소녀 목소리로 애원한 뒤, 효과를 더하려고 아랫입술을 깨문다.

클리프가 묻는다. "버니는 어떻게 됐어요?"

"누구요?"

"뷰익 스카이락 탄 남자."

여자가 한숨을 쉰다. "저랑 방향이 다른 거 같았어요."

클리프가 묻는다. "어느 방향으로 가요?"

클리프는 짐작하고 있었다. 확실히 미성년자다. 몇 살일까? 열네 살이나 열다섯 살은 아니다. 그렇다면 열여섯 살일까 열일곱 살일까? 아니면, 혹시 열여덟 살? 열여덟이라면 공식적으로는 미성년이 아니다. 적어도 로스앤젤레스 카운티 법으로는 그렇다.

여자가 말한다. "채츠워스로 가요."

그 말에 클리프는 자기도 모르게 낄낄거린다. "채츠워스?"

여자는 꼭두각시 같은 동작으로 고개를 끄덕인다.

클리프는 비웃는 얼굴로 묻는다. "그러니까 이 리버사이드 드라이브에서 그 좆같이 먼 채츠워스까지 태워 줄 만큼 시간이 남아돌고 기름이 남아도는 사람을 만나려고 계속 이 차 저 차 얻어 탔다는 말이에요?"

여자는 클리프의 회의적인 반응을 무시한다. "모르시는 말씀. 관광객들이 나를 태워 주는 걸 얼마나 좋아하는데요. 로스앤젤레스에 놀러 와서 나를 만난 게 제일 기억에 남는 일일걸요."

여자가 손동작을 섞어 말하자, 클리프는 여자의 손이 아주 큰 것을 알아챘다. '세상에, 손가락이 무지 기다랗네. 저 손가락이 내 좆을 감싸고 주물럭거리고, 엄청나게 큰 엄지손가락이 내 귀두를 꾹 누르면 쾌감이 엄청나겠는걸.'

"관광객들한테는 나중에 무용담이 될걸요. 할리우드에서 히피 여자를 만나서……."

여자가 계속 장황하게 떠드는 사이에 클리프는 여자의 발을 본다. '세상에, 발도 커.'

"……영화 세트장으로 쓰이는 목장까지 데려다줬다. 평생 자랑할걸요."

1초.

2초.

3초.

4초.

마침내 클리프가 말한다. "스판 영화 목장?"

데브라 조의 얼굴이 환해진다. "오, 맞아요!"

클리프는 오른발에서 왼발로 체중을 옮기고 8트랙 테이프가 들어 있는 작은 진홍색 핫 왁스 종이봉투를 무의식 중에 왼손에서 오른손으로 옮기며 한 번 더 확인한다. "그러니까 스판 영화 목장, 거기로 간다는 말이죠?"

또 다시 여자는 꼭두각시 인형 같은 몸짓으로 고개를 끄덕이며 긍정한다. "으흠."

클리프는 정말로 궁금해서 묻는다. "거기 왜 가요?"

여자가 대답한다. "거기 살고 있으니까요."

"혼자?"

"아뇨, 친구들이랑."

'뭐라고?' 처음 여자가 스판 영화 목장을 말할 때, 클리프는 여자가 조지 스판의 히피 손녀이거나 히피 간병인이겠거니 생각했다. 그러나 히피들이 말하는 '친구들'이란 다른 히피들을 뜻한다.

클리프가 말한다. "자, 확실하게 해 보죠. 아가씨랑 비슷한 친구들이 모두 스판 영화 목장에 살고 있다는 말이에요?"

"맞아요."

스턴트맨은 머릿속으로 그 정보를 굴린 뒤 조수석 문을 연다.

"타요. 내가 데려다줄게요."

데브라 조는 몸을 굽혀 조수석으로 들어가며 소리친다. "신난다!"

클리프가 조수석 문을 탁 닫고, 차를 빙 돌아 운전석 쪽 문으로 가면서, 부스스한 갈색 머리 맨발 히피 피클 여자가 방금 들려준 정보를 곰곰 생각한다. 여자의 말이 사실이라면, 스판 목장에서 이상한 일이 벌어지고 있는 것 같다. 별일 아니겠지만 그래도 조지 스판은 노인이고 확인해 보는 것도 나쁘지 않겠지. 채츠워스로 차를 몰고 가기만 하면 된다. 이 오후에 달리 할 일도 없다. 옛날 친구를 보고 오는 것도 괜찮다. 가는 동안 이 호리호리한 여자애와 잡담을 나누다 보면 그 '친구들'이 어떤 사람인지, 어디에서 왔는지 알 수 있겠지.

곧 두 사람은 리버사이드 드라이브를 달린다. 라디오에서 리얼 돈 스틸이 타냐 태닝 버터 광고 문구를 읊는다. 히치하이크 경험이 많은 데브라 조는 스판 목장으로 가는 길을 설명하기 시작한다. "할리우드 고속도로를 타려면……."

클리프가 말을 끊는다. "목장이 어딘지는 나도 알아요."

데브라 조는 부스스한 머리를 시트에 기대고 알로하셔츠를 입은 금발 남자를 호기심 어린 시선으로 바라본다.

"옛날에 그 목장에서 영화를 찍은 카우보이라도 되나요?"

클리프는 데브라 조가 놀랄 만큼 열띤 반응을 보인다. "워워!"

데브라 조가 묻는다. "왜요?"

클리프는 막히는 자동차들 사이로 이리저리 차를 몰며 대답한다. "나를 아주 정확하게 묘사해서 놀랐어요. 스판 목장에서 영화를 찍던 카우보이."

데브라 조가 웃는다. "그러니까, 목장에서 서부영화를 찍으셨다?"

클리프가 고개를 끄덕인다.

데브라 조가 말한다. "옛날에?"

클리프가 말한다. "옛날이라는 말이 8년 전 텔레비전 드라마를 뜻한다면, 맞아요."

데브라 조가 커다랗고 지저분한 발을 캐딜락 사물함에 얹고, 더러운 발바닥으로 앞창의 차갑고 매끄러운 유리를 문지르며 묻는다. "배우였어요?"

"아뇨, 스턴트맨입니다."

데브라 조가 들떠서 말한다. "스턴트맨? 훨씬 좋다!"

클리프가 묻는다. "정말요? 왜 훨씬 좋아요?"

데브라 조는 그럴듯하게 말한다. "배우들은 가짜예요. 다른 사람이 쓴 대사만 말해요. 멍청한 텔레비전 드라마에서 사람을 죽이는 척해요. 베트남에서 매일 진짜 사람이 죽어가는데도."

클리프는 생각한다. '음, 그렇게 생각할 수도 있겠네.'

데브라 조가 말을 잇는다. "스턴트맨? 스턴트맨들은 달라요. 빌딩에서 뛰어내리잖아요. 몸에 불을 지르고. 두려움을 껴안아요." 그리고 찰리에게서 배운 철학으로 넘어간다. "자기 자신을 이기는 방법은 두려움을 껴안는 것뿐이에요. 두려움을 정복하면 무엇에도 정복되지 않는 사람이 돼요." 데브라 조는 예쁜 얼굴에 만족스러운 미소를 지으며 말한다.

'무슨 개소리야.' 클리프는 생각하지만, 입 밖에 내지는 않는다. 그리고 할리우드 프리웨이 북쪽 진입로로 들어선다.

KHJ 빅 93에서 나오는 박스탑스의 신곡 '스위트 크림 레이디스, 포워드 마치Sweet Cream Ladies, Forward March'가 스피커로 흐른다.

고속도로에 잘 진입한 뒤, 클리프는 벼르던 질문을 던진다. "이름이 뭡니까?"

"친한 사람들은 푸시캣이라고 불러요."

"본명은?"

"저랑 친해지기 싫어요?"

"당연히 친해지고 싶죠."

"그러니까 아까 말했잖아요, 친한 사람들은 푸시캣이라고 부른다고."

"잘 알겠습니다. 만나서 반가워요, 푸시캣."

"알로하. '알로하'가 반갑다는 인사도 되고 작별 인사도 되는 거 알아요?"

"음, 잘 알고 있어요."

클리프의 노란 셔츠 어깨를 톡 치며 묻는다. "하와이 사람이에요?"

"아뇨."

"그럼, 이름이 뭐예요, 금발 아저씨?"

"클리프."

"클리프?"

"맞아요."

"클리포드? 아니면 그냥 클리프?"

"그냥 클리프."

"클리프턴?"

"그냥 클리프."

"클리프턴은 싫어요?"

"내 이름이 아니에요."

데브라 조는 사물함 위에 올렸던 다리를 내리고 시트 아래에 있는 작은 진홍색 핫 왁스 종이봉투를 획 집는다. "뭐 샀어요?"

클리프가 막는다. "잠깐만, 막무가내 아가씨, 보지 말고 나한테 물어봐요."

데브라 조는 커다란 손을 작은 종이봉투에 넣어서 〈톰 존스 그레이티스트 히츠〉 8트랙 테이프를 꺼내고 웃음을 터뜨린다. 클리프는 자신을 비웃던 수잔에게 보인 반응과 달리, 푸시캣의 웃음에는 미소를 짓는다. "이런, 못돼서 자기만 잘난 줄 알죠? 나는 '딜라일라' 좋아해요. 그게 뭐, 문제가 돼요?"

데브라 조는 톰 존스의 사진이 있는 8트랙 테이프를 들고 비꼬듯 묻는다. "글쎄요, 이런 가수들은 전부 잉글버트 험퍼딩크에서 나온 거 아닌가?"

데브라 조 쪽으로 몸을 기울이며 클리프가 말한다. "잘난 아가씨, 나는 잉글버트 험퍼딩크도 좋아해요."

데브라 조는 긴 팔 끝에 달린 커다란 손으로 '상관없다'는 뜻의 손짓을 짓는다. "마크 트웨인은 이렇게 말했어요. '사람들의 의견이 다 똑같으면, 경마 같은 것은 없을 것이다.'"

클리프가 묻는다. "마크 트웨인이 한 말 맞아요?"

데브라 조가 어깨를 으쓱한다. "뭐, 그 비슷할 거예요."

데브라 조는 8트랙 테이프를 감싼 셀로판지를 기다란 손가락으로 뜯어서 다 벗긴다. 플라스틱 테이프를 둘러싼 골판지도 빼고, 캐딜락 카스테레오 입력을 라디오에서 테이프 플레이어로 바꾼다.

박스탑스가 노래를 멈춘다.

클리프가 한쪽 눈은 데브라 조에게, 다른 한쪽 눈은 할리우드 프리웨이에 두고 있는 사이, 데브라 조는 자동차 테이프 플레이어에 8트랙 테이프를 넣는다. 철컥 소리가 크게 울린다. 그리고 잠시 카스테레오 스피커에서는 쉭 하는 소리만 들린다. 그러다가 톰 존스의 '왓츠 뉴 푸시캣?What's New Pussycat?'이 폭탄처럼 쾅쾅 울린다.

푸시캣이 인정한다. "이 노래는 나도 좋아해요."

푸시캣은 음량 노브에 손을 뻗어 소리를 키우며, 음악에 맞춰 어깨를 움직이기 시작한다. 그리고 릭의 캐딜락 조수석에 앉은 채로 슬쩍 섹시한 춤을 추며 클리프를 즐겁게 한다. 푸시캣이 맨다리를 엉덩이 쪽으로 올린다. 그리고 무릎을 세우면서 가위로 잘라서 반바지로 만든 리바이스의 금속 단추를 끄른다.

아직 한마디도 입 밖에 내지 않은 클리프가 눈썹을 치켜올린다.

클리프는 생각한다. '좋아. 채츠워스까지 자동차 기름을 쓸 만하겠어.'

클리프의 반응에, 갈색 머리 히피는 청바지 앞 단추들을 풀며 갈색 눈썹을 위로 치켜세운다. 그다음, 청바지를 가위로 잘라서 만든 반바지를 엉덩이 아래로 내리고 다리까지 빼서 손에 든다. 작은 체리들이 프린트된 지저분한 핑크색 팬티가 드러난다. 푸시캣은 '왓츠 뉴 푸시캣?'의 피아노 소리에 맞춰 손가락으로 반바지를 빙빙 돌리다가 바닥에 던진다.

톰 존스의 노래에 맞춰 엉덩이를 좌우로 흔들며, 엄지손가락을 더러운 핑크색 체리 팬티 허리춤에 넣어서 팬티를 다리 아래로 천천히 내려서 벗는다. 그리고 조수석 쪽 차문에 등을 대고 다리를 넓게 벌려 운전자에게 다리 사이의 무성한 갈색 음모를 드러낸다. 다리 사이 털은 머리카락처럼 무성하고 덥수룩하다.

푸시캣이 묻는다. "마음에 들어요?"

클리프가 진심으로 말한다. "두말하면 잔소리죠."

푸시캣은 릭의 쿠페 드빌 조수석 시트에 등을 대고 부스스한 갈색 머리를 문에 댄다. 왼쪽 다리를 높이 들어서 발꿈치를 운전석 헤드레스트에 댄다. 그리고 오른쪽 다리를 들어서 오른발을 계기판과 앞유리 사이에 끼운다. 날개를 펼친 독수리 같은 모습을 운전자의 눈앞에 내보이는 것이다.

그다음, 톰 존스가 부르는 푸시캣에 대한 노래에 맞춰, 손가락 두 개를 입에 넣어 침을 바른 뒤에 빼서 클리토리스를 아래위로 어루만지기 시작한다.

클리프는 할리우드 프리웨이를 계속 달리며, 한쪽 눈은 도로에,

다른 한쪽 눈은 푸시캣의 갈색 털로 무성한 성기에 두고 있다.

푸시캣은 눈을 감고 달뜬 목소리로 말한다. "손가락을 내 안에 넣어요."

클리프가 묻는다. "몇 살이에요?"

푸시캣이 눈을 번쩍 뜬다.

그런 것에 신경 쓰는 사람을 본 게 어쩌나 오랜만인지 푸시캣은 자신이 잘못 들은 게 아닐까 생각한다. "뭐라고요?"

클리프가 되묻는다. "몇 살이냐고요?"

푸시캣이 어이없다는 듯이 웃으며 말한다. "와, 그런 질문, 정말 오랜만에 듣네."

클리프가 또 묻는다. "대답해요."

푸시캣은 팔꿈치를 대고 몸을 좀 일으키지만, 다리는 여전히 넓게 벌린 채 빈정대듯 말한다. "좋아요. 뭐, 게임을 하고 싶은가 본데, 열여덟 살이에요. 됐어요?"

클리프가 묻는다. "신분증 같은 거 있어요? 운전면허증이나 뭐 그런 거?"

푸시캣의 얼굴에 놀란 표정이 불쑥 튀어나온다. "장난해요?"

클리프가 말한다. "장난 아니에요. 열여덟 살이라는 증거를 줘요. 증명할 게 없으면 열여덟 살이 아니라는 뜻이죠."

그 말에 푸시캣은 다리를 모으고 바르게 앉으며 어이없다는 듯 부스스한 머리를 절레절레 흔든다. "분위기 망치는 인간이 있다면, 바로 그쪽이에요."

팬티는 여전히 벗은 채, 긴 다리를 쭉 뻗어서 커다란 발을 사물함 위에 올리고 두 손은 깍지 껴서 머리를 받친다. 시트에 완전히 몸을 쭉 펴고 눕듯이 앉는다.

"나는 그쪽이랑 섹스하기에 너무 어리지 않은데, 그쪽은 나랑 섹스하기에 너무 늙었네."

클리프는 이를 다른 관점으로 봤고, 그걸 푸시캣에게 전한다.

"내가 하기에 너무 늙은 일은 섹스 때문에 감옥 가는 거예요. 나는 평생 감옥에 갈 뻔하면서 살았는데, 여태 한 번도 간 적은 없어요. 내가 감옥에 가는 날이 와도, 아가씨 때문에 가지는 않아요. 기분 나쁘게 듣지는 마요."

자신을 푸시캣이라 일컫은 여자는 그렇게 거절당하고 바지를 다시 입는다. 두 사람은 채츠워스까지 가는 동안 이런저런 대화를 나눈다. 클리프는 자신이 조지 스판과 개인적으로 아는 사이라는 사실도, 스판 목장까지 여자를 데려가는 진짜 목적도 밝히지 않는다.

클리프는 조지의 목장에 살고 있다는 푸시캣의 '친구들'에 대해서 정보를 더 캐낸다.

푸시캣은 마냥 신나서 친구들 이야기를 클리프에게 들려준다. 특히 찰리 이야기를 많이 했는데, 찰리가 클리프를 좋아할 거라고 확신한다.

푸시캣의 말을 그대로 옮기면 이렇다. "찰리가 그쪽을 정말 좋아할 게 딱 보여요."

처음에 클리프는 프리섹스를 믿고 실행하는 20대 여자들에 더 관심이 갔다. 그러나 푸시캣이 이 찰리라는 인물을 이야기하고 찰리의 가르침을 되뇔수록 클리프의 머릿속에서는 찰리가 평화와 사랑을 전하는 스승이 아니라 점점 더 포주로 느껴질 뿐이다.

그렇다. 이 찰리라는 놈은 가족에게 버림받은 여자들을 상대로 포주의 규칙을 새로 쓴 것 같다. 푸시캣이 이놈의 개소리를 진지하게 찬양하는 것을 지켜보며 클리프는 푸시캣의 과거가 어땠을지 상상해 본다. 1950년대였다면, 포주 일을 한번 해 볼까 하는 생각을 실행에 옮겼다 해도 이렇게 잘 배운 듯한 예쁜 여자애와 가까이 있을 기회는 없었겠지. 그렇지만 요즘의 이 이상한 히피 열풍은 세상을 엉망으로 만들었다. 그래서 이 여자애가 채츠워스까지 태워 주는 값으로 자기 몸도 내놓고 있다.

전에는 아마도 자동차 극장에서 손으로 해 주던 여자들이 이제 남자 두 명과 동시에 섹스할 것 같다.

프랑스 포주들은 자기 여자들에게 샴페인, 립스틱, 스타킹, 맥스 팩터 화장품을 주지만, 이 찰리라는 놈은 마약과 프리섹스, 그리고 그것을 하나로 묶는 철학을 준다.

클리프는 생각한다. '똑똑한 거 같군. 이 찰리라는 놈 한 번 만나고 싶네.'

클리프가 묻는다. "그 사람은 어떻게 만났어요?"

"찰리?"

"네, 찰리."

푸시캣이 말한다. "열네 살 때 처음 만났어요. 캘리포니아 로스 가토스에 살았는데, 아버지가 찰리를 집에 데려왔어요. 찰리가 아버지 차를 얻어 탔대요."

클리프가 놀라서 묻는다. "잠깐만. 아버지를 통해서 찰리를 만났다고요?"

푸시캣이 말한다. "네. 아버지가 길에서 찰리를 만나서 태워 주고 집으로 데려와서 저녁을 줬죠."

푸시캣은 말을 잇는다. "그래서 저녁을 먹었어요. 우리는 확실히 서로 끌렸죠. 사람들이 전부 잠들었을 때 집에서 빠져나와서 우리 아빠 차 뒷자리에서 섹스하고 그 차를 몰고 도망쳤어요."

클리프는 생각한다. '와, 그 제미붙을 놈, 참 대담하네. 차도 훔치고, 열네 살짜리 어린 딸을 훔쳐? 밤에 열네 살짜리 딸이랑 섹스한 것만 해도 아주 무례한데, 차를 훔쳐서 딸이랑 도망쳐? 그것보다 덜한 짓을 해도 아버지가 엽총으로 쏘아 죽이고, 그렇게 죽여도 경찰이 아버지를 체포하지도, 배심원이 유죄 판결을 내리지도 않을 텐데!'

클리프가 푸시캣에게 묻는다. "그래서 어떻게 됐어요?"

"음, 길에서 이틀쯤 신나게 놀았어요. 그러다가 찰리가 나더러 집에 가래요. 가야 된대. 우리 부모가 경찰에 신고해서 나를 찾고 있을 거라나. 그리고 더 멀리 가면 주 경계를 넘어야 하는데 훔친 차로는 경계를 못 지나간대요."

클리프는 생각한다. '이 새끼는 수작을 제대로 부릴 줄 아네.'

로스가토스 여자가 할리우드 스턴트맨에게 계속 설명한다. "찰리가 나한테 그랬어요. 자기랑 같이 있고 싶으면 일단 집에 가라고. 학교에 가고, 내 방에서 잘 지내고, 가족이랑 텔레비전을 보는 생활로 돌아가라고. 그러다가 처음 만난 멍청이랑 결혼하랬어요. 멍청이랑 결혼하는 즉시 부모로부터 자유로워지니까. 그래서 맹추랑 결혼했죠. 그리고 찰리한테 내가 독립했다고 전했어요. 찰리한테서 답이 왔어요. 어디서 만날지 묻더라고요. 그래서 맹추를 버리고 찰리를 만났어요."

클리프는 여자한테 버림받은 남자를 동정한 적 없다. 그런 클리프조차 이 '대단한 여자'와 결혼한 한심한 얼간이가 불쌍하다고 느낀다.

클리프가 묻는다. "그다음에는?"

푸시캣이 설명한다. "그다음에는 단지 존재하는 것으로만 이루어지던 삶이 목적 있는 삶으로 변형됐어요."

맨슨 패밀리 여자들은 오래 떠들 기회만 생기면 눈빛이 흐리멍덩하게 변한다. 데브라 조의 눈빛이 지금 그렇다.

클리프가 확인한다. "그럼, 아버지가 히치하이크하는 사람을 태워 준 게 이 모든 일의 원인이라고요?"

푸시캣은 특유의 크고 요란하게, 발작적으로 웃는다. "그렇네! 그런 식으로는 생각해 본 적 없는데, 맞네, 그렇네."

클리프는 궁금해서 묻는다. "그럼, 일이 이렇게 된 데에 아버지는 뭐라고 해요?"

"음, 그게 좀 웃겨요. 그 일 때문에 엄마가 아빠랑 헤어지고 집을 나갔거든요."

클리프가 생각한다. '그게 웃겨?'

"그리고 아빠는 엽총으로 찰리의 머리를 날리려고 했어요."

클리프는 생각한다. '그래, 이제 사건이 일어나겠네.'

클리프가 말한다. "성공 못 했겠네요."

여자는 정신없이 웃으며 고개를 가로젓는다.

클리프가 묻는다. "어떻게 됐어요?"

푸시캣이 설명한다. "어떻게 됐느냐 하면, 찰리는 사랑이에요. 사랑은 엽총으로 죽일 수 없어요."

클리프는 정말 궁금해서 묻는다. "그냥 평범한 말로 설명해 봐요."

"그러니까 찰리가 아빠의 미움을 사랑으로 바꿨다는 얘기예요. 찰리가 아빠한테 그랬어요. 자기는 죽을 준비가 돼 있다고. 그날이 오늘이라면, 죽이라고. 그러니까 아빠가 흥분을 가라앉혔어요. 그 날 밤에 결국에는 찰리가 아빠를 뿅 가게 했죠. 그다음에는 같이 있던 여자, 세이디였나 케이티였나, 나는 그 자리에 없어서 누군지 확실하지 않은데, 어쨌든 찰리가 자기 여자한테 우리 아빠 좆을 빨라고 했어요. 이튿날에는 찰리와 아빠가 친구가 됐어요."

클리프가 묻는다. "뿅 가게 했다는 건 무슨 뜻이죠?"

"약이요."

"아빠가 자기 인생을 망친 남자랑 약을 했어요?"

"인생이 얼마나 즐거울 수 있는지 보여준 남자랑 약을 한 거죠. 나중에 아빠가 찰리한테 자기도 패밀리에 들어오고 싶다고 했어요."

클리프가 소리쳤다. "세상에, 나 놀리려는 농담이죠?"

푸시캣은 농담이 아니라고 고개를 가로젓는다. 그리고 확실히 말한다. "그런데 찰리가 그건 너무 이상하다고 생각해서 말했어요. '세상에, 그럴 수는 없지. 푸시캣의 아버지잖아.' 그래서 아빠는 패밀리에 못 들어왔지만 그래도 패밀리의 친구는 됐어요."

클리프는 푸시캣의 황당한 이야기를 들은 뒤 이 찰리라는 놈한테 존경심을 느끼지 않을 수 없다. 가출한 히피 여자애들을 조종한다? 그럴 수 있다. 그런 것은 클리프도 할 수 있다. 그러나 엽총을 든 성난 아버지를 지배한다? 클리프는 엄두도 못 낼 일이다.

그래서 클리프는 정리하려고 묻는다. "자, 그럼, 쭉 확인해 봅시다. 히치하이크하는 히피를 어떤 남자가 태워 줬다? 그 남자가 히피를 집에 데려가서 아내와 열네 살 된 딸과 함께 저녁을 먹는다? 히피는 그 남자의 열네 살짜리 딸이랑 섹스하고 그 남자의 차를 훔쳐서 그 딸이랑 도망친다? 자기를 태워 준 그 차를? 그 히피 때문에 딸은 열다섯 살에 결혼하고 그다음에 그 히피랑 달아난다? 그 빌어먹을 히피를 차에 태워 줬다가 벌어진 이 대혼란 때문에 남자의 아내는 남자를 버리고 떠난다? 남자는 엽총을 들고 그 히피를 추적하지만, 엽총으로 히피의 대가리를 날리는 대신 약을 먹고 그 히피와 파티를 벌인다? 그다음에는 그 히피 모임에 끼고 싶다고 말한다?"

푸시캣이 고개를 끄덕인다. "내가 장담하는데, 찰리는 대단한 사

362

람이에요. 찰리를 보면 빠지게 될걸요. 찰리도 클리프를 아주 좋아할 거예요."

클리프는 운전에 온 정신을 집중하며 말한다. "뭐, 이 찰리라는 친구가 몹시 궁금해서 만나고 싶은 건 부인할 수 없네요."

제20장

섹시하고 사악한 햄릿

릭 달튼이 릴 테이프리코더를 이용해서 다음 신 대사들을 연습하고 있을 때 트레일러 문을 노크하는 소리가 들린다. 릭이 일시정지 버튼을 누르자 돌아가던 테이프 릴이 멈춘다.

릭이 문 너머로 말한다. "네?"

제2조감독이 말한다. "달튼 씨, 준비되셨어요? 감독님이 세트에서 얘기를 좀 하자고 합니다."

릭이 말한다. "얼른 나갈게요."

릭은 트레일러를 둘러본다. '젠장, 나가기 전에 정리 좀 해야 하는데. 창문이 왜 깨졌는지 적당한 변명도 찾아야 하고.' 창문이 깨진 진짜 이유는, 직전에 찍은 신을 연기한 뒤 트레일러에 들어왔을 때 자신에게 너무 화가 나서 카우보이모자를 내팽개쳤기 때문이다. 너무 세게 던지는 바람에 창이 깨졌다. 그렇게 화가 난 이유는 계속 대사를 씹어서 촬영장에서 부끄러웠기 때문이다. 물론 배우가 대사를 버벅거리는 것은 늘 있는 일이다. 그러나 릭은 그 실수 때문에 꼴이 우스워졌다고 느껴서 화가 났다. 지난밤 릭은 세 시간 동안 열심히 대사를 외웠다. 오늘 촬영은 대사가 많았다. 프로라면 대사를 외우고 있어야 하고, 릭은 프로다.

그러나 프로라면 모름지기, 위스키사워를 여덟 잔이나 마셔서 필름이 끊기고 침대까지 어떻게 갔는지 기억도 못해서는 안 된다. 물론 프로 연기자들 중에 그렇게 술을 마시는 사람도 있다. 경험이 쌓이면서 술을 조절하는 법을 터득한 경우다. 그런 배우들(리처드 버튼과 리처드 해리스)은 프로 술꾼이다. 릭은 아직 아마추어다.

★★★

미국 배우 조합 멤버들 사이에 약물과 대마초가 유행하던 때의 이전 세대에서는 중독 원인이 대개 술이었다. 탈출구로 술을 찾다가 자기도 모르는 새 점점 빠져들고 결국 손쓸 수 없는 지경에 이르렀다. 그래도 자신의 알코올의존증을 솔직하게 받아들인 사람들도 있었다.

1950년대 활동한 주연 배우들 중에는 제2차세계대전에 참전했던 사람이 많았고, 1950년대 말과 1960년대 초에 데뷔한 배우들 중에는 한국전쟁에 참전했던 사람이 많았다. 그중 많은 이들이 결코 안 본 셈 치고 묻어버릴 수 없는 것들을 전쟁 중에 보았다. 그

세대는 그것을 이해했으므로, 이 사람들의 알코올의존증은 꽤 너그럽게 용납됐다.

제2차세계대전 전쟁 영웅 네빌 브랜드와 제2차세계대전의 전형적인 보병 리 마빈은 촬영장에서 술에 취해도 보험 회사에서 영화 제작을 중단시키지 않았다. 마빈은 전장에서 죽인 군인들의 유령에 사로잡혔고, 나이가 들수록 점점 심해졌다. 1974년 서부극 〈스파이크스 갱The Spikes Gang〉 클라이맥스에서 마빈은 함께 주연을 맡은 젊은 배우 개리 그라임스(〈42년의 여름〉으로 유명해진 젊은이)를 총으로 쏘아야 한다. 개리 그라임스의 외모나 나이, 혹은 그 둘 다 때문에 마빈은 전쟁 중에 자신이 죽인 젊은 군인을 떠올렸나 보다. 오스카 상을 받은 바 있는 강인한 남자는 자신이 저지른 일과 지금 해야 하는 연기에 정면으로 맞설 용기를 얻으려고 트레일러에 앉아 인사불성이 되도록 술을 마셨다. 백문이 불여일견이다. 〈스파이크스 갱〉은 괜찮은 1970년대 서부극으로, 볼 때는 충분히 재미있지만 머릿속에 남을 만큼 인상적이지는 않다. 하지만 클라이맥스의 거친 총싸움과 마빈의 토템폴 같은 얼굴에 서린 사악한 표정은 예외다.

조지 C. 스콧의 출연 계약서에는 조지의 알코올의존증 때문에 제작이 사흘 연기될 때 어떻게 할지를 정한 조항이 있었다.

알도 레이는 사실상 1970년대에 몰락했지만, 그 전에는 알도 레이의 심한 음주도 영화사에서 어느 정도 용인했다.

릭 달튼은 그런 변명을 쓸 수 없다. 릭의 음주는 세 가지가 결합

된 결과다. 자기혐오, 자기 연민, 권태.

★★★

릭은 칼렙의 모자를 집어 들고 칼렙의 술 달린 갈색 가죽 재킷
에 몸을 집어넣는다. 그리고 엉망으로 어질러진 대기실 트레일러
안을 제2조감독에게 혹시 들키지 않았는지 확인하며 트레일러를
나선다.

스태프들이 분주히 움직이고 말들이 흙길에 말굽을 달가닥거
리는 사이, 릭은 로요델오로라는 서부 마을 영화 세트의 중심가를
지나서 칼렙 디코토의 본부인 술집 길디드릴리로 간다. 술집 문을
열고 들어가자 스태프들이 세트 한쪽에 카메라를 설치하고 있다.
35mm 카메라 렌즈 맞은편, 멋지고 등받이가 높은 마호가니 의자
옆에 샘 워너메이커 감독이 혼자 서 있다. 감독은 손짓으로 릭을
부른다. "릭, 이쪽으로 잠깐 와 봐요. 보여줄 게 있어요."

릭이 말한다. "네, 갑니다." 릭은 성큼성큼 워너메이커에게 간다.

샘은 견고한 나무 의자 뒤에 서서 의자 등에 손을 얹고 말한다.
"바로 이 의자에서 미라벨라 몸값을 요구할 겁니다."

릭이 천천히 말한다. "좋아요. 의자가 아주 멋지게 생겼네요."

워너메이커가 말한다. "그런데 의자라고 생각하지 않으면 좋겠
어요."

릭이 당황해서 되풀이한다. "의자라고 생각하지 않으면 좋겠다

고요?"

"네, 그래요."

"뭐로 생각하길 바라시나요?"

워너메이커가 결론을 말한다. "왕좌로 생각하면 좋겠어요. 덴마크의 왕좌!"

릭은 "햄릿"을 읽지 않았으므로 햄릿이 덴마크 사람인지 알 길이 없다. 그래서 '덴마크의 왕좌'가 무엇을 뜻하는지 이해하지 못한다.

릭은 의문스럽다는 듯 감독의 말을 되묻는다. "덴마크의 왕좌요?"

워너메이커가 과장되게 말한다. "릭은 섹시하고 사악한 햄릿이죠."

릭은 생각한다. '아, 세상에, 또 이 빌어먹을 햄릿 개소리네.'

그러나 릭은 생각을 말하지는 않고 그저 감독의 말만 되풀이한다. "섹시하고 사악한 햄릿."

워너메이커는 검지손가락에 힘을 줘서 릭을 가리키며 '유레카!'라고 하듯 말한다. "바, 로, 그, 거, 죠." 그리고 셰익스피어 연극을 연기하는 듯한 말투로 말을 잇는다. "그리고 미라벨라는 작은 오필리어이오."

릭은 오필리어가 누구인지 잘 모르지만 햄릿에 나오는 인물이라고 짐작하고, 워너메이커가 햄릿을 은유의 대상으로 삼은 수수께끼 같은 말을 이어가는 동안 그저 고개만 끄덕인다. "칼렙, 햄릿. 자신에 차 있는 두 사람. 권력을 가진 두 사람."

릭이 되풀이한다. "권력을 가진 두 사람."

워너메이커가 말한다. "미친 두 사람."

릭이 묻는다. "미친 두 사람?"

워너메이커가 맞다고 고개를 끄덕인다. "햄릿의 경우에는 삼촌의 손에 아버지가 살해됐기 때문이죠." 그리고 나지막이 덧붙인다. "그 삼촌이 어머니도 먹었죠."

릭이 혼잣말처럼 웅얼거린다. "솔직히, 그건 몰랐네요."

워너메이커가 말한다. "칼렙의 경우에는, 매독이죠."

릭이 놀라서 말한다. "매독요? 제가 매독에 걸렸어요? 그래서 미쳤어요?"

워너메이커는 모든 질문에 그렇다고 고개를 끄덕인다.

릭이 다시 알린다. "감독님, 아까 말씀드렸지만 저는 셰익스피어를 별로 안 읽었어요."

워너메이커는 손을 내저으며 딱 부러지게 말한다. "그건 중요하지 않아요. 릭은 왕좌만 장악하면 돼요."

릭이 되묻는다. "왕좌를 장악해요?"

워너메이커가 선언하듯 말한다. "덴마크를 지배해야 합니다."

릭이 생각한다. '햄릿이 덴마크 사람인가 보네.'

워너메이커는 덴마크 왕자 은유를 마무리한다. "폭력적으로 지배하는 겁니다. 잔인하게 지배하는 겁니다. 카우보이 사드처럼 지배하는 겁니다. 어쨌든 지배하는 겁니다."

릭은 생각한다. '사드? 그건 누구야? 햄릿에 나오는 인물인가?'

워너메이커는 '연기를 지도하는 감독' 연기를 계속한다. "랜서 집안 남자들한테 미라벨라는 세상에서 제일 소중한 존재죠."

릭이 끼어든다. "예쁜 아이죠."

워너메이커가 말한다. "순수의 화신이죠. 거칠게 살아온 거친 남자들은 이 소녀를 숭배합니다. 그런데 이제 일어날 수 있는 최악의 일이 벌어졌죠. 자기들 인생에서 제일 빛나고 값진 보석이 파렴치한 악당 디코토한테 잡혀갔어요! 이제 릭은 그 남자들한테 의심을 넘어서 확신을 줘야 합니다. 릭의 장단에 맞춰 춤추지 않으면 미라벨라의 목숨은……." 워너메이커가 손가락을 탁 튕기고, 릭도 따라서 손가락을 탁 튕긴다. "……끝장난다고." 감독은 배우에게 묻는다. "이해했죠?"

배우가 대답한다. "이해했습니다!"

그리고 마지막으로 연극적인 몸짓과 함께 나무 의자를 가리키며 말한다. "칼렙, 덴마크 왕좌를 맡으십시오."

릭은 감독 옆을 지나서 의자에 앉는다. 앉은 다음에는 팔걸이에 손을 얹고 척추를 쫙 편다. 그리고 왕좌에 앉은 왕의 자세를 취하려 최선을 다한다.

워너메이커가 환한 얼굴로 세트장 전체의 스태프들을 향해 선포한다. "햄릿 왕자 납시오!"

릭은 방금 워너메이커가 한 말의 4분의 3은 이해하지 못했지만, 워너메이커의 열정은 감사히 여긴다. 앞서 릭이 대사를 버벅거린 것에는 신경 쓰지 않는 것 같다. 감독은 이제 스태프들과 작업하러 가고, 릭은 왕좌에 앉아 머릿속으로 대사를 생각하며 자신을 덴마크 왕자라 생각하려 애쓴다.

미라벨라를 연기하는 여덟 살 배우가 술집으로 들어온다. 거품 같은 하얀 크림치즈를 잔뜩 바른 양파 베이글을 먹고 있다. 한입 물 때마다 얼굴에 온통 크림치즈가 묻는다.

릭이 묻는다. "촬영장에서는 음식을 안 먹는다고 하지 않았어요?"

소녀는 릭의 말을 정정한다. "점심시간 뒤에 촬영할 장면이 있을 때에는 점심을 안 먹는다고 했죠. 점심을 먹으면 늘어져서요. 그렇지만 서너 시에는 뭘 안 먹으면 기운이 없어요."

"음, 그 무시무시한 걸 다 먹고 손까지 씻기 전에는 내 무릎에 앉을 생각도 하지 말아요. 그 허연 게 내 가발에 묻으면 안 돼요."

소녀가 약올린다. "못 먹어서 질투하시네요."

릭이 말한다. "젠장. 이 겁쟁이 사자 털을 온 얼굴에 붙이고 있어서 계속 아무것도 못 먹고 있어요. 아까 닭고기를 먹으면서 연기하는 장면을 찍었는데, 털에 닭고기가 다 묻었어요."

그 말에 소녀가 깔깔 웃는다.

"어쨌든 그 점심을 안 먹는 아이디어는 확실히 인정해요. 특히 점심을 먹은 뒤에 촬영해야 할 때에는 아주 좋은 선택이에요."

"그렇죠? 내가 뭐랬어요."

제1조감독 노먼이 두 연기자에게 다가와서 이제 미라벨라는 릭의 무릎에 앉으라고 말한다. 소녀는 베이글을 버리고 릭의 무릎에 올라간다. 두 배우가 촬영할 준비를 갖추도록, 헤어와 의상 담당자가 다가와서 법석을 떨며 두 배우를 매만지기 시작한다. 분장 전문

가들이 단장을 마치고 사라진 뒤, 두 배우는 감독이 스태프들과 상의를 마치고 연기를 시작할 신호를 주기를 기다린다. 그러나 술집에 있는 커다란 창으로 들어오는 강한 햇빛이 문제다. 그래서 감독은 촬영을 미루고, 강한 햇빛을 줄일 수 있게 유리창에 갈색 젤을 바르게 한다.

소녀는 릭의 무릎에 앉아서 함께하는 첫 신 연기를 기다리는 동안, 연기 파트너에게 묻는다. "칼렙…… 뭐 하나 물어봐도 돼요?"

릭이 말한다. "물어봐요."

소녀가 묻는다. "머독 랜서가 몸값을 내지 않거나 돈에 문제가 생기면, 저를 정말 죽일 텐가요?"

릭은 있는 그대로 대답한다. "머독은 몸값을 내잖아."

소녀는 눈을 굴리고 화내며 말한다. "맙소사, 지금 저는 시나리오를 읽은 배우한테 말하는 게 아니라, 일이 벌어지기 전까지는 어떻게 될지 모르는 칼렙한테 말하는 거예요. 다시 물어볼게요. 칼렙, 머독 랜서가 몸값을 내지 않으면 나를 죽일 텐가요?"

릭은 곧바로 대답한다. "당연하죠."

소녀는 릭이 망설이지 않고 대답하자 조금 놀란다. "정말요? 확실히? 망설이지도 않고, 다시 생각해 보지도 않고?"

릭이 대답한다. "그딴 거 없어요. 나는 악당을 연기할 때 그렇게 해요. 나는 진짜 진짜 나쁜 놈을 만들어요. 론 엘리랑 '타잔'을 찍을 때도 그랬어요. '타잔'은 황당무계한 얘기지만, 거기서도 나는 나쁜 놈을 진짜로 만들었어요. 내가 맡은 역은 밀렵꾼이었는데,

아, 밀렵꾼이 뭔지 알아요?"

소녀는 고개를 가로젓는다.

"죽이면 안 되는 야생동물을 죽이는 사람이에요. 나는 화염 방사기를 들고 들어가서 정글에 불을 질러요. 죽이기 좋은 곳으로 동물들을 모는 거죠. 말했지만, '타잔'은 현실성이 없어요. 그래도 나는 악당을 제대로 연기했어요. 여기서도 마찬가지예요. 나는 칼렙의 잔인한 면을 제대로 표현할 겁니다. 그게 좋은 선택이라고 생각해요."

소녀는 릭의 설명을 들으며 고개를 끄덕인다. 그리고 릭이 설명을 마치자, 자신의 해석을 내놓는다.

"무슨 말인지는 당연히 잘 이해했어요. 칼렙이 이 이야기에서 중심 악역이고, 저한테는 없는 관심사가 칼렙한테는 있죠. 그렇지만 '악역'……" 소녀는 '악역'이라는 단어를 말할 때 손가락으로 따옴표를 만들어서 까딱거린다. "……이라는 꼬리표를 떼면 칼렙도 극에 나오는 등장인물이고, 등장인물은 자신의 행동을 불러일으키는 수많은 요소에 영향을 받아요."

릭은 생각한다. '재미있는 생각이네.' 릭은 상체를 조금 더 소녀 가까이로 움직여서 자신이 완전히 집중하고 있다고 표시한다.

소녀는 자기 생각의 원천을 예로 든다. "내일 우리가 찍을 중요한 신에서 칼렙이 말하는 걸 보면 저를 좋아하는 것 같아요. 지금 찍을 신에서는 아니고요." 소녀가 얼른 말을 명확히 한다. "이 신에서는 칼렙이 아직 저를 모르죠. 저는 아직 그냥 머독 랜서의 어린 딸이에요. 그렇지만 마지막 중요한 신에서는, 우리가 서로를 더 잘 알고 있는 것 같아요."

릭이 말한다. "그래, 맞아요. 멕시코로 말을 타고 가면서 이틀 밤낮을 같이 보낸 뒤니까."

소녀가 주장한다. "그게 바로 제 요점이에요. 그리고…… 확실히…… 저를 좋아하죠?"

릭은 수긍한다. "확실히."

트루디는 릭에게 시선을 고정한다. 그때, 허공에 탁 하는 소리가 울린다. 육지 해적을 연기하는 엑스트라가 권총 공이로 장난치다가 낸 소리일지 몰라도, 타이밍이 절묘했다.

트루디가 릭에게 묻는다. "제 어디가 좋아요?"

릭은 현명하게 대답해야 하는 질문을 받고 당황하며 말한다. "아, 모르겠어요, 트루……."

소녀는 릭이 자기 본명을 말하기 전에 릭의 말을 끊고 끼어든다. "미라벨라!"

릭이 정정해서 다시 말한다. "아, 모르겠어요, 미라벨라."

"안 돼요. 그건 책임 회피예요. 칼렙이 나를 좋아한다? 그러면 칼렙은 그 이유를 알고 있을 거예요. 그리고 아저씨도 이유를 알고 있어야 해요."

릭이 말한다. "칼렙이 좋아하는……."

소녀가 말을 막는다. "'내가'라고 해야죠."

릭은 눈을 굴리지만 소녀가 정한 게임 규칙을 따른다. 릭이 다시 말한다. "미안해요. 내가 미라벨라를 좋아하는 이유는 어린애로 대하지 않아도 되기 때문이에요."

소녀가 손뼉을 치며 짧게 갈채를 보낸다. "오, 잘 골랐어요. 마음에 드는 대답이에요."

릭이 피식 웃는다. "그럴 줄 알았어요."

소녀는 손가락으로 자기 말을 강조하며 말한다. "자, 그럼, 본래 질문으로 돌아가죠. 나를 죽이겠지만, 죽이고 싶지는 않다?"

릭이 말한다. "아니."

소녀가 캐묻는다. "뭐가 아니에요?"

릭은 포기하고 소녀가 듣고자 하는 말을 들려주려 천천히 말한다. "아니, 죽이고 싶지 않아요."

그러자 소녀가 재빨리 반격한다. "그렇지만 죽일 거고요?"

릭이 확신에 차서 말한다. "네, 죽일 거죠."

소녀는 잠시 가만히 있다가 눈썹을 올리며 묻는다. "확실해요?"

그 말에 릭은 눈을 깜박인다. "그래요……. 어느 정도 확실해요."

소녀의 얼굴이 환해진다. "아, 어느 정도 확실하다, 그럼 아닐 수도 있네요?"

릭이 솔직히 털어놓는다. "아닐 수도 있죠."

그러자 소녀가 꽤 은밀하게 말한다. "어떤 일이 벌어질지 내 생각을 알고 싶어요?"

릭은 조금 코믹하게 말한다. "글쎄, 입이 근질근질한 거 아니까 그냥 말해요."

소녀는 계속 나지막하고 은밀한 목소리로 말하지만, 자신이 만드는 이야기에 확실히 도취되어 있다. "음, 나는 아저씨가 나를 죽일 수 있다고 생각한다고 생각해요. 아저씨는 나를 죽일 수 있다고 다른 육지 해적들한테 말하고, 나를 죽일 수 있다고 아저씨 자신한테도 말해요. 그렇지만 다른 방도가 없이, 하겠다고 말한 대로 나를 죽여야 하는 상황이 오면, 아저씨는 죽일 수 없어요."

릭이 말한다. "그렇다고 치고, 왜 못 죽이죠?"

소녀가 말한다. "나를 사랑하게 된 걸 깨닫기 때문이죠. 그래서 나를 안아서 말에 태워요. 그리고 제일 가까이 있는 목사를 찾아서 달려가요. 그리고 목사를 총으로 위협해서 우리 결혼식을 치르게 하죠."

그 말에 릭은 미소를 짓지만, 비웃는 미소에 가깝다. 릭이 부정적으로 말한다. "아, 그래요? 내가?"

소녀가 확실하게 말한다. "네, 그래요."

릭이 일축한다. "나는 너랑 결혼 안 해."

소녀가 분명히 하려 한다. "아저씨가 나랑 결혼 안 한다는 말이에요, 아니면 칼렙이 나랑 결혼 안 한다는 말이에요?"

릭이 말한다. "칼렙도 나도 너랑 결혼 안 해."

소녀가 묻는다. "왜 안 해요?"

릭이 말한다. "왜냐하면 너무 어리니까."

소녀는 릭에게 가르치듯 설명한다. "음, 요즘이라면…… 그래요, 내가 너무 어리죠. 그렇지만 이건 서부 시대예요. 당시에는 다들

어린 신부랑 결혼했어요. 그러니까 당시에는 열세 살짜리 여자애랑 결혼하는 게 아무것도 아니라는 말이에요."

릭이 분명히 말한다. "열세 살이 아니라 여덟 살이지."

소녀가 어이없다는 듯 묻는다. "칼렙 디코토가 그런 걸 상관이나 할까요?" 소녀는 릭을 일깨운다. "5분 전만 해도 나를 탁 죽인다고 말했잖아요." 소녀는 '탁'이라는 말과 함께 손가락을 튕겨 탁 소리를 낸다. "스콧한테 말했잖아요. 나를 우물에 던져 버린다고. 그럼, 여덟 살짜리를 죽이는 건 괜찮고, 결혼하는 건 안 돼요? 칼렙 디코토가 그런 선을 그을까요?"

릭은 헷갈려서 잠시 할 말을 잃는다. 소녀가 알아채고 씩 웃으며 말한다. "끝까지 생각 안 했죠?"

릭이 방어적으로 말한다. "당연히 끝까지 생각 안 했죠. 그런 가정 자체가 말도 안 되니까."

"말도 안 되지 않아요. 화를 돋울 수는 있겠죠. 그래도 말이 안 되는 건 아니에요."

릭은 화가 난다. 그래서 소녀에게 이 대화 자체가 아주 불편하다고 말하기 시작한다. "트루디, 나는 좀 불편……."

그러나 소녀는 릭의 말을 가로챈다. "맙소사, 결혼하자는 게 아니에요! 이건 그냥 단순한 캐릭터 경험이에요. 액터스 스튜디오에서는 늘 하는 거예요. 대본은 대본이죠. 우리는 대본대로 연기하고요. 대본에서는 랜서가 몸값을 지불해요. 그러니까 디코토는 이런 선택을 할 필요가 없죠. 대본에서는 자니가 디코토를 죽여요. 그러니까 이런 일들은 일어날 수도 없어요. 그런데 액터스 스튜디오에서는 질문을 던져요. 대본에 다르게 적혀 있었다면? 그러면 그 인물은 어떻게 할까? 그 인물은 어떤 선택을 할까? 대본에 적힌 것 너머로 자기가 연기하는 인물을 이해하는 거예요."

"음, 어쩌면, 그냥 생각해 보는 건데, 나는 결혼이 하기 싫은 거 같아요."

소녀는 손짓을 곁들이며 말한다. "음, 봐요, 그렇게 선택하는 거예요." 그리고 더 깊이 파고든다. "자, 그럼, 내 나이 때문은 아니고. 나를 사랑하지 않아서도 아니고……."

릭이 말을 가로챈다. "사랑한다고 말한 적 없어요."

소녀는 그 말을 철저히 묵살한다. "어이없는 소리 하지 마세요. 당연히 아저씨는 나를 사랑해요. 그러니까 내 나이 때문도 아니고, 나를 사랑하지 않아서도 아니고, 칼렙이 결혼하는 타입이 아니라서 그런 거죠. 맞죠?"

릭이 어깨를 으쓱한다. "그래, 그렇다고 치죠."

"그럼, 그냥 동거하는 사이?"

"그런 말은 안 했어요."

소녀가 논리적으로 말한다. "그게 이치에 맞죠. 우리가 같이 있고, 서로 사랑하고, 결혼은 안 했고, 그러면 동거를 하겠죠. 나는 할 수 있어요. 잠시 동안은. 그래도 조만간 나랑 결혼하게 만들겠죠."

릭이 부정적으로 말한다. "결혼하게 만들어요?"

"네. 그게 우리 관계에서 큰 부분일 테니까요."

"뭐가 큰 부분이죠?"

"아저씨는 대장이고, 갱단 두목이에요. 부하들은 아저씨 말에 무조건 따라요. 그런데 옆에 아무도 없으면? 내가 대장이죠! 아저씨는 내 말에 무조건 따라요."

릭은 생각한다. '도대체 뭐 이런 꼬맹이가 있지?'

"내가 무조건 따라요? 정말?"

"네, 그럼요."

"내가 왜 무조건 따르죠?"

"우리 관계에서는 내가 더 힘이 있으니까요. 아니면 아저씨는 아저씨 말대로 나를 우물에 던졌겠죠. 그렇지만 괜찮아요. 아저씨는 내가 아저씨한테 힘을 행사하는 걸 좋아해요. 그러니까 내 말은, 내가 대장인데, 좋은 대장이에요. 그래서 아저씨한테 나쁘게 내 힘을 쓰는 일은 없어요. 내가 아저씨를 사랑하니까요. 아저씨가 나를 더 사랑하지만, 나도 아저씨를 사랑해요."

"그렇다고 치고, 만약에 내가 안 하면?"

"뭘 안 해요?"

릭은 소녀의 이론에 도전한다. "만약에 내가 따르지 않으면?"

소녀가 릭을 일깨운다. "자, 명심해요. 나는 내가 아저씨한테 힘을 행사한다는 사실을 아저씨 갱단 앞에서 절대 안 드러내요. 아니, 어느 누구 앞에서도 안 드러내요. 밖에서 보기에 주도권을 쥔 사람은 아저씨예요."

"아, 이해했어요. 그런데 내가 미라벨라 말은 뭐든 따른다고 했죠? 그렇죠?"

"네. 개처럼. 내가 하는 말은 명령이고, 아저씨는 복종해야 해요."

릭이 능글맞게 웃으며 말한다. "정말요? 내가 복종 안 하면?"

소녀가 힘주어 말한다. "아니, 해요."

릭이 되받아친다. "이제 누가 대본의 노예죠? '만약에' 놀이를 한다면서요? 만약에 내가 복종하기 싫다면?"

"음······." 소녀가 그 말을 잠시 생각한다. "처음에 몇 번은 충분히 그럴 수 있죠. 그러면 내가 어쩔 수 없이 벌을 주겠죠."

"나를 벌줘요?"

소녀가 그렇다고 고개를 끄덕인 뒤 결론짓는다. "나한테 벌을 받을 만큼 받은 뒤에는 내 말에 무조건 따를 거예요."

그 말에 릭이 대꾸할 말을 생각하려 애쓰는 바로 그 순간, 샘 워너메이커가 배우들에게 소리친다. "액션!"

그리고 칼렙과 미라벨라는 연기를 시작한다.

제21장

안주인

짹짹이는 스판 목장의 모든 여자들이 부러워하는 위치를 즐기고 있다. 목장에 있는 여자들은 맨슨 패밀리 안에서 이등 시민이다. 여자들은 남자보다 확실히 열등하다고 간주됐다. 그러나 찰리는 여자들이 목장에 살고 있는 개들보다도 열등하다고 못을 박았다. 패밀리 여자는 음식을 먹기 전에 개에게 먼저 음식을 줘야 한다. 여자들은 거의 다 서열이 낮다. 찰리의 친자식 '곰돌이 푸'의 생모이자 최초의 맨슨 패밀리 멤버인 메리 브루너는 더더욱 서열이 낮다.

'거의 다'라고 말한 것은 맨슨 패밀리 서열에서 특별한 자리에 있는 여자가 두 명 있기 때문이다. 한 명은 '집시'다. 서른네 살로, 지금까지는 패밀리 여자들 중에서 가장 연장자다. 집시의 위치는 인사부장 급이다. 목장에 혹해서 오는 젊은 여자나 남자가 있으면,

가장 먼저 집시에게 인사해야 한다.

그래도 맨슨 패밀리 사회 구조에서 권력을 쥔 자리에 가장 가까이 있는 여자는 장난꾸러기 쩩쩩이다. 맨슨 패밀리가 스판 목장에서 지낼 수 있는 것은 찰리가 그곳 주인인 조지 스판과 맺은 계약 덕분이다. 그리고 조지를 돌보는 책임자는 다름 아닌 쩩쩩이다.

조지 스판은 여든 살이다. 할리우드 영화와 텔레비전 드라마에 서부 마을 중심가 세트장으로 자신의 목장을 수십 년 간 대여해왔다. 예전에는 스판 목장 중심가 세트에서 론 레인저, 조로, 제이크 카힐이 말을 탔다. 그러나 오늘날 할리우드는 다른 곳을 찾아 떠나갔고, 영화 세트장이었던 곳은 황폐해졌다. 가끔 잡지 화보 촬영이나 음반 앨범 커버 촬영 장소로 쓰이기는 한다.(제임스 갱이 그곳에서 앨범 커버를 찍었다.) 목장에는 아직 말들이 있고, 산타수자나 지역에서 온 가족들이 이곳에서 승마 체험을 하기도 한다.

그러나 이제 목장에서 촬영하는 영화는 서부가 배경인 야한 영화나 Z등급 알 아담슨 엑스폴레이테이션 영화('엑스폴레이테이션 영화'는 상업성을 노린 저예산 B급 영화를 통칭하는 말로, 다양한 장르 영화가 이 범주에 들어간다. 알 아담슨은 1960~1970년대에 일련의 호러 영화들로 흥행에 성공을 거둔 미국 영화감독이자 배우-옮긴이)다. 그리고 조지 스판은 시력을 거의 잃었다. 영화계에서 과거로 묻힌 노인 옆에 있어 준 사람들은 맨슨 패밀리였다. 조지는 주로 집 안에서 지낸다. 언덕 위에 자리한 작은 집에서는 서부 마을 세트장이 내려다보인다. 집 안에는 이제 조지의 눈에 보이지도 않는, 전성기의 목장을 상징하는 옛 서부 기념품들이 잔뜩 쌓여 있다. 조지의 목장을 세트장으로 쓴 옛날 서부극 포스터 액자들과, 목장에서 찍은, 이제는 볕에 바랜 옛날 배우의 사진들도 있다. 서부극에 쓰인 안장들도 있고, 조지 몽고메리가 직접 조각한 카우보이와 인디언 조각상도 있다.

이 전체 집안 살림과 조지를 관리하는 사람이 바로 쩍쩍이다. 그리고 쩍쩍이는 조지를 돌보는 일에 있어서 자신이 아주 유능하고 값진 존재임을 증명해 왔다.

그 결과, 쩍쩍이는 목장의 다른 여자들이 꿈에서나 생각할 수 있는 자율성을 갖게 됐다. 일례로, 쩍쩍이는 '안주인'으로 입지를 굳혔다. 이 지위는 조지도 건드릴 수 없다. 조지의 목장이기는 하지만, 어느 정도는 쩍쩍이의 집이 됐다. 다른 여자들은 목장 일을 하거나 쓰레기통을 뒤진다. 쩍쩍이는 조지가 먹을 음식을 요리하고, 조지에게 옷을 입히고, 조지의 집을 관리하고, 조지의 말벗이 된다. 다른 여자들이 부패한 쓰레기, 상한 빵, 못생긴 채소, 멍들고 썩은 과일을 먹고, 때로는 슈퍼마켓 쓰레기통을 뒤지는 특권을 얻으려고 그곳 직원과 펠라티오나 삽입 성교를 해야 할 때, 쩍쩍이는 조지 돈으로 식재료를 사서 제대로 된 음식을 요리하고 먹는다. 물론 아주 자주 조지의 비위를 맞춰야 하고 가끔 손으로 조지의 성기를 흔들어 사정시켜야 하지만, 쩍쩍이는 그게 정말로 그다지 싫지 않다. 게다가 조지 옆에 붙어 있지 않으면 목장 주변에서 빈둥거리는 추잡한 모터사이클 족속과 섹스해야 할 텐데, 쩍쩍이는 조지 옆이 훨씬 낫다고 생각한다. 또한, 조지가 종일 컨트리 음악 라디오를 틀어 놓기 때문에 맨슨 패밀리 중에 바깥세상과 연결되는 사람은 쩍쩍이뿐이다. 조지와 함께 집 안에서 안락하게 살고 있는 쩍쩍이의 지위에서 가장 부러운 점은, 쓰레기통 대신 냉장고에서 꺼낸 진짜 음식을 먹는 것과 '텔레비전'이다.

찰리는 패밀리에게 텔레비전 시청을 허락하지 않는다. 부모가 어린 자녀의 텔레비전 시청을 제한하거나 금지할 때 부모는 텔레비전이 뇌를 망친다고 말한다. 찰리는 텔레비전이 영혼을 훔친다고 말한다.

사실, 찰리가 이 아이들을 조종할 수 있는 유일한 방법은 아이들의 환경, 현실을 조종하는 것이다. 찰리는 텔레비전 프로그램을 걱정하는 게 아니다. '베벌리 힐빌리스', '고머 파일', '겟 스마트', '길리건의 섬'의 매력은 찰리의 권위에 해를 끼치지 않는다. 찰리가 걱정한 것은, 매스컴의 진짜 아편인 광고다. 아이들이 예전에는 즐겼지만 지금은 끊은 금단의 열매에 다시 유혹을 느끼게 만드는 것. 매디슨가에 있는 천재들이 만든 짧은 영상들을 보면 찰리의 아이들은 자기들이 버리고 온 삶을 떠올리며 그리워할 테고, 찰리는 그런 일을 바라지 않는다. 아이들이 불신하고 증오하는 부모와 일대일로 경쟁하면, 찰리는 이긴다. 아이들이 경멸하는 체제와 직접 경쟁하면, 찰리가 이긴다. 찰리의 철학에 반대되는 철학과 직접 경쟁하면, 찰리가 이긴다. 그러나 투시 롤스, 프루트 룹스, 클라크 바, 하이어스 루트비어, 켄터키 프라이드 치킨, 레블론 립스틱, 커버걸

화장품, 플린스톤의 씹어 먹는 비타민 등 기억에 남아 있는 즐거움과 직접 경쟁하면, 어느 순간에 찰리가 진다.

그러나 쩍쩍이는 텔레비전을 보고 싶은 대로 볼 수 있다. 조지 스판과 계약을 마무리할 수 있었던 근본 요소는 쩍쩍이가 제공하는 섹스였지만, 목장에서 맨슨 패밀리가 자리를 지킬 수 있는 실질적인 이유는 쩍쩍이가 조지를 돌보기 때문이다. 쩍쩍이는 조지의 말벗이 되고, 조지의 옷을 입히고, 조지를 부축해서 걷게 하고, 조지에게 음식을 만들어 먹인다. 또, 조지와 함께 텔레비전을 보면서, 예를 들어 '보난자'를 볼 때에는 카트라이트 가족이 뭘 하고 있는지 눈먼 노인에게 말로 설명한다.

그러나 오늘 찰리를 비롯한 맨슨 패밀리 대부분은 산타바바라에 가고 없다. 호랑이 없는 골에 토끼가 왕 노릇 한다는 속담처럼, 쩍쩍이는 아이들 몇 명을 집으로 불러서 텔레비전을 본다.

토요일 오후여서 ABC에서는 딕 클락 음악 프로그램들이 방영되고 있다. 딕 클락이 사회를 보는 '퍼스트 아메리칸 밴드스탠드 First American Bandstand'에 이어지는 프로그램은 딕 클락이 제작하고 폴 리비어 앤드 더 레이더스가 진행하는 쇼 '잇츠 해프닝'이다. 오늘 초대손님은 캔드 히트다.

주근깨투성이 쩍쩍이는 자신의 지위에 걸맞게 조지의 편안한 안락의자에서 등받이를 완전히 뒤로 젖히고 눕듯이 앉아, 리바이스 청바지를 잘라 만든 반바지 아래로 나온 유령처럼 하얀 맨다리를 앞으로 쭉 뻗은 채 더러운 맨발 사이로 텔레비전 브라운관을 보고 있다. 패밀리 멤버 다섯 명은 서로 대마초를 주고받으며 소파와 바닥에 늘어져 있다.

폴 리비어 앤드 더 레이더스가 노래하는 '잇츠 해프닝' 주제가가 텔레비전의 작은 스피커에서 흐르고, 오프닝 영상이 번쩍거린다. 오프닝 흑백 영상은 폴 리비어와 리드 싱어 마크 린제이가 모래 언덕에서 버기카를 난폭하게 몰며 들썩거리고 통통 튀어오르는 장면들로 이루어져 있다. (마크 린제이는 이 오프닝을 촬영하다가 너무 난폭하게 운전해 거의 죽을 뻔했다.)

신나는 노래에 모두가 발장단을 치고 고개를 까딱거리는 동안, 쩍쩍이의 귀에는 멀리 목장 입구에 주차하려는 자동차 소리가 들린다. 곧바로 쩍쩍이는 눕듯이 앉아 있던 몸을 일으켜 맨발로 바닥을 딛고 일어선다.

쩍쩍이가 크게 말한다. "자동차야." 쩍쩍이는 큼직한 리모컨을 잡고 음량 버튼을 두 번 누른다. 그리고 귀를 기울인다. 엔진 소음과 흙길에 돌아가는 타이어 소리가 아득하게 들리고, 쩍쩍이는 결론을 내린다. "모르는 차야."

쩍쩍이가 군인처럼 딱딱 명령한다. "스네이크, 가서 밖에 누가 왔는지 확인해."

맨슨 패밀리 여자들 중에서 가장 어린 '스네이크'가 소파에서 팍 일어난다. 거실을 나와 주방을 지나 방충망 쳐진 문으로 가서, 더러운 방충망 너머를 내다보며 자동차를 찾는다. 조지의 집은 목장

한쪽 끝, 언덕 꼭대기에 있다. 덕분에 스네이크는 높은 곳에서 목장 전체를 볼 수 있다. 서부극 세트장으로 쓰이던 시절에는 중심가가 시작되는 곳이었지만 지금은 주차장처럼 쓰이는 곳을 내려다보니, 바로 거기에 커다란 빈티지 크림색 캐딜락이 보인다.

쩍쩍이가 거실에서 꽥꽥댄다. "보이는 거 있어?"

스네이크가 소리치며 쩍쩍이에게 보고한다. "엉. 씹할 누런 쿠페 드빌이 있어. 알로하셔츠를 입은 늙은이가 푸시캣을 태워다 줬어."

"그 남자가 푸시캣을 태워 주기만 했어?"

"아니, 푸시캣이 남자를 데려오고 있어. 집시가 방금 인사했어."

쩍쩍이는 다시 안락의자에 누워서 큼직한 플라스틱 리모컨의 음량 버튼을 눌러 텔레비전 소리를 다시 키운다. "문 옆에 있다가 그 남자가 이쪽으로 오면 나한테 말해."

스네이크는 푸시캣과 알로하셔츠가 집시와 이야기하고, 다른 여자들이 하나씩 모이는 것을 지켜본다. 스네이크가 보기에는 모두가 잘 어울리고 있다. 때때로 큰 웃음소리와 킥킥거리는 소리가 들린다. 룰루와 함께 말에 탄 '텍스' 왓슨도 다가와서 알로하셔츠 남자와 잠시 이야기한 뒤 멀어진다.

쩍쩍이가 묻는다. "어떻게 돼 가?"

스네이크가 보고한다. "알로하셔츠는 괜찮은 사람 같아. 다 다정하게 얘기하고 있어. 텍스까지 와서 남자를 확인하고 룰루랑 말을 타고 갔어."

쩍쩍이가 명령한다. "계속 지켜보고, 이쪽으로 오면 나한테 말해."

텍스와 룰루가 말을 타고 멀어진 지 10분쯤 지난 때, 스네이크는 패밀리 여자들과 알로하셔츠 남자 사이의 역학이 변하는 걸 알아챈다. 이제 웃음소리나 킥킥거리는 소리는 들리지 않는다. 패밀리 여자들의 느긋한 히피 몸짓도 보이지 않는다. 어느새 조용해졌다. 경계하며 굳은 태도다. 알로하셔츠는 집을 올려다보고 손가락으로 가리키기까지 한다.

스네이크가 중계한다. "무슨 일이 있나 봐. 여자애들이 이상하게 행동하고, 알로하셔츠가 집을 가리키고 있어."

쩍쩍이가 말한다. "제밀할 놈, 그럴 줄 알았어."

패밀리 멤버 중에 이가 깨진 남자 클렘이 쩍쩍이에게 묻는다. "내가 처리할까?"

쩍쩍이가 클렘에게 엄마 같은 미소를 지으며 말한다. "아직 괜찮아. 내가 해결하면 돼."

스네이크가 말한다. "이런 젠장."

쩍쩍이는 이미 답을 알지만 그래도 묻는다. "왜?"

스네이크가 경계심에 차서 말한다. "알로하셔츠가 이쪽으로 와."

쩍쩍이가 안락의자에서 몸을 일으키고 왕좌에서 일어선다. 주방으로 가서 방충망 문 너머 스네이크가 보고 있는 것을 같이 본다. 알로하셔츠를 입은 남자는 쩍쩍이와 스네이크가 내다보고 있는 문 쪽으로 걸어오고 있다.

쩍쩍이가 입술을 깨물며 생각한다. '이 씹할 새끼는 뭐지?'

그리고 다른 아이들에게 말한다. "얘들아, 나가. 저 새끼는 내가 상대할게."

쩍쩍이가 방충망 문 옆에 서는 동안, 다른 아이들은 집에서 빠져나가 한 줄로 계단을 내려가며, 다가오는 알로하셔츠를 지나쳐 간다.

아이들은 알로하셔츠를 경멸하는 표정으로 본다. 패밀리 아이들이 남김없이 집을 나간 뒤 쩍쩍이는 방충망 문의 후크를 철제 구멍에 끼운다.

알로하셔츠는 계단을 올라와서 더러운 방충망이 달린 문 앞, 쩍쩍이와 정면으로 마주한다.

알로하셔츠가 기분 좋게 말한다. "엄마곰이시군요."

쩍쩍이는 남자에게 놀리듯 '알로하' 하고 인사할까 생각하다가 그랬다가는 남자의 기만 살리게 되겠다고 결론짓는다. 그래서 쩍쩍이는 잘 부러지는 나뭇가지처럼 날카롭고 갈라지는 목소리로 말한다. "무슨 일이죠?"

알로하셔츠는 바지 양쪽 뒷주머니에 양손을 꽂은 채 점잖게 보이려 애쓰는 말투로 말한다. "저는 조지랑 오래된 친구입니다. 조지한테 잠깐 인사하려고 들렀습니다."

쩍쩍이는 헤드라이트 같은 크고 툭 튀어나온 눈으로 그 효과를 최대한 살려서 눈을 깜박이지도 않으며 이 알로하셔츠 차림의 침입자를 노려본다.

"친절하네요. 안타깝지만, 시간을 잘못 골랐어요. 그분은 지금 낮잠 주무세요."

알로하셔츠가 선글라스를 벗고 말한다. "아, 그것 참 아쉽네요."

"이름이 뭐예요?"

"클리프 부스입니다."

"조지랑 어떻게 아는 사이죠?"

"저는 스턴트맨입니다. '바운티 로'를 여기서 찍었어요."

"그게 뭐죠?"

그 말에 알로하셔츠가 잠깐 킥킥 웃는다.

"여기서 촬영하던 텔레비전 서부극 드라마입니다."

쨱쨱이가 말한다. "그래서요?"

클리프는 등 뒤, 서부 마을 세트장을 엄지손가락으로 가리키며 말한다. "저 중심가 세트에서 제가 말을 탄 채 총을 맞고 쓰러지는 스턴트를 한두 번 한 게 아니에요. 건물 지붕에서 떨어지는 스턴트도 했죠. 저기 있는 건물들 중에 제가 안 떨어져 본 곳이 없어요. 록시티 카페 유리창을 부수며 튀어나오는 스턴트도 너무 많이 했죠."

"정말요? 재미있네요." 쨱쨱이가 눈을 부릅뜨고 이 침입자에게 맞서는 태도는, 상대를 노려보는 연기에 일가견이 있는 랠프 미커도 부러워할 만하다.

알로하셔츠가 안심시키듯 말한다. "뻐기는 건 아닙니다. 그냥, 제가 여기를 잘 알고 있다고 설명하는 겁니다."

쨱쨱이는 고속도로 순찰대원처럼 무심하고 권위적인 태도로 알로하셔츠에게 묻는다. "조지를 마지막으로 본 게 언제죠?"

그 질문에 침입자는 당황하고, 잠시 생각해야 한다. "음, 어디 보자, 아…… 그러니까…… 아, 8년쯤 됐네요."

마침내 쩍쩍이의 입꼬리에 미소가 떠오른다. "아, 그래요? 그렇게나 친한 줄 몰라봬서 죄송합니다."

알로하셔츠는 자신도 얼굴을 마주하고 비꼬기를 아주 좋아하는 터라 그 말에 킥킥 웃는다.

쩍쩍이가 말한다. "뭐, 조지가 낮잠에서 깨면, 손님이 다녀갔다고 전할게요."

알로하셔츠는 고개를 숙이고, 더 극적으로 보이도록 선글라스를 낀다. 그런 다음, 고개를 들어서 방충망 사이로 쩍쩍이의 주근깨투성이 얼굴을 바라본다. "음, 여기까지 온 김에 정말로 잠깐 인사라도 하고 싶어요. 먼 길을 왔고, 여기 언제 또 다시 올 수 있을지 모르니까요."

쩍쩍이가 동정하는 척하며 말한다. "아, 그렇군요. 아쉽지만 인사는 못 나누시겠어요."

클리프가 어이없다는 듯 말한다. "인사도 못 나눠요? 왜 못 하죠?"

쩍쩍이가 단숨에 퍼지른다. "나랑 조지는 토요일 밤이면 텔레비전을 보니까. '잭키 글리슨 쇼', '로렌스 웰크 쇼', '자니 캐시'. 그런데 조지는 밤늦게 깨 있기 힘드니까 지금 낮잠을 재워야 돼. 그래야 조지랑 텔레비전 보는 시간을 안 망쳐."

알로하셔츠는 씩 웃으며 다시 선글라스를 벗고 방충망 너머로 말한다. "이봐, 주근깨, 나는 안에 들어가서 내 두 눈으로 직접 조지를 똑똑히 봐야겠어." 그리고 쩍쩍이의 얼굴 바로 앞, 방충망을 톡톡 치며 말을 잇는다. "이런 문쯤은 문제도 아니야."

더러운 방충망을 사이에 두고 쩍쩍이와 알로하셔츠는 눈싸움을 벌인다. 쩍쩍이가 갑자기 결심한 듯 눈을 질끈 감았다가 뜬다. "좋으실 대로."

그리고 쩍쩍이는 방충망 문의 걸쇠를 풀고, 알로하셔츠에게서 등을 돌려 거실로 간다. 다시 안락의자에 털썩 앉아서 눕듯이 몸을 쭉 펴고 리모컨을 찾아 텔레비전 음량 버튼으로 소리를 키운다.

쩍쩍이는 캐비닛 모양의 고장 난 제니스 텔레비전 위에 놓인 작은 흑백 텔레비전으로 관심을 돌린다. 작은 브라운관에서는 폴 리디어 앤드 레이더스가 폴짝폴짝 뛰면서 '미스터 선/미스터 문'을 부르고 있다.

조지를 꼬드겨서 어떤 일을 하게 만든다? 대개는 쩍쩍이가 아주 잘하는 일이다. 그러나 눈먼 수전노 영감이 컬러 텔레비전을 사는 데에 돈을 쓰도록 꼬드긴다? 조지를 꼬드기는 쩍쩍이의 기술에도 한계가 있다.

방충망 문의 녹슨 경첩에서 끼익 소리가 들린다. 알로하셔츠가 문을 열고 안으로 들어오는 소리다. 쩍쩍이는 그쪽으로 고개를 돌리지 않은 채 알로하셔츠가 거실로 들어오는 소리를 듣는다.

알로하셔츠가 묻는다. "조지 침실은 어디죠?"

쩍쩍이가 맨발로 복도를 가리키며 딱딱댄다. "복도 끝 방. 흔들

어서 깨워야 할걸. 내가 아침에 혼이 쏙 빠지게 섹스해 줬거든." 쩍
쩍이는 고개를 돌려서 알로하셔츠 침입자를 보며 조롱하듯 웃으
며 덧붙인다. "지쳤겠지."

쩍쩍이는 알로하셔츠의 충격받은 표정을 기대했지만, 알로하셔
츠는 그런 표정을 보이지 않는다. 아니, 알로하셔츠는 아예 아무
반응도 보이지 않는다. 그냥 쩍쩍이를 지나쳐서 복도로 간다. 쩍쩍
이는 자기 시야에서 알로하셔츠가 사라지기 직전에 말한다. "아,
팔 년 동안 못 본 양반, 조지는 지금 장님이야. 얼굴은 못 보니까
누구라고 말로 밝혀."

그 말에 알로하셔츠는 잠깐 발길을 멈춘다. 그리고 다시 복도를
걸어서 시야에서 사라진다.

작은 텔레비전에서는 레이더스가 노래를 마치고, 마크 린제이가
텔레비전 세상에 있는 사람들에게 '채널을 돌리지 말고 전하는 말
씀을 들으시라'고 말한다. 이어서 ABC 텔레비전 드라마 'FBI' 광
고가 나온다. 알로하셔츠가 조지 방의 문을 살짝 노크하고 말하는
소리가 들린다. "조지, 깼어요?"

쩍쩍이가 안락의자에서 크게 소리친다. "당연히 안 깼지. 씹할,
내가 말했잖아! 그리고 그렇게 계집애처럼 노크하면 안 들려. 깨우
기로 마음먹었으면, 문을 열고 안으로 들어가서 흔들어 깨우란 말
야, 씹할!"

쩍쩍이의 귀에는 노인 방문이 열리는 소리가 들린다. 쩍쩍이는
커다란 리모컨을 쥐고 두 번 누른다. 에프렘 짐발리스트 주니어가

낭독하는 'FBI' 광고 소리가 작아진다.

알로하셔츠가 조지의 몸을 흔들며 이름을 부르는 소리가 들린다. 이어서 노인이 깨어나 비몽사몽간에 말하는 소리가 들린다. "잠깐만! 무슨 일이야? 누구야? 나한테 왜 이래?"

알로하셔츠가 설명하는 소리가 들린다. "아무 일 아니에요, 괜찮아요. 깨워서 미안해요. 저 클리프 부스예요. 잘 지내시나 보고 인사하려고 들렀어요."

조지가 어리둥절해서 묻는다. "누구라고?"

알로하셔츠가 더 설명한다. "제가 여기서 '바운티 로'를 찍었어요. 릭 달튼의 스턴트맨이었어요."

조지가 빽빽거린다. "누구?"

알로하셔츠가 되풀이한다. "릭 달튼요."

조지가 뭐라고 나직이 말하는데 쩍쩍이 귀에는 무슨 내용인지 들리지 않는다. 그런 다음, 알로하셔츠가 이름을 강조해서 다시 말하는 소리가 들린다. "릭, 달, 튼, 요."

조지가 묻는다. "그게 누구야?"

알로하셔츠가 말한다. "'바운티 로' 주인공이요."

조지가 어리둥절한 목소리로 다시 묻는다. "너는 누구야?"

알로하셔츠가 대답한다. "저는 릭의 스턴트맨이었어요."

조지가 "릭 누구?" 하고 말하는 소리를 들은 쩍쩍이는 깔깔 웃는다.

쩍쩍이는 알로하셔츠가 다른 방에서 조지에게 건네는 말소리를 듣는다. "상관없어요, 조지. 저는 예전에 같이 일하던 사람입니다. 잘 지내시는지 보러 왔어요."

조지가 말한다. "잘 못 지내."

알로하셔츠가 묻는다. "어디가 안 좋으세요?"

"썹할 눈이 안 보여!" 조지의 대답이다. 그 말에 쩩쩩이가 다시 웃는다.

알로하셔츠가 뭐라 말하는데 쩩쩩이에게는 들리지 않는다. 이어서 조지도 쩩쩩이의 귀에 들리지 않게 뭐라 말한다. 그리고 알로하셔츠가 다시 뭐라 말한다. 이번에도 확실히 들리지는 않지만, 쩩쩩이는 '어린 빨간 머리'라는 말은 알아듣는다.

조지의 대답은 문제없이 들린다. "썹할 눈이 안 보인다고 했지? 내 옆에서 계속 알짱거리는 여자애 머리가 무슨 색인지 내가 썹할 어떻게 알아?"

이어서 알로하셔츠가 뭐라 알아들을 수 없게 말하고, 조지가 대꾸하는 소리가 들린다. "이봐, 누군지 기억은 안 나지만, 어쨌든 나를 찾아온 건 고마워." 그 뒤로 눈먼 노인이 알로하셔츠에게 하는 말은 쩩쩩이의 귀에 들리지 않는다. 그리고 두 번쯤 번갈아 말하는 두 목소리가 먹먹하게 들린 뒤 알로하셔츠가 조지의 귀에 들리게끔 목소리를 높인다. "그럼, 저 히피들한테 여기 살라고 허락하셨다고요?"

그 질문에 조지는 화내며 대꾸한다. "도대체 누구야?"

알로하셔츠가 다시 한 번 자신이 여기 온 이유를 설명하는 소리가 들린다. "클리프 부스예요. 스턴트맨요. 전에 여기서 같이 일했어요. 잘 지내시는지, 이 히피들이 아저씨를 이용하지 않는지 확인하려고 왔어요."

조지가 묻는다. "쩍쩍이?" 그리고 대답도 조지가 한다. "쩍쩍이는 나를 사랑해."

그 말에 어린 빨간 머리가 미소를 짓는다. 쩍쩍이는 커다란 리모컨을 쥐고 버튼을 세 번 누른다. 그리고 '잇츠 해프닝'에서 '고잉 업 더 컨트리Going Up the Country'를 연주하는 캔드 히트를 본다.

6분쯤 뒤 알로하셔츠가 침실을 빠져나와 거실에 서서 안락의자에 누운 쩍쩍이를 내려다본다. 쩍쩍이는 알로하셔츠를 보지 않은 채 말한다. "이제 만족해?"

알로하셔츠가 주머니에 손을 찌르고 대답한다. "그렇다고는 말 못 하겠군."

쩍쩍이가 알로하셔츠 쪽으로 고개를 돌려, 눈을 반짝거리고 얼굴에 미소를 지은 채 말한다. "조지는 오늘 아침에 그렇다고 말했어."

클리프는 다시 시작된 쩍쩍이의 섹스 말장난에 히죽거리며 쩍쩍이가 누운 안락의자 옆 소파에 앉는다.

"그러니까 노인한테 정기적으로 섹스를 제공한다는 말이지?"

쩍쩍이가 말한다. "그래. 조지가 얼마나 대단한데. 댁보다 조지가 훨씬 오래 단단하게 서 있을걸."

알로하셔츠가 말한다. "이봐, 나랑 조지는 예전부터 친했는……."

쩍쩍이가 말을 가로챈다. "조지는 댁이 누군지도 모르는데?"

알로하셔츠가 말한다. "그럴 수도 있지. 나는 그저 조지가 건강하게 잘 지내는지 확인하고 싶었어."

"일주일에 다섯 번은 나랑 섹스할 만큼 건강하고, 그래서 잘 지내." 쩍쩍이는 조지 방을 가리키며 말을 잇는다. "조지를 난처하게 만들고 싶으면, 가서 직접 물어봐."

알로하셔츠가 선글라스를 벗고 몸을 앞으로 숙이며 묻는다. "그리고 일주일에 다섯 번을 섹스하는 게 조지를 사랑하기 때문이고?"

쩍쩍이는 또 한 번 눈을 부릅뜨고 이 빌어먹을 알로하셔츠를 보며 말한다. "그래, 내 온 마음을 다해서, 내가 가진 전부를 걸고, 내 전부를 걸고, 조지를 사랑해. 조지를 사랑하는 내 마음이 나한테 어떤 의미인지 댁이 알건 말건……." 쩍쩍이는 속삭이듯 목소리를 낮춰 덧붙인다. "좆도 상관없어."

빌어먹을 알로하셔츠는 쩍쩍이의 부릅뜬 눈을 맞보며 빈정댄다. "그러니까 조지를 꼬드겨서 유언장 같은 법적 서류를 바꿀 생각은 없다는 말이지?"

그 말에 쩍쩍이가 눈을 한 번 깜박인다. 그러나 한 번 눈을 깜박였다고 해서 쩍쩍이가 평정을 잃거나 분을 삭이지는 않는다.

"아니, 유언장을 바꾸라고는 안 해. 결혼하자고 할 거야."

'잘난 체하더니 맛이 어떠냐?'

쩍쩍이가 결론을 내린다. "그러니까 똑바로 말해 보지. 댁이 조지를 마지막으로 본 건 1950년대야. 그런데 지금 갑자기 나타나서 조지가…… 결혼을 못하게 막겠다고? 일주일에 다섯 번 섹스하는 걸 막겠다고? 조지를 알던 시절에 두 사람이 친했던 거 맞아? 사람들이 결혼 못하게 차 몰고 다니면서 방해하는 거야? 아니면 조지한테 뭐 특별한 거라도 있어?"

알로하셔츠가 소파에 앉아서 그 말을 들은 뒤에 말한다. "아, 그렇군…… 일리가 있네." 알로하셔츠는 소파에서 일어나서 방충망 문으로 가서 문을 열고 나가 계단을 내려간다. 만족한 쩍쩍이는 다리를 꼬고 다시 딕 클라크가 제작한 음악 프로그램으로 관심을 돌린다.

제22장

알도 레이

1969년 6월
스페인 알메리아

1950년대 영화 스타 알도 레이는 후텁지근한 스페인 호텔 방에서 지저분한 매트리스 발치에 걸터앉아 있었다. 털이 많은 어깨와 등으로 땀이 흘렀다. 레이가 이 답답한 방에 박혀 있기까지 자기가 했던 잘못된 선택들을 곰곰 생각하고 있는 것은 아니었다. 조지 큐커, 마이클 커티즈, 라울 월시, 자크 투르네, 앤터니 만 같은 감독들과 일하던, '옛날 옛적 할리우드' 시절로 스스로를 고문하지도 않았다. 오래전에 처분한 호화로운 엘로얄 아파트(로스앤젤레스 로즈우드 애비뉴와 로스모어 애비뉴 사이에 있는 역사적인 아파트로, 건축가 윌리엄 더글라스 리가 설계하고 1929년에 완공됐다-옮긴이)나, 빠르지만 나무통 같이 우람한 근육질 남자의 몸에는 너무 작았던 사랑스러운 포르쉐에 스트레스를 받지도 않았다. 아니다. 알도가 새 영화를 찍으러 스페인에 온 첫날, 에어컨도 없이 숨 막히는 스페인 호텔 방에 앉아서 생각한 것은, 밤마다 이 시각이면 늘 생각하는 것이었다. 술.

★★★

알도 레이가 로케이션 촬영을 할 때면, 스태프, 배우, 호텔 직원은 물론이고 협조할 수 있는 사람이면 누구라도 알도의 감시자 역할을 맡았다. 로케이션 장소의 호텔이나 모텔에 투숙할 때 알도는 기본적으로 가택 연금 상태였다. 술을 사러 갈까 봐 호텔 밖으로 내보내지 않았다. 호텔 안에 있는 술집에는 출입 금지였다. 현찰은 전혀 가지고 있을 수 없었고 건물 입구와 비상구도 철저히 감시했다. 영화 촬영과 연관된 사람 모두에게 엄격한 수칙이 주어졌다. 알도가 아무리 애원하고 애걸하고 꼬드겨도 절대로 술을 주면 안 됨. 확실한 수칙이었다. 데이비드 캐러딘은 자서전 〈끝없는 고속도로Endless Highway〉에서 알도 레이와 함께 페르난도 라마스 감독의 저예산 영화 〈거친 사람들The Violent Ones〉을 찍던 때를 회상했다. 알도 레이의 연기 인생 초창기부터 알도를 알고 존경하는 젊은 배우가 알도 레이와 영화를 찍게 되면, 그 젊은 배우에게는 '알도 돌보기'라는 일이 주어졌다고 데이비드 캐러딘은 썼다.

1950년대 전성기에는 험프리 보가트, 스펜서 트레이시와 캐서린 헵번, 리타 헤이워드, 앤 뱅크로프트, 주디 할리데이와 함께 주인공을 맡던 알도가 1969년 여름에 와서는 크게 몰락해 있었다. 그때만 해도 알도가 더 몰락할 수는 없을 줄 알았다. 그러나 1975년이 되자, 알도는 이틀 이상은 계속 연기할 수 없었다. (술을 마시지 않고 견딜 수 있는 최장 시간이 이틀이었다.)

스크린 테스트에서 트럼프 카드를 모자에 던지기만 했는데 조지 큐커 감독에게 발탁된 이 남자는 1970년대가 지나고 1980년대가 되자, 알 아담슨과 프레드 올렌 레이 같은 싸구려 장사치 감독의 영화에서나 배역을 맡을 수 있었다.

또 1970년대에는 포르노 영화에 출연한 최초의 옛 할리우드 스타가 되었다. '에로틱 필름 어워즈'에서 최우수 남자 배우 상을 수상한, 지금까지는 유일한 옛 할리우드 스타 출신 배우이기도 하다. 상을 받은 영화는 〈딥 스로트Deep Throat〉의 캐롤 코너스와 함께 출연한 1979년작 〈스윗 새비지Sweet Savage〉다.(1980년대에는 캐머런 미첼도 포르노 영화에 출연했다.)

알도 레이는 예전 할리우드 스타들 중에서 미국 배우 조합 규정을 따르지 않는 싸구려 영화에 출연해 조합으로부터 고소를 당한 최초의 인물이 되기도 했다.

할리우드에서 한때 전성기를 구가하다가 몰락해서 힘들게 사는 사람은 할리우드 역사 초기부터 늘 상당수 있어 왔다. 이런 사람을 판별하는 방법은, 예전에 출연하던 영화와 지금 찍고 있는 영화를 비교하는 것이다(라몬 노바로, 페이스 도머그, 탭 헌터, 불쌍한 랠프 미커). 그래도 가슴 저미는 연민을 공공연히 자아내기로는 알도 레이에 필적할 사람은 없다. 1969년 여름 스페인의 그날 밤에 알도 레이가 아무리 절박했다 하더라도, 그로부터 20년 뒤에는 그날 밤이 차라리 '좋았던 옛날'로 보이게 된다.

그러나 1969년 현재의 알도 레이에게 지금 상황이 '좋았던 옛날'로 느껴졌을 리 없다. 술 없이 맞이하는 빌어먹게 좆같은 여느 밤들과 마찬가지로 또 하루의 빌어먹게 좆같은 밤으로 느꼈을 뿐이다.

★★★

바로 그날 밤, 똑같은 국가, 바로 그 호텔 안, 똑같이 에어컨 없는 다른 방에서, 클리프 부스는 뜨뜻미지근한 진을 호텔 플라스틱 컵에 손가락 두 개 높이쯤 따랐다. 그날 낮에 윈체스터 라이플총 개머리판에 맞아서 깊게 찢어진 오른쪽 눈썹에서 또 피가 흐르기 시작했다. 피는 얼굴을 따라 흘러 땀에 젖은 러닝셔츠에 떨어졌다. 그뿐 아니었다. 부어오른 눈썹은 가라앉을 기미도 보이지 않았다. 아주 약간이라도 부기가 가라앉아야 했다. 그렇지 않으면, 내일 촬영장에서 클리프는 쓸모가 없어진다. 클리프는 욕실 거울에 비친 자신을 빤히 보았다. 아직 아픈지 확인하려고 부푼 눈썹에 손을 댔다. 아팠다. 상처에 얼음을 대야 했다. 아주 빨리 해야 했다.

얼음으로 부기를 가라앉히는 김에 얼음 두 조각을 미지근한 진에 넣는 것도 세상에서 제일 형편없는 짓은 아니겠지. 그렇다고 해서 클리프가 뜨뜻미지근한 진보다 차가운 진을 더 좋아하는 것은 아니었다. 클리프에게 진은 라이터 기름 맛이고, 얼음을 넣은 진은 라이터 기름을 차갑게 만든 맛이었다. 그래도 얼음 두 조각을 넣으면 그나마 칵테일을 마시는 모양새가 나겠지. 고향에서 수천 킬로미터 떨어진 싸구려 호텔에서 제공하는 플라스틱 컵에 미지근한 진을 마시는 우울한 모습보다 낫겠지. 클리프는 호텔에서 제공하는 작은 플라스틱 얼음 통이 놓인 작은 탁자로 가며, 난방 파이프에 체인으로 묶인 작은 텔레비전을 흘깃 보았다. 흑백 멕시코 멜로드라마가 화면에 흘렀다. 아르투로 데 코르도바와 마리아 펠릭스가 스페인어로 멜로드라마답게 감정을 자극하는 1950년대 초 드라마다. 클리프는 그 배우들이 누구인지 전혀 몰랐다.

클리프는 릭 달튼과 유럽에 와 있었다. 그리고 아주 오랜만에 다시 릭의 스턴트 대역을 맡았다. 유럽 영화 세 편을 곧장 이어서 찍고 이제 네 번째 영화였다. 처음 두 편(〈네브라스카 짐〉과 〈링고여, 나를 빨리 죽여라 하고 그링고가 말했다〉)은 이탈리아에서 촬영한 서부극이었다. 세 번째 영화는 007을 모델로 삼은 비밀 첩보원 영화 〈다이노마이트 작전Operation Dyn-O-Mite〉으로, 그리스 아테네에서 찍었다. 그리고 이번 영화, 텔리 사발라스와 캐롤 베이커가 함께 출연하는 〈붉은 피, 붉은 피부〉는 스페인에서 찍는다. 이 영화 촬영이 끝나면 클리프와 릭은 로스앤젤레스 집으로 돌아간다.

클리프와 릭은 다섯 달 동안 이어진 유럽 여행을 만끽하고 있었다. 릭은 쏟아지는 파파라치의 관심을 즐겼다. 클리프는 다시 스턴트맨을 하게 되어 아주 만족했다. 로마에서는 창밖으로 콜로세움이 정말 멋지게 보이는 호화 아파트를 둘이 함께 썼다. 릭은 이탈리아 식당에 가고 나이트클럽에서 칵테일을 마셨다. 믿음직한 부조종사 같은 클리프와 함께, 로마에서 생활하는 미국 영화 스타의 삶을 살았다. 이탈리아에 있는 동안 클리프는 이탈리아 여자를 아주 많이 만났다. 릭에 비하면 클리프가 훨씬 많은 여자를 만났지만, 평소에도 늘 릭은 여자에 더 까다로웠다. 클리프에게 여자는 다 거기서 거기였지만, 그래도 이탈리아 여자는 유난히 좋았다. 클리프는 침대에서 여자 없이 혼자 자는 것보다 벌거벗은 이탈리아 여자가 자지를 빨고 있는 것을 좋아했고, 그 벌거벗은 이탈리아 여자가 그때그때 다른 사람인 것을 훨씬 더 좋아했다. 클리프는 여자의 생김새에 연연하지 않았다. 여자 엉덩이를 깨물 수 있고 여자가 클리프의 자지를 즐겁게 빨기만 하면, 클리프의 눈에 그 여자는 아름다웠다.

그러나 비행기를 타고 집으로 돌아갈 때 상황은 유럽으로 올 때와 조금 달라진다.

그리스에서 비밀 첩보원 영화를 촬영하는 동안 릭은 프란체스카 카푸치라는 이탈리아 여자를 만났다. 갈색 머리 글래머 미녀였다. 그리고 클리프가 집으로 돌아와서 친구들에게 말했듯 '씹할, 갑자기 씹할 결혼한다는 거야.' 하는 상황이 되었다. 클리프는 릭과 프란체스카의 만남이 어떻게 발전할지 알아채자마자 자기 앞에 닥칠 문제를 생각했다. '릭과 함께 나누던 것들이 전부 사라진다.' 릭은 클리프와 함께 있을 필요가 없을 테고, 프란체스카는 클리프가 함께 있는 것을 바라지 않을 것이다. 그리고 릭은 클리프를 옆에 둘 돈도 없을 것이다.

클리프는 이기적인 사람이 아니다. 릭과 프란체스카가 서로 좋다면, 클리프는 우아하게 물러선다. 클리프는 프란체스카가 사악한 팜므파탈이라고, 순진한 친구가 먹잇감이 됐다고 여기지도 않았다. 릭과 프란체스카가 인생에 중대한 변화를 가져올 일을 충분히 생각하지도 않은 채 결정한 바보 커플이라고 생각했다. 클리프는 그 결혼이 2년 가리라고 내다보았다. 그 정도면 프란체스카에게는 충분하다. 그러나 릭은 이혼 수당으로 큰돈을 쓰게 된다. 할리우드힐스에 있는 집을 팔아야 할지도 모른다. 클리프는 그 집이 릭에게 어떤 의미인지 잘 알고 있었다. 릭은 그 집에서도 침울했는데, 톨루카 레이크에 있는 아파트에 살면 그보다 훨씬 더 나빠질 것이다.

★★★

클리프는 작은 탁자 위에 놓인 작은 플라스틱 얼음통을 홱 집고, 욕실 수건걸이에 걸린 수건도 집었다. 호텔 방문을 열고, 제빙기가 있는 쪽으로 복도를 잘바닥잘바닥 삐거덕삐거덕 지나갔다. 발밑에 깔린 더러운 카펫은 장난감 슬라임 같은 질감이었다. 스페인 알메리아에는 미국 애리조나주 서부 황야와 비슷한 바위 지형이 있었다. 그곳이 로케 장소로 쓰였고, 영화 관계자들은 그곳에서 가장 가까운 모텔인 '호텔 스플렌디도'에 묵었다. 호텔 객실 방문은 다 열려 있었다. 에어컨 시설이 전혀 갖춰져 있지 않고, 방에는 호텔에서 제공한 시끄러운 선풍기뿐이었다.

클리프는 104호실을 지나며 안을 얼른 흘깃 보았다. 몸집이 거대한 나이 든 남자가 아주 우울한 모습으로 선풍기 옆 침대 끄트머리에 걸터앉아 더러운 카펫 바닥만 뚫어져라 내려다보고 있었다. 텐트처럼 넓은 흰 리넨 셔츠가 땀에 젖은 등에 딱 달라붙어 있었다.

클리프는 문을 지나가며 생각했다. '저 사람이 알도 레이인가.' 그리고 복도 끝을 보며 생각했다. '저게 제빙기네.' 생김새가 얼음통보다 휴지통에 가까운 플라스틱 통에 얼음을 한 주걱 떠 넣었다. 그리고 손으로 얼음 네 조각을 꺼내 가져온 흰 수건에 올린 후, 얼음 수건을 부푼 눈썹에 댄 채 방으로 돌아가기 시작했다.

두 번째로 알도 레이의 방을 지나가며 안을 재빨리 엿봤다. 땀을 흘리고 있는 커다란 남자가 정말로 진짜 알도 레이인지 확인하려 했다. 그러나 이번에는 이 〈낙동강 전투 최후의 고지전 Men in War〉의 스타가 바닥을 내려다보는 대신 클리프를 똑바로 보고 있었다. 클리프가 문을 지나갔다. 그러자 곧장, 이 스타의 독특한, 부드러운 사포 같은, 혀짤배기소리가 살짝 깃든 말소리가 들렸다. "이봐요."

스턴트맨이 배우의 문가로 뒷걸음했다. 유명한 혀짤배기소리가 흘러나왔다. "미국에서 왔어요?"

클리프가 눈썹에 얼음 수건을 댄 채 말했다. "네."

알도가 물었다. "서부극에서 일해요?"

클리프가 말했다. "네, 그렇습니다. 레이 선생님."

그 말에 레이는 미소를 짓고, 소시지처럼 굵은 다섯 손가락을 내밀며 말했다. "선생님이라고 부르지 말고 편하게 말해요. 나도 이 영화에 나와요." 클리프는 배우의 방으로 들어서서, 문간과 침대 사이를 지나 1950년대 워너브라더스의 주연 배우와 악수했다.

클리프 부스가 말했다. "저는 클리프 부스예요. 릭 달튼의 스턴트 대역입니다."

알도가 물었다. "달튼도 이 영화에 나와요? 텔리가 나오고 캐롤 베이커도 나오는 건 아는데, 달튼이 나오는지는 몰랐어요. 무슨 역이죠?"

스턴트맨이 말했다. "텔리의 형 역이에요."

알도가 껄껄 웃었다. "진짜 닮았네요. 만탄 모어랜드(1930년대와 1940년대에 인기를 모았던 미국 흑인 배우—옮긴이)랑 내가 형제로 나와도 되겠어요."

그 말에 두 사람 다 웃었다.

알도와 클리프는 둘 다 제2차세계대전에 참전했다.(알도는 해군 잠수 공작원이었다.) 알도와 클리프는 나이가 엇비슷했다. 그러나 그 날 밤 함께 있는 두 사람은 전혀 그렇게 보이지 않았다. 클리프의 몸은 여전히 미들급 권투선수 같았지만, 알도 레이의 드럼통 같은 가슴은 드럼통 같은 배로 변한 뒤였다. 〈미스 새디 톰슨Miss Sadie Thompson〉(커티스 베른하르트 감독이 만든 1953년 로맨틱코미디-옮긴이)에서 리타 헤이워드의 상대역으로 단단한 육체미를 자랑하던 근육은 말랑말랑해지고 넓은 어깨는 둥글어져서, 자세가 유인원 같았다. 클리프는 실제 나이보다 열 살은 족히 어려 보였고, 알도는 스무 살은 족히 더 들어 보였다.

유인원 같은 알도가 클리프의 얼굴을 찬찬히 보다가 마침내 부푼 눈썹을 보았다.

알도가 말했다. "하나님 맙소사. 얼굴이 왜 그렇게 됐어요?"

클리프가 말했다. "오늘 낮에 라이플총 개머리판에 눈을 맞았어요."

"어쩌다가?"

클리프가 설명했다. "바위 절벽에서 멕시코 강도떼랑 싸우는 신을 찍는데, 한 놈이 윈체스터 라이플총으로 저를 때리는 장면이 있었어요."

클리프가 계속 설명했다. "그런데 멕시코 강도 역을 연기하는 이탈리아 배우가 그런 액션 장면을 연기한 경험이 전혀 없어서, 계속 주저주저하면서 저를 못 때리고 있었어요. 다섯 번이나 찍어도 NG가 났어요. 저는 매번 빌어먹을 바위 위에 몸을 던져야 했죠. 그래서 결국 제1조감독한테 갔어요. 스페인 스태프 중에서 영어를 반쯤 할 줄 아는 사람은 그 조감독뿐이어서요. 가서 말했죠. '바위에 계속 몸을 부닥칠 수 없으니까 저 배우한테 제발 내 얼굴을 그 냥 치라고 말해요.'"

"자진해서 불길에 뛰어들었군요?" 알도의 말은 질문보다 해설에 가까웠다.

클리프가 어깨를 으쓱했다. "일인걸요. 다치고 깨져야 할 때의 릭이 바로 저니까요."

알도가 물었다. "같이 일한 지 오래됐어요?"

"릭이요?"

"네, 릭 달튼."

"이제 곧 10년째죠."

"아, 서로 친하겠네요."

클리프가 미소를 지었다. "네, 친한 친구죠."

알도도 미소를 지었다. "좋군요. 촬영장에 친구가 있으면 좋죠. 릭이 조지 큐커 영화에 출연했을 때에도 서로 아는 사이였어요?"

클리프가 대답했다. "네, 그런데 그 영화에는 제가 일이 없었어 요. 릭이 찍은 영화 중 스턴트 장면이 하나도 없는 영화였죠."

"맞아요. 당시 히트한 책을 원작으로 한 영화였어요. 워너브라더 스에서 전속 계약한 배우들을 다 집어넣었죠. 괜찮은 배우도 몇 명 있었어요. 제인 폰다도 나왔고. 헨리 폰다는 만나 봤어요?"

클리프가 말했다. "아뇨."

알도가 계속 말했다. "어쨌든 릭 달튼은 앙상블 배우 멤버였죠. 조지 큐커 감독은 나한테 큰 기회를 줬어요. 〈결혼하는 타입The

Marrying Kind〉에 주디 할리데이와 나를 캐스팅했죠. 그리고 헵번과 트레이시와 함께 〈팻과 마이크〉에도 캐스팅했어요."

갑자기 분위기를 바꿔서 알도가 말한다. "그 두 영화에 다 조연으로 나온 사람이 누군지 알아요?"

클리프가 모른다고 고개를 가로저었다.

알도가 말했다. "찰스 브론슨인데, 그때 그놈은 지금보다 더 못생겼었어요. 지금 찰스 브론슨 얼굴에서 더 못생겨지기란 불가능한 것 같지만⋯⋯."

알도는 잠시 혼자 생각에 잠겼다. 자신은 스타고 찰스 브론슨은 조연이던 시절, 브론슨과 함께 작업하는 게 어땠는지 회상하는 듯했다.

잠시 말을 멈췄던 알도가 다시 혀짤배기소리로 말했다. "요즘 찰스가 아주 잘하고 있다고 하더군요. 잘된 일이죠."

그리고 알도는 클리프 쪽으로 고개를 획 쳐들었다. "내가 무슨 얘기를 했죠?"

클리프가 말했다. "릭과 조지 큐커요."

"그래, 그래, 그래, 그렇죠. 조지 큐커 만난 적 있어요? 아주 대단한 사람이에요. 내 모든 건 큐커 감독 덕분이에요."

클리프가 말했다. "할리우드에서 제일가는 호모라면서요?"

알도가 말했다. "뭐, 조지는 동성애자죠. 그래도 많이 하지는 못했을 거예요. 좀 뚱뚱했으니까요."

그리고 알도는 클리프를 쳐다보며 진지하고 철학적으로 변했다.

데이비드 캐러딘의 자서전에 따르면, 알도 레이는 그런 경향이 있었다.

"있죠, 항상 받는 질문이 있어요. 큐커 감독이 나를 처음 주인공으로 썼으니, 나를 어떤 식으로든 유혹하지 않았느냐는 질문이죠. 그리고 안타깝게도 대답은 아니오예요. 조지가 나를 유혹했으면 좋았을 텐데⋯⋯."

알도는 사색에 잠겨 혼잣말처럼 말했다. "조지한테는 슬픔이 있어요. 내가 치료해 줄 수 있으면 했을 겁니다."

알도가 한숨을 쉬었다. "그렇지만 내가 조지를 만났을 때 이미 치료할 수 없는 단계였을 겁니다. 내가 아는 한, 조지는 할리우드에서 내내 금욕 생활을 했어요. 조지가 할리우드에서 보낸 40년 동안 받은 좆보다 내가 해군에서 받은 좆이 더 많을걸."

알도가 잠시 멈췄다가 말한다. "내 생각에, 조지가 허망하게 살았어."

덩치 큰 남자는 또 말을 잠시 멈췄다가 다시 묻는다. "내가 무슨 얘기를 했죠?"

클리프가 또 말한다. "릭과 조지 큐커요."

"아, 그렇지. 그래서 릭 달튼이 조지 큐커 영화에 출연하고 있었고, 달튼이 연기하는 장면을 찍고 있었어요. 그런데 갑자기 릭 달튼이 컷을 외치는 겁니다. 컷 컷 컷 컷 컷 컷. 정말로 세트장 전체가 숨을 죽였어요. 조지 큐커 감독 촬영장에서 컷을 외칠 수 있는 사람은 조지뿐이에요. 그 대단한 캐서린 헵번도 컷을 외치지는 않을 겁니다. 그런데 릭 달튼이 컷을 외친 거예요.

조지 큐커가 감독 의자에서 고개를 들고 말했어요. '달튼 씨, 무슨 문제라도 있나요?' 그러자 달튼이 말했죠. '있죠, 딱 여기서 잠깐 멈추면 극적인 효과가 훨씬 커질 것 같아요. 어떻게 생각하세요?' 그러자 독설로는 둘째 가라면 서러울 조지 큐커가……." 알도는 혀짤배기소리로 큐커의 박식하고 이상한 말투를 흉내 내려 애쓰며 말했다. "달튼 씨, 지금까지 달튼 씨의 연기 생활 전체가 아주 길고 극적인 휴지기라고 저는 강력하게 믿고 있습니다."

땀에 젖은 두 남자가 후텁지근한 호텔 방을 웃음소리로 가득 채웠다. 릭은 클리프의 절친한 친구였지만, 클리프는 릭이 웃음거리가 될 일을 자초할 때가 많다는 사실을, 게다가 예전에는 그럴 때가 더 많았다는 사실을 누구보다 잘 알고 있었다.

클리프의 웃음이 사그라들기 전에 알도가 클리프를 쳐다보며, 별안간 심각하게 진심을 다해 말했다. "저기, 있죠, 지금 내 상태가 형편없어요. 술 한 병만 사다 주면 안 될까요?"

"휴, 미안해요. 알죠? 술 마시면 안 되는 거. 알도 레이 씨한테 술을 절대로 주면 안 된다는 메모가 쫙 돌았어요. 뭐라고 말해도 술은 절대 못 줘요."

알도가 한숨을 쉬고 절망에 빠져 고개를 절레절레 흔들며 말했다. "나한테는 돈 한 푼도 안 줘요. 호텔 술집에도 못 들어가요. 밖으로 못 나가게 지키는 사람도 있어요. 나는 여기 갇혀 있어요."

알도는 클리프를 쳐다보았다. 클리프의 눈을 똑바로 보며 애원했다. "제발…… 제발 부탁해요. 너무 힘들어요. 제발, 좀 도와줘요. 제발…… 제발…… 나도 구차하게 애걸하기는 싫은데…… 그래도 이렇게 애걸할게요."

클리프는 자기 방으로 돌아가서 진 한 병을 들고, 장난감 슬라임 같은 지저분한 카펫이 깔린 복도를 다시 걸어서 104호실에 있는 남자에게 술병을 건넸다. 알도 레이는 자비를 베푼 사람으로부터 술병을 받아서 야구 포수 글러브처럼 거대한 손으로 쥐고 뚫어져라 보았다.

술병을 손에 넣었다.

오늘밤은 괜찮겠지.

한 병을 끝장내리라.

지금 당장 시작되리라.

알도가 술병에서 눈을 떼고 클리프를 쳐다보았다. 그리고 다시 술병을 내려다보았다. 그리고 다시 클리프를 쳐다보았다. 알도는 눈을 가늘게 뜨고 물었다. "가발 쓰고 있어요?"

그제야 클리프는 낮에 쓴 릭 가발을 아직도 쓰고 있는 것을 깨달았다. "아, 그렇네요. 계속 쓰고 있으면서도 몰랐어요." 클리프가 가발을 벗었다. 알도는 클리프의 금발을 처음 보았다. 클리프 부스는 몸집이 거대한 남자에게 손을 흔들며 말했다. "잘 자요, 알도." 그리고 방을 나갔다.

알도 레이는 고개를 돌려 손에 쥔 술병을 보았다. 비피터 병에 그려진 왕실 근위병에게 말했다. "잘 잘거야."

★★★

클리프가 가져온 진을 다 마신 뒤 알도는 이튿날 일할 수 없었다. 그리고 미국으로 돌아가는 첫 비행기에 태워졌다. 스페인 제작자들은 누가 알도 레이에게 술을 줬는지 찾아내려고 혈안이 됐다. 그러나 클리프에게는 다행스럽게도 찾아내지 못했다. 클리프는 불안한 나머지 릭에게도 그 이야기를 숨겼다. 최소한 2년 동안은 숨겼다.

"뭘 했다고? 클리프, 배우 조합은 조합원한테 노동 시간을 보장해 줘. 대신 조합원 카드를 발급받은 사람이라면 지켜야 할 게 있어. 조합원이라면 조합에 가입하지 않은 영화를 찍으면 안 돼. 그리고 알도 레이랑 영화를 찍을 때에는 어떤 경우라도 알도 레이한테 술을 주면 안 돼."

그러나 클리프는 다시 또 그런 상황에 처해도 역시 똑같이 행동할 것이다.

제23장

애주가 명예의 전당

릭은 '랜서' 촬영장의 자기 트레일러 안 거울 앞에서 접착제 리무버에 적신 작은 화장 솜으로 가짜 콧수염과 윗입술 위를 문지른다. 긴 가발은 벌써 벗었다. 본래의 초콜릿색 머리카락이 땀에 젖어 헝클어져 있다. 알코올 냄새가 코를 찌르는 가운데 입술 위를 충분히 적신 뒤 손가락으로 천천히 얼굴에서 가짜 수염을 벗긴다. 조금 아프다. 벗긴 수염은 분장 테이블에 조심스레 내려놓는다.

트레일러 안에 있는 작은 텔레비전에서는 미식축구 스타 로지 그리어가 버라이어티 쇼 '로지 그리어 쇼'에서 폴 매카트니의 '예스터데이'를 부른다. 그 노래를 반쯤 들은 뒤, 릭은 녹스제마 메디케이티드 콜드크림 통을 잡는다. 손가락으로 콜드크림을 듬뿍 떠서 얼굴에 바르기 시작한다. 작게 노크 소리가 들리자 릭은 의자에서 몸을 기울여 트레일러 문손잡이를 돌려 문을 연다. 조그마한 트루디 프레이저가 포장도로에 서서 릭을 쳐다보고 있다. 평상복을 입은 트루디의 모습은 릭이 처음 본다. 칼라가 빳빳하게 서 있는 흰색 버튼다운셔츠 위에 베이지색 코듀로이 오버올 차림이다. 이 옷차림 덕분에 트루디는 자기가 그런 척하는 열두 살 소녀보다 실제 나이인 여덟 살 아이에 가깝게 보인다.

트루디가 말한다. "음, 저는 이제 가요. 오늘 저랑 같이 촬영한 신에서 아저씨 연기가 정말 뛰어났어요, 이걸 꼭 말씀드리고 싶었어요."

릭이 겸손하게 말한다. "와, 고마워요. 정말 다정하네요."

"아뇨, 예의를 차리려고 드리는 말씀이 아녜요. 제가 평생 본 연기 중에 제일 좋았어요."

릭은 생각한다. '와.' 트루디의 말에 릭은 상상 이상으로 감동을 받는다. 이번에는 가식적인 겸손이 아니다. "아…… 고마워요, 미라벨라."

"이제 촬영이 끝났으니까 트루디라고 부르셔도 돼요."

얼굴에 콜드크림을 바른 릭이 말한다. "아, 정말 고마워요, 트루디. 트루디도 내가 같이 연기한 배우들 중에서 나이를 불문하고 가장 뛰어난 여배우……."

"배우요."

"미안, 배우. 가장 뛰어난 배우였어요." 릭은 진심으로 말한다.

트루디가 귀여운 척하지 않고 말한다. "어머, 고맙습니다."

릭의 칭찬이 점점 올라간다. "나중에 사람들한테 트루디랑 같이 연기한 적 있다고 자랑할 날이 틀림없이 올 거에요."

트루디가 당당하게 말한다. "제가 첫 오스카를 타면, 겨우 여덟 살이었던 저랑 연기했다고 자랑하시면 되겠네요. 제가 어릴 때에 도 프로페셔널했다고 사람들한테 말씀하세요." 그리고 트루디는 확실히 하려고 혼잣말처럼 덧붙인다. "그렇지만 미래에, 제가 오스 카상을 받을 때 얘기죠."

릭은 이 꼬맹이의 투지에 미소를 짓지 않을 수 없다. "꼭 그럴게 요. 그리고 트루디는 꼭 받을 거예요. 내가 죽기 전에 볼 수 있게 최대한 빨리 받아야 해요."

트루디도 미소를 보낸다. "최선을 다하겠습니다."

릭이 말한다. "지금처럼만 하면 돼요."

트루디가 고개를 끄덕인다. 자동차에서 트루디의 어머니가 부르 는 소리가 들린다. "트루디, 달튼 씨는 그만 괴롭히고 빨리 와. 내 일 또 만나잖아!"

트루디는 화가 나서 어머니 쪽으로 몸을 돌린 뒤 소리친다. "괴 롭히는 거 아니야!" 그리고 손으로 과장되게 릭을 가리키며 덧붙 인다. "멋진 연기에 감사드리는 거야!"

어머니가 명령한다. "여하튼 빨리 와!"

트루디는 고개를 절레절레 흔들며 다시 릭을 본다. "죄송해요. 어디까지 말했죠? 아, 맞다, 아주 잘하셨어요. 제가 부탁드린 대로 딱 해 주셨어요. 그 신에서 저는 정말 겁먹었어요."

릭이 생각 없이 불쑥 말한다. "아, 이런, 미안해요. 겁주려던 건 아니었어요."

"아뇨, 미안하실 일이 아니죠. 그래서 아저씨 연기가 아주 좋았는 걸요. 그래서 덕분에 제 연기도 좋을 수 있었어요. 제가 겁먹은 척 연기하게 만들지 않고, 정말 겁먹은 반응을 보이게 만드셨어요. 제가 바란 게 바로 그거예요. 저를 여덟 살짜리 어린 여배우로 대하지 않고, 동료 배우로 대하셨어요. 저를 어린애 취급하지도 않으셨어요. 그 장면을 장악하려고 애쓰셨어요." 트루디의 말에는 존경심이 서려 있다.

이번에는 릭이 다시 짐짓 겸손한 척한다. "음, 고마워요, 트루디. 그렇지만 내가 그 장면을 장악했다고는 생각하지 않아요."

트루디는 릭의 말을 무시한다. "아뇨, 장악하셨어요. 모든 대사가 아저씨 것이었어요. 그렇지만 내일 찍을 중요한 신에서는 상황이 또 달라요. 그러니까 마음 놓지 마세요!"

릭이 되받아친다. "트루디도 마음 놓지 말아요."

트루디는 환하게 웃으며 말한다. "그게 기백이죠! 안녕, 내일 만나요." 트루디가 손을 흔든다.

릭이 살짝 경례를 하고 말한다. "안녕."

릭이 거울을 향해 다시 몸을 돌리는 사이, 트루디는 문을 닫으려 한다. 그러나 문이 완전히 닫히기 전, 트루디가 나지막이 말한다. "내일 대사 잘 외우세요."

릭은 방금 들은 말에 자기 귀를 의심하며 몸을 돌린다. "뭐라고 했어요?"

트레일러 문이 아주 약간 열려 있는 틈으로 트루디의 작은 얼굴이 보인다. "내일 대사 잘 외우시라고 했어요. 대사를 못 외우는 어른들이 정말 많아요. 그걸로 돈을 받으면서 왜 그러나 몰라요. 정말 놀랄 일이에요." 그리고 자기 자랑을 덧붙인다. "나는 항상 대사를 잘 외워요."

릭이 되받아친다. "아, 그래요?"

트루디는 한 음절 한 음절 힘주어 말한다. "네, 그, 래, 요." 그리고 재빨리 덧붙인다. "아저씨가 대사를 못 외우면, 스태프들 앞에서 망신 줄 거예요."

릭은 생각한다. '아, 요 못된 것.'

릭이 묻는다. "지금 협박하는 거예요?"

"아뇨, 엿 먹이는 거예요. 더스틴 호프만은 늘 그래요. 어쨌든 협박은 아니고 약속이에요. 안녕." 트루디는 릭이 뭐라고 대꾸할 틈도 없이 문을 닫았다.

트루디 프레이저는 아카데미 상을 한 번도 못 받았다.

그래도 후보로는 세 차례 올랐다. 첫 번째는 열아홉 살 때인 1980년으로, 로버트 레드포드 감독의 〈보통 사람들〉에서 티모시 허튼의 애인 비슷한 역할로 여우조연상 후보에 올랐다. 그해 여우조연상은 〈멜빈과 하워드〉의 메리 스틴버겐에게 돌아갔다.

두 번째 여우조연상 후보로 올랐을 때는 스물네 살인 1985년이었다. 노먼 주이슨 감독의 〈신의 아그네스〉에서 아그네스 수녀 역이었다. 〈프리처가의 명예〉의 안젤리카 휴스턴에게 아카데미 여우조연상을 내주었지만, 그래도 골든글로브 여우조연상은 받았다. 트루디 프레이저가 아카데미 여우주연상 후보에 오른 적도 한 번 있다. 존 세일즈가 시나리오를 쓴 갱스터 서사극을 쿠엔틴 타란티노가 1999년에 리메이크한 〈레이디 인 레드〉에서 1930년대 창녀에서 은행강도로 변한 갱단 두목 폴리 프랭클린 역할로 후보에 올랐다. 공공의 적 제1호인 존 딜린저를 연기한 마이클 매드슨이 상대역이었다. 이때는 〈소년은 울지 않는다〉의 힐러리 스웽크가 여우주연상을 가져갔다.

릭은 매번 트루디를 응원했다.

40분이 흘렀다. 그사이에 릭은 콜드크림을 닦고, 평소 하고 다니는 올백의 절반쯤으로 머리를 빗고, 평상복으로 갈아입고, 낮에 성질을 못 참고 어지럽힌 트레일러 안을 청소했다. 이제 레드애플 담배에 불을 붙이고 제1조감독 노먼을 찾아서 트레일러 유리창을 실수로 깨트렸다고 거짓말할 마음의 준비를 다지고 있다. 그때 또 노크 소리가 들린다. 내일 몇 시까지 여기 와야 한다고 알리러 온 제2조감독이겠거니 생각한다. 그래서 손잡이를 돌려 문을 열고 거기 서 있는 사람을 보며 조금 놀란다. 제2조감독이 아닌, 제임스 스테이시다.

릭이 말한다. "아, 안녕."

제임스 스테이시가 말한다. "아, 마지막 신에서 아주 대단했어요."

릭이 대답한다. "아, 이런, 제임스도 대단했어요. 아, 그리고 새 시리즈 첫날을 축하해요."

제임스가 정정한다. "파일럿 첫날이죠."

릭이 손을 내젓는다. "에이, CBS에서 꼭 선택할 거 알면서. 정규 편성으로 다 점찍었으니까 파일럿에도 이렇게 큰돈을 쓰지."

제임스가 말한다. "뚜껑 열어볼 때까지는 모르는 거죠."

릭이 덧붙인다. "그리고 드라마 자체도 좋고."

"음, 오늘 연기하신 장면들 덕분에 확실히 더 좋아졌죠. 저기, 혹시 오늘 같이 한잔하실래요?"

릭이 소리친다. "아, 그럼. 당연히 좋죠."

제임스가 빙긋 웃는다.

릭이 묻는다. "어디 생각한 데는 있어요?"

"산가브리엘에 있는 집 근처 술집에서 친구들이 기다리고 있어요. 촬영 첫날을 축하한다고 모였는데 너무 먼 곳 아닌지 모르겠네요."

릭이 말한다. "괜찮아요. 내 스턴트 대역이 나를 태워 줄 테니까."

제임스가 묻는다. "그분한테는 실례가 아닐지."

릭이 말한다. "무슨 소리. 아주 시원시원한 친구야. 그 친구도 꼭 만나 봐요. 내가 소개할게."

"그럼, 저는 옷을 갈아입고 얼굴의 분칠도 좀 지울게요. 이대로 그냥 나가면 사람들이 캔자스시티 호모라고 생각할 거예요. 저는 술집까지 모터사이클로 갈 텐데, 이따가 저를 따라오시겠어요?"

★★★

릭은 조수석에, 클리프는 운전석에 앉아서, 오토바이를 탄 제임스 스테이시를 뒤따른다. 이윽고 붉은색으로 칠해진 술집 건물 주차장에 오토바이가 선다. 술집 간판에는 색색으로 '애주가 명예의 전당'이라고 적혀 있다. 할리우드의 유명 술꾼들의 캐리커처가 빨간 벽에 그려져 있다. W. C. 필즈, 험프리 보가트, 버스터 키튼, 〈캣 벌루〉에 나온 리 마빈 모습도 있다.

제임스 스테이시는 자갈이 깔린 진입로에 모터사이클을 세우고, 엔진을 끈다. 클리프는 릭의 캐딜락을 그 옆에 세운다. 제임스 스테이시의 단골 술집이 분명한 것 같다.

세 남자가 술집으로 들어간다. 8시고, 어두운 술집은 아직 사람들이 가득하지는 않지만 단골들로 차 있다. 산가브리엘 주민들, 배우들, 음악가들에게 편안한 술집이다. 술로 인생을 망친 유명 할리우드 인물들의 기념품들이 벽을 채우고 있다. 벽에서도 가장 잘 보이는 곳에 제일 큰 액자 네 개가 걸려 있다. 이 술집을 수호하는 네 성자의 포스터 액자다.

회색 실크해트를 쓰고 손에 쥔 트럼프를 보고 있는 W. C. 필즈. 트렌치코트를 입고 페도라를 쓴 섹시한 험프리 보가트. 무성영화 시절, 유명했던 옆얼굴을 드러낸 잘생긴 존 배리무어. 납작한 모자를 쓰고 검정 조끼를 입은, 무성영화 스타였던 전성기의 무표정한 버스터 키튼.

다른 유명한 애주가들은 바 위쪽, 술병 선반 위에 액자로 나란히 걸려 있다. 8X10 크기의 흑백 사진들은 누렇게 혹은 거무스레하게 변색되었다. 홍보용 사진도 있고, 영화 장면도 있고, 이 술집을 위해 직접 사인한 사진도 있다.

〈리버티 밸런스를 쏜 사나이〉의 흰 셔츠와 검은 조끼를 입고 카메라를 향해 음흉하게 웃고 있는 리 마빈(리가 직접 이 술집을 위해 한 사인도 있다). 머리에 화려한 두건을 쓰고 무비카메라 옆에 서서 손가락으로 어디를 가리키는 샘 페킨파(역시 샘 페킨파가 직접 남긴 사인이 있다). 〈신의 작은 땅God's Little Acre〉 영화 스틸 중에서 땀에 젖은 러닝셔츠 차림의 근육질 알도 레이(알도 레이가 바텐더 메이너드에게 바친다고 직접 적은 사인이 있다). 큰 몸집에 강인한 턱을 자랑하는 론 채니 주니어의 최근 사진(술집 앞으로 서명한 론의 사인이 있다). 영화 〈던디 소령Major Dundee〉 스틸에 나온 리처드 해리스(사인 없음). 눈을 동그랗게 뜨고 입도 크게 벌린 채 코믹하게 찍은 1930년대 홍보 사진에서 카메라를 빤히 보고 있는 '큰 입' 마사 레이(사인 없음). 〈이구아나의 밤Night of the Iguana〉 스틸 사진 속 리처드 버튼(사인 없음).

바 왼쪽 구석에는 구식 타자기를 중심으로, 애주가로 유명한 작가의 사진이 든 액자들이 놓여 있다. 스콧 피츠제럴드, 어네스트 헤밍웨이, 윌리엄 포크너, 도로시 파커(모두 사인 없음).

바 뒤쪽 선반에 장식품들이 몰려 있는 칸도 있다. 그 장식품들 속에는 취해서 가로등에 기대서 있는 W. C. 필드의 모습을 코믹하게 묘사한 인형으로 기둥이 장식된 'W. C. 필드 스탠드'도 있다.

팁을 담는 항아리 옆에는 울프맨(론 채니 주니어) 피규어가 놓여 있다.

남자 화장실 문에는 일레인 해블로크가 사이키델릭하게 그린 존 배리무어 포스터가 붙어 있다. 여자 화장실 문에는 일레인 해블로크의 진 할로 사이키델릭 포스터가 붙어 있다.

피아노가 놓인 뒤쪽 벽에는 명예의 전당 멤버이자 단골인 샘 페킨파가 감독한 새 영화 〈와일드 번치〉 포스터가 크게 붙어 있다 (샘 페킨파와 윌리엄 홀든, 어네스트 보그나인이 명예의 전당에 사인했다).

당구대가 있는 구역의 벽에는 일레인 해블로그가 그린 사이키델릭 포스터가 또 붙어 있다. W. C. 필즈와 매 웨스트의 포스터다. 그리고 〈라이커 병장Sergeant Ryker〉이라는 리 마빈의 새 영화 포스터, 옛날 험프리 보가트 영화 〈올 스루 더 나이트All Through the Night〉의 재발매 포스터도 붙어 있다.

필즈와 보가트, 배리무어, 키튼의 커다란 포스터 네 장을 제외하고 다른 포스터들은 액자에 들어 있지 않고, 벽에 압정으로 붙여 놓았다.

세 사람이 문을 지나 들어서자 피아니스트가 연주하는 O. C. 스미스의 '리틀 그린 애플스Little Green Apples'가 들린다.

하나님은 작은 녹색 사과를 만들지 않았어
그리고 여름철에 인디애나폴리스에는 비가 오지 않아

닥터 수스 같은 것도 없고 디즈니랜드도 없고

전래 동요도 없고 자장가도 없어

제임스가 피아노를 치는 남자에게 손을 흔들어 인사하자, 피아노 치는 남자도 제임스에게 고개를 끄덕여 알은체한다. 제임스가 앞장서서 바까지 릭과 클리프를 데려간 뒤 바를 사이에 두고 바텐더와 살갑게 악수한다.

"잘 지냈어, 메이너드?"

바텐더가 다정하게 말한다. "첫날 어땠어?"

제임스는 아직 바텐더의 손을 잡은 채 말한다. "내일도 촬영하러 오래. 아주 나쁘진 않지" 그리고 일행 쪽으로 몸을 돌려 명예의 전당 남자를 소개한다.

"이쪽은 메이너드예요." 그리고 릭과 클리프를 가리키며 말한다. "메이너드, 이쪽은 릭 달튼, 그리고 릭 달튼의 스턴트 대역 배우 클리프야."

메이너드는 클리프와 먼저 악수한다. "클리프시군요."

클리프가 바텐더의 이름을 되풀이한다. "메이너드시군요."

메이너드는 릭과 악수할 때 표정이 환해진다. "오, 제이크 카힐이시군요. 현상금 사냥꾼을 만나서 영광입니다."

악수를 마치며 릭이 말한다. "저도 만나서 반갑습니다, 메이너드. 지금 의사 진료 중입니까?"

메이너드가 껄껄 웃는다. "확실히 진료 중입니다. 뭘 드릴까요?"

"위스키사워."

메이너드가 묻는다. "스턴트맨께는 뭘 드릴까요?"

클리프가 묻는다. "맥주는 뭐 있어요?"

"캔은 팹스트, 슐리츠, 햄스, 쿠어스. 병은 버드(버드와이저의 약칭-옮긴이), 칼스버그, 밀러 하이라이프. 생맥주는 부시, 팔스타프, 올드 차타누가, 컨트리클럽. 이렇게 있습니다."

클리프가 말한다. "올드차타누가."

메이너드가 단골 제임스를 손가락으로 가리키며 제임스의 주문을 대신한다. "여기 이 랜서한테는 브랜디알렉산더(코냑과 크림과 카카오 리큐어인 크렘드카카오를 섞은 칵테일로 20세기 초에 인기를 끌었고, 요즘 '알렉산더'라고 부르는 칵테일은 코냑 대신 진이나 브랜디를 쓴 것-옮긴이)." 그리고 의사는 환자에게 내놓을 것을 준비하러 간다.

제임스가 메이너드 등에 대고 소리친다. "너한텐 자니 랜서가 아니라 자니 마드리드가 될게!"

세 사람 모두 킥킥거린다.

산가브리엘 배우 한 명이 세 사람에게 어슬렁어슬렁 다가온다. 우락부락한 얼굴로, 못생겨서 섹시하다고 일컬어지는 타입이다. 모래색 머리카락을 깃털처럼 흩날린 헤어스타일에, 검정 가죽 재킷을 입었다. 워렌 밴더스라는 이 배우는 팹스트 블루리본 맥주를 들고 세 사람 사이에 끼어든다.

제임스와 워렌은 서로 반갑게 인사한다. 그리고 제임스는 릭을 보며 엄지손가락으로 워렌이 있는 뒤쪽을 가리키며 말한다. "아세요?"

릭이 다 안다는 듯이 씩 웃는다. "에이, 알면서 왜 물어봐?"

릭과 워렌은 서로 아는 사이인 듯 악수를 나눈다. 릭이 설명한다. "여기 이 워렌 밴더스는 '바운티 로'에 세 번 출연했을걸."

워렌이 확실히 말한다. "네 번이야, 이 은혜도 모르는 사람아. 한 번은 스판 목장까지 가서 릭 달튼한테 얻어터졌지. '바운티 로'가 방영된 4년 동안 나는 계속 망신 당했어."

피아니스트는 '앨리 캣'을 연주하기 시작한다. 메이너드가 술을 바에 내려놓자, 네 사람은 스툴에 자리를 잡고 앉는다. 메이너드는 다른 목마른 손님이 부를 때까지 이 손님들과 어울린다.

클리프와 워렌은 아직 맥주를 마시고 있지만, 릭은 위스키사워를 빨대로 아주 빨리 다 마셨고 제임스도 브랜디알렉산더를 깔끔히 해치웠다.

메이너드가 돌아와서 제임스와 릭에게 묻는다. "더 드려요?"

제임스가 말한다. "그럼."

릭이 말한다. "위스키사워."

피아니스트 커트 자스투필이 '앨리 캣'을 마칠 즈음 제임스 일행은 손에 술을 들고 피아노로 다가간다.

"어이, 커트, 잘 지내?"

커트는 하비 월뱅거(바닐라와 아니스 향이 나는 단맛의 리큐어인 갈리아노와 보드카, 오렌지 주스를 섞은 칵테일-옮긴이)를 한 모금 마시고 대답한다. "잘 지내지. 넌 어때?"

제임스가 말한다. "아주 잘되고 있지. 오늘 내 드라마 파일럿 첫 촬영이었어.”

“젠장, 아주 좋네.” 커트는 피아노로 ‘해피 데이스 아 히어 어게인Happy Days Are Here Again’(제목은 ‘행복한 시절이 돌아왔어’라는 뜻으로, 1929년에 만들어진 뒤로 바브라 스트레이전드를 비롯한 많은 가수가 부른 스탠더드 곡-옮긴이)을 연주하기 시작한다.

제임스가 말한다. “진정해, 리버라치.(리버라치는 피아노 연주자이자 가수, 배우로 활동했으며, 화려한 의상으로도 이름이 높음-옮긴이) 일단 파일럿이 끝난 다음에 잘되나 봐야 해. CBS에서 정규 드라마로 편성될지 아닐지 기다려 봐야지. 행복한 시절이 돌아올지 아닐지 몇 주 뒤에 결정 나.”

제임스가 피아노 연주가에게 새 친구들을 소개한다. 워렌과 커트는 이미 아는 사이다. 사실, 워렌은 커트의 아들에게 바론이라는 개를 선물하기도 했다. 릭과 클리프는 피아노 연주자와 악수를 나눈다. 제임스가 음악가 친구를 추켜세운다. “커트는 요즘 나오는 노래는 뭐든 피아노로도 기타로도 연주할 줄 알아요. 아주 잘해요. 특히 ‘미 앤드 바비 맥기Me and Bobby McGee’. 그 곡을 컨트리음악처럼 연주하는데……”

커트가 설명한다. “그 노래는 원래 컨트리야.”

제임스가 말한다. “나도 아는데, 사람들이 다 그렇게 연주하지는 않아.”

“그건 재니스 조플린 편곡을 따라 해서 그래. 그런데 그 노래를 잘 들어 보면, 어쿠스틱 기타로, 컨트리음악으로 하는 게 맞아.” 그리고 커트는 더 분명히 덧붙인다. "어니스트 터브(1914년에 태어났으며 미국 컨트리음악의 선구자로 일컬어진다 - 옮긴이) 컨트리가 아니라 모던 컨트리."

제임스는 릭과 클리프에게 음악가 친구를 계속 자랑한다. "커트가 '미 앤드 바비 맥기'를 음반으로 발표하면 틀림없이 히트할걸요. '굿 크리던스 클리어워터Good Creedence Clearwater'도 그렇고요. 그 '두두두Doo Doo Doo' 노래도."

커트가 어리둥절해서 묻는다. "두두두 노래가 뭐야?"

제임스가 말한다. "알잖아." 그리고 노래한다. "두두두, 뒷문을 살피는."

커트가 피아노로 앞부분을 연주하고 노래한다.

일리노이에서 막 집에 돌아왔네

이런, 현관문을 잠가

잔디밭에서 신나게

춤추는 괴물들을 봐

벅 오웬스를 듣고, 노래하고 두두두

뒷문을 살피는 빅트롤라 공룡

(이 노래는 크리던스 클리어워터 리바이벌이 1970년에 발표한 '루킹 아웃 마이 백 도어Lookin' out My Back Door'로, 당시 빌보드 차트 2위까지 올라갔다. 가사는 마약에 취한 환각 상태를 그린 것이다 - 옮긴이)

네 남자는 박수를 친다. 릭이 말한다. "대단해요."

커트가 겸손하게 말한다. "뭐, 대단하지는 않고, 나쁘지 않은 정도죠. 제 아들이 이 노래를 좋아해요. 집에서 연습할 때에는 꼭 아들한테 이 노래를 들려줍니다."

클리프가 묻는다. "아들이 몇 살이에요?"

커트가 말한다. "한 달 뒤에 여섯 살 됩니다."

제임스가 커트를 부추긴다. "피아노 앞에 앉아 있지만 말고 기타 실력도 보여줘."

"그러지." 커트가 기타를 집어서 무릎에 놓는다. 기타 목을 잡고 음을 맞추며 릭에게 말한다. "이 말은 꼭 하고 싶어요. 제가 진짜 팬입니다. '바운티 로' 엄청 좋아했어요. 그때 '바운티 로'랑 '라이플 맨' 두 가지가 제일 좋아하는 드라마였어요. 지금도 텔레비전에서 재방송으로 봐요. 아, 서부 영화도 아주 좋아하는 게 하나 있어요."

릭이 묻는다. "어느 영화요? 〈태너〉? 그거 좋다는 사람이 제일 많아요."

커트는 여전히 기타 줄을 튜닝하며 묻는다. "〈태너〉에 누가 또 나오죠?"

릭이 말한다. "내가 태너 역이고, 랠프 미커가 같이 나와요."

"아뇨, 미커는 아니었어요. 미커는 저도 좋아하는데, 어쨌든 그 영화에 나온 배우는 미커가 아니었어요." 커트가 잠시 생각하다가 이윽고 말한다. "글렌 포드!"

릭이 말한다. "아, 글렌 포드. 그럼 〈텍사스 헬파이어〉군요. 네,

나쁘지 않은 영화예요. 글렌이랑은 그다지 잘 안 맞았어요. 나는 그 영화에 집중했는데 글렌은 안 그랬어요. 무슨 말인가 하면, 왜, 너무 다작하는 배우가 있잖아요. 글렌이 그랬어요. 그래도 전반적으로 보면, 나쁜 영화는 아니죠."

커트가 기타 튜닝을 마치고 연주할 준비가 되자, 제임스가 커트에게 말한다. "자, 이제 한 번 뻐겨 봐."

커트가 말한다. "아, 내가 지금 뻐기는 거야? 몰랐네. 좋은 지적이야. 고마워."

릭이 놀린다. "아, 그래야 공평하죠. 내 영화들 중에 형편없는 걸 좋아한다고 했으니까 나도 커트 기타 실력이 얼마나 형편없을지 지켜봐야 공평하죠."

커트는 누구나 알 만한 도입부를 연주하기 시작한다. 조니 리버스의 '시크릿 에이전트 맨The Secret Agent Man'이다. 다들 무슨 곡인지 알아채고 빙긋 웃는다. 그러다가 커트가 첫 소절을 노래하기 시작한다.

위험한 삶을 사는 남자가 있어
누구를 만나도 가까워지는 법이 없어
그 남자 앞에서는 입조심해, 함부로 말했다가
내일 아침 해는 못 보는 수가 있어
시크릿 에이전트 맨
시크릿 에이전트 맨

이름은 없이 숫자로만 불리는 남자

커트는 노래를 멈추고 박수를 기다린다. "이것도 제 아들이 좋아하는 노래입니다." 그리고 릭에게 묻는다. "그럼 이제 우리 서로 존중하는 세상에 사는 거죠?"

"물론이고 말고요." 릭이 위스키사워 잔을 쳐든다. "우리 음유시인을 위하여!" 모두가 커트를 향해 잔과 병을 높이 든다.

커트가 릭에게 말한다. "아들 얘기가 나왔으니 말인데, 아들도 저도 〈맥클러스키의 열네 주먹〉 진짜 팬입니다."

릭이 말한다. "음, 그건 좋은 영화죠."

커트가 설명한다. "있죠, 여러 명이 단체로 무슨 짓거리를 하고 있는 그런 영화를 볼 때에는, 제일 마음에 드는 사람을 하나 골라서 영화 내내 끝까지 살아남으라고 응원하게 되죠."

모두가 자기도 모르게 고개를 끄덕인다.

"우리 아들은 제일 마음에 드는 사람으로 릭을 골랐어요."

릭이 말한다. "와, 기분 좋은 얘기네요."

커트가 설명한다. "사실, 저번에 아들한테 텔레비전으로 '바운티로'를 보여줬어요. 내가 릭을 가리키면서 이랬죠. '쿠엔틴······.' 아, 아들 이름이 쿠엔틴입니다. '쿠엔틴, 저 사람 누군지 알아?' 아들이 모른다고 했어요. 〈맥클러스키의 열네 주먹〉에서 한쪽 눈을 가리고 나와서 화염 방사기로 나치를 싹 태워 버린 사람 기억나지?' 아들이 기억한다고 해서 이랬죠. '저 사람이 그 사람이야.' 그랬더니

아들이 뭐라고 했는지 알아요? 이러더군요. '그럼, 저 때는 두 눈이 다 보일 때야?'"

모두가 웃는다.

커트가 말한다. "아들한테 사인 좀 해 줄래요?"

릭이 말한다. "그럼요. 펜 있어요?"

커트는 펜이 없었지만 워렌 밴더스가 가지고 있었다.

그래서 릭은 '애주가 명예의 전당' 냅킨에 커트의 아들 쿠엔틴에게 사인을 한다. 받는 사람으로 '쿠엔틴에게'라고 쓰고 스펠링을 확인한 뒤 밑에 또 쓴다. '맥클러스키 소령과 루이스 병장이 경례를 올립니다.' 그리고 '릭 달튼'이라고 사인하고 그 밑에 '마이크 루이스 병장'이라고 또 적는다. 그다음, 안대를 한 마이크 루이스 병장을 조그맣게 그리고 셔츠에 '쿠엔틴 멋쟁이'라고 적은 뒤, 그림 아래에 '나치를 불태워라 불태워라!'라고 적는다.

제임스 스테이시가 탄식한다. "으으, 빌어먹을 〈맥클러스키의 열네 주먹〉. 괴로워. 빌어먹을 카즈 가라스. 좆같은 놈." 그리고 릭을 보며 말한다. "미안해요, 친한 사이일지도 모르는데. 그래도 좆같은 놈이에요."

제임스는 〈맥클러스키〉에서 카즈 가라스가 맡은 역할이 자기한테 올 뻔한 일을 커트와 클리프와 워렌 밴더스에게 설명한다. "후보 세 명 안에 들었어. 카즈 가라스, 클린트 리치, 나. 그런데 가라스는 당시 헨리 해서웨이 감독 영화로 스타가 된 상태였어. 그래서 해서웨이 감독이 컬럼비아 영화사 고위층에 자기 배우를 쓰라고 전화했어. 클린트 리치랑 나는 당했지." 제임스가 한숨을 쉰다.

워렌 밴더스가 묻는다. "가라스가 나온 해서웨이 영화가 뭐였지?"

제임스가 말한다. "아프리카가 배경인 쓰레기야. 스튜어트 그 레인저도 나오고."(헨리 헤데웨이가 감독을, 카즈 가라스와 스튜어트 그레인저가 주연을 맡은 아프리카 배경의 영화는 1967년작 〈마지막 사파리The Last Safari〉임-옮긴이)

릭이 말한다. "나도 스튜어트 그레인저랑 아프리카 쓰레기를 찍었어." 그리고 덧붙인다. "내 영화 중에 제일 좆같아."

제임스가 끼어든다. "좆같다는 말이 나왔으니 말인데, 헨리 해서웨이가 진짜 좆같은 놈이야!" 그리고 얼른 말을 이었다. "아니, 좋은 감독이고, 영화를 잘 만들지. 그런데 좆같이 소리를 질러! 고함치고 욕할 때 표정을 보면, 조지아주 꽃밭을 행진하는 셔먼 장군 같아. 내 아내가 그놈 마지막 영화에 출연했어. 작은 새처럼 연약하고 착한 여자야. 그런 사람한테 날이면 날마다 하루 종일 고함을 쳤어. 촬영이 끝나자 그 불쌍한 여자가 정말 전투 쇼크(1969년 당시에는 '외상 후 스트레스 장애 PTSD'라는 명칭이 없고, 이런 증상을 흔히 '전쟁 신경증', '전쟁 피로증' 등으로 칭했다-옮긴이) 상태가 됐어." 그리고 제임스는 술잔을 휙 휘두르며 말한다. "술집에서 마주치기만 해 봐."

릭이 묻는다. "부인이 누구지?"

제임스가 말한다. "킴 다비요."

릭이 말한다. "세상에, 킴 다비랑 결혼했어? 〈진정한 용기〉의 킴 다비?"

"네, 작년에 출연한 '건스모크'에서 만났어요. 결혼한 지 두 달됐어요. 〈진정한 용기〉에서 주인공을 맡았죠."

릭이 신나서 말한다. "자랑할 만하네. 스타랑 결혼했어."

커트가 제임스에게 묻는다. "〈진정한 용기〉에서 글렌 캠벨이 맡은 역할에 오디션 보지는 않았어?"

제임스가 과장해서 말한다. "아아아아아니. 킴이 결혼했으니까. 아, 어디 결혼만 했나, 젊고 잘생기고 촉망받는 배우랑 결혼했지. 해서웨이 감독이 그걸 안 뒤에는 나를 촬영장에 얼씬도 못하게 했어. 어디서도 내 볼기짝이 보기 싫었겠지."

모두가 웃는다.

제임스가 회상한다. "아마 오디션은 아무도 안 봤을걸. 영화사에서 곧장 글렌 캠벨한테 줬어."

릭이 화를 내며 피아노를 툭 친다. "그 공작 나으리는 도대체 왜 그래?(타란티노는 '공작'이라는 뜻의 'Duke'라 썼지만, 사실 해서웨이 감독의 작위는 '후작'으로, 해서웨이의 조부가 벨기에 왕가에서 작위를 받았다-옮긴이) 젊은 배우들한테 아주 좋을 카우보이 역할을 연기도 못하는 호모 가수들한테 맡기고 있어. 리키 넬슨. 프랭키 아발론. 글렌 캠벨. 좆같은 파비안. 딘 마틴."

제임스가 끼어든다. "음, 딘 마틴은 조금 다르죠."

릭이 힘주어 말한다. "그놈도 똑같아. 빌어먹을 가수."

제임스가 상기시킨다. "그렇죠. 그래도 연기를 할 줄 알아요."

릭이 말한다. "그렇지. 좆같은 이탈리아놈 연기는 할 줄 알지."

그 말에 모두가 웃는다. 릭은 계속 말한다. "빌어먹을 알라모에서 죽는 빌어먹을 프랭키 아발론 이야기까지 꺼내게 하지 마."

또 웃음. 워렌 밴더스가 릭에게 제임스를 지칭하며 말한다. "이 친구 전처가 누군지 알지?"

릭과 클리프는 고개를 가로젓는다.

워렌이 알린다. "코니 스티븐스."

릭이 자기도 모르게 껑충 뛰었다. "코니 스티븐스랑 결혼했어? 씹할."

"코니 스티븐스랑 결혼도 하고 씹도 했죠."

릭이 서글프게 고개를 젓는다. "이 욕심 많은 개자식. 내가 코니 스티븐스 정말 좋아했는데."

제임스가 덧붙인다. "온 미국이 정말 좋아했죠."

"코니 스티븐스를 '바운티 로'에 출연시키려고 계속 애썼는데, ABC 방송사에서 NBC 프로그램에는 출연시킬 수 없다고 해서 성공을 못 했어. 그때 코니 스티븐스가 '바운티 로'로 나랑 같이 연기했으면, 결혼식장을 행진하는 남자는 틀림없이 나였을 거야."

제임스는 그 말에 그다지 동의하지 않지만, 지적하지 않고 둔다. 제임스 스테이시는 결혼 경력으로 남자들의 부러움을 사는 데에 익숙하다. 그래서 맥클러스키의 아쉬움으로 화제를 돌린다. "뭐, 릭한테는 맥클러스키가 있고, 저한테는 스티븐스가 있었죠. 그런데 저한테는 이제 스티븐스가 없어도 맥클러스키는 언제까지나 릭한테 있죠. 나치를 조지는 화끈한 영화에서 멋진 팀에 들어갈 수도 있었는데, 결국 '먼로스'에서 땅딸보 마이클 앤더슨 주니어한테 엉덩이나 걷어차였어요."

마이클 앤더슨 주니어 이야기에 모두가 웃는다.

"그래도 불평하는 사람은 나죠. 그래요, 나는 〈맥클러스키의 열네 주먹〉 왼쪽에서 네 번째 남자가 될 수도 있었어요. 그런데……." 제임스는 브랜디알렉산더로 릭을 가리키며 말을 잇는다. "릭은 빌어먹을 힐츠가 될 수도 있었죠."

릭은 생각한다. '이런, 빌어먹을 스티브 맥퀸 개소리는 제발 그만.'

클리프는 릭이 이 이야기를 얼마나 싫어하는지 잘 알고 있어서 얼굴을 찌푸린다.

릭은 그 이야기를 뿌리치려고 제임스에게 말한다. "이봐, 친구, 그 얘기는 벌써 다 끝났잖아."

워렌 밴더스가 제임스에게 무슨 이야기인지 묻는다.

제임스는 브랜디알렉산더 잔으로 릭을 가리키며 일행을 향해 연기한다. "이 잘난 양반이 〈대탈주〉에서 맥퀸이 맡은 역할에 이만큼……." 잔을 들지 않은 손의 두 손가락으로 아주 살짝 틈을 만들어 보인다. "가까이 갔어."

커트와 워렌 밴더스는 그 이야기에 아주 큰 반응을 보인다.

릭이 두 손가락을 살짝 벌려 보이며 말한다. "이만큼 가까이 가지는 않았어." 그리고 양팔을 최대한 넓게 벌려 보이며 말한다. "이만큼이야."

다른 이들은 릭의 말을 지나친 겸손으로 착각해서 받아들이지 않으며 웃는다. 워렌 밴더스가 말한다. "그만큼 가까이 간 것도 나한테는 엄청 큰데."

커트 자스투필이 어깨를 으쓱한다. "아, 맥퀸의 대표 역할을 맡을 뻔했는데, 별게 아니구나."

제임스가 커트에게 말한다. "바로, 그거지." 그리고 릭을 맞보면서 일행을 쭉 가리킨다. "전부 다 들려주세요."

릭은 생각한다. '젠장. 빌어먹을 하루에 좆같은 이야기를 두 번 되풀이하지는 않겠어. 더구나 똑같은 사람 앞에서.'

릭이 일동에게 말한다. "정말로, 말할 게 없어요. 그냥 스포츠맨스롯지에 떠도는 소문이에요."

릭이 말을 아끼자 제임스가 끼어들어서 직접 말한다. "맥퀸이 그 역을 거의 안 맡을 상황이어서 감독이 목록을 만들었어. 네 명. 목록 맨 위에 올라 있는 사람은?" 제임스가 릭을 가리킨다. "바로 이 사람!"

릭이 확실히 말한다. "목록 맨 위에 있었다는 말은 제임스가 지어낸 거예요."

워렌 밴더스가 묻는다. "나머지 세 명은 누구지?"

제임스가 릭을 대신해서 대답한다. "나머지 세 명은, 주목하세요, 조지 세 명."

커트가 묻는다. "어떤 조지?"

제임스가 말한다. "페퍼드, 마하리스, 차키리스."

커트와 워렌이 얼굴을 찡그리고, 커트가 덧붙인다. "젠장. 그 세

호모들이랑 경쟁하면 당연히 릭이 이기죠!"

제임스가 릭에게 말한다. "제가 뭐랬어요?" 그리고 커트에게 말한다. "내가 딱 그렇게 말했어."

메이너드가 바 뒤에서 소리친다. "커트, 잠깐 잘 쉬었지? 지금 다른 손님들 서른 분이 음악을 기다려!"

제임스와 릭, 클리프, 워렌은 피아노 옆에서 나오고, 커트는 다시 의자에 앉아서 일하기 시작한다.

두 눈은 밤마다 당신 때문에 울어
두 팔은 다시 안길 당신을 갈망해

다른 남자들이 바로 돌아가자, 메이너드가 술을 한 번 더 돌린다 (릭과 제임스는 세 잔째, 클리프는 생맥주 두 잔째다). 이번 술값은 클리프가 낸다. 워렌 밴더스는 술값을 내고 작별 인사를 한 뒤, 아직 운전할 수 있을 때 떠난다.

이런 밤이면 클리프는 대개 말을 아낀다. 완전히 입을 다물지는 않고 가끔 끼어들기는 하지만, 이런 밤이 자신의 자리는 아니라고 생각한다. 지금은 두 남자 배우가 서로 탐색하고 예술적인, 동시에 일적인 관계를 쌓는 시간이다. 지금은 그 두 배우의 밤이다.

남은 텔레비전 배우 두 명은 계속 대화하고 마시고, 배우들이 자기들끼리 있을 때에 흔히 하는 일을 한다. 정보와 의견 교환. 대개는 공동으로 같이 일한 감독과 배우를 이야기이다. 제임스도 토미 래플린과 아는 사이임이 밝혀진다. 토미의 감독 데뷔작 〈영 시너The Young Sinner〉(1961년에 제작되었으며, 1965년에 〈부전자전Like Father, Like Son〉이라는 제목으로 개봉됐음-옮긴이)에 출연했던 것이다.

제임스는 '해브 건 - 윌 트래블'(1957년부터 1963년까지 방영된 텔레비전 서부극-옮긴이)에서 〈태너〉의 감독 제리 호퍼와 일해 보았다. 그리고 제임스와 릭 모두 빅 모로와 일했다. 빅은 '바운티 로'에 출연했고, 제임스는 빅 모로의 '전투'에 출연했다. 릭과 제임스는 좋아하는 감독들도 이야기한다. 좋아하는 감독이란, 대개 자기들을 좋아하고 캐스팅한 감독을 뜻한다. 릭은 폴 웬드코스와 윌리엄 휘트니를 칭송한다. 제임스는 로버트 버틀러를 칭찬한다.

릭이 제임스에게 묻는다. "그래서 CBS에서는 어떻게 확고하게 자리를 잡게 됐어?"

제임스가 말한다. "뭐, 잘 아시잖아요. 텔레비전 드라마에서 이런 감독이랑도 일하고 저런 감독이랑도 일하고. 그러다가 정말 나를 좋아하는 감독이랑 일하게 되면, 그 감독 사람이 되죠. 그 감독이 한 해에 각기 다른 드라마에서 네 편의 에피소드를 찍는다면, 그중 한두 편에는 가능한 한 나를 꽂아 주죠."

릭이 덧붙인다. "그래, 폴 웬드코스랑 빌 휘트니도 나한테 그랬지."

제임스가 말한다. "그래서 제 경우에는 저를 자기 사람이라고 생각한 감독이 로버트 버틀러였어요. 버틀러 감독이 자기가 맡은 작품 몇 개에 저를 추천했어요. 방송사에서 저보다 유명한 사람, 앤

드류 프린이나 존 색슨 같은 배우를 원해서 제가 캐스팅되지 못해
도, 제작자나 캐스팅 디렉터한테 좋은 인상은 줄 수 있죠. 그래서
CBS에 제 이름이 퍼지기 시작했어요. 그러다가 '건스모크'에 2부
작으로 된 큰 역할이 왔어요. 그 역은 그냥 주어진 건 아니고, 제가
따내야 했어요. 방송사 중역들, '건스모크' 제작자들, 그 에피소드
연출을 맡은 딕 사라피언 감독한테 좋은 인상을 줘야 했어요."

릭이 끼어든다. "딕 사라피언은 내가 처음 주연을 맡은 영화 시
나리오를 썼어."

스테이시가 말한다. "정말요? 무슨 영화죠?"

"〈드랙 레이스, 노 스톱Drag Race, No Stop〉이라고, 리퍼블릭 영화
사에서 만든 총잡이 영화야. 빌 휘트니가 감독했고, 캐스팅도 좋았
어. 진 에반스, 존 애슐리, 딕 바칼리안. 주인공 자리를 놓고 로버트
콘래드랑 경쟁했는데 내가 이겼어." 그리고 릭은 농담을 던진다.
"콘래드 키에 맞추려면 땅을 파서 다른 배우들을 낮게 세워야 하
는데, 휘트니 감독도 그러기 싫었겠지."

로버트 콘래드에 대한 농담에 두 사람은 웃는다.

릭은 제임스에게 '건스모크' 이야기를 묻는다. "그래서 방송사
중역이 드라마 한 회 캐스팅에 신경을 쓰고 있었다고?"

제임스가 설명한다. "음, 어떻게 된 일인가 하면, 흔히 하듯이 유
명한 배우를 그냥 쓰면, 크리스 조지한테 맡길 수도 있었죠. 그런
데 유명한 배우는 피하려고 했어요. 신인 배우를 '건스모크'에서
한 회 출연시켜서 서부극을 보는 사람들에게 이름을 알린 뒤, 다음

시즌에는 그 신인 배우를 주인공으로 서부극을 만든다. 이게 CBS 방송사의 계획이었어요."

릭은 빈 술잔을 들어서 제임스에게 건배한다. "이런, 완전히 행운의 사나이네. 그런 기회를 잡은 걸 고맙게 여겨."

제임스는 약간 날카로워진다. "행운을 얻은 게 아니라, 와야 할 일이 다행스럽게 온 거죠. 그러니까 그냥 지나가다가 횡재한 건 아니라는 말이에요. 빌어먹을 '오지 앤드 해리엇'에서 '안녕, 리키? 햄버거 먹을래?' 하는 대사만 하면서 7년이나 썩었다고요."

릭이 자신의 말을 더 다듬는다. "이런, 이런, 이런. 분에 넘치는 행운을 얻었다는 말은 아니었어. 비꼰 것도 아니고. 오늘 촬영하면서 봤는데, 자네는 정말 확실히 주인공을 맡을 자격이 있는 사람이야. 내 말은 그냥, 나도 자네 같았다는 거야. '웰스 파고 이야기'에서 한 회 출연했을 때 할리우드가 나 때문에 들썩였지. 그다음에 곧장 '바운티 로'로 이어졌어. 어쨌든 내가 말하려는 건, 지금이 바로 자네 자신을 위한 시간이라는 거야. 이 순간을 자네는 나보다 고맙게 여기면 좋겠어."

제임스가 묻는다. "선배는 그 순간을 감사히 여기지 않았어요?"

릭이 확언한다. "여기긴 했지." 그리고 릭은 빈 칵테일 잔으로 제임스의 어깨를 톡 치며 말한다. "그런데 지금만큼 감사히 여기지는 않았어."

메이너드는 릭의 네 번째 위스키사워와 제임스의 네 번째 브랜디알렉산더, 클리프의 세 번째 맥주를 내놓는다. 그리고 릭과 제임스는 섹시한 남자 배우들이 좋아하는 주제인 여자 이야기를 시작한다.

제임스는 릭에게 비르나 리시Virna Lisi(이탈리아 배우 비르나 리시는 1960년대에 잠시 할리우드에서 활동했음-옮긴이)와 섹스했는지 묻고, 릭은 제임스에게 헤일리 밀스Hayley Mills와 섹스했는지 묻는다.

제임스는 하지 않았다고, 했다 하더라도 말하지 않겠다고 대답한다. 릭은 하지 않았지만 시도는 해 봤다고 대답한다. 릭은 '바운티 로'에 출연한 이본 드 카를로와 페이스 도머그를 이야기한다. 드 카를로와 섹스한 이유는, 릭이 열두 살 때부터 엘리자베스 테일러와 섹스하고 싶었고, 가능한 상대 중에 엘리자베스 테일러와 가장 비슷한 여자가 이본 드 카를로였기 때문이다.

제임스가 묻는다. "이본 드 카를로를 처음 꼬드길 때 어렵지 않았어요?"

릭은 빈 칵테일 잔을 들어올리며 말한다. "위스키사워를 한 잔 더 주문하는 것만큼 어려웠지." 릭의 말과 타이밍에 세 사람 모두 웃는다. 제임스도 술을 한 차례 더 주문하는데, 클리프는 네 번째 맥주는 거른다. 두 배우는 메이너드가 마지막 칵테일을 가져오기를 기다린다.

릭은 집에 가서 내일 촬영할 대사를 외워야 한다. 어린 악녀와 연기할 때 대사를 까먹으면 절대로 안 된다.

그 아이는 자기 대사뿐 아니라 릭의 대사도 외웠으리라.

그러니까 이게 마지막 잔이어야 한다. 오늘 잠자리에 들 때에는 아침에 '잠자리에 든 것'을 틀림없이 기억해야지.

그러나 릭은 제임스에게 작별을 고하기 전에 말한다. "제임스?"

"네?"

"나한테 물어본 그 〈대탈주〉 얘기 말이야."

"네."

릭이 고백한다. "사람들이 그 얘기를 좋아하는지 몰라도 나는 아니야. 내 말은, 내가 세자레 다노바라면, 좋아할 수도 있어. 그렇지만 내 상황은 그 상황이랑 달라."

제임스가 어리둥절한 채 말한다. "잠깐만요. 세자레 다노바가 도대체 무슨 상관이고, 그 사람 상황이 어땠는데요?"

릭이 설명한다. "음, 옛날 옛적에, 딱 2분 동안, 윌리엄 와일러 감독이 벤허 역으로 세자레 다노바를 캐스팅할까 하고 진지하게 생각한 적이 있어."

"정말요? 젠장, 몰랐어요."

"모르는 게 당연해. 와일러 감독이 2분 뒤에 정신을 차리고 찰튼 헤스턴을 캐스팅했으니까. 그래도 세자레 다노바가 거의 벤허가 될 뻔했다고 말해도 돼. 거의 그럴 뻔했으니까. 그렇지만 그 상황이랑 내 상황은 달라."

제임스는 릭이 무슨 말을 하려고 하나 생각하며 릭을 물끄러미 본다.

릭은 말을 계속 잇는다. "있지, 나는 '바운티 로'에서 정말 열심히 연기했어. 그러니까 그걸로 내가 유명하다면, 그건 공정하지.

444

그렇지만 문제는 이거야. 사람들은 내가 연기한 드라마에 관심을 보이는 게 아니야. 빌어먹을, 내가 맡지도 않은 역할에만 관심을 보여. 내가 맡았을 가능성이 손톱만큼도 없는 역할에."

제임스가 말한다. "그래도 명단에 있었잖아요."

"그 명단. 그놈의 명단!" 릭이 화내며 언성을 높인다. 메이너드와 몇몇 손님이 릭 쪽으로 고개를 돌린다. 제임스가 바 위에 놓인 릭의 손을 토닥이며 나직이 말한다. "괜찮아요. 진정하세요. 술 좀 드세요."

릭은 빨대로 위스키사워를 좀 빨아 마신다. 제임스는 큰 눈으로 릭을 보고 있다.

"그 명단. 왜 사람들이 그걸 그렇게 좋아하는지 모르겠어. 내 말은, 나는 그 명단을 본 적이 없어. 그래도 어쨌든 그런 명단이 있고, 내가 조지 세 명이랑 그 명단에 올라 있다고 치더라도, 있을 수 없고 말도 안 되는 일들이 얼마나 많이 벌어져야 내가 그 역할을 따내게 될지 알아?"

제임스가 말한다. "글쎄요, 잘 모르겠어요."

릭이 말한다. "우선, 맥퀸이 자기 인생에서 제일 멍청한 선택을 해야 해. 〈대탈주〉를 거절하고 〈승리자들〉에 출연하는 거지. 맥퀸은 안 그랬어. 왜? 바보가 아니니까."

릭은 잠시 말을 멈췄다가 계속한다. "그래도 다음 이야기로 넘어갈 수 있게 가정해 볼게. 맥퀸이 바보여서 자기 정신적 스승인 존스터지스가 자기를 위해서 쓴 대하극의 빛나는 역할을 거절했다고 치자. 그렇다고 내가 힐츠 역을 따냈을까?"

제임스가 대답하기 전에 릭이 말한다. "당연히 아니지. 당시에 명단이 있었다면, 조지 페퍼드가 맨 위에 있었을걸. 이건 의심할 여지도 없어. 맥퀸이 그 역을 거절했으면, 그냥 돌아서서 조지 페퍼드한테 그 역을 제안했겠지. 맥퀸이 거절한 〈승리자들〉의 역할을 페퍼드가 했으니까, 만약에 페퍼드가 〈대탈주〉의 힐츠 역을 제안받았으면 페퍼드도 바보가 아니고 그 자리에서 좋다고 했을 거야. 그런 거야. 그렇게 됐을 겁니다, 제임스 스테이시 선생."

제임스는 릭의 말에 미소를 지으며 생각한다. '그럴싸하네.' 제임스는 릭이 이제 할 말을 다했다고 생각하지만, 릭의 말은 아직 끝나지 않는다.

릭이 다시 이야기를 시작한다. "또 이런 가정을 해 보자. 페퍼드가 그 역을 맡아서 촬영에 들어가기 전에, 애스턴 마틴을 몰고 멀홀랜드 드라이브를 지나가다가…… 아니, 잠깐, 그건 너무 진부하네. 페퍼드가 말리부에서 서핑을 하다가 상어한테 잡아먹혀서 출연할 수 없게 됐다고 가정해 보자."

릭은 지금 자신이 꼬리에 꼬리를 무는 생각을 펼치고 있다고 제임스에게 확인시키며 그 가정을 정리한다. "그러니까 맥퀸은 자기 인생에서 제일 멍청한 결정을 내렸고, 페퍼드는 상어에 잡아먹힌 상황이야."

그리고 릭이 제임스에게 묻는다. "이제 내가 그 역할을 따내게 될까?"

제임스는 고개를 끄덕인다.

그러나 릭은 고개를 절레절레 흔든다. 그리고 다섯 살짜리 어린 애에게 말하듯 제임스에게 설명한다. "아니, 그 역할은 나한테 오지 않아. 조지 마하리스한테 가지."

제임스가 반박하려 한다. 그러나 제임스가 말을 시작하기도 전에 릭은 한 손을 들어서 제임스의 말을 막는다. "자, 내가 왜 그렇게 말하는가 하면, 지금부터 설명하지."

릭은 설명한다. "마하리스는 1962년에 주인공을 맡고 있던 텔레비전 드라마 때문에 꽤 인기가 높았어. 게다가 다다음 해에 존 스터지스 감독은 스릴러 〈악마의 벌레The Satan Bug〉('악마의 벌레'라는 바이러스 생화학 무기를 둘러싼 모험을 그린 SF 스릴러-옮긴이)에 마하리스를 주인공으로 캐스팅해. 스터지스 감독이 마하리스를 좋아한다는 뜻이지. 스터지스 감독은 빌어먹을 〈악마의 벌레〉에 나를 캐스팅하지 않았다는 말이야."

릭은 계속한다. "그러니까 스티브 맥퀸이 자기 인생에서 제일 멍청한 선택을 하고, 조지 페퍼드가 상어에 잡아먹히면…… 그러면 조지 마하리스가 힐츠를 연기했겠지."

릭이 칵테일 잔을 들어서 마하리스에게 건배하며 빨대로 새콤한 술을 조금 마신다. "그래도 얘기를 계속할 수 있게, 또, 이런 가정을 해 보자. 첫 촬영에 들어가기 전에, 마하리스가 공중화장실에서 남자랑 섹스하다가 체포되는 거야."

제임스 스테이시가 크게 웃음을 터뜨린다.

릭이 계속한다. "그럼 이제 마하리스는 아웃이고, 스터지스 감독은 다시 명단에 오른 배우들 중에 골라야 해. 그럼 내가 그 역을 따내게 될까?"

제임스가 주장한다. "조지 차키리스랑 붙으면, 선배가 당연히 이기죠!"

릭은 고개를 절레절레 흔들며 제임스에게 말한다. "아니 아니 아니 아니 아니. 그 역은 당연히 조지 차키리스한테 돌아가."

제임스는 동의하지 않는다는 표정을 짓는다. 릭은 한 손을 들어서 손가락으로 이유를 하나하나 꼽는다.

첫 번째 손가락. "첫째, 조지 차키리스한테는 누구도 대적할 수 없는 오스카상이 있어."

제임스가 납득한다는 듯 고개를 끄덕인다. '그래, 그건 대단하지.'

두 번째 손가락. "둘째, 〈대탈주〉는 미리시 컴퍼니에서 미리시 형제가 제작했어."

세 번째 손가락. "조지 차키리스는 미리시 컴퍼니 소속으로 계약돼 있었어. 미리시에서 〈633중대633 Squadron〉를 찍었어. 미리시에서 〈다이아몬드 헤드Diamond Head〉를 찍었어. 미리시에서 한심한 아즈텍 영화를 찍었어. 그러니까 미리시 컴퍼니에서 차키리스를 좋아한 정도가 아니라, 차키리스랑 계약한 상태였어!"

제임스는 릭의 가설이 논리적이라고 생각하며 고개를 끄덕인다.

릭이 결론을 내린다. "그러니까 그 역할은 조지 차키리스한테가. 그런 거야."

제임스는 인정한다는 뜻으로 고개를 끄덕이고 뭐라 말하려 하는데, 릭이 검지를 쳐들어서 말을 막는다. "그런데…… 자, 또 이렇게 가정해 보자. 맥퀸이 인생 최고로 멍청한 결정을 내리고, 페퍼드가 말리부에서 상어에 잡아먹히고, 마하리스가 공중화장실에서 남자랑 섹스하다가 체포되고…… 마하리스와 섹스한 남자가 알고 보니…… 차키리스라고 밝혀졌다면!"

그 말에 제임스는 마시던 칵테일을 뿜는다.

릭은 손을 크게 휘저으며 말한다. "안녕, 베르나르도(조지 차키리스는 1961년 큰 성공을 거둔 영화 〈웨스트사이드스토리〉에서 베르나르도 역할로 아카데미 남우조연상을 수상함-옮긴이)." 그리고 릭은 몸을 숙이고 제임스에게 묻는다. "이제 〈대탈주〉 주인공 역할은 나한테 올까?"

제임스가 술잔을 내려놓는다. "당연히 선배한테 가죠. 이제 명단에는 선배 이름만 남았으니까요!"

릭이 말한다. "그게 내 요점이야. 명단에 사람이 한 명만 남으면 어떻게 되는지 알아? 한 명만 남으면, 그 명단을 없애고 새 명단을 만들어!"

제임스가 생각한다. '젠장, 그렇군.'

"그러니까 이제 빌어먹을 조지 셋이 아니라, 빌어먹을 로버트 둘이 돼. 로버트 레드포드, 로버트 컬프. 그러다가 영국 배우를 쓰기로 결정하고, 갑자기 마이클 케인이 그 역을 맡아. 아니면 폴 뉴먼한테 출연료는 얼마든지 줄 테니 힐츠를 맡으라고 하겠지. 아니면 토니 커티스의 에이전시가 제작자들한테 전화해서 좋은 조건을 제시하겠지. 어쨌든 나한테는 기회가 좆도 안 와."

그런 뒤에 릭은 클리프와 눈을 마주친다. 그리고 이제 극적인 마지막 말과 함께 빈 잔을 남기고 떠날 때가 됐다고 눈으로 말한다.

"자, 자니 랜서, 그 얘기를 남기고 이제 나는 작별을 고합니다. 오늘 외울 대사가 좆같이 많아. 그 대사를 다 외우지 않으면 내일 잘난 체하는 아역 배우가 내 불알로 스크램블드에그를 만들걸."

제24장

네브라스카 집

제임스 스테이시와 '애주가 명예의 전당' 단골들에게 작별을 고한 뒤, 클리프는 차를 몰고 릭을 집까지 데려다준다. 집에 도착한 시각은 10시 반. 릭이 내일 대사를 외우고 12시나 12시 반이면 잠자리에 들 수 있는, 충분한 시간이다. 릭은 현관 안으로 들어오자마자 세상 모든 배우들이 그러하듯 중요한 메시지는 없는지 응답 서비스를 확인한다. 마빈 슈워즈가 남긴 메시지가 있다.

릭은 생각한다. '와, 빠르네.'

릭은 마빈이 남긴 번호로 얼른 다이얼을 돌린다. 연결음이 세 번 울리고 통화가 시작된다.

마빈 슈워즈가 전화를 받는다. "마빈 슈워즈입니다."

릭이 수화기에 대고 말한다. "안녕하세요, 슈워즈 씨. 릭 달튼입니다."

마빈이 대답한다. "릭, 반가워요. 릭을 위해서 두 가지를 준비했어요. 네브라스카 짐, 세르지오 코르부치."

릭이 묻는다. "네브라스카 뭐요? 세르지오 누구요?"

마빈이 되풀이한다. "세르지오 코르부치."

"그게 누구죠?"

"세계를 통틀어 마카로니웨스턴 감독으로는 두 번째로 최고인 사람이죠. 코르부치 감독이 새 서부극을 준비하고 있어요. 제목이 〈네브라스카 짐〉. 내가 릭을 추천해서 지금 코르부치 감독이 릭을 고려하고 있어요."

"네브라스카 짐이라. 제가 네브라스카 짐 역인가요?"

"네, 그렇죠."

"그래서 그 감독이 저한테 맡기겠대요?"

"아뇨, 아직."

"그럼, 제가 못 맡는 건가요?"

"지금 확정된 건 저녁 약속이에요. 코르부치 감독이 만난 배우는 아직 세 명이에요. 내가 나서서 네 번째 배우를 만나게 됐죠. 릭, 다음주 목요일, 세르지오 코르부치 감독이 좋아하는 로스앤젤레스 일본 레스토랑 노리에서 코르부치 감독 부부와 저녁 약속을 했어요."

릭이 묻는다. "앞서서 만난 세 배우는 누구예요?"

마빈이 읊는다. "로버트 풀러, 게리 록우드, 리키 넬슨, 타이 하딘."

릭이 지적한다. "네 명인데요."

마빈이 말한다. "아, 그렇군요. 미안해요. 릭은 다섯 번째에요."

릭이 어이없다는 듯 묻는다. "리키 넬슨? 빌어먹을 리키 넬슨도 후보예요?"

마빈이 릭을 일깨운다. "아, 리키 넬슨은 〈리오 브라보〉의 스타예요. 릭이 출연한 어떤 영화보다 훨씬 나은 작품이에요."

릭이 말을 더듬는다. "저기, 슈, 슈, 슈워즈 씨. 그렇군요. 그런데 솔직하게 말씀드려도 될까요?"

마빈이 말한다. "언제라도."

릭이 말을 꺼낸다. "마카로니웨스턴 말인데요."

"네."

"저는 싫어요."

"싫어요?"

"네, 싫어요. 사실, 끔찍하다고 생각합니다."

"끔찍해요?"

"네."

"몇 편이나 봤어요?"

"두 편."

"두 편 보고, 전문적인 견해라고 말하는 건가요?"

"저기, 슈워즈 씨, 저는 호팔롱 캐시디(호팔롱 캐시디는 클래런스 멀퍼드가 쓴 소설 속 카우보이로, 이 소설들을 원작으로 배우 윌리엄 보이드가 호팔롱 캐시디를 연기한 서부극은 어린이를 대상으로 1930년대부터 1950년대까지 텔레비전을 통해 방영되었음-옮긴이)와 후트 깁슨(후트 깁슨은 미국 로데오 챔피언이자 영화배우, 감독으로 활동했으며, 무성영화에서 유성영화로 넘어가는 시기의 미국 서부극에서 독보적인 배우였음-옮긴이)을 보면서 자랐어요. 이 이탈리아 카우보이 어쩌고는 저랑 안 맞아요."

마빈이 확실히 하려고 묻는다. "마카로니웨스턴이 끔찍하기 때문에?"

"네."

"마카로니웨스턴에 비교하면 후팔롱 캐시디와 후트 깁슨이 훨씬 고급이어서?"

"제 말이 무슨 뜻인지 아시잖아요."

마빈이 말한다. "이봐요, 릭. 매정하다고 생각하지 말고 들어요. 텔레비전 드라마가 아닌 개봉 영화로 보면, 릭의 경력이 그다지 빛나지는 않아요. 이런 상황에서 릭을 주인공으로 고려하고 있는 영화를 깔보면 안 돼요."

릭이 수긍한다. "그건 잘 알겠습니다. 그래도 로마로 도망가는 것보다 할리우드에 있으면서 다음 시즌의 파일럿을 노리는 게 낫지 않을까요. 다음 시즌 새 드라마 주인공의 행운을 누가 가져간다면, 그게 저일 수도 있잖아요."

마빈이 말한다. "자, 내 고객 이야기를 들어 봐요. 시네치타 촬영장에 카우보이 역으로 배우들을 보내기 전에, 우리 에이전시에서는 배우들을 베를린으로 보냈어요. 이탈리아에서 서부극을 만드는 영리한 아이디어를 내기 앞서서 독일이 먼저 그 게임을 시작했어요. 있죠, 칼 메이라는 독일 소설가가 있었어요. 칼이 쓴 소설의 배경은 미국 개척기 북서부였어요. 칼 메이는 미국에 발을 디딘 적도 없지만, 그래도 독일 사람들 사이에서는 그 책들이 아주 큰 인기를 끌었죠.

칼의 소설들은 두 남자의 대결 이야기예요. 한 사람은 위네투라는 아파치 족장이고, 다른 한 명은 백인이자 위네투와 피로 맺은 의형제인 올드 섀터핸드예요. 1950년대에 독일 영화사에서 이 소설들을 원작으로 독일 영화를 만들기 시작했어요. 인디언으로 피에르 브라이스라는 프랑스 배우를 캐스팅했죠. 올드 섀터핸드 역에는 내가 미국인 배우를 연결했어요. 렉스 바커. 렉스는 독일로 가기 전에 미국에서 영화를 몇 편 찍었어요. 타잔 역도 했고. 아주 잘했어요. 그런데 라나 터너랑 결혼했고, 그래서 렉스가 뭘 해도 렉스는 늘 라나 터너의 남편으로 불렸어요.

그래서 내가 그를 독일 영화에 나가게 했어요. 렉스는 가기 싫다고 했죠. 독일 서부극? 도대체 그게 뭐야? 프랑스 배우가 인디언 연기를 하는 독일 서부극이라고?

렉스가 이러더군요. '마빈, 도대체 나한테 뭘 하라는 거에요? 아무리 돈 때문에 하는 일이라도 선이란게 있어야죠.' 그래서 내가 렉스한테 말했어요, 지금 릭한테 하듯이. '대체 뭐가 문제죠?'

'첫째, 미국에는 자기 영화에 렉스를 주인공으로 쓰려는 사람이 많지 않아요.'

'둘째, 군대에 가라는 것도 아니잖아요. 독일에 가서 영화를, 5주, 6주 동안 만들고 짭짤하게 돈을 벌어서 돌아오면 돼요. 식은 죽 먹

기죠. 갔다가 온다.'

그렇게 렉스를 보냈어요. 그리고 그 결과는, '독일 영화 역사'라고 사람들이 말해요.

완전히 대성공이었죠! 그 영화는 독일만 아니라 유럽 전체에서 성공했고 렉스는 올드 섀터핸드 역으로 영화 여섯 편을 찍었어요! 독일 영화 역사상 제일 인기 있는 배우가 됐죠! 그 영화들이 유럽 곳곳에서 상영되고 이탈리아에서도 아주 인기가 높아서 펠리니가 〈달콤한 인생〉에 렉스를 캐스팅했어요. 렉스가 어떤 역을 맡았는지 알죠? 바로 자기 자신인 렉스 바커 역이었어요! 그것만 봐도 얼마나 대단한 스타인지 알 수 있죠.

렉스는 여섯 편을 찍은 뒤에 그 역할에서 은퇴했어요. 그 자리를 다른 미국 스타로 채웠죠. 스튜어트 그레인저, 로드 캐머런 같은 배우들. 그런데 스튜어트나 로드 같은 다른 배우들은 올드 섀터핸드로 부르지 않았어요. 올드 스캐터핸드, 올드 슈어핸드, 올드 파이어핸드 같은 이상한 이름으로 불렀어요. 왜? 독일에서는 전국민이 렉스 바커를 알고 있고, 올드 섀터핸드는 오로지 렉스 바커뿐이니까요!"

마빈은 기본적인 이야기로 돌아온다. "아까 나한테 솔직하게 말해도 되느냐고 물었죠? 이제는 내가 솔직하게 말할게요. 릭은 텔레비전에서 영화로 활동 무대를 바꾸려고 애썼지만 성공적이지 않았어요. 네, 그게 성공하는 경우는 드물죠. 실패자 클럽에 오신 걸 환영합니다. 네, 맥퀸은 성공했죠. 짐 가너도 성공했어요. 제일 믿기지 않지만 클린트 이스트우드도 성공했어요. 그렇지만 머리를 올백으로 빗으면서 경력을 쌓은 릭 같은 친구들, 에드 번즈, 빈스 에드워즈, 조지 마하리스, 모두 이제 같은 배를 탔어요.

당신들이 눈치 못 채는 사이에 문화가 달라졌어요.

요즘은 거물의 히피 아들이 영화 스타가 돼요. 피터 폰다, 마이클 더글라스, 돈 시걸의 아들 크리스토퍼 타보리, 아를로 거스리! 요즘 남자 주인공은 층진 단발머리의 양성적인 타입이 많아요."

마빈은 자기 말의 효과를 더하려고 잠시 말을 멈췄다가 잇는다. "릭은 아직도 올백 머리를 하죠? 엘비스도 이제 그런 스타일은 안 해요! 리키 넬슨도 이제 안 해요! 에드 번즈도 헤어스프레이 광고를 하면서 '젖은 머리 유행은 끝났습니다. 산뜻한 머리여, 영원하라.' 그러는데, 릭, 릭은 아직도 올백 머리를 하고 끈적끈적한 포마드를 발라요!"

릭이 열을 내며 항변한다. "저기, 오늘 촬영했을 때에는 포마드를 안 발랐어요."

마빈이 말한다. "지금은 그런 시대니까요! 진작부터 헤어스프레이랑 고데기를 썼어야죠."

이제 마빈은 기어를 바꾼다. "그렇지만 요점은 따로 있어요. 요점은 뭐냐. 이탈리아에서는 마음대로 할 수 있다는 겁니다. 토니 커티스처럼 갑자기 화를 내고 싶다? 마음대로 해요. 헤어스타일을 지난 20년 동안 해 온 대로 지키고 싶다? 좋아요. 이탈리아에서는 그런 거에 신경도 안 써요. 지금 히피가 로스앤젤레스 전체에서,

미국 전체에서 유행인 거 알죠? 로마에서도 마찬가지예요. 그런데 차이점은 뭘까요? 이탈리아에서는 부랑자들을 쫓아내요. 여기서는 히피 호모들이 대중문화를 지배하지만, 이탈리아에서는 그렇게 청년 문화가 대중문화를 지배하지 않아요."

릭이 씁쓸하게 혼잣말로 되풀이한다. "히피 호모들."

그리고 위대한 마빈 슈워즈가 마지막 정리를 한다. "그러니까 릭, 이제 6만4천 달러짜리 질문을 하죠. 내년 이맘 때에 어디에 있고 싶어요? 버뱅크에 있으면서 '모드 스쿼드'(1968년부터 1973년까지 방송된 미국 텔레비전 범죄 드라마-옮긴이)에서 깜둥이한테 엉덩이를 걷어차이고 싶어요? 아니면 로마에 있으면서…… 서부극 주인공을 하고 싶어요?"

제25장

마지막 장

로만 폴란스키와 샤론 테이트 부부는 컨버터블 잉글리시 로드 스터를 타고 선셋 스트립을 지나간다. 샤론은 이 차가 싫다.

낡은 차라서 싫다.

로만이 기어를 바꿀 때마다 요란한 소리가 나서 싫다.

라디오 수신 상태가 엉망이어서 싫다.

무엇보다 컨버터블이고 로만이 늘 뚜껑을 열고 운전하기를 고집해서 싫다.

로만은 워렌 비티와 농담한다. "컨버터블을 몰지 않기에는 인생이 너무 짧아."

로만은 단발머리를 하고 있으니 그런 말이 쉽게 나오지. 그러나 샤론은 머리 모양을 만드는 데에 무척 애쓴다. 머리 단장을 마치고 멋진 헤어스타일을 완성했는데, 스카프로 머리를 감싸야 하나?

그건 아름다움에 대한 범죄다.

이 할리우드 커플은 휴 헤프너의 텔레비전 쇼 '플레이보이 애프터 다크' 출연을 마쳤다. 그 쇼를 녹화한 선셋 9000 빌딩에서 출발한 시각은 10시 정각이다. 그리고 벤 프랭크 커피 숍과 앤디 워홀의 〈외로운 카우보이〉를 상영 중인 티파니 시어터를 획획 지나간다.

로만은 플레이보이 맨션에서 열린 파티에 참석한 이튿날에 또다른 이벤트에 참석하기로 약속한 것이 잘못임을 알고 있었다. 샤론이 화나서 침묵을 지키는 것도 느끼고 있다. 샤론은 침대에서 독서를 하며 집에서 밤을 보낼 계획이었을 것이다. 로만도 잘 알고 있다. 로만에게는 별일 아닌 텔레비전 출연이 샤론에게는 훨씬 힘든 일이라는 것도 익히 알고 있다. 샤론은 치장해야 하니까.

그럼에도 불구하고 샤론은 치장을 했고, 집을 나섰고, 녹화도 잘 마쳤다. 로만을 위한 행동이었다.

그러나 이제 미움의 냉전이 찾아왔다. 샤론은 아주 밝은 사람이어서, 샤론이 어두워지면 분위기가 몹시 냉랭해진다.

로드스터의 형편없는 스피커에서는 93 KHJ 라디오 심야 디제이 험블 하비의 목소리가 자꾸 나오다가 사라지기를 반복한다. 다이아나 로스 앤드 더 슈프림스가 부르는 '노 매터 왓 사인 유 아, 유 아 고너 비 마인 유 아No Matter What Sign You Are, You're Gonna Be Mine You Are'의 정신없는 멜로디도 나오다가 사라지기를 반복한다. 이제 로만이 반성과 감사를 표시하며 아내를 찔러볼 때가 왔다.

로만이 말문을 연다. "저기, 오늘 하기 싫었다는 거 알아."

래러비에 있는 위너슈니첼의 빨간 지붕이 로드스터 앞 유리창을 보일 때에 샤론은 로만을 흘깃 보고 고개를 끄덕인다.

로만이 말을 잇는다. "미리 상의하지 않은 건 배려가 부족한 일이었고, 그래서 당신이 화난 것도 알아."

샤론은 또 고개를 끄덕인다.

로만은 계속한다. "그럼에도 당신이 너그럽게 함께해 준 것도 알아."

사실 샤론은 오후 내내 제이에게 로만을 욕했다. 그렇지만 로만은 그 사실을 모른다.

마침내 금발의 스핑크스가 말한다. "그래, 다 사실이야."

로만이 샤론에게 말한다. "당신은 천사야. 그래서 당신을 사랑해."

샤론은 생각한다. '아, 그게 나를 사랑하는 이유야?' 그리고 눈을 위로 굴린다.

로만은 샤론이 눈을 위로 굴리는 것을 보며 '내가 말을 잘못 골랐구나' 하고 생각한다.

도로를 사이에 두고 마주 서 있는 런던포그와 위스키어고고를 지나며 로만은 샤론에게 점수를 따려고 애쓴다. "그러니까 내가 당신한테 빚진 건 나도 잘 알고 있다는 것만 알아줘."

샤론은 얼른 받아친다. "뭘 빚져?"

"오늘 촬영에 같이 출연한 거. 내가 빚졌다는 뜻이야."

"그래. 나도 같은 생각이야. 그럼 뭘로 갚을래?"

솔직히 로만은 그 말을 진지하게 생각하고 꺼내지는 않았다. 그러나 샤론은 진지하게 받아들이는 것 같다. 그래서 로만은 조금 어찌할 바를 모른다.

"어, 그러니까 내 말은……." 로만이 빨리 다음 말을 떠올리려 애쓴다. "내가 하기 싫은 일을 갑자기 당신이 떠맡겨도 좋다는 뜻이야."

로만은 생각한다. '그래, 그거야.' 이러면 돈 1파운드에 살 1파운드, 교환이 되겠지.

로만은 어떤 것이 있을 수 있는지 예를 들어 보인다. "그러니까 당신이 아주 진지하게 생각하는 자선 행사가 있으면……."

샤론이 끼어들어서 한마디를 던진다. "풀 파티."

"뭐?"

"풀 파티."

"풀 파티? 물론이지. 언제?"

"오늘 밤."

"오늘 밤?"

"그래, 오늘 밤."

"아, 나 너무 피곤해. 내일 런던으로 가는데, 지금 집에 가서……."

"뭐, 뭐, 뭐! 어제 내가 딱 그렇게 말했는데도 당신은 이 빌어먹을 방송에 출연하기로 했어. 그래서 지금 내가 어쩌고 있어? 여기서 이러고 있어. 잔뜩 차려입고, 휴 헤프너, 텔레비전 카메라, 할리우드 멍청이들 앞에서 '귀엽고 섹시한 나'를 또 연기했어."

그런 다음 샤론은 비난하듯 말한다. "요즘 내가 책을 읽고 있는 거 알아?"

로만이 고개를 끄덕인다.

"지금 내가 침대에서 책을 읽고 싶은 거 알아?"

로만이 고개를 끄덕인다.

"내가 꼭 그래야 할 때 아니면 이틀 연속으로 치장하고 차려입기 싫어하는 거 알아?"

로만이 고개를 끄덕인다.

"그런데 그러고 있네! 아냐?"

로만이 한숨을 쉰다.

샤론이 질책한다. "내 앞에서 한숨 쉬지 마."

로만이 반격한다. "머리만 했잖아."

샤론이 생각한다. '어이, 시도는 좋았어.'

"'플레이보이 애프터 다크' 때문에 머리를 만졌지. 과연 내일도 그럴까?"

로만은 반격에 실패하고 어깨를 으쓱한다. "아니."

"내가 모르는 약속이라도 있어? 내가 모르는 손님 방문이라도?"

"없어."

"내가 책을 읽을 수 있어?"

로만이 한숨을 쉬며 대답한다. "응."

"그럼 오늘 밤에 풀 파티를 하면 빚을 완전히 갚겠네." 그리고 샤론은 효과를 더욱 살리려고 덧붙인다. "당신한테 부담이 돼야 공평하지."

로만은 패배의 한숨을 내쉬며 말한다. "좋아."

"좋아. 자, 이제 웃으면서 말해."

로만이 웃으며 말한다. "풀 파티 하자."

샤론이 요구한다. "이제 나한테 부탁해."

그러자 로만이 눈을 위로 굴린다. "정말? 거기까지 하자고?"

샤론은 포기하지 않는다. "나한테 부탁해."

로만은 짜증을 꾹 누르고, 선선한 표정을 애써 지으며, 샤론이 원하는 말을 한다. "샤론, 오늘 풀 파티를 합시다. 어때요?"

샤론은 손뼉을 치고 환호성을 지르며 말한다. "로만, 멋진 아이디어예요!" 그리고 몸을 기울여서 로만에게 키스하고 말한다. "집으로 가자. 전화할 데가 많아."

★★★

폴란스키 집 앞으로 계속 도착하는 차들을 보며 릭은 생각한다. '파티를 여나 보네.' 릭 달튼은 자기 집 진입로에 서서 일본 여행에서 산 빨간색 실크 기모노를 입고 정원 장미에 호스로 물을 주며 테이프리코더로 내일 대사를 연습하고 있다. 일전에 일본 정원사에게서 배웠다. 장미는 밤에 물을 주어야 충분히 물을 흡수한다. 낮에 물을 주면 햇빛에 수분이 다 증발한다. 릭은 내일 소녀와 찍을 장면의 대사를 연습하고 있다. 그 어린 괴물한테 절대 망신을 당하지 않으리라.

클리프가 산가브리엘에 있는 술집에서 릭을 태우고 집까지 데려다준 시간은 10시 반쯤이었다.

릭은 마빈 슈워즈와 20분쯤 통화했다. 독일 맥주잔 하나 가득 위스키사워를 만들고 대사를 연습하기 시작해서 이제 한 시간쯤 지났다. 지금은 12시 5분 전이다. 대사는 아주 잘 외운 것 같다. 위스키사워를 또 맥주잔 하나 가득 만들고 싶은 유혹에 빠지기 전에 잠자리에 들 계획이다.

폴란스키 파티 소리가 진입로까지 울린다. 릭의 귀에는 음악, 웃음소리, 떠들썩한 소리, 풀장 물이 튀는 소리가 들린다. 릭은 아직 감독 부부를 만나지 못했다. 어제 오후에 처음으로 두 사람의 모습을 보았을 뿐이다. 감독은 조금 거만해 보이고 아내는 다정해 보인다. 언젠가 우편물을 가지러 가다가 샤론과 우연히 마주칠지도 모른다.

컨버터블 포르셰가 시엘로 드라이브에서 아주 빨리 휙 다가와서 폴란스키 집 정문 앞에 멈춘다. 릭은 못마땅한 시선으로 그 자동차를 힐끗 본다. 그러다가 갑자기 눈길을 멈춘다. 운전석에 앉은 사람을 알아보았기 때문이다. '이런 젠장, 스티브 맥퀸이야!'

릭이 소리친다. "스티브!"

포르셰 운전석에 앉은 사람은 자기 이름이 들린 쪽으로 고개를 돌린다. 그리고 빨간색 실크 일본 기모노를 입고 맥주잔과 테이프 리코더와 호스를 든 남자를 본다. 눈을 가늘게 뜨고 보다가 빨간 기모노 남자가 누구인지 알아차리고 머뭇머뭇 말한다. "릭?"

릭은 포르셰로 걸어간다. "어이, 친구, 오랜만이야."

맥퀸이 대꾸한다. "그래, 진짜 오랜만이다. 어떻게 지냈어?"

릭은 맥퀸과 악수를 나눈다. "아, 나야 불평할 거 없이 지내지."

사실, 릭은 배우 경력, 인생, 세상, 그 모두에 불평할 일밖에는 없다. 그러나 스티브 맥퀸 앞에서 불평하지는 않을 작정이다.

영화 스타는 릭 너머 집을 본다. "자네 집이야?"

릭이 씩 웃는다. "그래. '바운티 로'로 지은 집이지."

맥퀸이 눈썹을 치켜세운다. "자네가 지었어?"

릭이 말한다. "아니, 표현이 그렇단 거지." '이 멍청한 놈.'

스티브 맥퀸은 조그마한 구멍 같은 입으로 특유의 작은 미소를 짓는다. "잘됐네. 돈을 현명하게 썼어. 월 허친스랑 타이 하딘은 지금 파산했대."

릭은 생각한다. '달리 말하면, 다른 한물 간 배우들보다는 네가 잘하고 있구나. 너는 집이라도 건졌네. 하고 블리트(영화 〈블리트 Bullitt〉에서 스티브 맥퀸이 맡은 역할의 이름은 영화 제목과 같은 블리트임-옮긴이)가 말했습니다.'

릭은 맥퀸의 유일한 오스카 후보 지명 작품을 언급한다. "뭐, 내가 〈산파블로〉에 출연하지는 않았지만, 그래도 먹고살기는 해."

맥퀸은 미소를 지은 채 손가락으로 가리키며 말한다. "음, 저 집이 다른 배우들 80퍼센트보다 자네가 앞서 간다는 증거네."

'출연료를 세상에서 제일 많이 받는 스타가 나를 칭찬해? 연기로 생계를 유지한다는 이유로? 엄청나게 고맙네.'

릭은 또 〈산파블로〉를 언급하며 말한다. "오스카 후보에 올랐을 때 자네를 응원했어."

맥퀸은 그 말에 아무 대꾸 없이 그저 미소만 짓는다.

릭은 그 행동의 의미를 안다. 이 짧은 대화는 이제 끝났다.

그러나 릭은 폴란스키 집 정문이 열리고 맥퀸과 포르셰가 릭의 인생에서 멀어지기 전에 맥퀸과 소통하고 싶다. 이렇게 릭과 맥퀸이 각자 별개의 현실에 존재하는 지금이 아니라 두 사람이 같은 공간에 있던 시절, 두 사람은 함께 겪은 사건이 있었다. 릭이 너무 구차해 보이지 않으면서 나눌 수 있는 이야기다.

릭이 말한다. "이봐, 스티브, 나는 드라마 첫 시즌을, 자네는 드라마 두 번째 시즌을 찍는 동안, 바니스 비너리에서 당구 치던 때 생각나?"

맥퀸은 정말로 기억한다. "그럼, 기억하지." 그때를 회상하며 맥퀸이 말한다. "세 판을 쳤지?"

릭은 맥퀸이 기억하고 있는 것에 기뻐하며 말한다. "그래. 그때는 꽤 큰 사건이라고 할 수 있었지. 조시와 제이크가 당구를 친다."

맥퀸이 맞장구친다. "큰 사건이었지. 조시와 제이크가 당구를 친다? 표를 팔 수도 있었어."

맥퀸의 농담에 릭이 웃는다.

맥퀸은 그 일을 생각하며 말한다. "사실, 첫 판을 칠 때 술집 전체가 우리를 지켜보던 것도 생각나는 것 같아." 맥퀸이 릭을 가리킨다. "자네가 이겼지. 두 판째에는 술집의 절반만 지켜봤어." 그리고 맥퀸은 엄지손가락으로 자신을 가리킨다. "두 판째에는 내가 이겼지." 그리고 맥퀸은 웃으며 말한다. "그리고 세 판째에는 아무도 신경을 안 썼어."

릭은 고개를 끄덕인다. 큰 감동을 받았다. '스티브도 기억하고 있어.'

맥퀸이 묻는다. "그런데 세 판째에는 누가 이겼지? 기억이 안 나."

릭이 대답한다. "이긴 사람이 없어. 끝까지 못 쳤어. 자네가 가야 했어."

맥퀸은 아마도 자신이 지고 있었을 거라고 생각한다.

샤론의 파티에 가는 자동차 한 대가 더 나타나서 맥퀸의 포르셰 뒤에 선다. 이제 두 배우의 재회가 끝나야 한다. 두 남자는 다른 자동차를 본 뒤 서로를 본다.

맥퀸이 릭의 집을 가리키며 말한다. "그러니까 저기 살고 있는 거지?"

릭이 말한다. "그래."

"그럼 언젠가 자네 문을 노크하고 바니스에 당구 결판을 내러 가자고 하면 되겠네."

릭은 알고 있다. 그런 일은 결코 일어나지 않으리라. 그래도 그런 말을 들으니 기분이 좋다. "그럼 정말 좋지." 릭은 진심으로 말한다. "다시 만나서 반가웠어, 스티브."

"나도. 잘 지내." 맥퀸은 폴란스키 집 앞에 있는 인터컴으로 가서 버튼을 누른다.

샤론의 목소리가 스피커에서 흐른다. "누구세요?"

맥퀸이 인터컴에 대고 말한다. "나야, 문 열어."

폴란스키 집 정문이 열린다. 맥퀸의 차와 그 뒤에 있는 차가 진입로를 따라 올라가 시야에서 사라진다. 릭은 폴란스키 집 정문 앞에서 맥주잔과 테이프리코더와 정원 호스를 들고 가만히 선 채 문이 저절로 닫힐 때까지 지켜본다. 위스키사워를 크게 한 모금 마신다. 그러자 집 안에서 전화벨 소리가 들린다.

'자정에 도대체 누가 전화질이야?'

★★★

릭은 종종걸음으로 집 안으로 들어가 주방 벽에 걸린 전화를 받는다.

"여보세요?"

전화선 너머로 여자 목소리가 말한다. "릭?"

릭이 대답한다. "네."

목소리가 묻는다. "대사 외우고 있어요?"

'무슨 개소리야?'

릭이 묻는다. "누구세요?"

"트루디예요. 작품에서는 미라벨라."

릭은 정말로 놀라서 말한다. "트루디? 트루디, 지금 몇 시인지 알아요?"

트루디가 끙 소리를 낸다. "어리석은 질문이네요. 당연히 몇 시인지 알죠. 저는 대사가 완전히 입에 붙기 전에는 잠을 안 자요. '대사는 낮에 외워라' 하는 허튼소리는 안 믿어요. 텔레비전 드라마에서는 특히 더 그래요. 목소리를 들으니까 저 때문에 잠에서 깬건 아닌 것 같네요. 맞나요?"

릭이 고백한다. "네, 안 자고 있었어요."

트루디가 따지고 든다. "왜 안 잤어요? 무슨 문제라도 있어요?"

릭의 목소리에 짜증이 슬며시 올라온다. "문제? 트루디가 문제죠. 어머니도 아셔요? 지금 전화하는 거?"

트루디가 크게 웃더니 말한다. "어머니는 10시 45분쯤이면 샤도네이 와인을 서너 잔 마시고 텔레비전을 켜 놓은 채로 소파에서 입을 벌리고 자요. 그러다가 정규 방송 시간이 끝나고 국가가 울리면 잠깐 깨서 침실로 가요."

릭이 힘주어 말한다. "트루디, 이런 시간에 나한테 전화하면 안돼요."

"도덕적으로 문제가 생길 수 있다는 말을 하는 거예요?"

"문제가 있어요."

"말 돌리지 말고 질문에 대답하세요."

"무슨 질문?"

"대사 외우고 있었어요?"

"아, 그거라면, 잘나신 분, 사실, 지금 연습하고 있어요."

트루디가 비꼰다. "아, 잘도 그러시겠네요."

릭이 주장한다. "연습하고 있어요!"

트루디가 무시하며 말한다. "자니 카슨 쇼 보고 있었죠?"

"아니, 내 대사 연습하고 있었어, 이 못돼 처먹은 것아!"

이성을 잃고 트루디에게 욕한 뒤, 릭의 귀에 트루디가 작게 킥킥거리는 소리가 들린다. 그 소리에 릭도 킥킥 웃는다.

트루디가 계속 킥킥 웃으며 묻는다. "우리 장면 연습하고 있어요?"

릭이 말한다. "맞아요."

트루디가 말한다. "저도요. 대사 같이 맞춰 볼래요?"

릭이 생각한다. '이건 도를 넘었어.' 이 어린 골칫거리의 전화를 끊어야 한다.

릭이 솔직하게 말한다. "트루디, 어머니도 모르는 상태로 한밤에 이렇게 통화하는 건 정말 옳지 않아요."

트루디는 아주 끈질기게 대꾸한다. "내일 아침에 내가 잠 깨서 빨간 학교 건물로 갈 거처럼 행동하시네요. 저는 내일 아저씨랑 일해요. 우리가 같은 신을 연기하고요. 아저씨도 깨 있고, 저도 깨 있어요. 아저씨는 그 신을 연습하고 있고, 나도 그 신을 연습하고 있어요. 그러니까 같이 연습해요. 내일 우리가 촬영장에 나가도, 우리가 같이 연습한 건 아무도 모르죠. 그럼 우리 둘이서 촬영장에 있는 사람들을 싹 녹아웃시킬 수 있어요!" 그리고 빈정거리듯 덧붙인다. "있죠, 우리 출연료는 그냥 연기하라고 나오는 게 아니에요. 연기를 아주 잘하라고 나오는 거예요."

'이 땅꼬마 말도 일리가 있네. 그러니까 이 아이는 내 연기 동료 일 뿐이지. 오늘 이 아이랑 같이 한 마지막 신에 워너메이커 감독 이 보인 반응을 생각해 봐. 우리가 내일 단단히 준비하고 나가면 전부 녹아웃시킬 수 있어.'

릭이 묻는다. "대본 안 보고 외워서 할 수 있죠?"

"할 수 있어요."

"나도. 좋아, 시작해요."

수화기 저쪽에서, 트루디는 갑자기 목소리를 바꾼다. 납치되어 겁먹은 피해자 미라벨라의 강렬하고 극적인 목소리를 낸다. "저를 어쩔 계획이에요?"

릭은 빨간 실크 기모노 차림으로 주방을 돌아다니며 맥주잔에 담긴 위스키사워를 한 모금 들이켜고 칼렙 디코토 말투로 바꾸어 말한다. "이봐, 어린 아가씨, 아직 계획은 제대로 안 세웠어. 너랑 할 일이 많아. 아버지가 내 말을 잘 들으면 보내줄 수도 있지."

트루디는 미라벨라로 말한다. "아버지가 뭘 하면 저를 보내주시 나요?"

릭은 칼렙이 되어서 미친 듯 내뱉는다. "나를 부자로 만들어 줄 수 있지! 나한테 돈을 한 더미 주고 나를 잊어버리면 돼. 안 그랬다 가는, 한 더미는 되는 딸 시체를 받게 될 거야. 그러면 나를 절대로 못 잊어버리겠지."

죄 없는 어린아이는 타락한 범죄자에게 묻는다. "그럼, 저를 죽 이나요? 저한테 화가 나서도 아니고, 우리 아버지한테 화가 나서도 아니고……." 트루디는 극적인 효과를 살리기 위해 잠시 말을 멈췄다가 다시 말한다. "그저 욕심 때문에?"

칼렙이 경박하게 대답한다. "세상을 돌아가게 만드는 게 뭔지 알아? 바로 욕심이야, 어린 아가씨."

어린 아가씨가 자기 이름을 크게 말한다. "미라벨라."

칼렙이 묻는다. "뭐?"

여덟 살짜리 아이는 무법자 대장에게 자기 이름을 또 말한다. "내 이름은 미라벨라에요. 저를 냉혹하게 죽인다면, 나를 그저 머독 랜서의 어린 딸로만 생각하지 않으면 좋겠어요."

미라벨라의 말이 어쩐지 무법자에게 각인된다. 그리고 갑자기 칼렙은 자신의 행동이 정당하다고 미라벨라를 설득하는 일이 중요하게 여겨졌다.

"이봐, 걱정할 것 없어. 네 아버지는 나한테 내 돈을 줄 테니까. 너는 그만한 가치가 있고, 네 아버지는 그럴 돈이 충분해. 그러니까 내 돈을 받으면, 너한테 아무 해도 끼치지 않고 내보낼게."

수화기 너머에서 잠깐 침묵이 흐른다. 그러다가 다시 미라벨라의 목소리가 들린다. 이제 아주 극적인 목소리가 아니다. 놀랍도록 분석적인 말투다.

"단어 선택이 흥미롭네요."

칼렙이 어리둥절해서 묻는다. "뭐?"

미라벨라 랜서는 트루디 프레이저와 아주 비슷하게, 관찰한 바를 설명한다. "'내 돈'이라고 말했죠? 그렇지만 그건 우리 아버지 돈이에요. 아버지가 훔친 돈이 아니라 소를 키우고 시장까지 데려가 팔아서 번 돈이에요. 그런데 '내 돈'이라고요? 실제로 우리 아버지 돈을 가질 권리가 있다고 생각해요?"

그 대사로, 어린 미라벨라이자 어린 트루디는 범죄자와 배우의 심리 속 작은 버튼을 누른다. 빨간 실크 기모노 차림으로 주방 한가운데에 서 있는 릭 달튼은 으르렁거리고 권위적이고 살인을 일삼는 강도 칼렙 디코토로 변신해서 숨을 끊지도 않고 단번에 폭발하듯 대답한다.

"그래, 미라벨라! 나는 뭐든 가질 권리가 있어! 가진 뒤에는 그걸 지킬 권리가 있어! 네 애비가 나를 막겠다? 네 멍청한 대가리를 날려 버리지 않게 막겠다? 값을 치러야 할걸!"

다른 말로, '모터사이클을 탄 방울뱀'.

어린아이는 쉬운 질문을 던진다. "내 몸값은 1만 달러고요?"

숨찬 무법자이자 배우가 대답한다. "그래."

순진한 척하는 인질이 말한다. "나 같은 어린아이한테 좀 높은 몸값이네요."

칼렙이 진지하게 반응한다. "그건 잘못 생각한 거야, 미라벨라." 그런 뒤에 릭은 감정에 휩쓸려 즉흥 대사를 한다. "내가 네 아버지라면……." 그러다가 릭이 말을 멈춘다.

수화기 너머 목소리가 묻는다. "뭐라고요?"

릭은 입을 벌리고 있지만, 말은 나오지 않는다.

전화선 반대편 아이가 묻는다. "내가 네 아버지라면, 뭐요?"

릭이 고함친다. "너를 찾을 수만 있으면 내 팔도 자를 거야!"

정적이 그 장면과 공간을 채운다. 릭의 귀에는 전화선 너머로도 트루디가 짓는 만족스러운 미소가 소리로 들리는 듯하다.

트럭 세 대를 몰고 지나갈 만큼 극적인 정적이 이어진 뒤, 미라벨라로 분한 트루디가 다시 전화선에 나타나서 묻는다. "그건 칭찬인가요?"

그리고 트루디는 역할에서 빠져나와 지문을 읽는다. "자니가 문에 나타나서 노크한다. 똑똑."

칼렙이 묻는다. "누구야?"

트루디가 낮은 카우보이 목소리로 말한다. "마드리드."

칼렙이 말한다. "들어와."

트루디가 릭에게 말한다. "나머지 대사는 아저씨가 자니랑 하는 거예요. 제가 자니 대사를 할게요." 목소리를 깔아서 자니 마드리드를 연기하는 트루디가 묻는다. "계획이 어떻게 돼?"

칼렙이 말한다. "계획은, 랜서가 닷새 뒤에 1만 달러를 가지고 멕시코에서 우리를 만나는 거야."

트루디가 느릿느릿 말한다. "먼 거리를 싣고 오기에는 돈이 너무 무거워."

칼렙이 코웃음친다. "그건 랜서 문제지."

자니로 분한 트루디가 지적한다. "그 돈에 무슨 일이 생기면 우리가 돈을 못 받아. 그건 우리 문제야."

칼렙은 몸을 돌려 자니를 보며 거칠게 말한다. "그 돈에 무슨 일이 생기면, 그건 저 아이 문제야!" 칼렙이 눈에 쌍심지를 켜고 자니 랜서에게 말한다. "생각 똑바로 해! 닷새 안에 머독 랜서가 내 1만 달러를 나한테 내놓을 거야! 놈들이 우리한테 오기 전에 내 돈 1만 달러에 무슨 일이라도 생긴다? 용납 못 해. 애는 썼다? 이건 지금 이 상황에서 있을 수 없는 말이야!"

칼렙이 계속 말한다. "머독 랜서는 1만 달러를 내 손에 딱 쥐여 줘야 해! 아니면 저 여자애 대가리는 바위에 박살나!"

릭이자 칼렙은 격분한 뒤에 숨을 몰아쉰다. 그러다가 조지 큐커가 싫어한, 릭이 경험으로 배운 극적인 침묵 뒤에, 릭은 묻는다. "자, 여기 무슨 문제라도 있나, 마드리드?"

그러자 자니로 분한 트루디가 대답한다. "유일한 문제는, 칼렙, 네가 나를 계속 '마드리드'라고 부르는 거야."

칼렙이 코웃음친다. "그게 네 이름이잖아. 아니야?"

그러자 트루디가 말한다. "이제 아니야. 이제…… 내 이름은 랜서야. 자니 랜서."

릭은 권총을 허리에서 빼는 상상을 한다. 그때 트루디는 전화선 반대쪽에서 소리친다. "빵 빵 빵!"

릭은 주방 리놀륨 바닥에 쓰러지며 자니의 총에 맞은 얼굴을 감싸쥐고 고통스러운 비명을 지른다.

전화선 반대쪽에서는 트루디가 묻는다. "뭐예요?"

릭은 주방 바닥에서 말한다. "얼굴에 총을 맞은 연기를 했어요."

트루디가 열광하며 말한다. "와, 좋은 아이디어예요." 잠시 후, 신나서 말한다. "정말 아주 훌륭한 장면이었어요!"

릭은 상반신만 일으켜서 냉장고에 등을 기대고 앉는다. 릭도 동의한다. "그래, 그랬어요."

릭의 신 파트너가 말한다. "내일 이 신으로 죽여주겠어요!"

'맞는 말이야.'

릭이 말한다. "그래, 그러겠어요."

두 배우 사이에 침묵이 잠시 흐른다. 그리고 더 젊은 배우가 말한다. "와, 배우라는 직업은 굉장하지 않아요? 우리는 정말 운이 좋아요. 그렇죠?"

10년 만에 처음으로 릭은 자신이 얼마나 운이 좋은지, 얼마나 운이 좋았는지 깨닫는다. 미커, 브론슨, 코번, 모로, 맥거빈, 로버트 블레이크, 글렌 포드, 에드워드 G. 로빈슨을 비롯한 그동안 함께 작업한 멋진 배우들 모두. 키스한 여배우들 모두. 겪은 사건들 모두. 함께 일한 재미있는 사람들 모두. 가 보았던 장소 모두. 연기해야 했던 재미있는 스토리 모두. 신문과 잡지에서 자신의 이름과 사진을 본 순간 모두. 멋진 호텔 방들 모두. 자신을 꾸며 준 분장 담당과 의상 담당 들 모두. 한번도 읽지 않은 팬레터 모두. 준법 정신 투철한 시민으로 할리우드를 운전하며 다닌 순간 모두. 릭은 자기 소유인 멋진 집을 둘러본다. 어린아이였을 때에는 공짜로 하던 일, 카우보이인 척하는 것으로 돈을 벌다니.

릭은 트루디에게 말한다. "그래, 맞아요, 트루디. 우리는 정말 운이 좋아요."

릭의 어린 신 파트너는 릭에게 잘 자라고 인사한다. "잘 자요, 칼렙. 내일 만나요."

그러자 릭 달튼은 크게 고마워하며 말한다. "잘 자요, 미라벨라. 내일 만나요."

★★★

그리고 이튿날 20세기폭스 야외 촬영장, '랜서' 세트장에서, 두 배우는 사람들을 모두 녹아웃시켰다.

다음의 자료를 인용할 수 있도록 허락해 주신 분들께 정중한 감사를 표합니다.

원스 어폰 어 타임
인 할리우드

초판 1쇄 인쇄 2023년 7월 13일
초판 1쇄 발행 2023년 7월 24일

지은이 쿠엔틴 타란티노
옮긴이 조동섭
펴낸이 최동혁

기획본부장 강훈
영업본부장 최후신
책임편집 한윤지
기획편집 장보금 이현진
디자인팀 유지혜 김진희
마케팅팀 김영훈 김유현 양우희 심우정 백현주
영상제작 김예진 박정호
물류제작 김두홍
재무회계 권은미
인사경영 조현희 양희조
디자인 공중정원

펴낸곳 ㈜세계사컨텐츠그룹
주소 06071 서울시 강남구 도산대로 542 8,9층(청담동, 542빌딩)
이메일 plan@segyesa.co.kr
홈페이지 www.segyesa.co.kr
출판등록 1988년 12월 7일(제406-2004-003호)
인쇄·제본 예림

ISBN 978-89-338-7213-0 03840

앞으로 채워질 당신의 책꽂이가 궁금합니다.

인생의 중반부, 마흔 살의 세계사는 더욱 묵직하고 섬세해진 통찰력으로
삶의 전환점에 선 당신을 근사하게 빛내줄 귀한 책을 소개하겠습니다.